o informante

Outras obras do autor publicadas pela Editora Record

Jogo de poder
O sócio

Stephen
FREY

o informante

Tradução de
RYTA VINAGRE

EDITORA RECORD
RIO DE JANEIRO • SÃO PAULO
2006

CIP-Brasil. Catalogação-na-fonte
Sindicato Nacional dos Editores de Livros, RJ.

Frey, Stephen W.
F943i   O informante / Stephen Frey; tradução Ryta Vinagre.
— Rio de Janeiro: Record, 2006.
384p.

Tradução de: The insider
ISBN 85-01-07238-9

1. Bancos de investimento – Ficção. 2. Ficção americana. I. Vinagre, Ryta. II. Título.

                                   CDD – 813
05-3643   CDU – 821.111(73)-3

Título original norte-americano
THE INSIDER

Copyright © 2000 by Stephen Frey
Publicado mediante acordo com Ballantine Books, uma divisão
da Random House, Inc.

Todos os direitos reservados. Proibida a reprodução,
no todo ou em parte, através de quaisquer meios.

Direitos exclusivos de publicação em língua portuguesa para o Brasil
adquiridos pela
DISTRIBUIDORA RECORD DE SERVIÇOS DE IMPRENSA S.A.
Rua Argentina 171 – Rio de Janeiro, RJ – 20921-380 – Tel.: 2585-2000
que se reserva a propriedade literária desta tradução

Impresso no Brasil

ISBN 85-01-07238-9

PEDIDOS PELO REEMBOLSO POSTAL
Caixa Postal 23.052
Rio de Janeiro, RJ – 20922-970

EDITORA AFILIADA

Mais uma vez, para minha esposa, Lillian,
e para nossas filhas, Christina e Ashley,
que tornam todo dia especial para mim

AGRADECIMENTOS

Agradeço às seguintes pessoas suas significativas contribuições a *O informante* e apoio ao livro:

Peter Borland, Cynthia Manson, Gordon Eadon, Bill Oberdorf, Mike Pocalyko, Bill Carroll, Mike Crow, Bill Kelly, Bob Wieczorek, Steve Watson, Kevin Erdman, Barbara Fertig, Scott Andrews, Marvin Bush, Jim O'Connor, Tim e Diane Urbanek, Walter Frey, Pat e Terry Lynch, Mike Attara, Alex Bushman, Vivian Herklotz, Jim Galowski, Gerry Barton e Emily Grayson.

PRÓLOGO

AGOSTO DE 1994

Como faróis distantes, olhos amarelos claros ardiam na superfície da água, espelhando o facho do refletor de alta potência que cortava a noite da Louisiana. Mariposas fervilhavam em volta da lâmpada enquanto o homem segurava o refletor no alto com uma das mãos e guiava o *Boston Whaler* pela escuridão profunda com a outra. Ele sorriu, satisfeito com o número de olhos pontilhando a superfície. Sabia que os crocodilos iam até quatro metros abaixo da água — predadores no topo da cadeia alimentar, capazes de rasgar um ser humano no piscar de um olho. Ele enxugou gotas de suor que escorriam pela testa com uma bandana vermelha. Era agosto, e mesmo às duas da manhã o calor e a umidade de Bayou Lafourche eram sufocantes.

Uma grande mariposa pousou em seu lábio superior. Ele pegou o inseto, esmagou-o e atirou a carcaça trêmula na água. Quase imediatamente algo surgiu das profundezas e inalou a mariposa em um redemoinho de água escura. O homem se distraiu por um momento e a proa de fibra de vidro do Whaler prendeu-se na ponta de um galho grosso meio submerso na maré alta. Embora não tenha sido violento, o impacto o lançou para a frente. O motor de popa, que tinha impelido o barco suavemente pela baía até Bayou Lafourche a partir de Henry's Landing nas docas de Lafitte, pequena cidade dedicada à pesca de camarões, pifou. Ele se segurou no volante, xingou, deu a partida novamente no motor Mercury, apontou de novo o refletor para a água à frente e continuou devagar, contornando o galho com o barco.

O canal salobro, que quatrocentos metros antes se estreitara a somente seis metros, voltou a alargar-se, facilitando seu progresso. Ele apontou o refletor para a margem lamacenta, depois para os galhos de cipreste que assomavam acima dele. Eram ornados com grossas barbas-de-velho, sedosas teias de aranha de três metros de largura e uma ou outra cobra d'água esperando para emboscar um pássaro ou um roedor. Atrás das árvores havia campos pantanosos e brejos desolados, entrecruzados por um labirinto intrincado de canais. Além de uns poucos funcionários da companhia de energia e alguns pescadores, as pessoas raramente se aventuravam tão fundo nesta parte de Bayou Lafourche. Os únicos habitantes significativos eram crocodilos e coiotes, que caçavam o veado-da-cauda-branca e a nútria, um estranho cruzamento entre um rato e um castor, com seus dentes laranja. Ali era o meio do nada, e era perfeito.

O motor do barco pifou novamente quando os nenúfares se espessaram na superfície e se enrolaram na hélice do Whaler, prendendo-o como uma jibóia estrangulando a presa. O homem desligou o refletor e por vários segundos ficou parado atrás do painel do barco, escutando. Sem o ruído constante do motor, Bayou Lafourche era mortalmente silencioso, exceto pela sinfonia grogue de sapos, o zumbido de insetos e o suave bater da água no casco liso do barco. Ele olhou para um céu enevoado e sem lua, depois, por sobre o ombro, para Nova Orleans. A cidade ficava a apenas oitenta quilômetros, mas podiam bem ser oitocentos, tão desolado era o lugar.

— Olá.

A cabeça do homem virou de repente para a direita e ele ligou novamente o refletor, apontando para a origem da voz. Remando na direção dele havia um homem idoso e magro no assento de popa de uma canoa de metal surrada, um sabujo cinzento parado como uma figura de proa exagerada. O cão abanava o rabo, excitado, e ofegava no calor opressivo, a língua rosa pendurada obscenamente de mandíbulas pretas acetinadas.

— Achei que eu era a única pessoa em quinze quilômetros — gritou o velho na peculiar fala arrastada de seu sotaque cantado cajun. Enquanto encostava no *Boston Whaler*, protegeu os olhos do clarão feroz do refletor. — Meu nome é Neville — anunciou, exibindo duas filas de dentes tortos e manchados de café debaixo da aba do sujo boné Mack Truck. — Este aqui é o Bailey. — Neville apontou para o sabujo de olhos tristes que tinha colocado as patas dianteiras na amurada do barco do homem. O cachorro farejava intensamente, fixado em um grande saco de lona na proa do *Whaler*. — Que diabos está fazendo aqui a essa hora da noite? — perguntou.

— Sou fiscal da Atlantic Energy. — O homem analisou o rosto acabado de Neville em busca de sinais de que este não era um encontro casual. — Só estou verificando o nível das nascentes.

Neville tirou o boné e coçou a cabeça calva.

— Não me lembro de ver a Atlantic nesta parte de Lafourche. — Recolocou o boné na cabeça careca, pegou um chumaço folhoso e escuro de tabaco e o enfiou entre a bochecha e a gengiva. — E nunca vi nenhum fiscal da companhia de energia por aqui a essa hora da noite. Até os rapazes da pesca esportiva do estado estão na cama agora.

— Sempre há uma primeira vez para tudo — respondeu o homem concisamente. Percebera que Neville olhava sutilmente o saco de lona, o rifle Remington . 30-06 e os blocos de concreto ao lado dele.

— Hmmm. — Neville olhou para Bailey. — Calma, garoto — disse com delicadeza. O cão estava agitado, gania e abanava o rabo furiosamente. — Belo rifle tem aí, senhor.

— Eu nunca saio sem uma arma de fogo. Todo cuidado é pouco neste canto de Lafourche.

— Acho que sim — concordou Neville. — Deus, essa coisa derrubaria um elefante enorme com um tiro. Não deve ter problema nenhum em deter um crocodilo com isso. Nem mesmo os grandes machos.

— É por isso que o trago comigo. — O homem estava impaciente para sair, mas primeiro precisava de informações. — O que *você* está fazendo aqui tão tarde?

— Olhando minhas armadilhas de nútria — respondeu Neville, na defensiva.

Em cima de um grande isopor vermelho colocado entre os joelhos de Neville havia um revólver, que parecia um Magnum Ruger .44. A probabilidade de Neville estar realmente caçando crocodilos era enorme e a caça era ilegal até setembro. Provavelmente por isso estava remando pelo Bayou Lafourche no meio da noite.

— Mora por aqui? — perguntou o estranho.

— Moro — disse Neville desconfiado, olhando mais uma vez o rifle de caça na proa do *Whaler*. Cuspiu de lado o sumo de tabaco, que se espalhou imediatamente como uma gota de óleo na água. — Por quê?

— Acho que, quando setembro chegar, você estará caçando crocodilos. — O homem sabia que Neville podia ganhar uma boa quantia vendendo as valiosas peles e a carne a compradores do mercado negro nas docas de Lafitte — compradores que não se importavam que as licenças de caça do estado, controladas e difíceis de obter, não estivessem empaladas no rabo do crocodilo. — Sempre venho aqui e vi alguns gigantes. Crocodilos que dariam um bom preço em Lafitte. Vários com mais de três metros e meio, e sempre nos mesmos lugares.

— Ah? — Neville tentou não parecer interessado. Mas um crocodilo de três metros e meio lhe daria quase trezentos dólares nas docas da cidade, perto do que ele ganhava em uma semana como taifeiro de barcos de camarão. — Onde estão?

O homem sacudiu a cabeça.

— Vou ter de desenhar um mapa para você. Nunca vai encontrar os locais sem ele. — Futucou as cutículas por uns segundos, depois olhou para cima devagar. — Posso ir na sua casa um dia, se me disser onde fica.

Neville não gostava de dar a localização de sua casa, mas queria essa informação sobre os crocodilos grandes.

— Três metros e meio, hein?

— É. E vou agradecer se você pegar. Não gosto desses grandalhões por aqui enquanto estou tentando checar as nascentes.

Depois de alguns segundos, Neville assentiu, cauteloso.

— Volte por onde veio e depois vire à esquerda no primeiro canal. Suba uns três quilômetros num bosque de salgueiros. Tenho uma das únicas cabanas deste lado do Lafourche. Agora que estou pensando no assunto, pode ser bom ter um pouco de companhia de vez em quando.

O homem assentiu. Tinha o que precisava.

— Tudo bem. — Ele se curvou e reverteu o motor do *Whaler*, libertando a hélice dos sufocantes nenúfares. Bailey rapidamente se retirou para a canoa. — *Adios!* — gritou o homem sobre o ronco enquanto avançava novamente e guiava o barco.

Vinte minutos depois, quando teve certeza de que deixara para trás Neville e o sabujo demasiado curioso, o homem desligou o motor e soltou a âncora. Por vários segundos apontou o refletor para a superfície da água e contou dez pares de olhos amarelos refletindo a luz. Passou para a frente do barco, retirou um corpo do saco de lona e, com correntes grossas, prendeu os blocos de concreto ao pescoço, aos pulsos e aos tornozelos do corpo. Tomou fôlego por um momento e depois, com um esforço hercúleo, rolou tudo sobre a borda do barco. O corpo e os blocos de concreto espadanaram ruidosamente numa sucessão rápida. Quando pegou novamente o refletor e apontou para a água escura, só restavam algumas bolhas. Os crocodilos teriam um banquete esta noite.

O homem se virou e foi para o volante. Ia aceitar a oferta de uma parada na casa de Neville — provavelmente um pouco mais cedo do que o cajun previra. Neville não ia ver o sol nascer.

———

O Gulfstream IV levantou vôo da pista de St. Croix na noite, rugiu sobre as luzes de uma refinaria de petróleo que se esparramava em terra e foi para o norte para uma travessia de 160 quilômetros sobre o Atlântico. Depois virou para o oeste, rumo a Miami.

O humor a bordo era sombrio. Naquela tarde, os cinco altos executivos, agora sentados em silêncio no compartimento de passageiros do jato, tinham feito uma apresentação exaustiva a um sujeito rico que vivia na ilha. Vários dias antes ele havia manifestado interesse preliminar na empresa deles. Os executivos precisavam desesperadamente de dinheiro e tinham ido a St. Croix imediatamente para convencê-lo a se tornar sócio. Para todos os efeitos, a empresa estava insolvente, embora só algumas pessoas de fora da alta gerência soubessem como a situação era calamitosa.

Na conclusão da apresentação, o investidor decidira não aceitar o que tentaram vender a ele como a melhor oportunidade da vida. Ele sentira o desespero exsudando dos ternos conservadores dos executivos e de suas maneiras demasiado confiantes e altivas. As respostas que davam às perguntas dele eram inespecíficas e evasivas, e tinham feito a viagem rápido demais para vê-lo. Sendo um investidor experiente, ele sabia que as pessoas que eram patentemente obsequiosas em geral tinham necessidades prementes e com muita freqüência as necessidades prementes eram um precursor da ruína financeira — algo de que não queria participar.

O tempo se esgotara para os executivos. A empresa não tinha dinheiro suficiente em sua conta para a folha de pagamento no fim da semana, não tinha nem mais um centavo disponível em sua linha de crédito bancário e pingava um fluxo cada vez menor de pagamentos dos clientes. No dia seguinte o CEO ligaria para os advogados de Nova York e lhes pediria que preenchessem a papelada da falência. Não restava alternativa.

O CEO olhou pela janela para a escuridão. Pedir falência seria ganhar tempo, mas nada além disso. Sem uma injeção significativa de capital novo, a empresa estava condenada. Na verdade, seria liquidada a valor residual por credores que teriam sorte em receber cinqüenta centavos por cada dólar dos ativos — uma perspectiva que reduziria a nada o patrimônio original do investidor. O CEO fechou bem os olhos, tentando não pensar no difícil telefonema que aquele homem receberia.

A bomba tinha sido armada minutos depois da decolagem por um fio que corria de onde tinha sido plantada, no compartimento de bagagem, até o trem retrátil do nariz do avião. Quando o trem de aterrissagem se retraiu todo na fuselagem, a contagem regressiva começou automaticamente, preparada para expirar 22 minutos depois, quando o jato estivesse sobrevoando uma área do Atlântico onde o leito oceânico era fundo e seus ocupantes se perderiam para sempre alguns minutos depois da queda. Onde o transmissor de localização de emergência morreria 24 horas depois, sem orientar as equipes de resgate ou os investigadores para o local — se seu pulso eletrônico conseguisse sobreviver à explosão.

O homem observou o céu do convés do veleiro, escutando com atenção. Sabia que o avião devia estar perto e, com o passar dos segundos, tinha a difícil tarefa de controlar a expectativa — e a ansiedade. Por fim, ouviu o zumbido dos motores e minutos depois observou um pequeno clarão de luz quando a bomba foi detonada. Em seguida, viu um clarão maior à medida que os tanques de combustível do jato se incendiavam e explodiam, mandando o avião despedaçado para a superfície da água em uma chuva de metal retorcido.

Soltou um suspiro longo e lento. Tinha executado duas missões muito importantes numa rápida sucessão. Seus superiores ficariam felizes. A causa ia sobreviver.

CAPÍTULO 1

JUNHO DE 1999

— Quanto você ganha?

— Salário ou remuneração total? — perguntou Jay West vagarosamente. Só revelava informação sensível quando era obrigado a isso, mesmo numa situação como esta, em que se esperava que ele respondesse a cada pergunta de maneira rápida e completa.

— Qual foi o valor da renda em seu W-2 do ano passado? O W-2 é aquele demonstrativo que seu empregador manda a você em janeiro de todo ano para que você saiba quanto tem de declarar à Receita Federal.

— Sei o que é um W-2 — respondeu Jay calmamente, sem demonstrar nenhuma irritação com o tom sarcástico do entrevistador. O jovem do outro lado da mesa da sala de reuniões usava um terno executivo escuro, como Jay. Mas o terno do outro homem era feito sob medida. Era bem talhado, feito de um tecido mais requintado e seguia com perfeição os contornos do físico musculoso dele. Jay tinha comprado seu terno numa loja e ele pregueava em alguns pontos, apesar do esforço do alfaiate. — O banco comercial em que trabalho me dá determinados benefícios por fora que não aparecem em meu W-2, então minha renda na verdade é de mais de...

— Que tipo de benefícios por fora? — quis saber rudemente o entrevistador.

Por um momento, Jay analisou o rosto hostil e quadrado abaixo do corte de cabelo ruivo, tentando decidir se a atitude de confronto era forçada ou natural. Tinha ouvido falar que as empresas de Wall Street sempre fazem com que os candidatos a funcionários passem por pelo menos uma entrevista estressante durante o processo de contratação para ver como reagem. Mas, se esse cara estava atuando, devia ganhar um Oscar.

— Uma taxa de hipoteca abaixo do mercado, uma quota da empresa em meu plano 401K e um plano de saúde generoso.

O homem revirou os olhos.

— Quanto essas coisas podem valer, pelo amor de Deus?

— A quantia é significativa.

O homem acenou a mão na frente do rosto com impaciência.

— Tudo bem, serei generoso e acrescentarei vinte mil ao valor que me der. Agora, quanto você ganhou no ano passado?

Jay se remexeu pouco à vontade na cadeira, ciente de que o número não impressionaria o banqueiro de investimento.

— Oi, Jay. — Oliver Mason estava parado à soleira da porta da sala de reuniões, sorrindo alegremente, uma pasta de couro debaixo do braço. — Fico feliz que tenha encontrado tempo para nós esta noite.

Jay olhou para Mason e retribuiu o sorriso, aliviado por não ter de responder à pergunta sobre a renda.

— Oi, Oliver — disse com confiança, levantando-se e trocando um aperto de mãos. Oliver sempre tinha um jeito polido, como um carro esporte caro que acabou de sair de fábrica. — Obrigado por me receber.

— O prazer é meu. — Oliver se sentou na cadeira ao lado de Jay e baixou a pasta. Gesticulou para o outro lado da mesa, para Carter Bullock. — Meu tenente estava aborrecendo você?

— De jeito nenhum — respondeu Jay, tentando dar a impressão de não estar afetado pelo interrogatório rigoroso de Bullock.

— Estávamos batendo um papinho amigável.

— Mentira sua. Ninguém nunca bate papo com Bullock durante uma entrevista. — Oliver retirou duas cópias do currículo de Jay da pasta. — Bullock é simpático como um texugo-do-mel, como ele é conhecido afetuosamente por aqui — explicou Oliver.

— Texugo, para encurtar. — Passou uma cópia do currículo por sobre a mesa polida. — Aqui está, Texugo. Desculpe por não ter lhe entregado mais cedo. Mas sou o capitão e você é só um marinheiro neste barco, então agüente.

— Foda-se, Oliver. — Bullock pegou o currículo com os dedos grossos, passou os olhos rapidamente, depois grunhiu, amassou o papel numa bola e o atirou numa lixeira em um canto afastado da sala de reuniões.

— Sabe alguma coisa sobre texugos-do-mel, Jay? — perguntou Oliver com sua voz nasalada e naturalmente altiva. Abriu um largo sorriso, sem se importar com a reação nada positiva de Bullock ao currículo de Jay.

Jay sacudiu a cabeça, tentando ignorar a visão de sua vida sendo atirada na lixeira.

— Não.

— A maioria dos predadores mira na garganta quando ataca a presa. — Oliver deu uma risadinha. — Os texugos-do-mel miram na virilha. Eles fecham a mandíbula e não largam, não importa o que a presa faça. Só soltam quando a presa entra em choque, o que, como você pode imaginar, não leva muito tempo, especialmente se a presa é o macho da espécie. Depois dilaceram o animal enquanto ainda está vivo. — Oliver tremeu, imaginando a cena. — Que jeito de morrer.

— Foda-se você *e* sua mãe, Oliver. — Mas Bullock estava rindo pela primeira vez, obviamente satisfeito com o apelido e a reputação de duro feito pedra.

Oliver pôs as duas mãos atrás da cabeça e cruzou os dedos.

— Não vou interromper, Texugo.

Bullock inclinou-se para a mesa, uma expressão de triunfo na cara larga e sardenta.

— Então, Jay, quanto você ganhou mesmo no ano passado?

O aparecimento de Oliver Mason não o tirou do aperto, afinal.

— Cem mil dólares — respondeu Jay em desafio, encarando o nariz achatado de Bullock. O número, salário mais bonificações, na verdade, estava mais perto dos noventa.

Bullock revirou os olhos para a quantia.

— Mora em Manhattan?

— Moro. — Jay estava preparado para a reação negativa. Sabia que Oliver Mason e Carter Bullock ganhavam vários múltiplos de seu salário como executivos seniores na sofisticada empresa de investimento McCarthy & Lloyd.

— Como sobrevive com isso em Manhattan? — Bullock quis saber.

— Cem mil dólares não são de se jogar fora — retorquiu Jay. Tinha orgulho de como fora longe na vida.

— É casado? — perguntou Bullock.

Jay sacudiu a cabeça.

— Onde você mora?

— No Upper West Side.

— Alugado ou próprio?

— Alugado.

— Um ou dois quartos?

— Um.

— Tem carro?

Jay assentiu.

— Que modelo?

— Um BMW — respondeu, ciente de que Oliver e Bullock não ficariam impressionados se soubessem que o verdadeiro meio de transporte dele era um Ford Taurus batido e que mal funcionava. — Um 328.

— Estaciona no centro? — perguntou Bullock.

Jay assentiu novamente, depois deu uma olhada rápida em Oliver, que encarava o vazio, provavelmente pensando em um negócio que lhe renderia milhões.

Bullock reclinou-se na cadeira e contemplou o teto.

— Vamos pensar — disse, esfregando o queixo com o polegar e o indicador. — Você ganha cem mil dólares por ano, o que, sem quaisquer deduções ou isenções além de você mesmo, dá uns setenta mil depois dos impostos. Serei generoso e vou pressupor que você ganha, limpos, seis mil por mês. — Ele batia no braço da cadeira, claramente gostando da análise. Para Bullock, pensou Jay, a vida se resumia a números e pouco mais que isso. — Provavelmente você paga uns quatro mil por mês de aluguel, contas, financiamento do carro, estacionamento e seguro. Tenho certeza de que paga uma quantia significativa de crédito educativo também. — Bullock olhou para Jay em busca de confirmação.

Mas Jay não indicou que Bullock tinha acertado na mosca. Nenhum sinal de que a cada mês ele preenchia um cheque pesado para pagar lentamente pelos quarenta mil dólares — mais os juros — que tinha tomado emprestado para os quatro anos de faculdade.

— Isso deixa dois mil por mês para comida, roupas, uma vida social — continuou Bullock —, e para economizar para a casa no subúrbio que você terá de comprar quando conhecer a mulher perfeita e ela quiser construir um ninho. O problema é que você só tem o bastante para comprar um caixote de dois quartos em Jersey City, e não a mansão enorme em Greenwich que ela vai exigir. — Ele riu. — E, em um banco comercial, sua ascensão é limitada. Você vai receber aumentos de acordo com a inflação pelos próximos quarenta anos, depois vai se aposentar com um relógio de ouro e benefícios médicos. Talvez. — Bullock sacudiu a cabeça. — Você é pobre, colega. É um hamster na roda de plástico e não tem saída.

Jay não se retraiu, apesar da precisão da análise apressada de Bullock. Cem mil dólares por ano pareciam muito dinheiro, mas num raio de 150 quilômetros de Nova York não eram grande coisa. Ele não tinha quase nada para mostrar por seus anos de trabalho no National City Bank de Nova York como analista que fazia empréstimos a empresas de porte médio. E embora a oportunidade de ascensão no banco fosse melhor do que Bullock descrevera, não era grande.

— Ah, espere um minuto — falou Bullock, tocando a testa. — Quase me esqueci de todos aqueles maravilhosos benefícios por fora que você mencionou. Como as taxas de hipoteca abaixo do mercado que não pode aproveitar porque não tem dinheiro para comprar um imóvel.

Jay sentiu que Oliver bateu em sua canela com a ponta de um lustroso mocassim preto.

— Eu lhe disse. — Oliver se concentrou novamente na entrevista. — Meu amigo Bullock é um pé no saco, não é? Não deixamos que ele apareça muito em público, mas ele é o demônio no andar de *trading*. — Oliver riu. — O Texugo segue uma regra de ouro: é ele que tem as regras de ouro. Lembre-se disso. Viva cada dia de sua carreira na McCarthy & Lloyd de acordo com este princípio simples e você terá sucesso.

Jay olhou para Oliver. Tinha 38 anos, dez a mais que Jay. Seu rosto bonito estava bastante bronzeado dos fins de semana passados no veleiro de cinqüenta pés no estreito de Long Island. Os olhos castanho-escuros estavam em constante movimento, dardejando pelo ambiente, pegando tudo em volta dele para que o cérebro pudesse processar o máximo de informações possível. Um sorriso de quem agarra o mundo pelos cabelos se desenhava em seus lábios finos, e seus cabelos longos e pretos estavam penteados para trás e eram mantidos no lugar com uma quantidade generosa de gel, revelando uma ampla entrada na testa. Suspensórios azul-marinho dividiam a camisa branca em três setores distintos e uma gravata Hermès de cores vivas caía elegantemente do pescoço, um *divot* perfeito no meio do nó.

Jay deu um sorriso rápido para Oliver.

— O apelido é bem adequado.

Bullock cruzou os braços no peito, satisfeito por ter dissecado com precisão a orçamento pessoal de Jay West e, com isso, ter determinado a classe dele.

— Todos sabemos que os bancos comerciais não pagam nem perto do que pagamos. Não podem pagar, porque não assumem riscos reais. — Oliver irrompeu em sua voz assuma-a-reunião, mais nasal que o normal. — Mas não é isso que temos de discutir aqui. Estamos aqui para discutir o ingresso de Jay na McCarthy & Lloyd para trabalhar para mim no setor de arbitragem de participação patrimonial.

— Mas por que ele? — Bullock apontou para Jay, depois para o currículo amassado ao lado da lata de lixo. — Sem ofensas, garoto, mas você tem um currículo mediano, na melhor das hipóteses. — Bullock tinha 33 anos, só cinco anos a mais que Jay, mas estava perfeitamente à vontade se dirigindo a Jay como "garoto" porque ganhava muito mais. — Estudou em Lehigh. — Bullock inclinou a cabeça para trás. — É uma boa universidade, mas certamente não é das melhores, nem está na Ivy League. E você nem fez pós-graduação ainda.

— Ei, eu...

Bullock continuou.

— Há uma tonelada de gente lá fora com currículos brilhantes. — Acenou distraidamente para a janela. — Pessoas que estudaram em Princeton, Harvard ou Yale. Pessoas com experiência e a formação acadêmica que procuramos. Podemos atrair a nata. Por que devemos nos incomodar com você?

— Já chega...

— Por que o contrataria, Oliver? — Bullock ignorou a segunda tentativa de Jay de mudar de rumo. — Esqueça a universidade em que ele estudou, ou não... Ele nunca teve nenhuma experiência com arbitragem. Não tem idéia de como identificar ou avaliar ações de possíveis tomadas de controle. É um maldito funcionário de empréstimos de um banco comercial medíocre fazendo um trabalho de merda para sobreviver.

— Exatamente! — Jay bateu com o punho na mesa.

Oliver e Bullock se encolheram, pegos de guarda baixa pelo barulho repentino e alto.

— Estou ansioso — Jay reprimiu um sorriso ao ver a expressão de susto de Bullock. — Vou trabalhar 24 horas por dia, sete dias na semana. Vou me dedicar a esta empresa. Farei o que for preciso.

— É... — disse Bullock com um sorrisinho. — Todo mundo quer ser um banqueiro de investimento hoje em dia, mas...

— E eu sei como descobrir e avaliar ações de possíveis tomadas de controle. — Era a vez de Jay interromper Bullock. — Não sou só um funcionário de empréstimos. Já atuei como consultor financeiro em várias tomadas de controle no National City em que dei início às transações para nossos clientes. Eram negócios pequenos e privados, sou o primeiro a admitir. Não eram os acordos sensuais que se espalham pelo *Wall Street Journal*, com que vocês costumam se envolver, mas meu banco ganhou muito dinheiro. — Jay respirou rapidamente sem dar a Bullock a oportunidade de interromper. — Números são números. Seus acordos só têm mais zeros que os meus. Mas conquistei uma boa reputação no National City.

— Isso é verdade — concordou Oliver. — O pessoal da alta gerência do National City o adora, Texugo. Liguei para umas pessoas e verifiquei. — Oliver pôs a mão no ombro de Jay. — Ele tem talento.

Bullock sacudiu a cabeça.

— Isso não me convence. Vamos contratar alguém formado na Harvard Business School e cobrir nossa retaguarda. Se o cara de Harvard não der certo, teremos muito menos explicações a dar. Se esse cara não der certo — Bullock apontou para Jay novamente —, vamos ficar em maus lençóis com o homem. Ele vai querer saber em que diabos estávamos pensando. — Fez uma pausa. — Eu realmente gostei daquela mulher que entrevistamos ontem à noite. Qual era mesmo o nome dela? — Estalou os dedos várias vezes.

Os olhos de Jay se estreitaram.

— Por que está tão preocupado com a universidade que freqüentei, Texugo?

— Hã?

— Seu chefe aqui — disse Jay, gesticulando para Oliver — estudou no City College. O City College está a uma distância imensa da Ivy League, e ele se saiu muito bem sem o privilégio de freqüentar uma daquelas faculdades bestas.

Oliver mordeu o lábio para não sorrir. Bullock podia ter a determinação incansável de um texugo-do-mel, mas Jay West, de uma forma diferente, era igualmente formidável. Jay era safo. Sabia como obter informações importantes e estava disposto a usálas. Era o que se dizia dele. E vinha de um ambiente de classe média baixa, então tinha a motivação financeira. Era a perfeita combinação para o que Oliver precisava.

— Sei que você estudou em Harvard, Texugo — continuou Jay. — Sei que fez parte do jornal da universidade.

— É, e daí? — perguntou Bullock, hesitante.

— Mas não é que sua família e a Ivy League sejam sinônimas. Não existe um Bullock Hall em Harvard, Texugo. Muito pelo contrário. Sua mãe foi para uma faculdade comunitária e seu pai nem chegou a concluir o segundo grau. Ele é mecânico, como o meu pai. Mas tenho certeza que meu pai é melhor. — Jay piscou para Oliver. — Na verdade, Texugo, temos mais em comum do que você gostaria de admitir. Nós dois somos de cidades do aço que tiveram um passado glorioso no leste da Pensilvânia.

Bullock se eriçou.

— Como diabos descobriu tudo isso?

— Eu tenho...

— Não interessa como ele descobriu — interrompeu Oliver. — O que importa é que descobriu. É óbvio para mim que Jay consegue acesso a informações quando precisa delas, o que é uma virtude muito importante no setor de arbitragem. — Oliver pensou por um momento. — E está ansioso. Alguém formado em Harvard provavelmente tem um fundo de fideicomisso que não conhecemos, Texugo. Quando as coisas ficarem difíceis e os dias longos, essa pessoa pode abandonar nosso barco. Ele vai fazer o que puder para que a McCarthy & Lloyd ganhe dinheiro. — Oliver olhou para Jay. — Não vai?

— Vou — respondeu Jay com segurança. — O que for preciso. — Sentiu que era o momento decisivo. — O que for preciso — repetiu.

— Trabalhei com Jay numa transação e gostei do que vi. Andei conversando com ele sobre esse cargo por uns três meses enquanto fazia minhas verificações. Estou confiante de que ele se sairia muito bem aqui na McCarthy & Lloyd.

Bullock deu de ombros, sem se impressionar com o argumento do superior.

— Você me pediu para me reunir com esse cara e lhe dar minha opinião sincera, Oliver. — Bullock olhou para Jay com ceticismo. — Não acho que deva contratá-lo. — Hesitou. — Mas o chefe é você.

— Bom, então está resolvido. — Oliver apertou a mão de Jay. — O emprego é seu.

O corpo de Jay relaxou, como se finalmente tivesse se livrado de um grande peso.

— É mesmo?

— É.

— Rápido assim?

— Eu sou o chefe. — Oliver acenou a mão na direção de Bullock. — Eu queria dar ao Texugo uma chance de se irritar. As coisas andam muito calmas por aqui ultimamente, e ele pode ficar fora de si se não tiver a oportunidade de ficar irritado de vez em quando.

— O que posso dizer a não ser obrigado? — Jay apertou a mão de Oliver novamente. — Eu aceito. — Deu a Bullock um sutil sorriso de vitória.

Bullock se levantou, sacudiu a cabeça, fungou e saiu da sala sem se despedir.

— Não é um cara muito simpático — observou Jay, olhando o cabelo ruivo desaparecer no corredor.

— Isso incomoda você?

Jay expirou pesadamente.

— Não. Quero trabalhar na McCarthy & Lloyd para fazer dinheiro, não amigos.

Oliver assentiu em aprovação.

— Era isso que eu queria ouvir de você. — A expressão dele ficou séria. — Fiz com que passasse por tudo isso porque precisava ver como reagiria sob pressão. Pedi ao Texugo para endurecer com você antes de eu chegar. A situação pode ficar uma loucura por aqui quando os negócios se desenrolarem. Você foi ótimo, como eu sabia que seria. — Oliver esfregou as mãos. — Agora vamos falar da McCarthy & Lloyd.

Jay fechou os olhos e se permitiu um momento de imenso entusiasmo. Tinha feito o salto para a primeira divisão do mundo financeiro.

— Tudo bem — disse calmamente.

— Como discutimos, eu administro a mesa de arbitragem de participação patrimonial. Minha função é simples: ganhar dinheiro especulando com ações negociadas publicamente. — Oliver virou o currículo de Jay e escreveu alguma coisa no verso. — Às vezes compramos ações de empresas que estão "em jogo" — continuou. — São situações em que uma empresa já recebeu a oferta de tomada de controle e nós apostamos que receberá outra, mais alta, de um segundo comprador ou do comprador original. Talvez surjam diversas ofertas de vários compradores. No fim das contas, vendo nossas ações a quem fez a oferta mais alta. Nessas situações, o risco para mim é que nenhum outro comprador apareça ou que a gerência da empresa alvo não consiga pressionar o comprador original. E aí eu provavelmente perco alguns dólares por ação quando o preço volta a cair, porque em geral ele fica acima da oferta inicial quando o acordo é anunciado.

— Faz sentido. — Jay viu Oliver escrever novamente no papel. Estava constantemente fazendo anotações para si mesmo, prosseguindo na conversa com Jay e pensando em várias outras coisas ao mesmo tempo.

Oliver terminou de escrever, depois cuidadosamente recolocou sua Mont Blanc no bolso da camisa.

— Também compramos ações de empresas que meu pessoal e eu consideramos candidatas particularmente atraentes para tomada de controle... Situações em que uma tomada ainda *não foi* anunciada, mas que pensamos que será num futuro próximo.

Quando uma tomada de controle é anunciada, nós nos beneficiamos quando o preço das ações que temos sobe até o preço da oferta, o que, como você talvez saiba, sempre fica acima do preço de negociação corrente porque quem adquire deve pagar um extra pelo controle.

— Claro.

Oliver sorriu como se estivesse consumindo uma sobremesa deliciosa.

— É ótimo quando compramos uma ação antes de a primeira oferta ser anunciada, porque é aí que está o sumo do jogo da tomada de controle. É quando o preço das ações pode dobrar ou triplicar da noite para o dia. Depois da primeira oferta, em geral as ofertas subseqüentes são só alguns dólares mais altas. — Ele riu.

— Nós nos sentamos e observamos o preço das ações chegar às alturas. No fim das contas, ganhamos milhões, às vezes dezenas de milhões nesses acordos.

— Deve ser difícil conseguir muitos acordos em que se compram as ações antes mesmo do anúncio da primeira oferta — assinalou Jay. — Vocês precisam ter informação privilegiada para fazer isso consistentemente.

Os olhos de Oliver se estreitaram.

— Quer dizer informação *de dentro*?

Jay hesitou, ciente de que tinha entrado numa terra de ninguém.

— Negociar com base em informação de dentro seria ilegal — disse Oliver baixinho depois de um silêncio desagradável. — Escute com muita atenção. Somos absolutamente éticos por aqui. Se um acordo cheira mal, não nos envolvemos. É como aquele pedaço de carne de uma semana na geladeira que não cheira muito bem nem tem uma cara boa. Alguns idiotas estão dispostos a se arriscar a ter uma intoxicação porque não conseguem ver a carne desperdiçada. Então eles comem e acabam no hospital. Aqui na

McCarthy & Lloyd, não ligamos. Ganhamos bastante dinheiro e não precisamos assumir esses riscos tolos. Atiramos a carne podre fora e conseguimos uma fresca. Nosso presidente do conselho não ia querer de outra forma. Tudo o que se tem nesse negócio é sua reputação, Jay. Queremos manter a nossa intacta.

— Claro que sim — concordou Jay. — Quantas pessoas trabalham no grupo de arbitragem? — perguntou, rapidamente levando a conversa para outro rumo.

— Agora são três profissionais, uma secretária e um assistente administrativo. Você será o quarto profissional. — Oliver hesitou. — Podemos contratar mais um em algum momento. De qualquer forma, eu administro a mesa e meu cargo é de diretor administrativo — continuou, gesticulando para a porta. — Bullock é diretor, um cargo abaixo do meu, e é meu braço direito. Temos uma associada também. O nome dela é Abigail Cooper. Você será um vice-presidente, o cargo entre diretor e associado, e diretamente subordinado a Bullock, como Abby.

Jay assentiu. Não ia ser muito divertido ser subordinado a Bullock, mas a vida não podia ser perfeita. E sabia que a atitude de Bullock melhoraria se ele ganhasse dinheiro.

— Agora vamos falar sobre a remuneração — disse Oliver.

Aqui estava o X da questão. O motivo para Jay estar disposto a não ter vida nenhuma fora da McCarthy & Lloyd.

— Seu salário anual será de cinqüenta mil dólares.

— Como é? — O entusiasmo de Jay desapareceu.

Oliver viu a decepção evidente na expressão de Jay.

— É, cinqüenta mil pratas. É o que um profissional do seu nível ganha na McCarthy & Lloyd.

— Mas atualmente eu ganho mais de cinqüenta mil por ano.

— E não temos benefícios por fora para a equipe profissional — continuou Oliver, ignorando a objeção de Jay. — Nem plano de saúde, nem seguro de vida, nem plano 401K, nem mesmo uma pensão.

— Está falando sério?

— Totalmente.

Jay olhou para baixo.

— Mas vou lhe fazer uma promessa, Jay West.

— O que é?

— Vou lhe garantir uma bonificação mínima de um milhão de dólares. E farei isso por escrito. Você aparece na mesa de arbitragem todo dia até o final do ano e em 15 de janeiro a McCarthy & Lloyd lhe dará um cheque de *pelo menos* um milhão.

Jay conseguiu controlar a emoção, apesar da expectativa que dilacerava seu corpo.

— É mesmo?

— Com toda certeza. — Oliver observou cuidadosamente a reação de Jay, um tanto decepcionado que o homem mais jovem não demonstrasse ter sido muito afetado pela novidade de uma bonificação enorme. — E quero que pense em duas coisas. Primeira, já estamos em meados de junho, então esse milhão de dólares representa a remuneração pelo trabalho apenas de meio ano. Pode fazer as contas. — Oliver fez uma pausa como que para permitir que Jay tivesse um segundo para duplicar um milhão. — Segunda, se fizer mais do que vir para a mesa todo dia, sua bonificação em janeiro seguinte poderá ser bem maior que sua garantia. Se aparecer com algumas ações que resultem numa tomada de controle e a empresa tenha algum lucro real como resultado direto de sua contribuição, sua bonificação em janeiro poderá ser de múltiplos do que estou garantindo a você.

Jay apertou os braços da cadeira com os dedos. Um milhão de dólares é uma soma astronômica. Sua vida mudaria drasticamente com esse depósito. Seu salário anual no National City era de setenta mil dólares e a última bonificação foi de 23 mil. Estava acima dos colegas no que se refere a bonificações e se considerava um sucesso. Agora percebia o quanto estava errado.

— Você tem sorte — assinalou Oliver. — Por aqui costumamos dizer que só comemos o que matamos. Mas, no seu caso, você terá uma garantia. Pelo menos no primeiro ano. É claro que, se não produzir, terá de cair fora.

— Eu entendo — respondeu Jay. — Mas vou ganhar o milhão.

Oliver reclinou e bocejou, como se um milhão não fosse nada que o impressionasse.

— Bullock ganhou três milhões em janeiro deste ano — disse casualmente.

O coração de Jay acelerou, mas ele se certificou de que Oliver não detectasse nenhum sinal de empolgação. Ficar empolgado demais com qualquer coisa, até com a possibilidade de uma bonificação imensa, podia ser considerado sinal de fraqueza.

— Fez um excelente trabalho e eu o recompenso porque não quero que vá para outra empresa. Ele ganhou quase trinta milhões de dólares para a McCarthy & Lloyd no ano passado usando muito pouco capital da empresa.

— Não deixarei Bullock saber que me contou quanto ele ganha — disse Jay.

— Não me importo se disser. Ele tem orgulho disso. Você não teria? — Oliver hesitou. — Não existe nenhum segredo sobre quanto as pessoas ganham aqui. Queremos que os números sejam transparentes. Faz com que você se dedique mais. — Os olhos dele brilharam. — Olhe, é assim que Wall Street funciona. Fazemos com que a vida desça a seu elemento mais básico, a sobrevivência, e seu motivador mais poderoso, o incentivo. Todo dia para nós é uma competição total. Se você ganha, ganha muito. Se perde, descobre muito rapidamente e cai fora. Ou é demitido. — O sorriso de Oliver se alargou. — Mas você me parece um vencedor.

— Eu sou — disse Jay com confiança. Tinha deixado o escritório no National City naquela noite sem saber o que esperar e a última meia hora fora uma verdadeira montanha-russa emocional. Mas a entrevista fora muito melhor do que imaginara. A redução no salário seria um pequeno preço de curto prazo a pagar por uma garantia de um milhão de dólares.

Oliver pegou o currículo de Jay.

— Vamos nos reunir com Bill McCarthy, o presidente do conselho da McCarthy & Lloyd.

— Sei quem ele é.

Todos no setor financeiro conheciam o nome de Bill McCarthy. Dez anos antes, ele e Graham Lloyd deixaram carreiras promissoras em um dos mais prestigiosos bancos de investimento de Wall Street para criar o seu próprio banco. Agora, McCarthy era presidente do conselho de uma das empresas privadas mais lucrativas de Wall Street, uma empresa que negociava ações e títulos e fornecia consultoria financeira às pessoas mais ricas dos Estados Unidos, às empresas mais avançadas do mundo e aos governos mais estáveis. McCarthy regularmente aconselhava altos funcionários da Casa Branca e CEOs proeminentes. A *Forbes* estimou seu patrimônio líquido em meio bilhão de dólares e o governador do estado de Nova York e o prefeito de Nova York eram seus amigos.

— Apresse-se. — Oliver levou Jay para a sala de reuniões ao lado. — Ah, uma coisa — alertou Oliver, levantando a mão.

— O que é?

— Tudo o que acontece na McCarthy & Lloyd fica entre as quatro paredes da empresa. Você sabe qual foi a bonificação de Bullock no ano passado, mas esse número não chega a ninguém que não seja funcionário da McCarthy & Lloyd. Da mesma forma como você não discutiria informação confidencial sobre um de nossos clientes com ninguém de fora da empresa. Se alguém é pego discutindo qualquer de nossos negócios com alguém de fora, é motivo para demissão sumária. Temos muita informação importante por aqui quase a cada hora. Precisamos proteger a privacidade de nossos clientes e, como dizem, em boca fechada não entra mosca.

Só em lugares sujos, pensou Jay.

— Bill McCarthy insiste nessa questão, e tem gente que é despedida por violar a política — continuou Oliver. — Bebendo num bar e dizendo coisas que não devia. Entendeu?

Jay percebeu um tom ameaçador na voz de Oliver.

— Sim.

— Ótimo. — O alerta tinha acabado e o tom amistoso retornou. — Vamos. — Oliver foi para o corredor e Jay se apressou para acompanhá-lo. — O verdadeiro problema é a imprensa — disse Oliver por sobre o ombro. — Eles têm uma fome danada para descobrir sobre este lugar.

— Imagino. — Jay estava bem ciente de que os detalhes do que ocorria dentro da McCarthy & Lloyd não estavam disponíveis para o mundo exterior. O *Wall Street Journal* tinha apelidado a empresa de Área 51, como a base altamente secreta da Força Aérea no deserto de Nevada onde o governo desenvolvia armas de última geração e onde, segundo os fanáticos por conspiração, havia alienígenas de Roswell enterrados. Os repórteres apelidaram Bill McCarthy de "Howard Hughes" por sua aversão completa à publicidade.

— É claro que nosso desejo de conservar a discrição só aumenta o apetite da imprensa. — Oliver sorriu. — Bill é um negociador nato. Conseguimos mais publicidade sem dizer nada do que se fizéssemos propaganda.

De repente, o corredor se abriu para o imenso andar de *trading* da McCarthy & Lloyd — mais de quatro mil metros quadrados de extensão. Diante dos dois homens, havia uma fila de estações de trabalho semelhantes a bancadas de refeitório, cada uma com seis metros de comprimento e de frente para um anteparo; do outro lado, havia uma estação de trabalho de igual tamanho. Quatro ou cinco pessoas sentavam-se ombro a ombro de cada lado do anteparo como patronos em um jantar. Cada cadeira era conhecida como uma "posição" no andar. Na frente de cada posição, e apoiadas pelo anteparo, havia várias telas de computador fornecendo informações atualizadas a cada segundo relacionadas com mercados de ações, títulos, moedas e derivativos de todo o mundo. Também em frente de cada posição havia mesas telefônicas com múltiplas linhas para que o corretor pudesse comprar e vender papéis negociáveis instantaneamente. Aparelhos de TV sintonizados na CNN estavam posicionados em toda a sala para mantê-los informados sobre os acontecimentos mundiais, porque um golpe na Rússia podia arrasar os mercados nos EUA com a mesma rapidez que o caos nacional — e vice-versa. Havia pouca decoração no ambiente, só uma pequena bandeira de um ou dois países em cima dos anteparos das áreas de câmbio, indicando as moedas negociadas ali. O ambiente geral era ameno e nada convidativo. Mas a decoração era supérflua e as pessoas ali não tinham tempo para o que não era essencial. Estavam ali para ganhar dinheiro e só.

Oliver parou e apontou para um canto distante.

— Lá — disse, tendo de falar mais alto para superar o zumbido geral de muitas vozes — fica a mesa de participação patrimonial...

— Mesa? — perguntou Jay.

— É — respondeu Oliver. — Não usamos as palavras *grupos* ou *divisões* no andar de *trading*. Chamamos de *mesas*.

— Tudo bem.

— Aquelas três estações de trabalho compreendem a mesa de participação patrimonial... Vendedores e corretores usando dinheiro da casa. Junto da parede fica a mesa de renda fixa, e depois dela está...

— Oliver! — Uma jovem baixinha de cabelos escuros correu para eles pelo corredor aberto que atravessava paralelamente o andar de *trading*. Segurava uma folha de papel.

— Oi, Abby — disse Oliver.

— Estou com a oferta pronta para aquele lote. — Abby sorriu educadamente para Jay, depois voltou a olhar para Oliver. — Vou passar por fax.

— Ótimo. — Pelo canto do olho, Jay percebeu os dedos de Oliver e de Abby se entrelaçando momentaneamente. Depois ela se afastou às pressas e o cheiro de seu perfume flutuou até ele.

— Abby é um doce — disse Oliver. — Uma funcionária tremendamente esforçada. Vai ficar aqui até pelo menos dez da noite. — Ele olhou para Jay. — Abby é a associada na mesa de arbitragem de que lhe falei antes. Vai gostar dela.

— Tenho certeza de que sim. — Jay olhou a mão esquerda de Oliver e viu uma aliança de casado.

— Ei, cara, vi você secando a Abby e tenho de dizer que concordo com seu gosto. — Oliver deu um soco amistoso no braço de Jay. — Mas não alimente nenhuma idéia. Ela é comprometida. — Virou-se e começou a avançar novamente. — Como eu estava dizendo, a mesa de mercado de capitais fica lá, ao lado do pessoal da renda fixa, e nosso lar, a mesa de arbitragem de participação patrimonial, é posicionada no canto mais distante. Só temos uma estação de trabalho, mas ganhamos mais dinheiro que qualquer pessoa em todo o andar. — Acenou para a mesa casualmente. — A diferença entre nós e os caras do patrimônio no canto é que negociamos *somente* com ações de tomada de controle. Eles negociam com todas as outras ações.

Jay seguiu o gesto de Oliver e teve um vislumbre de Bullock sentado diante de um computador, analisando uma de suas telas.

— Ei, é Deus!

A cabeça de Jay virou de repente para a direita. Um corretor jovem a seis metros de distância dirigiu a observação a Oliver.

— Você é o cara, Oliver! — gritou outro.

— Por que isso? — perguntou Jay.

Oliver assentiu amigavelmente para os dois corretores.

— A mesa de arbitragem vem se saindo tremendamente bem desde que cheguei aqui há cinco anos — explicou, sem nenhuma modéstia. — Como eu disse, somos pequenos em termos de pessoal, mas ganhamos mais dinheiro que qualquer outra mesa. A mesa de renda fixa em que aqueles dois caras trabalham não foi muito bem no ano passado. Na verdade, perderam dinheiro para a empresa, mas ainda receberam bonificações decentes porque minha mesa, a mesa de que está prestes a se tornar parte — destacou Oliver — cobriu o prejuízo. De novo — vangloriou-se Oliver.

— Aí vem o rei! — gritou alguém.

Jay sacudiu a cabeça. Era como acompanhar a realeza.

— Lá em cima ficam os grupos de fusão e aquisição, finanças corporativas e finanças de projeto — continuou Oliver, ignorando a última saudação. — Bill não gosta que esses grupos sejam alocados no andar de *trading* por causa do potencial de conflito de interesses. Como se não fosse conflito de interesses ter a mesa de arbitragem no mesmo andar dos corretores de ações — disse, presunçoso. — Eles tomam conhecimento das ofertas de tomada de controle antes de quase todo mundo, exceto do pessoal de fusões e aquisições, e seria muito fácil um deles correr para nós e nos dar o furo para que possamos negociar com base nele. Mas esta é a empresa de Bill. Ele pode fazer o que quiser.

Jay deu uma olhada no andar. A maioria das várias centenas de indivíduos que falavam ao telefone, olhavam telas de computador ou conversavam era de homens, e as poucas mulheres no andar eram jovens e atraentes. Percebeu o modo como a maioria deles assentia reverentemente para Oliver e como Oliver respondia a pouquíssimos deles.

— Vai assinar um contrato conosco amanhã — assinalou Oliver. — Provavelmente nunca fez isso no National City, não é?

— Não.

— Não se preocupe, é procedimento padrão. Vai dizer em detalhes os termos legais e financeiros de seu emprego. — Oliver bateu palmas e riu. — Vai estipular que você não pode nos processar por nada. Que qualquer disputa que tenha com a McCarthy & Lloyd será resolvida por um árbitro do setor. Provavelmente alguém que deve um grande favor a Bill. Muitos dos bancos de investimento abandonaram essa política e assim permitem que os funcionários os processem, mas nós não. Não temos de fazer isso. — Oliver bateu na parede com a palma da mão aberta. — Que porcaria isso, hein? Mas que diferença faz? Todo mundo sabe que você está aqui para ganhar dinheiro e que, se não ganhar, será demitido. Se quiser uma vida confortável, Jay West, venda sofás e espreguiçadeiras. E pelo amor de Deus, não diga ao pessoal dos recursos humanos que precisa que um advogado analise o contrato. É uma tremenda bola fora.

— Não vou dizer.

Oliver pegou um corredor que saía do andar de *trading* e o ruído surdo diminuiu.

— Que dia é hoje?

— Terça — respondeu Jay, feliz por ajudar, mesmo numa coisa banal, a um homem que lhe garantira pelo menos um milhão de dólares em pouco mais de sete meses.

— Muito bem, então você começa na quinta.

— Não posso.

— O quê? — Oliver parou abruptamente e se virou, as mãos nos quadris, o rosto retorcido numa expressão de grande irritação.

Jay piscou lentamente.

— Tenho de dar ao pessoal do National City as duas semanas de praxe antes de sair. Quero que tenham muito tempo para colocar alguém no meu lugar e fazer a transição tranqüilamente.

— Que besteira, Jay! — berrou Oliver, furioso. — Garoto, eu acabo de lhe garantir uma bonificação de um milhão de dólares em janeiro do meu orçamento operacional pessoal. Quero você neste prédio ontem. Não na semana que vem, nem uma semana depois, mas na quinta. Acho que estou sendo generoso demais em lhe dar dois dias para colocar sua casa em ordem. Por um milhão de dólares, você deve plantar sua bunda na cadeira e começar a trabalhar para mim assim que terminar de falar com Bill McCarthy. Cada dia que estiver trabalhando no National City não estará trabalhando para mim.

— É que o pessoal do National City foi legal comigo — disse Jay baixinho. — São meus amigos. Queria sair de lá em bons termos. Acho que é importante.

— Não tem nem metade da importância de me agradar, amigo — respondeu Oliver friamente.

Jay olhou para Oliver por vários segundos. Os executivos seniores do National City não iam ficar felizes, mas Oliver Mason tinha lhe oferecido a oportunidade da vida dele. Não tinha alternativa.

— Tudo bem, estarei aqui bem cedo na quinta.

— Essa é a resposta certa. Você me deixou preocupado por um segundo, garoto. Lembre-se, não importa o que lhe digam, a vida é uma rua de mão única. Essa mão vai direto para a frente. Fique de olho no alvo, ande direto por ela do jeito que puder e não perca tempo se preocupando com pessoas que não podem fazer mais nada por você. A partir deste momento, aqueles idiotas do National City fazem parte do passado. Eles que se fodam. — Oliver viu que Jay lutava com sua decisão de deixar o National City tão abruptamente. — Você não tem filhos, tem? — perguntou.

— Não.

— Tenha — aconselhou Oliver.

— Por quê?

— São as únicas pessoas que vão gostar de você de verdade.

— Como assim?

— Eles não conhecem nada melhor. Infelizmente, até eles sacam tudo em algum momento. — Oliver sacudiu a cabeça. — É, tenha alguns filhos, Jay, mas não me entenda mal. Não estou sugerindo que tenha uma esposa. — Continuou pelo corredor. — Chegamos — anunciou de repente, abrindo a porta sem bater. — Oi, Karen.

— Oi, Oliver.

Jay viu Oliver se dirigir para a mesa, pegar a mão de uma mulher atrás dela, inclinar-se e galantemente beijar as costas dos dedos dela.

— Oh, Oliver. — A mulher virou a cabeça para o lado, encantada com a atenção Oliver.

— Jay, esta é Karen Walker — Oliver acenou para Karen. — É a secretária executiva muito eficiente de Bill McCarthy.

Jay julgou que Karen devia ter uns cinqüenta anos. Era a primeira mulher com essa idade que via na McCarthy & Lloyd.

— Olá.

— Oi — disse ela educadamente, depois voltou a atenção para Oliver. — Como está sua adorável esposa?

— Muito bem, obrigado.

— Olá, Oliver. — A voz de Bill McCarthy retumbou quando ele apareceu na soleira da porta do escritório, as mangas da camisa enroladas acima dos cotovelos e o pouco que restava de um charuto aceso preso entre os dentes. Era um urso com um nariz grande, bochechas carnudas e uma cabeleira loura desgrenhada.

— Olá, Bill. — Oliver ergueu uma caixa de charutos de couro preto. — Tenho uma coisa para você.

— O que é? — perguntou McCarthy com seu profundo sotaque do sul.

— Davidoff Double R's. — Pegou dois da caixa e ofereceu um a McCarthy. — Vinte pratas a unidade. O melhor charuto de Cuba.

McCarthy pegou os charutos da mão de Oliver sem dizer uma palavra, depois foi diretamente a Jay e apertou a mão dele.

— Bill McCarthy.

— Jay West.

— Me acompanhe, Sr. West — ordenou McCarthy asperamente, voltando para a sala dele.

Jay se dirigiu à porta do escritório através da qual McCarthy tinha desaparecido.

— Divirta-se — disse Oliver baixinho. — Mas não diga nenhuma idiotice, como não poder sair do National City por duas semanas porque o pessoal de lá tem sido tão bonzinho com você.

— Não vai entrar? — perguntou Jay, ignorando a observação de Oliver.

— Não. Você não vai ficar muito tempo. Me procure quando terminar.

— Tudo bem.

— Entre — grunhiu McCarthy quando Jay hesitou à porta do espaçoso escritório. Era um escritório de esquina com uma vista panorâmica de Lower Manhattan com o porto de Nova York ao fundo. Luzes de barcos ancorados ao norte da ponte Verrazano-Narrows brilhavam a distância enquanto anoitecia na cidade. — Feche a porta — instruiu McCarthy, sentando-se atrás de uma enorme mesa abarrotada de papéis e copos descartáveis pela metade com café preto.

Jay empurrou a porta, fechando-a, e ela estalou atrás dele.

— Vamos deixar umas coisas claras logo de uma vez — começou McCarthy. — Não me chame de Sr. McCarthy, nem de senhor. Me chame de Bill. Esta é uma empresa colegial.

O sotaque sulino de McCarthy era pesado, e Jay teve de prestar muita atenção para entender.

— Tudo bem... Bill.

42 | STEPHEN FREY

— E também não puxe o meu saco com essa porcaria de respeito falso. E sim, estou ao norte dos quinhentos milhões de dólares. Na verdade, bem ao norte. Ao norte do pólo norte. — Ele riu. — E converso com um dos principais conselheiros do presidente algumas vezes por semana. Com funcionários do governador e do prefeito também. Eles estão constantemente procurando minha orientação. O artigo da *Forbes* que você provavelmente leu para se preparar para a entrevista estava correto; na verdade, não pintou o quadro todo. Sou mais bem-relacionado do que eles disseram, e isso por dois bons motivos: quase sempre estou certo quando dou conselhos e sou generoso com minhas colaborações. Dê dinheiro a políticos e eles farão qualquer coisa por você. Nesse aspecto, são as pessoas mais previsíveis do mundo. — McCarthy deu uma baforada no charuto e atirou na mesa abarrotada os Davidoffs que Oliver lhe dera. — Agora sente-se — orientou novamente, apontando para uma cadeira na frente da mesa enquanto começava a vasculhar a bagunça diante dele.

Jay foi até a cadeira e se sentou.

McCarthy olhou para o homem mais novo enquanto vasculhava os papéis. Jay era alto e magro, com cabelo liso de um louro escuro em camadas, repartido de um lado. Caía em sua testa quase até as sobrancelhas escuras e até a base do colarinho nas costas. Seu rosto era fino mas forte, dominado por grandes olhos azuis escuros, lábios grossos e um nariz que era ligeiramente torto — provavelmente quebrado em algum momento, supôs McCarthy. E debaixo de um dos olhos havia uma cicatriz desbotada de um centímetro e meio, a única imperfeição em um rosto que ainda precisava se barbear só duas vezes por semana para manter a distância a esparsa cobertura de pêlos. Mas a característica que impressionou McCarthy não foi física. O que o impressionou tanto e lhe plantou uma leve semente de preocupação foi a autoconfiança evidente nas maneiras de Jay.

O INFORMANTE | 43

McCarthy arrastou a cadeira para perto da mesa.

— Você precisa cortar o cabelo — disse repentinamente.

— Como? — Jay estava olhando a vista do porto.

— Seu cabelo é comprido demais. Não gosto disso.

— Tudo bem. — Jay olhou furtivamente de um jeito inquisitivo para o cabelo um tanto comprido de McCarthy.

McCarthy continuou revirando a papelada na mesa.

— Sei que Oliver me mandou seu currículo pelo malote, mas não consigo encontrar nessa pilha de lixo. — Desistiu da busca e se reclinou na ampla cadeira de couro. — Então me dê uma versão em áudio, e que seja resumida.

— Tudo bem. Sou de Bethlehem, Pensilvânia. Me formei em Lehigh há seis anos com diploma em inglês. E desde então trabalho para o National City Bank como especialista em finanças corporativas.

McCarthy tirou a ponta do charuto da boca e apontou para Jay.

— Quer dizer que trabalha como funcionário de empréstimos.

— Como?

— Vocês, dos bancos comerciais, dizem que são especialistas em finanças corporativas — disse McCarthy de mau humor. — Mas, para mim, um especialista em finanças corporativas é alguém que subscreve dívida pública e negócios patrimoniais, o que eu apostaria um dinheirão como você nunca fez. Você faz empréstimos, não é?

Em seis anos no National City, Jay nunca passara por um confronto pessoal nem tivera suas capacidades questionadas. Na McCarthy & Lloyd, isso já havia acontecido três vezes nos últimos vinte minutos, e ele ainda nem era oficialmente funcionário da empresa.

— Fiz alguns acordos — respondeu tranqüilamente.

McCarthy pensou em aprofundar-se um pouco mais, depois decidiu que não.

— Serei rude. Oliver está lhe dando uma grande chance. Eu disse a ele que devia contratar alguém de Princeton ou de Harvard, mas ele quer contratar você. — McCarthy deu de ombros. — Os instintos de Oliver são excelentes. Ele administra a mesa de arbitragem e ganhou muito dinheiro para mim nos últimos cinco anos. Se ele quer lhe dar uma chance, é problema dele. Mas deixe-me dizer uma coisa. — McCarthy se inclinou por sobre a mesa. — As pessoas vão vigiar você de perto e a reputação de Oliver vai sofrer se você não engrenar. Ele ganhou muita grana para mim, mas eu não ligo muito para o passado. O que interessa é o presente. Lembre-se disso — disse McCarthy com vigor. — Oliver está passando por uma pressão enorme, como todo mundo por aqui. Mas para lidar com essa pressão, Oliver tem uma casa de veraneio no Caribe, veleja com o barco dele de cinqüenta pés do Iate Clube de Westchester no verão, dirige carros caros, manda o filho para a melhor escola particular da região e tira férias que a maioria das pessoas só ouve falar de Robin Leach. — McCarthy esmagou a ponta acesa do charuto em um cinzeiro de cristal colocado em cima de uma pilha de pastas. — Oliver quer lhe garantir um milhão de dólares em janeiro. Pessoalmente, não vejo por quê. Mas é o orçamento dele, e ele tem autoridade para fazer isso. — McCarthy ergueu a mão. — É o orçamento dele, mas o dinheiro é meu. Se você não produzir, vai para a rua e Oliver terá um grande problema, porque eu detesto perder dinheiro. Para mim, é como ouvir unhas raspando lentamente num quadro-negro. Me dá arrepios. — Fez uma pausa. — Oliver botou o pescoço dele em um cepo por sua causa. Ele lhe deu uma oportunidade que muita gente graúda mataria para ter. É melhor reconhecer isso.

— Eu reconheço — disse Jay calmamente. Agora entendia por que Oliver tinha explodido com a idéia de Jay levar duas semanas para sair do National City. Na McCarthy & Lloyd, esperava-se que você produzisse imediatamente. O ritmo ali seria frenético desde o toque de abertura e só se intensificaria depois disso. Não se tolerava a derrota. — Não vou esquecer o que ele fez por mim.

— Ótimo. — McCarthy olhou o relógio. — Tenho um jantar no Waldorf. Alguma pergunta?

— Só uma. — Jay ergueu o indicador. — Como é ter meio bilhão de dólares?

McCarthy olhou para Jay por vários segundos, depois se levantou e contornou a mesa até ficar parado diretamente diante do homem mais novo.

— Talvez você descubra um dia — grunhiu, depois riu contra a própria vontade. Ele pegou a mão de Jay. — Bem-vindo ao clube, Sr. West.

CAPÍTULO 2

Jay pôs a pasta na mesa de arbitragem, retirou o paletó e o pendurou caprichosamente nas costas da cadeira. Jay, Bullock, Abby e uma secretária tinham lugares deste lado do anteparo, enquanto o lugar de Oliver ficava do outro lado dos monitores de computador e mesas telefônicas ao lado da assistente administrativa. Dos dois lados da cadeira de Oliver havia duas posições vagas. Ele mencionara a possibilidade de trazer pessoal para preencher os lugares vagos várias vezes; porém, Jay já estava na McCarthy & Lloyd há mais de um mês e nada aconteceu que o fizesse acreditar que Oliver realmente pretendia contratar alguém. Contratar mais gente significava dividir a riqueza, algo que Oliver relutava em fazer.

— Oi, Abby — disse Jay alegremente. Era cedo, poucos minutos depois das sete e meia, e ela era a única na mesa. Ele espiou por sobre as telas de computador, mas não conseguiu concluir se Oliver tinha chegado. Um paletó de terno amarrotado estava pendurado nas costas da cadeira dele, mas Jay notou que era o mesmo que Oliver usara no dia anterior. — Como você está nesta bela manhã de julho?

Abby parou de digitar e desviou os olhos do gráfico histórico da Dow Jones Industrial Average que ocupava toda a tela de um de seus monitores.

— Quente.

— Entendo o que quer dizer. — A cidade de Nova York estava sofrendo de uma opressiva onda de calor, e a viagem de metrô do apartamento de Jay, no Upper West Side, cortando metade de Manhattan até Wall Street no trem número 2, fora sufocante e desagradável. — O calor está insuportável.

— Especialmente quando seu ar-condicionado pifa.

Jay olhou para Abby. Ela era baixa — pouco mais de um metro e sessenta — e tinha pele azeitonada, cabelos castanho-escuros com luzes ruivas, um sorriso envolvente e um corpo escultural. Seu rosto era sem graça, mas seu sorriso constante fazia com que os traços normais ficassem incomumente atraentes.

— Isso não é bom. — Abby morava do outro lado do rio East em um quarto e sala no quinto andar de um prédio sem elevador no Queens. Tinha convidado Jay para uma reuniãozinha uma semana depois de ele ter começado na empresa para apresentá-lo a vários amigos. Com a unidade de refrigeração quebrada, o apartamento devia estar um forno neste calor. — Posso passar por lá e dar uma olhada nele — ofereceu-se. — Não sou engenheiro, mas meu pai me ensinou uma ou duas coisinhas sobre peças de motor.

— Imagino — caçoou ela, erguendo uma sobrancelha e dando a Jay uma olhadela sugestiva antes de soltar uma gargalhada.

Ele se espreguiçou na cadeira, sorrindo. Os dois se tornaram amigos durante o último mês. Não ficara nada ressentida de ele ter se juntado à mesa de arbitragem vindo de fora e ocupando cargo superior ao dela. Na verdade, Abby tinha se desdobrado para ele se sentir mais à vontade. Ao contrário de Bullock, que ainda fazia de tudo para tornar um inferno as primeiras semanas de Jay.

— Não se preocupe com o ar-condicionado — disse ela. — Meu pai vai lá hoje à noite para consertar. Se não conseguir, segundo ele disse, vai me dar um novo. Mas obrigada por se preocupar.

— Tudo bem.

— Ah! — Abby estalou os dedos e pegou um papel rosa de recado. — É melhor falar com esse cara. Ele ligou três vezes nos últimos dez minutos.

Jay pegou o papel com Abby.

— Brian Kelly. — Leu o nome em voz alta. — Kelly trabalha na Goldman Sachs. Negocia ações comuns para instituições. Oliver estava maluco ontem à noite tentando falar com Kelly. — Abby tinha tirado o dia anterior de folga e não sabia das novidades.

— Por que Oliver tentou tanto falar com Kelly?

— Tem a ver com a Bates Corporation — explicou Jay.

— A Bates é a empresa que andou tentando rechaçar uma tomada de controle hostil daquele conglomerado britânico. Não é isso?

— É — confirmou Jay. — Os britânicos ofereceram 65 por ação pela Bates duas semanas atrás.

— Oliver não comprou um grande lote de ações da Bates um dia depois de anunciarem a oferta?

— Isso mesmo. Oliver tinha certeza de que outra empresa ia aparecer e fazer uma oferta mais alta pela Bates do que a do conglomerado britânico. Achou que podia ganhar uns dólares por ação muito rapidamente. Mas, até agora, nada aconteceu. Ninguém mais fez uma oferta pela Bates.

— O que Brian Kelly tem a ver com isso? — perguntou Abby.

Jay olhou em volta furtivamente.

— Oliver recebeu um telefonema ontem à noite, aqui na mesa, de alguém que disse a ele que a General Electric ia fazer também uma oferta pela Bates. — Tocou a cicatriz embaixo do olho. — Uma oferta muito maior que a dos britânicos.

— Quem ligou para ele sobre a oferta da GE? — perguntou Abby, desconfiada.

— Não sei — admitiu Jay.

— Ele nunca conta, não é?

— É. — Jay quis perguntar a Oliver sobre a fonte da informação da GE, mas não perguntou porque parecia claro que Oliver não queria falar no assunto. — Quando soube da GE ontem à noite, Oliver tentou falar com Kelly imediatamente. Kelly tinha dito a Oliver mais cedo que a Goldman tinha umas ações da Bates para vender. Mas Oliver não gostou do valor que Kelly pediu, e a essa altura, ainda não sabia sobre o acordo da GE. Quando Oliver ligou para Kelly ontem à noite, ninguém da Goldman conseguiu encontrá-lo. Acho que já tinha ido para casa. Oliver gritava no telefone a plenos pulmões.

— É mesmo?

— É. Devia ter ouvido. Ele ficou maluco. As veias do pescoço dele saltavam. Como não conseguiu achar Kelly, tentou todos os outros bons contatos de Wall Street, mas ninguém tinha ações da Bates para vender. — Soltou um suspiro pesado. — Se houver ações disponíveis na Goldman e nós não conseguirmos, Oliver vai ficar uma fera. — Jay se levantou e deu uma olhada no andar. — Oliver e Bullock já chegaram?

— Não — respondeu Abby. — Estou aqui desde as cinco e meia e não vi nenhum dos...

— Cinco e meia? — perguntou Jay, incrédulo.

— Não consegui dormir. Meu apartamento estava a uns quarenta graus.

— Ah, é verdade, o ar-condicionado pifado. — Jay olhou o andar novamente. Oliver ficaria furioso se perdessem a oportunidade dobrada da Bates e a General Electric anunciasse uma imensa tomada de controle. Para Oliver, largar dinheiro na mesa era um crime mais grave do que assassinato. Tinha a mesma importância de dividir a riqueza. Mas ficaria igualmente irritado se Jay comprasse as ações a um preço alto demais e a oferta da GE não acontecesse. — Me faça um favor, Abby — disse calmamente.

— Claro.

— Ligue para Kelly. Descubra a quem ele está oferecendo as ações da Bates e quantas tem. — Jay se levantou. — Preciso verificar uma coisa.

— Tudo bem — disse ela, hesitante. — Mas lembre-se, Jay, eu não tenho autoridade para negociar.

— Eu sei. — Ele tocou o braço dela para tranqüilizá-la. — Não vou colocar você numa situação ruim. Só consiga a informação. Se Kelly começar a gritar e dizer que precisa saber imediatamente qual é a nossa decisão, desligue. — Jay se virou e se afastou.

Cinco minutos depois, estava de volta.

— Conseguiu falar com Kelly?

Abby assentiu. Parecia abalada.

— E?

— Ele tem um milhão de ações da Bates para vender — comunicou, a voz tremendo um pouco. — Foi como você disse, Jay. Ele gritou comigo desde o início que eu tinha de tomar uma decisão imediata. Disse que há outros compradores interessados. Quer fechar negócio com Oliver, mas o prazo está se esgotando.

— Que preço Kelly pediu pelas ações? — perguntou Jay, pegando o telefone e olhando o computador em busca de um preço *off-hours*.

— Setenta e três — respondeu ela, nervosa.

— Cretino — sussurrou.

— Qual é o problema?

— Kelly está nos enganando — respondeu Jay. — O preço na tela é de apenas setenta dólares por ação, o mesmo preço que nosso pessoal da participação patrimonial passou para mim há um minuto — pensou nas opções que tinha. — Mas um milhão de ações é um grande lote, e Oliver falou que a oferta da GE podia ser de mais de oitenta dólares por ação.

Os olhos de Abby se arregalaram.

— Oitenta dólares?

— É. — Jay olhou para ela. — Se comprarmos as ações da Bates com Kelly a 73 e a GE oferecer oitenta, ganhamos sete dólares por ação. São sete milhões de dólares se comprarmos todo o lote de um milhão. E podemos ganhar esses sete milhões de dólares da noite para o dia. Literalmente.

— Mas a oferta da empresa britânica é de apenas 65 — assinalou Abby. — Se você comprar um milhão de ações a 73 e a oferta da GE não for feita, a McCarthy & Lloyd vai *perder* oito dólares por ação. São oito milhões de dólares. — Abby sacudiu a cabeça. — Está baseando a compra das ações da Bates só em boatos. E todos sabemos que os boatos no mundo das tomadas de controle valem tanto quanto as promessas de candidatos à presidência da República.

Jay sorriu meio torto enquanto discava o número de Kelly.

— Isso pode ficar interessante. — Gesticulou para Abby pegar a extensão para ouvir.

— Alô! — O telefone foi atendido ao primeiro toque.

— Preciso falar com Brian Kelly.

— É ele mesmo.

Jay ouviu uma comoção do outro lado da linha.

— Brian, aqui é Jay West, da McCarthy & Lloyd.

— Ah, é? Onde está Oliver? Quero falar com ele.

— Oliver ainda não chegou.

— Que ótimo — grunhiu Kelly.

— Posso tomar uma decisão sobre a Bates — disse Jay calmamente.

— É? Bom, você tem três minutos para fazer isso. Oliver foi um bom cliente no passado, mas não vou ficar esperando por ele.

— Me dê sua oferta — exigiu Jay.

— Eu disse a alguém daí há um minuto. O preço é de 73.

— Ofereça 71 — disse Jay rapidamente.

— Acho que não temos um acordo — respondeu Kelly com uma risadinha.

Jay sentiu as longas unhas de Abby cravando em seu braço direito. Ele se virou, olhou para ela por um segundo e pegou o papel que ela estava estendendo.

— Estou esperando — disse Kelly, presunçoso.

Jay leu o papel.

— O silêncio está muito alto — acrescentou Kelly, pressionando. — Vou desligar e vender para...

— Setenta e um por quinhentas mil ações — interrompeu Jay.

— Eu tenho um milhão de ações! — gritou Kelly. — Eu disse à mulher que ligou para mim de seu escritório antes que é uma venda em bloco. O lote todo. Não vou quebrar. Um milhão de ações ou nada.

— Essa é minha oferta — disse Jay tranqüilamente. — E é a última.

— Vou contar até três, Jay West, e se eu não ouvir 73 por um milhão de ações, estou fora!

— Pode contar até *cento* e três, se quiser, Kelly. Mas a oferta não vai mudar. Tenho certeza de que Oliver ficará feliz em saber como você foi gentil. Estou aqui há apenas um mês, mas sei do volume dos negócios dele com você e quanto dinheiro ganhou conosco. — Fez uma pausa. — Aposto que essa sopa não ia continuar.

O silêncio agora vinha de Kelly.

— Kelly?

Nenhuma resposta.

— Bem, tenha um bom dia — disse Jay educadamente.

— Tá legal! — gritou Kelly. — Fechado. Quinhentas mil ações a 71. Droga!

Jay piscou para Abby.

— Ótimo. Os caras das operações vão fechar isso mais tarde. Foi bom negociar com você, Kelly. — Mas só o que ouviu foi o som do telefone sendo batido na orelha dele.

— Boa, Jay. — Abby sorriu enquanto baixava o fone. — Você foi ótimo.

— Você me salvou, Abby. — Recostou-se na cadeira e respirou fundo. — Eu teria comprado todo o lote de um milhão se você não tivesse me lembrado que um milhão de ações nos dariam mais de cinco por cento da Bates.

Quando uma única entidade possuía cinco por cento das ações de uma empresa, o comprador era legalmente obrigado a relatar sua posição acionária à Comissão de Valores Mobiliários — uma revelação que ficaria disponível a qualquer um que olhasse os relatórios da CVM. Oliver tinha proibido estritamente a todos da mesa de arbitragem de comprar o que desse à McCarthy & Lloyd mais de cinco por cento de qualquer empresa. Não queria que ninguém soubesse o que ele estava fazendo.

— Obrigado.

— Não conte a ninguém — disse Abby.

Jay olhou para ela. Abby tinha se tornado uma boa amiga rapidamente. Não tinha dúvida de que Bullock teria deixado que ele comprasse o milhão de ações, depois deixado que suportasse a cólera de Oliver, o que Jay testemunhara várias vezes nas últimas semanas. As explosões vulcânicas que faziam os inocentes fugirem em busca de proteção e o alvo se acovardar. Mas Abby nunca o deixaria nessa situação. Sorriu para ela. Estranhamente, não havia tensão sexual entre os dois. Ela sutilmente deixava claro a todos que não estava disponível. Mas nunca falara de um namorado e não parecia receber telefonemas de pretendentes na mesa.

— Bom dia.

Jay e Abby se viraram ao som da voz nasalada de Oliver. Ele estava de pé atrás deles, o rosto com um bronzeado saudável.

— Você está ótimo.

— Obrigado, Abby. — Oliver passou os olhos nas pernas dela.

— Passei o fim de semana no veleiro. Foi ótimo. Uma brisa gostosa e nem uma nuvem no céu o tempo todo. Devo ter pego uma cor.

— Definitivamente pegou. — Abby olhou para Jay. — É o que vamos tentar fazer quando formos diretores executivos seniores: passar os domingos velejando no estreito de Long Island, pegando um bronzeado. — Deixou escapar um suspiro de frustração.

— Mas por enquanto damos duro na obscuridade, ganhando salário mínimo e passando os fins de semana de verão no Central Park porque é o que podemos pagar.

— Arrã.

Jay olhou para Oliver. Apesar de todo o escarcéu sobre todos na McCarthy & Lloyd saberem quanto todo mundo ganhava, Oliver tinha ordenado a Jay que não contasse aos outros sobre a garantia de bonificação de um milhão em janeiro seguinte.

— Então você levou sua mulher para velejar no fim de semana — disse Jay alegremente.

Oliver sacudiu a cabeça.

— Não. Barbara estava fora, numa exposição de cavalos — explicou brevemente.

— Entendi. — Era estranho. No primeiro dia de trabalho de Jay, Oliver tinha feito o papel de pai orgulhoso, acompanhando Jay por toda a empresa para que ele conhecesse os jogadores importantes. Almoçaram juntos na sala de jantar formal da empresa com Bill McCarthy e desfrutaram de uma costeleta de carneiro deliciosa servida em terrinas de prata por uma equipe atenciosa. Mas, desde esse dia, há um mês, Oliver esfriara. Não era antipático, mas também não era cordial.

— O que está rolando por aqui? — perguntou Oliver desconfiado, apontando para os telefones. — Quando eu estava entrando, parecia haver muita ação.

— Jay acaba de fechar um ótimo negócio — Abby se prontificou a contar. — Comprou um lote de ações da Bates com aquele cara, o Brian Kelly, da Goldman.

— Quantas? — perguntou Oliver rapidamente. — Não me diga que passou dos 5 por cen...

— Relaxe — interrompeu Jay. — Kelly tentou nos vender um milhão, mas só comprei metade. Ainda estamos abaixo dos cinco por cento. A operação não será revelada.

— Bom garoto. Fico feliz que tenha se lembrado disso no calor da batalha. Mostra que está aprendendo.

Jay apontou para Abby.

— Abby me lembrou. Não posso ficar com o crédito.

— Quanto pagou pelas ações? — perguntou Oliver, ignorando a honestidade de Jay.

— Setenta e um.

— Parece muito — rebateu Oliver.

— Não se a GE aparecer — opôs-se Jay.

Oliver esfregou o queixo, pensativo. Finalmente gesticulou para Abby.

— Por que não vamos até a sala de reuniões para vermos aquela proposta que vou levar ao Bill hoje à tarde?

— O quê? — Uma expressão confusa apareceu no rosto de Abby.

— A proposta — repetiu Oliver concisamente. — Aquela sobre a qual conversamos na sexta à tarde.

— Ah, sim — Abby levantou-se rapidamente da cadeira, pegou uma pasta e seguiu Oliver pelo labirinto da sala de *trading*.

Jay os observou sair. Eram só sete e meia, mas o andar já estava lotado e eles tiveram de abrir caminho pelos corretores que gritavam pedidos de compra e venda ao telefone. Por fim, mergulharam num corredor na outra extremidade da sala. Era estranho. A pasta que Abby pegara parecia vazia.

Depois que eles sumiram, Jay se virou para ver as telas de computador. Fortunas podiam ser ganhas usando as informações daqueles monitores, especialmente em uma empresa como a McCarthy & Lloyd, que dava às pessoas quantias generosas por negociarem com ela. O truque para ganhar essa fortuna era simples: encontre a ação certa em que apostar. Mas até agora ele não tinha apertado o gatilho em um único negócio — exceto pelas ações da Bates, cujo crédito ele não merecia, de qualquer forma, porque Oliver tinha feito a compra inicial duas semanas antes. Ele sentia que o comportamento reservado de Oliver era, em parte, uma reação a seu início lento. Jay cerrou os dentes. Queria ganhar dinheiro para Oliver e para a empresa, mas não queria perder nenhum. Estava bem ciente da importância das primeiras vitórias e das primeiras derrotas. Reputações eram construídas ou destruídas com base no sucesso ou no fracasso das primeiras negociações.

— Bom dia. — Bullock atirou o paletó no anteparo atrás dos monitores de computador, afrouxou a gravata, enrolou as mangas de sua camisa azul-escura e se sentou numa cadeira ao lado de Jay.

— Bom dia — respondeu Jay cautelosamente. Bullock raras vezes começava o dia com uma saudação amigável.

Bullock colocou um saco de papel pardo na mesa, tirou um *muffin* integral, passou uma quantidade generosa de manteiga em cima e deu uma grande dentada, colocando quase metade dele na boca de uma vez.

— Alguma dica quente de ação para mim? — perguntou com a boca cheia, deixando cair farelo no chão.

Jay ouviu um tom sarcástico através do *muffin*. Oliver ainda não verbalizara seu desagrado com o começo lento de Jay. Bullock, por outro lado, implicava com ele constantemente.

— Sim, a empresa que faz esse *muffin* que está engolindo. Você deve comer cinco deles ao dia.

— Três — corrigiu Bullock.

— E a empresa que produz o Slim-Fast — acrescentou Jay.

— Você vai acrescentar alguns pontos ao preço das ações deles quando toda essa gordura começar a se acumular na sua cintura.

— É aí que você se engana. Malho duas vezes por dia, todo dia... Antes de vir para cá, de manhã, e à noite, quando chego em casa. É tudo que posso fazer para manter o peso, garoto.

— Por que malha tanto, aliás? — perguntou Jay, irritado por Bullock ainda se referir a ele como "garoto". Bullock gostava de fazer propaganda de sua musculatura, usando camisas pequenas demais, que ficavam apertadas no peito. — Está tentando compensar outras deficiências que não podemos ver?

— Por que faz tantas perguntas idiotas?

Jay sorriu.

— Aí está o Sr. Simpatia a que estou acostumado. Fiquei meio preocupado quando me deu bom dia. Na verdade, você parecia agradável.

Bullock terminou de mastigar e limpou a boca com um guardanapo.

— Não vai soltar esse sorrisinho arrogante quando Bill McCarthy quiser saber por que você não ganhou dinheiro nenhum para a mesa de arbitragem.

— Não se preocupe comigo, Texugo — rebateu Jay.

— Não estou nem um pouco preocupado com você — garantiu Bullock a Jay. — Na verdade, vou gostar muito do dia em que Bill aparecer aqui e começar a gritar sobre seu desempenho fraco na frente de toda a porra do andar. E esse dia virá logo. Ele não grita com ninguém há algum tempo, e você é o candidato perfeito. Se acha Oliver impaciente, espere até ver Bill — fez uma pausa.

58 | STEPHEN FREY

— E garantias nem sempre são garantias, mesmo quando são feitas por escrito.

— O que quer dizer com isso? — perguntou Jay.

— Você pode deduzir.

Jay se reclinou na cadeira, perguntando-se se a McCarthy & Lloyd podia descumprir sua bonificação.

— Oliver não ia me ferrar desse jeito.

— Não tenha tanta certeza disso — murmurou Bullock.

— Além do mais — disse Jay —, estou trabalhando numas coisas que darão um dinheiro significativo.

— Tipo o quê? — Bullock passou mais manteiga no *muffin* e deu outra grande dentada.

Jay deu de ombros.

— Vou dizer quando estiver prestes a apertar o gatilho. — Não confiava em Bullock. O cara podia facilmente pesquisar a empresa, comprar as ações, antecipar-se a Jay e levar o crédito quando o preço das ações subisse.

— Sou seu superior direto e quero saber no que está trabalhando... agora — insistiu Bullock.

— Ainda é preliminar. Você sabe tão bem quanto eu que quanto mais gente toma conhecimento de uma oportunidade, maiores são as chances de vazamento. E se vazar para Wall Street que estamos procurando por uma ação, o preço pode disparar antes que possamos comprar, e lá se vai a oportunidade.

— Isso é apenas fumaça — zombou Bullock. — É alarme falso. Não há fogo. Você, na verdade, não tem nada.

— Você vai...

— Sr. Bullock.

Bullock e Jay olharam para cima ao som da voz. Diante deles estava Karen Walker, a secretária executiva de Bill McCarthy. Ao lado de Karen, uma mulher alta com cabelos louros compridos roçando a pele leitosa do rosto e arrumado num coque elegante na nuca. Instintivamente, Jay e Bullock se levantaram. Havia uma presença inconfundível naquela mulher.

— Esta é Sally Lane — explicou Karen. — Acredito que Oliver esteja esperando por ela esta manhã.

— Sim, ele estava. — Bullock avançou e trocou um aperto de mãos com Sally. — Bom dia. — Um sorriso se espalhou pela cara larga de Bullock. — É um prazer tê-la a bordo.

Os olhos de Jay se voltaram rapidamente para Bullock.

Bullock deu um olhar sutil na direção de Jay, depois voltou sua atenção para Sally.

— É um complemento bem-vindo à mesa de arbitragem.

— Obrigada. Estava esperando ansiosamente por esta manhã. — Ela largou a mão de Bullock e se virou para Jay. — Sally Lane.

— Jay West. — Ele olhou diretamente nos olhos azuis claros dela, mascarando sua surpresa por haver um novo membro na equipe. — Bem-vinda à McCarthy & Lloyd.

— Obrigada.

Sally tinha cerca de 1,75m, avaliou Jay, quinze centímetros mais baixa que ele, e era magra. O rosto era afilado, o nariz um tanto estreito e os lábios finos. Quase não usava maquiagem e, no entanto, era óbvio que tinha um grande cuidado com a aparência. O vestido azul escuro, que caía um pouco abaixo dos joelhos e se ajustava perfeitamente a seu corpo esguio, era simples, mas de bom gosto. O cabelo claro brilhava e seu rosto transpirava um jeito fresco e natural.

— Sally se juntará a nós como vice-presidente — anunciou Bullock, um sorriso triunfante no rosto. — Como você, Jay.

— Ótimo — disse Jay alegremente. Não ia dar a Bullock a satisfação de demonstrar sua irritação. — Bem-vinda a bordo, Sally.

— Estou emocionada de estar aqui.

Karen falou:

— Preciso levar você no departamento de recursos humanos, Sally.

Enquanto as duas mulheres se afastavam, Jay se virou e andou pelo andar de *trading*, ziguezagueando pelas estações de trabalho. Então contrataram outra profissional para a mesa de arbitragem. Outra vice-presidente. Talvez Oliver estivesse mais irritado com o começo lento de Jay do que parecia e o substituísse por Sally Lane. Sacudiu a cabeça enquanto saía do *trading* e descia o corredor em direção à sala de suprimentos. Isso não fazia sentido nenhum. Ele só estava ali há um mês. Oliver teria de ter passado pelo menos um mês entrevistando Sally e verificando as referências. Isso significava que teria de ter começado a entrevista com ela na época em que Jay chegou.

Passou pela soleira da porta e entrou em um corredor mal iluminado e tortuoso, passando por caixas de papelão cheias de arquivos antigos. É claro que era sacanagem de Bullock dizer que as garantias nem sempre eram garantias. Sim, tinha assinado um contrato de trabalho no primeiro dia que garantia a ele um milhão de dólares em janeiro, mas a empresa podia segurar o pagamento se Oliver e Bill McCarthy não estivessem satisfeitos com o desempenho dele. Aceitara cegamente o conselho de Oliver e passara os olhos pelas trinta páginas do contrato sem a análise de um advogado, assinando-o imediatamente. Talvez houvesse brechas no documento que permitiriam à empresa descumprir sua obrigação. Deu um suspiro irritado quando entrou na sala de suprimentos e chegou ao interruptor de luz. Em geral, era tão cuidadoso.

Jay congelou. Vindas de uma sala no final do corredor, ouviu vozes abafadas, uma obviamente de mulher, elevando-se de medo. Saiu da sala de suprimentos e seguiu lentamente pelo tapete até a porta no final do corredor. A porta estava entreaberta e ele podia ver a sala. As luzes estavam apagadas, mas uma pequena janela projetava uma luz cinzenta e fraca, o suficiente para ele ver Oliver espremendo Abby na parede com uma das mãos e a outra se enfiando por baixo do vestido curto.

— Oliver, por favor — implorou Abby, afastando a mão dele. — Por favor, não faça isso.

— Qual é o problema? Não gosta dos meus carinhos?

Jay engoliu em seco, atordoado com a visão de Oliver acossando a jovem. Olhou por sobre o ombro para o corredor mal iluminado, depois de volta para o depósito.

— Aqui no trabalho não, Oliver! — Abby lutava para se libertar dele.

— Então você não teria nenhum problema em se encontrar comigo no Plaza Hotel mais tarde. — Oliver puxou a meia-calça dela até o joelho, enfiou o mocassim entre as pernas dela e enrolou as meias de Abby para baixo até os saltos altos.

Abby se abaixou e tentou puxá-las para cima, mas Oliver a segurou e a empurrou contra a parede com brutalidade.

— Quero que esteja no Plaza às seis em ponto — ordenou. — Entendeu?

— Oliver, eu te amo, mas acho que não posso mais fazer isso.

Jay hesitou. Estava prestes a abrir a porta, mas Abby tinha dito a palavra *amo*.

— Por que não? — Oliver puxou o vestido de Abby até o pescoço e apertou o corpo contra o dela. — Por que não pode mais fazer isso?

— Você é casado — disse ela delicadamente, sem lutar mais.

— Essa complicaçãozinha não atrapalhou em nada nos últimos meses. Não impediu você de passar o fim de semana comigo no veleiro.

Jay franziu os lábios. A conversa no *trading* alguns minutos antes tinha sido uma encenação.

— Por favor, Oliver — pediu, entre soluços.

Oliver recuou, e o vestido de Abby caiu até as coxas.

— Eu podia demiti-la com muita facilidade — sussurrou. — Você estaria na rua na hora do almoço e não conseguiria outro emprego neste setor. — Apertou o laço da gravata. — Sei como você é pobre, Abby. Você precisa desse emprego. — Fez uma pausa. — E não pense que eu não a demitiria. Faço isso num piscar de olhos.

Abby olhou para ele, repentinamente colérica.

— Não seria muito sensato — rebateu, entre as lágrimas. — Lembre-se: eu sei sobre você e seus amigos. Se me demitir, não terei problema nenhum em fazer com que certas pessoas saibam do segredo. Tenho certeza de que eles cuidariam de mim em retribuição por esse tipo de informação.

— Você não tem informação nenhuma.

— Você sabe que tenho.

Oliver apertou um indicador na cara de Abby.

— Isso seria uma atitude muito idiota, Abby.

— É uma ameaça? — Empurrou o dedo dele.

— Interprete como quiser — sibilou.

Por vários segundos, Abby ficou olhando para Oliver, depois seu queixo caiu de desânimo.

— Não consigo acreditar que está me dizendo essas coisas. — A voz dela mal era audível. — Achei que você me amasse.

Ele estendeu a mão e limpou uma lágrima do rosto dela.

— Mais ou menos.

— Eu te amo — disse, soluçando. — De todo o coração. Já disse isso tantas vezes.

Oliver se aproximou e pegou o rosto dela entre as mãos.

— Então faça o que eu quero e tudo vai ficar bem.

Por um tempo, Abby ficou imóvel. Por fim, passou as mãos pelo pescoço de Oliver e o beijou profundamente.

— Não consigo resistir a você — murmurou, deixando a cabeça tombar contra a parede.

Jay recuou da soleira. Por vários segundos, ficou parado no escuro, sentindo o coração bater rapidamente, sem ter certeza do que fazer. Não tolerava aquela atitude, mas também não era problema dele. Por fim, virou-se e refez os passos cuidadosamente, tantado evitar as caixas cheias de pastas. Ao sair do corredor, quase esbarrou em Bullock.

— O que diabos estava fazendo aqui? — perguntou Bullock, cheio de suspeita.

— Procurava um bloco ofício — respondeu Jay rapidamente.

Bullock olhou para as mãos vazias de Jay, depois passou por ele e desceu o corredor.

— Onde estão?

— O quê? — perguntou Jay, inseguro. Será que ele sabia de Abby e Oliver?

— Os blocos.

— Ah, não consegui achar — disse, tentando parecer convincente. — Vou ter de pedir ao encarregado para fazer um pedido.

— Faça isso. — Bullock olhou por sobre o ombro de Jay novamente. — Sugiro que volte à sua mesa. Tem alguns recados para você.

Jay passou por Bullock e disparou pelo corredor em direção ao *trading*. Bullock parecia ter olhado o corredor como se soubesse o que estava acontecendo na sala ao final dele. Como se soubesse que Oliver estava no depósito com Abby. Oliver e Bullock eram bons amigos e Oliver pagara uma bonificação de três milhões a Bullock em janeiro passado. Bullock tinha muitos incentivos para proteger Oliver, raciocinou Jay.

Só parou quando chegou ao *trading*. O que diabos Abby quis dizer com a ameaça de contar às pessoas certas sobre Oliver e os amigos dele?

Depois de várias movimentações, a transferência eletrônica para a conta de Victor Savoy no Bank Suisse tinha vindo de uma empresa de fachada em Antígua, então era muito provável que o dinheiro já estivesse limpo porque Antígua era o novo buraco negro financeiro do Caribe. Agora o dinheiro chegara à Suíça, e a chance de que fora lavado com sucesso chega a quase cem por cento. Entretanto, Savoy era um homem cuidadoso. Sabia que só com uma atenção extrema aos detalhes e uma paciência extraordinária ele continuaria fora do alcance do FBI, da imigração, da Scotland Yard e da polícia da Europa Oriental, que sofriam uma pressão intensa de Washington para encontrá-lo.

— Assine aqui — instruiu a jovem por trás da mesa, estendendo uma caneta.

— *Certainement* — respondeu Savoy num francês perfeito, pegando a caneta e escrevendo o pseudônimo do dia na ordem de retirada.

— Tudo bem, agora é seu. — A jovem passou uma pequena caixa a ele.

— *Merci.* — Dentro da caixa havia quinze milhões de francos suíços — cerca de dez milhões de dólares — em notas altas. Pegou a caixa e colocou-a no bolso do casaco, depois se levantou, curvou-se por sobre a mesa, apertou a mão da mulher e andou calmamente pelo saguão decorado do banco.

Depois de passar pelas portas giratórias e sair para a rua, Savoy olhou o relógio. Eram dez para as três. Ainda havia muito tempo para repor o dinheiro. Virou à direita, apressou-se por uns cem metros pela Paradeplatz até a entrada do Banco de Zurique e entrou. Levava uma grande quantidade de dinheiro e, embora se orgulhasse de manter um controle total sobre o corpo em qualquer situação, podia sentir que a pulsação estava ligeiramente acima do normal. Por alguns minutos — enquanto estava na calçada entre os bancos —, o dinheiro estava vulnerável a qualquer um na rua, inclusive um ladrão comum com uma arma. Mas agora que estava novamente do lado de dentro, ele e o dinheiro estavam seguros. Melhor ainda, o dinheiro quase certamente estava além do alcance das autoridades. Mesmo que de algum jeito eles conseguissem rastrear o labirinto de transferências eletrônicas para o Bank Suisse — os reguladores americanos agora conseguiam acesso ao véu antes impenetrável da Suíça —, a viagem terminava naquela conta como pegadas no meio de um campo de neve.

No Banco de Zurique, Savoy depositou os quinze milhões de francos em duas contas separadas em quantidades desiguais — para que as autoridades não vissem a mesma quantia saindo do Bank Suisse e sendo depositada minutos depois no Banco de Zurique —, que seriam somados aos cinqüenta milhões que já se acumulavam em contas que traziam nomes diferentes daquele do Bank Suisse. Agora só havia uma transação a realizar. Retiraria o dinheiro do Banco de Zurique na forma de letras de câmbio, em quantias diferentes, e as levaria a um banco em Liechtenstein, onde outras contas estavam esperando. Nesse ponto, ele se sentiria completamente seguro de que nenhuma autoridade governamental poderia rastrear a movimentação de dinheiro começada em Nova York.

Terminado o depósito, Savoy saiu do banco e voltou para a tarde ensolarada. Viu passar um bonde, aliviado por não estar mais com aquela grande quantia em dinheiro vivo. Faria a última transação no dia seguinte em Liechtenstein, antes de pegar o avião para o Afeganistão.

Agora tinha de fazer contato com a equipe que treinava na fazenda na Virgínia para ter certeza de que tudo estava seguindo o programado. Na última semana, haviam praticado sob a orientação de seu assistente, um homem capaz, que conhecia muito bem seu trabalho. Porém, Savoy sempre se preocupava quando não estava no controle direto de tudo. Enquanto passava rapidamente pelas muitas lojas que se alinhavam na rua que ia dar em seu hotel, o Baur au Lac, lembrou-se de uma coisa que sua mãe tinha dito muitas vezes na infância: se quiser que uma coisa seja bem feita, faça você mesmo. Ela sentiria muito orgulho por ele seguir seu conselho.

———

Jay estava curvado sobre a mesa de arbitragem, falando ao telefone. Tinham se passado quinze minutos desde que voltara do depósito. Viu Abby retornando para a mesa. Parecia que o vestido estava amarrotado e que ela estava aborrecida, mas talvez fosse só imaginação dele, estimulada pelo que sabia que tinha acontecido dentro das paredes do depósito.

Terminou o telefonema abruptamente quando Abby se aproximou dele.

— E aí?

— Oi — respondeu ela laconicamente, desabando na cadeira.

Jay pegou o refrigerante e tomou um gole.

— Você está bem?

— Ótima. — Ela se abaixou, abriu uma gaveta e pegou um livro de bolso.

— E aí, que tipo de apresentação Oliver vai fazer a McCarthy hoje à tarde? — perguntou, percebendo que ela não estava com a pasta.

— É sobre uma empresa que ele está pensando em comprar.

— Desde quando Oliver tem de pedir permissão a McCarthy para tomar uma decisão?

— É uma compra grande. Talvez de mais de duzentos milhões de dólares.

Jay assoviou.

— Isso é grande mesmo. Ainda assim, eu...

— Olhe, tenho de ir ao banheiro — interrompeu Abby, empurrando a cadeira para trás e passando por ele.

Jay pegou o braço dela delicadamente.

— Quer conversar sobre alguma coisa? — perguntou. O batom vermelho-escuro dela estava borrado e ele percebeu manchas em seu pescoço.

Ela hesitou, olhando para ele, o queixo empinado em desafio. Depois, a expressão se suavizou e ela olhou em volta. Por fim, abriu a boca, prestes a dizer alguma coisa, quando os olhos dela passaram por Jay. De imediato, ela se libertou do aperto e saiu correndo dali.

Jay se virou e viu Oliver vindo para a mesa de arbitragem. Enquanto Oliver passava pelos corretores, Jay ouviu Bullock gritar do corredor aberto que corria paralelo ao andar. A voz de Bullock era como uma buzina e se sobrepunha facilmente ao barulho da sala grande. Oliver parou e esperou enquanto Bullock trotava pelo andar. Estavam a apenas seis metros de distância, mas agora Bullock falava baixo, as palavras mascaradas pelo zumbido, uma das mãos na boca para que os lábios ficassem ocultos.

Jay pegou o telefone e discou distraidamente enquanto espiava Oliver e Bullock. Não prestou atenção à mensagem gravada que lhe dizia que tinha discado um número inexistente. Oliver olhou para cima, diretamente nos olhos de Jay, e Jay afastou rapidamente os olhos. Quando olhou novamente, Oliver estava mais uma vez indo para a mesa de arbitragem — encarando Jay — e Bullock seguia no sentido contrário.

Jay se sentou e fingiu estar conversando com alguém do outro lado da linha enquanto Oliver assumia sua posição no lado oposto do anteparo.

Oliver pegou o telefone e discou.

— Jamie, é Mason — gritou. — Quero comprar cem mil ações da Pendex. Agora mesmo, entendeu? Acabei de saber que haverá uma oferta pela Pendex.

Jay olhou para Oliver, que estava com o polegar no suspensório de lã. Ao contrário de Abby, Oliver estava em sua típica persona impecável.

— Sei que valem mais de trinta milhões de dólares, seu merdinha! — berrou Oliver. — Acha que não sei somar? — Puxou o suspensório e depois o soltou num estalo na camisa muito branca. — Simplesmente execute a transação. — Oliver esmurrou várias teclas no computador. — E já que está com a mão na massa, me compre dez mil ações da August. As quarenta... Quê? É claro que tenho as autorizações. Faça seu trabalho, entendeu? Ótimo! E não quero pagar mais de 31 por ação. Ligue para o Texugo para confirmar. Vou sair da mesa por um tempo. — Oliver bateu o telefone. — Jay!

— Sim?

— Precisamos conversar. Vamos. — Sem esperar pela resposta, Oliver girou na cadeira e saiu.

Jay ergueu os olhos para o teto ladrilhado e fez uma oração rápida. Bullock deve ter dito alguma coisa sobre o depósito. Talvez sua curta temporada na McCarthy & Lloyd estivesse prestes a acabar.

Quando Jay chegou à sala de reuniões, Oliver já estava sentado com os pés em cima da mesa e um charuto pendurado na boca. Sinalizou para Jay fechar a porta enquanto levava um isqueiro ao charuto.

— Sente-se.

Enquanto olhava o mocassim que tinha visto Oliver espremer entre as pernas de Abby, Jay sentiu na voz de Oliver um tom simpático que não ouvia desde o primeiro dia na McCarthy & Lloyd.

— Vamos, sente-se. — Com o pé, Oliver empurrou a cadeira ao lado dele e a girou para Jay. — Quer um charuto? — Pegou a caixa de charutos de couro preto do bolso da calça, abriu a tampa e estendeu. Dois charutos se projetaram dela.

— Não, obrigado. — Jay se sentou devagar, sem tirar os olhos de Oliver, meio que esperando uma emboscada. A súbita exibição de camaradagem de Oliver podia ser simplesmente uma distração para o ataque que viria.

— São muito bons, cara. Davidoffs.

— Não quero mesmo.

— Como quiser. — Oliver recolocou a tampa e enfiou a caixa no bolso. — E aí, como você está? — Deu um longo trago no charuto.

— Bem.

— Claro que está bem. — Oliver virou a cabeça de lado e tossiu. — Olhe. Sei que andei meio preocupado desde que chegou aqui. É que estamos trabalhando em uns acordos muito grandes, como o que vou apresentar a Bill hoje à tarde. Podemos duplicar nosso dinheiro em algumas semanas. — Oliver exultou. — Seria um negócio e tanto.

— Concordo. — Não parecia o começo de um discurso de demissão. — Você também andou ocupado com a contratação de outra pessoa para a mesa. Eu a conheci esta manhã — disse Jay.

— Está falando da Sally?

— É.

Oliver acenou com o charuto. Uma cinza caiu no carpete, mas ele não deu atenção.

— É, eu devia ter lhe contado sobre ela, mas, como eu disse, ando ocupado. — Deu outra tragada longa. — No que tem trabalhado ultimamente?

Jay deu de ombros.

— Algumas coisas. Estou vendo uma empresa sediada em Nashua, New Hampshire, chamada TurboTec. Falei dela com você duas semanas atrás. Meu amigo da faculdade trabalha lá no grupo de marketing. O nome dele é Jack Trainer. — Jay não se importava de contar a Oliver sobre o negócio. Oliver não tinha incentivo para roubar a idéia, como Bullock. Oliver era remunerado de acordo com o lucro geral da mesa, independentemente de quem tivesse a idéia. — Realmente acho que devíamos...

— Já lhe disse que não gosto dessa empresa — interrompeu Oliver.

— Mas descobri que uma empresa japonesa tem acumulado ações nas últimas duas semanas. O preço da TurboTec subiu mais de quinze por cento desde que conversamos sobre isso, mas ainda há muito espaço para um grande salto se os japoneses anunciarem uma oferta para adquirir a coisa toda. O que acredito que vão fazer.

— Não. Nunca confie nos japoneses. Quando você acha que vão fazer uma coisa, eles fazem o contrário. São espertinhos. — Oliver sorriu. — Não fique decepcionado, Jay West. Eu gosto da sua idéia, mas tenho uma melhor.

Jay ergueu os olhos.

— O que é?

— Uma empresa chamada Simons. A sede é em algum lugar do Centro-Oeste. Green Bay, ou talvez Milwaukee... não tenho certeza. De qualquer forma, faça uma pesquisa rápida. Certifique-se de que não há grandes problemas. Nenhum vírus letal nem bombas-relógio armadas. Depois de checar, compre cinqüenta mil ações. Entendeu?

— Vou cuidar disso.

— Ótimo. — Oliver colocou os pés no chão e se inclinou para Jay. — Isso deve ajudá-lo a se livrar daquilo que você tem de admitir que foi um começo lento aqui.

Jay se retraiu um pouco. Não estava preparado para isso.

— Sei que comprou as ações da Bates hoje de manhã, mas a idéia não foi sua.

— Eu sei.

— É claro que vou chutar sua bunda se eu ficar com quinhentas mil ações a mais e a oferta da GE não se materializar.

O INFORMANTE | 71

Jay ficou calado.

— Mais duas coisas, amigo — disse Oliver rapidamente. — Primeira, quero que tire o dia amanhã e vá a Connecticut para velejar. O tempo deve estar absolutamente lindo. Quente, mas lindo. Um carro vai pegar você lá pelas oito da manhã no seu apartamento.

— Acho que Bullock não vai ficar muito feliz com isso.

Oliver deu um sorriso rápido.

— Foda-se o Texugo. Lembre-se: ele recebe ordens de mim.

— Eu não sei...

— Sem mais discussões. Está tudo combinado — disse Oliver, confiante. — Será uma boa oportunidade para nos conhecermos melhor. E você vai conhecer minha esposa.

— Está bem. — Ele não estava ansioso para encarar a esposa de Oliver. Provavelmente ela não tinha idéia do que Oliver fazia com Abby nas horas de folga.

— Leve roupa de banho e umas roupas elegantes também. Um blazer, calças cáqui e gravata. — Oliver se levantou e foi para a porta.

— Você disse duas coisas, Oliver.

— Ah, sim. — Ele parou na soleira. — Amanhã, quando chegar na minha casa, vou lhe emprestar cem mil dólares para lhe dar uma força até o dia da bonificação.

— O quê? — Jay não tinha certeza de ter ouvido corretamente.

— É. — Oliver assentiu. — Sei que teve um corte no salário quando veio para cá e vou ajudar você pessoalmente. Vou lhe emprestar o dinheiro. Pode me pagar com a bonificação.

— Você não precisa...

Oliver ergueu a mão.

— Não quero você andando por aí naquela lata-velha do Taurus. — Deu outro sorriso largo. — Você não fica bem naquela coisa. Vai ficar muito melhor naquele BMW que disse ao Bullock e a mim que tinha no dia entrevista. — E saiu.

Por vários segundos, Jay ficou olhando a soleira vazia. Por fim, reclinou-se, respirou fundo e esfregou os olhos. Oliver Mason era um homem cheio de surpresas.

CAPÍTULO 3

Tony Vogel estava parado na ante-sala da suíte no Plaza Hotel, uma expressão ansiosa no rosto.

— Oliver, estou preocupado. — Vogel era um homem baixo e forte com cabelos que rareavam e bolsas inchadas e roxas embaixo dos olhos tristes.

Oliver observou as mechas cuidadosamente arrumadas do cabelo de Vogel. Lembravam fileira de milho recém-brotado.

— Com o quê, Tony? O cabelo novo não está pegando? — Ele olhou para o envelope na mão de Vogel.

— Acho que o pessoal do centro sabe de alguma coisa — respondeu Vogel rispidamente, ignorando a piada de Oliver.

— De jeito nenhum. Eu saberia.

— Mesmo assim — afirmou Vogel —, precisamos ter cuidado. Talvez seja hora de restringir as coisas por um tempo. Talvez permanentemente.

Oliver riu alto.

— Estamos nessa há quase cinco anos e nada deu errado esse tempo todo. Por que de repente está se acovardando?

— Os outros acham a mesma coisa — respondeu Vogel, evitando a pergunta de Oliver.

— Todos eles?

— Todos eles — confirmou Vogel. — Particularmente Torcelli.

— Mas não há como sermos pegos — protestou Oliver. — O dinheiro não tem rastro. É perfeito. — Ele fungou alto várias vezes numa sucessão rápida. — Além disso, não podemos parar. Você sabe disso.

— Podemos fazer o que quisermos — hesitou Vogel. — Pode ser a hora de bater as botas.

— O quê?

— É.

— Está dizendo...

— Você sabe exatamente o que estou dizendo.

Os dentes de Oliver trincaram involuntariamente.

— Está fora de si desta vez, Tony. E muito.

— Achamos que seria uma forma elegante de terminar a coisa toda e conseguir nosso dinheiro ao mesmo tempo. Desse jeito, cortamos todos os laços e apagamos nossos rastros.

— Me dê o envelope, Tony. — Oliver bateu no ombro de Vogel, depois pegou o envelope. — Por que não vai até o Oak Bar e toma um drinque comigo? Um bom drinque.

— Oliver, eu...

— Você o quê? — O humor de Oliver se descontrolou de repente. — Você o que, porra? — explodiu.

Vogel percebeu que tinha ido longe demais.

— E-eu, quer dizer, nós...

— Seu canalha.

— Olhe, eu lamento. — O tom de Vogel ficou respeitoso, depois de desculpas. — Estamos cuidando de nossos interesses. E dos seus.

Oliver bufou.

— Você e os outros agem nas minhas costas, tomam um monte de decisões unilaterais e esperam que eu me curve como uma barraca e siga em frente. Sou eu que estou assumindo riscos monstruosos. Sou eu que estou lidando com a pressão. — Ele falava rápido, como um homem possuído. — Eu criei a coisa toda. Vocês quatro simplesmente pegaram carona. Não tomam as decisões. Eu tomo.

— Fornecemos as informações — protestou Vogel.

— Grande coisa. Posso reproduzir o sistema com outras quatro pessoas em menos de uma semana. — Oliver sorriu. — E onde você ficaria, Tony? — O sorriso desapareceu. — Em lugar nenhum. É isso. — Inclinou a cabeça para trás. — Ou talvez você me eliminasse também.

Vogel ergueu as mãos, as palmas para fora.

— Nunca, Oliver.

— Merda, você nem saberia como fazer isso — Oliver riu. — Por que eu devo me preocupar? Vocês quatro são de ambientes inocentes. Onde vão arranjar coragem para cometer assassinato?

— Não sei. — A cabeça de Vogel tombou.

— Exatamente. — Oliver sacudiu a cabeça. — Saia daqui agora e eu posso tentar esquecer que tivemos essa conversa.

Vogel engoliu em seco. Estava ciente de que Oliver não ia aceitar isso muito bem. Mas tinha sido instruído para deixar os sentimentos claros.

— Os outros não vão ficar satisfeitos, em especial Torcelli.

— Diga aos outros que telefonem para mim — disse Oliver tranqüilamente. — Em especial Torcelli.

Vogel olhou para o pó branco espalhado pela mesa de centro com tampo de vidro em quatro carreiras de quinze centímetros.

— Tudo bem.

— Ótimo. — Oliver abriu a porta do quarto e gesticulou para o corredor. — Não deixe que a porta bata na sua bunda quando sair. E fique de cabeça baixa. Não encare ninguém.

— Sou só o mensageiro, Oliver — murmurou Vogel enquanto passava rapidamente pela soleira da porta. — Por favor, lembre-se disso.

Oliver bateu a porta, depois foi para o sofá na frente da mesa de centro, baixou o envelope, pegou um canudinho vermelho, inclinou-se para a frente e inalou o pó. Depois de terminar a primeira carreira, parou para respirar. Quando terminou a segunda, largou o canudo na mesa de centro e se reclinou lentamente até que a cabeça pousasse no sofá. Ficou sentado ali por alguns segundos até começar a sentir o conhecido gotejamento nasal na garganta e o gosto de remédio na boca. Depois fechou os olhos, gemeu baixinho e sorriu enquanto sensações eufóricas de poder supremo, controle absoluto e total confiança o dominavam. Era um homem que controlava grandes quantias e tinha muita gente sob seu controle, e ele adorava isso. Era à prova de balas. Era intocável.

Oliver pegou o envelope que tinha tomado de Vogel, retirou a única folha de papel e viu o nome na página. *Lindo*, pensou.

Abby estava deitada de lado, nua debaixo das cobertas, como Oliver havia instruído, as costas para a porta do quarto. Sabia que ele estava na sala de estar batendo a última carreira de cocaína. Puxou a coberta por sobre os ombros e tremeu. Estava um gelo ali, porque ele tinha ligado o ar-condicionado no máximo.

Abby estava esperando há quinze minutos e mal fora capaz de ficar parada. Mal tinha consciência de que os dedos dos pés estavam batendo loucamente no colchão e que ela estava trincando os dentes. Só pensava em como era feliz.

Enquanto cheiravam a cocaína juntos no sofá da sala, Oliver prometera a ela que pediria o divórcio à esposa e sairia de sua mansão em Connecticut. Prometeu que se mudaria com Abby para um apartamento no Upper East Side e os dois viveriam felizes para sempre. Abby riu, depois pressionou a cara no travesseiro para que Oliver não a ouvisse. Sempre fora uma boa garota. Em toda a faculdade e nos primeiros anos em Wall Street, nunca tocara em drogas nem andara com homens casados. Nem mesmo pensava em coisas assim. Mas Oliver tinha aparecido na vida dela como um furacão e agora estava se envolvendo em perversidades que deixariam seus pais mortificados no Brooklyn. Mas nunca vivera nada parecido a Oliver. De repente, vivia no fio da navalha e cada momento era estimulante. Oliver parecia saber tudo sobre as coisas mais legais. Era um homem que vivia cada dia como se fosse o último. Era um deus — ou mais provavelmente um demônio —, mas ela não se importava. Só queria ficar com ele. E Abby tinha certeza de que, com tempo suficiente, poderia mudá-lo. Já havia feito muito progresso.

A porta estalou e o corpo de Abby formigou enquanto ouvia Oliver tirar as roupas. Sentiu as cobertas sendo puxadas e o corpo quente dele contra o dela. Virou-se para ele e, por vários minutos, se beijaram loucamente, a cocaína pulsando no corpo dos dois. Depois ele foi para cima dela, abrindo-a rudemente com os joelhos. Ela estendeu a mão por entre as pernas dele e seus dedos pequenos se fecharam em volta do enorme órgão. Ela arqueou as costas e gritou quando ele a penetrou e os lábios de Oliver se fecharam em seu mamilo escuro. Ele era tão grande que Abby sentiu dor por alguns segundos, mas depois a excitação intensa de estar com o homem que idolatrava deixou-a molhada e ela passou os braços em volta dele e se aproximou de seu corpo.

— Você devia estar usando alguma coisa — murmurou ela.

— Está chegando perto daquela época.

— Não uso camisinha — arfou ele. — Você sabe disso. Odeio.

— Mesmo assim.

Oliver se levantou e olhou para ela de cima, respirando pesadamente, o peito brilhando de suor.

— Não pare — implorou Abby. — Estava tão bom.

Oliver sorriu.

— Vou fazer com que fique ainda melhor.

— Como assim?

Sem responder, ele colocou a mão embaixo dos travesseiros e pegou duas gravatas.

— Me dê seus pulsos — exigiu.

— O q-quê? — gaguejou.

— Seus pulsos. Me dê.

Abby virou a cabeça de lado.

— Oliver, não.

Ele cercou o pescoço fino dela com os dedos.

— Não me diga não — sibilou ele.

— Desculpe, desculpe — disse, erguendo as mãos de maneira obediente.

Rapidamente amarrou juntos os pulsos de Abby e os prendeu na cabeceira cama. Depois amarrou a segunda gravata no pescoço dela, deu um nó e apertou.

— Oliver, por favor — arfou Abby, sua voz pouco audível. Tentou lutar, mas, com as mãos presas na cama, era inútil.

O lábio superior de Oliver tremeu quando viu as veias do pescoço de Abby estufarem. Penetrou nela novamente e começou a se mexer, lenta e metodicamente no início, depois com mais força e mais rápido. À medida que a excitação crescia, ele apertava cada vez mais a gravata no pescoço dela.

Abby lutou desesperadamente com a gravata, o pânico se instalando, mas sua luta era vã. Depois, subitamente, enquanto olhava nos olhos azuis escuros dele, acreditando que logo perderia a consciência, sentiu que chegava ao clímax. O orgasmo começou como um espasmo enquanto ele a esmagava, depois pareceu crescer como uma onda gigante, aumentando cada vez mais até que não podia continuar. A onda se dobrou; empoleirada no alto de sua crista, ela se contraiu incontrolavelmente em volta dele, mordendo a palma da mão de Oliver, que ele tinha colocado em sua boca. Ela se ergueu cada vez mais enquanto Oliver apertava a gravata em seu pescoço, cortando-lhe o oxigênio, até que finalmente a onda quebrou e a inundou num mar de prazer e ela desmaiou.

Abby voltou a si alguns minutos depois. Oliver estava de pé ao lado da cama, abotoando a camisa. A garganta estava em fogo, mas ela se sentia flutuando numa nuvem. Todo o corpo estava relaxado.

— O que aconteceu? — sussurrou, meio grogue.

— Você desmaiou. — Oliver se sentou numa cadeira ao lado da cama para vestir as meias.

— Nunca vivi nada parecido com isso. — Podia sentir o sêmen dele em suas entranhas. Tinha terminado enquanto ela estava inconsciente embaixo dele. — Onde aprendeu isso? — Tentou se mexer, mas as mãos ainda estavam presas na cabeceira da cama.

— Por aí — respondeu, presunçoso.

— Imagino. — Deu outro puxão na gravata, ficando plenamente consciente. — Pode me desamarrar, por favor?

— Não. — Ele vestiu as calças. — Quero ver se você é habilidosa. — Levantou-se e foi para a porta do quarto. — Se não aparecer no trabalho amanhã, acho que terei minha resposta.

— Oliver!

Ele tombou a cabeça para trás e riu, depois foi até a cama, ajoelhou-se no colchão, desamarrou a gravata e a largou no chão.

— Brincadeirinha.

Ela esfregou os pulsos por um segundo, depois passou as mãos no pescoço dele, puxou-o para perto e o beijou, aliviada por estar livre.

Quando seus lábios se separaram, Oliver olhou nos olhos de Abby. Não era um homem sentimental, mas ela o estava fazendo sentir coisas que nunca pensou que poderia sentir. Abby tinha um efeito sobre ele, e odiava ter de admitir isso. Afagou o rosto dela por um momento, depois a beijou.

— Foi ótimo — murmurou ela. — Queria que você fizesse isso mais vezes.

— O que quer dizer? — Deitou-se ao lado dela.

— Me beijar como fez agora. Com essa delicadeza. Parece que o único momento em que me beija é quando estamos realmente no ato.

— Desculpe.

— Tudo bem — disse ela suavemente. — Você nunca esteve com uma mulher que sabe como tratá-lo.

Afagou o rosto dela delicadamente, pensando em como Abby estava certa.

— Desculpe pelo... — A voz falhou.

Ela pôs o dedo nos lábios dele.

— Está tudo bem.

— Eu nunca machucaria você.

— Eu sei. — Ela o estava mudando de maneira lenta mas segura. Quase tinha desistido dele mais cedo quando a apalpou no depósito, mas agora sabia mais do que nunca que o amava.

Ele a beijou novamente.

— Tenho de ir.

— Aonde?

— Para casa.

— Não. Não vou deixar. Não quero que volte pra ela.

— Tenho de ir. — Oliver a beijou mais uma vez, depois se levantou, foi para a porta e partiu.

Ela ficou olhando a porta por vários segundos, depois puxou um travesseiro. Quando ouviu a porta do corredor se abrir e se fechar, rolou para o lado. Eram só oito da noite e a McCarthy & Lloyd alugara a suíte por um ano. Não havia necessidade de sair correndo dali. Esta cama *king size* era muito mais confortável que a dela. E o pai dela tinha a chave do apartamento, então podia entrar e dar uma olhada no ar-condicionado sem que ela estivesse lá. Fechou os olhos e começou a relaxar.

No começo, Abby pensou que estava sonhando, mas a sensação no pescoço era intensa demais. Arregalou os olhos e levou a mão à garganta, agarrando e rasgando o material que agora cortava seu pescoço, arranhando-se com as unhas compridas e vermelhas e sangrando.

— Oliver! — gritou, sufocada. — De novo não, por favor. — Mas agora sentiu um grande peso nas costas: um joelho pressionando sua coluna para baixo, mantendo a barriga presa à cama. Tentou empurrar o atacante com as mãos, depois tentou rolar, mas sem resultado.

Girou a cabeça de um lado a outro e tentou enfiar um dedo entre o pescoço e a gravata, mas não conseguiu. Sentiu a traquéia se fechando e agarrou o lençol, arrancando-o do colchão. Depois sentiu a parte superior do corpo sendo erguida da cama e se inclinando contra o joelho que ainda pressionava suas costas. Ela lutou, mas suas forças estavam diminuindo com a falta prolongada de oxigênio. Por fim, os braços relaxaram e os olhos reviravam.

Por vários minutos, o atacante manteve a pressão, apertando cada vez mais a gravata mesmo quando o corpo de Abby estava flácido e ela não tentava mais se defender. Depois a cabeça de Abby tombou no travesseiro e ela estava morta.

CAPÍTULO 4

Uma hora antes, Manhattan tinha desaparecido do espelho retrovisor e agora Jay estava entrando num mundo onde estar simplesmente confortável equivalia a ser pobre. Onde, se você soubesse exatamente quanto valia, não valia muito, e onde o *status* social era medido pela escola particular que seu filho freqüentava, o clube campestre de que você era sócio e se dirigia para casa ou dirigiam por você.

Através do vidro fumê, Jay analisou a propriedade de Connecticut do banco traseiro do Lincoln Town Car azul-marinho que o pegara na frente de seu prédio. Árvores de bordo assomavam dos dois lados da longa entrada de carros da propriedade, bloqueando a luz brilhante do sol. Cercas de ripas brancas separavam campos de rabo-de-gato e trevo em retângulos perfeitos, pontilhados por pares de cavalos Thoroughbred, parados ombro com ancas, abanando os rabos compridos para afastar insetos dos olhos um do outro.

Jay moveu-se para a frente do banco de couro enquanto a casa principal entrava em seu campo de visão. Colada em um morro e cercada de belos jardins e gramados bem cuidados, havia uma mansão de três andares feita de pedra escura, construída no final de uma entrada de carros circular. De um lado da mansão havia uma garagem para quatro carros e, estacionados diante dela, um Mercedes sedã verde-escuro, um Suburban vermelho e um Austin Healey 3000 branco.

O motorista reduziu até parar suavemente diante da entrada principal, depois saltou do carro e correu para a traseira até a porta de Jay.

Mas Jay já havia saído. Estava de pé, as mãos na cintura, admirando a enorme construção. De cada lado das muitas janelas ornadas de branco havia persianas de madeira verde-escura e diante das janelas havia jardineiras de flores explodindo de botões coloridos. Olhou para cima e contou quatro chaminés saindo do telhado de ardósia, depois seus olhos caíram na entrada e na longa e ampla varanda coberta diante dele. A casa era absolutamente linda.

— Eu ia abrir a porta para o senhor — disse o motorista, desculpando-se.

— Não é necessário. — Jay olhou a grandeza diante dele, tentando entender como devia ser morar num lugar desses. Seu rosto assumiu uma expressão soturna quando viu a garagem. A casa em que fora criado cabia facilmente dentro dela. — Obrigado por me buscar.

— Não há de quê. — O motorista foi até o porta-malas, pegou a bagagem de Jay e pendurou-a no ombro. — Podemos entrar, senhor?

— Eu levo isso. — Jay pegou a bolsa do ombro do homem. — Não há motivo para você levar.

— Olá, Jay West.

Jay olhou para cima. Parada numa soleira ao lado da entrada principal da mansão, estava uma mulher que ele supôs ser a esposa de Oliver.

— Sou Barbara Mason — disse a mulher, descendo os degraus. Usava uma camiseta branca simples e short cáqui. — Entre, por favor.

Jay se despediu do motorista e andou na direção dela.

— Como vai? — Barbara recebeu Jay no gramado. — Ouvi falar muito de você. — Deu um tapinha no ombro ele. — Bem, posso lhe garantir.

— Fico feliz com isso. — Imediatamente Jay percebeu uma confiança destacada em Barbara. O "porte do dólar", como chamava: uma aura de independência que advinha de nunca ter de se preocupar com dinheiro. — Eu não ia gostar que Oliver espalhasse a verdade sobre mim.

Ela apertou o braço dele e sorriu timidamente.

— É claro que não.

Em alguma época, Barbara fora uma mulher atraente. Era loura e de altura mediana, seu rosto era bonito e o sorriso charmoso. Mas enquanto Jay analisava Barbara de perto, ficou ligeiramente surpreso em ver linhas de envelhecimento nos cantos da boca e uma tristeza quase imperceptível nos pés-de-galinha em volta dos olhos verdes. As pernas de Barbara eram bronzeadas e tonificadas, mas ele viu o início de varizes e percebeu que as mãos dela pareciam prematuramente enrugadas. Provavelmente tinha a mesma idade de Oliver, quase quarenta, pensou ele, mas parecia mais velha. E ao imaginar Oliver ao lado dela, eles não pareciam combinar um com o outro. Esperava uma mulher mais vistosa e exótica, talvez porque tenha testemunhado o poderoso impulso sexual de Oliver na manhã anterior no depósito. Seu olhar voltou-se para o chão enquanto a imagem de Oliver acossando Abby lampejou em sua mente.

— Vamos ter um dia perfeitamente maravilhoso no veleiro — disse Barbara, levando-o pelo gramado em direção à porta lateral e a um jovem parado ali. — Este é meu filho, Junior.

— Oi. — Junior estendeu a mão, os dedos esticados.

— Oi. — Jay pegou a pequena mão do garoto e a apertou. — Você tem um aperto e tanto — disse enquanto seguia Barbara para a cozinha da mansão.

— Obrigado. Posso ir agora, mãe?

— Pode, querido. Mas fique com a babá.

— Onde está Oliver? — perguntou Jay, olhando Junior se afastar correndo.

— Lá em cima, se aprontando. — Barbara foi até uma bancada sobre a qual havia uma grande cesta de piquenique carregada de comida e suprimentos. — Oliver não me disse que você era tão bonito — disse ela de forma banal.

Jay riu.

— E Oliver não me disse que você era tão direta.

— Eu digo o que penso, quando penso — respondeu, pegando vários itens do cesto e colocando-os na bancada. — Às vezes isso me traz problemas com as garotas no clube, mas eu sempre segui essa filosofia e agora não consigo parar. Acho que herdei isso do meu pai. Ele é bem direto, às vezes.

Jay deu uma olhada na cozinha em estilo *country*, abastecida de utensílios modernos e todas as engenhocas imagináveis de culinária.

— Seu pai é de Wall Street?

Barbara soltou um suspiro pesado, como se a ocupação do pai não fosse uma coisa de que quisesse falar.

— Meu pai foi dono de uma empresa chamada Kellogg Aviation. É o meu nome de solteira, Kellogg. A empresa é uma...

— Uma companhia aérea local que servia a uma das grandes transportadoras — interrompeu Jay. — Foi comprada uns anos atrás por um bom dinheiro.

— Como sabe disso?

— Eu me envolvi com um grupo de investimento que tentava comprar a empresa quando trabalhei no National City. Eu ia fornecer o financiamento bancário, mas quando a grande companhia aérea entrou no jogo, o grupo com quem eu trabalhava recuou. — Jay hesitou. — Então seu pai é Harold Kellogg. — De acordo com a *Forbes*, Kellogg era extremamente rico.

— É isso mesmo — confirmou Barbara.

— Bom, faz mais sentido agora — murmurou Jay a meia-voz.

— O quê?

— Ah, nada.

— Pode falar.

— Não é da minha conta.

— Sem essa — exigiu, piscando para ele. — Ou vou dizer a Oliver que você me disse que ele estava dando em cima de alguém no escritório.

Os olhos de Jay se arregalaram para Barbara, perguntando-se se o comentário era um teste.

— Tudo bem, tá legal — concordou, dando um sorriso largo demais. — É que eu sei quanto vale esta propriedade aqui. Esta fazenda deve ter um quarenta hectares se...

— Sessenta, e meu pai tem outra de oitenta do outro lado da colina.

— E a casa provavelmente tem mil metros quadrados.

— Alguma coisa assim.

— Muito bem. — Jay ergueu as sobrancelhas, impressionado. Havia prédios comerciais em sua cidade natal que não eram tão grandes. — Tenho certeza de que Bill McCarthy paga muito bem a Oliver, mas isto... bem, está além das posses da maioria dos banqueiros de investimento.

— É verdade — concordou Barbara. — A fazenda foi um presente do meu pai. Oliver não poderia ter comprado.

Pela primeira vez, Jay pensou ter ouvido um traço de sarcasmo na voz dela, ou talvez fosse amargura.

— E eu sei que isso o incomoda toda vez que ele chega pela entrada de carros — continuou ela. — Toda vez que vê o que meu pai realizou. — Os lábios formaram um sorriso duro. — Infelizmente, eu só percebi isso quando nos mudamos — admitiu, pesarosa. — Eles não se dão muito bem. Meu pai pode ser, bem, muito cáustico. Oliver sempre se ressentiu dele. Acho que é por causa da origem de Oliver. — Ficou em silêncio por uns segundos. — Provavelmente eu lhe disse mais do que você queria ouvir — disse baixinho. — Talvez mais do que deveria. Mas eu avisei. — A voz voltou ao tom natural. — Eu digo a primeira coisa que me passa pela cabeça.

— Fico feliz que tenha contado. — Sem se dar conta, Jay passou o dedo pela cicatriz embaixo do olho. Era um hábito que não conseguia reprimir. — Como você e Oliver se conheceram?

Barbara lançou-lhe um olhar tímido.

— Quer dizer que está interessado em entender o que uma garota de sociedade como eu está fazendo com um cara que nasceu pobre.

Ele deu de ombros, meio constrangido. Ela acertara na mosca.

— Eu avisei, Jay. Eu pego pesado.

— E não estava brincando. — Olhou o corredor à procura de Oliver. — Então me conte.

— Oliver é muito charmoso quando quer. — Olhou para as unhas bem cuidadas. — Eu o conheci em um coquetel no East Side vinte anos atrás, quando ele era uma estrela em ascensão no J. P. Morgan. Fiquei fascinada em descobrir como um jovem que tinha sido criado em conjuntos habitacionais do Bronx podia ser tão bem-sucedido em uma empresa aristocrática como o Morgan... Fascinada em descobrir como ele conseguiu ir ao coquetel, porque só tipos do *establishment* tinham sido convidados. Mas, no final da noite, estava fascinada só por ele. É um homem dinâmico. Fez carreira no Morgan depois de se formar no City College, e o resto, como se diz, é história. Depois que você dá a mais leve oportunidade a Oliver, a menor abertura que seja, ele tira plena vantagem. Nunca conheci uma pessoa que consegue dominar tantas coisas com tanta rapidez, ou pelo menos fazer você acreditar que ele pode. É autêntico, mas ao mesmo tempo é o maior trapaceiro que existe. É um enigma e uma contradição constante e, embora eu seja casada com ele, nunca o entendi completamente — continuou. — O que eu acho que é um motivo para ainda o amar. — Suspirou. — Porque o agüento.

Jay encarou Barbara por vários segundos, abalado com a sinceridade dela.

— Droga!

— O que foi? — A explosão de Barbara o sobressaltou.

— Ah, esqueci de comprar gim para o passeio. Oliver adora o Beefeater com tônica no veleiro. — Revirou os olhos. — Vai ficar uma fera quando descobrir que esqueci de comprar uma garrafa.

— Podemos parar no caminho para o barco — assinalou Jay.

— Não. — Barbara sacudiu a cabeça. — Depois que sai, Oliver não gosta de parar. Ele sobe pelas paredes quando tem de parar a caminho do clube. E não quero ouvir que sou incompetente porque não me lembrei de dizer à empregada para comprar o gim. Ele sempre me diz que eu devia fazer listas, mas odeio listas. — Passou para uma fila de ganchos presos na lateral da geladeira e pegou um molho de chaves. — Seja bonzinho e compre para mim. Há uma loja de bebidas num pequeno shopping a alguns quilômetros voltando pela estrada que passa no final de nossa entrada de carros — explicou, atirando as chaves para Jay. — Entre à esquerda no final da entrada de carros.

— Eu me lembro de ter visto a loja quando estava vindo para cá. São as chaves do Suburban que vi ali na frente? — Sabia que não eram pela forma, mas queria dar educadamente a ela a oportunidade de trocar as chaves, se tivesse cometido um erro.

— Não. São do Austin Healey estacionado ao lado do Suburban. Dirigir o Healey deve deixar a missão mais divertida.

Jay sorriu.

— Ótimo.

— O carro está aquecido — disse Barbara. — Oliver saiu com ele algum tempo atrás.

— Tudo bem. Volto logo.

Jay saiu pela porta e foi rapidamente até o carro esporte britânico reluzente. Puxou o capô para trás, sentou em frente ao volante e ligou o motor de seis cilindros. Em seguida saiu, voando pela entrada de carros de um quilômetro e meio, o vento empurrando os cabelos para trás, a agulha do velocímetro branco chegando a 110 antes de ele finalmente pisar nos freios, travar as rodas de cromo polido e parar quando a entrada de carros se encontrou com a estrada rural. Quando os pneus do carro cantaram até parar, Jay pôs a cabeça para trás e riu, depois bateu no painel e sentiu o rico cheiro do couro que emanava do carro. Oliver vivia um sonho.

Jay olhou nas duas direções, depois engrenou a primeira, pisou no acelerador e disparou pela estrada tortuosa. O carro grudava nas curvas apertadas ao trocar de marcha, a força centrífuga pressionado seu corpo no banco enquanto a velocidade aumentava. Por fim, a estrada ficou reta e ele levou o carro ao limite. A loja de bebidas apareceu rápido demais. Por um momento, pensou em passar correndo e dar um passeio de carro, mas reduziu, sem querer deixar Oliver e Barbara esperando. Reduziu as marchas, atravessou o estacionamento de cascalho do pequeno shopping e parou.

Ao soltar o cinto de segurança, Jay se assustou com o toque de um telefone vindo de dentro do porta-luvas. Curvou-se por sobre o banco do carona e abriu a porta do compartimento. Provavelmente era Oliver, pensou ele, ligando para alertar para não dirigir seu brinquedinho rápido demais. Pegou o celular fino de cima de uma pasta preta e apertou o botão de atender.

— Alô.

— Oliver, é Tony! Graças a Deus achei você. Olhe, não use aquela informação que lhe dei ontem. Há um problema. Queremos analisar a situação diretamente primeiro. Entendeu?

Jay nada disse, ouvindo os sons do trânsito que vinham do outro lado da linha.

— Oliver?

Jay ainda estava em silêncio.

— Merda!

A linha estalou no ouvido de Jay. Baixou lentamente o telefone e o fitou. Finalmente se inclinou por sobre o banco do carona e recolocou o telefone no porta-luvas, em cima da pasta que imaginou que continha os telefones do mecânico, a documentação do carro e as informações do seguro. Ao pensar nisso, percebeu um disquete de computador ao lado da pasta e um envelope sem selo embaixo dele. Agindo por impulso, pegou o envelope e tirou a única folha de papel de dentro, olhando o nome na página por um bom tempo. Bell Chemical. A Bell era uma das maiores fabricantes de substâncias químicas especiais do país.

Pelo canto do olho, percebeu um Suburban vermelho no retrovisor lateral. Estava disparando pela reta comprida que levava ao shopping. Enfiou o papel no envelope e o recolocou no porta-luvas assim que Oliver dirigiu o Suburban até a vaga ao lado do Healey.

— Oi, cara — gritou Oliver pela janela aberta do Suburban. Desligou o motor, saltou do quatro por quatro e encontrou Jay no Healey. — Que bom que pôde vir.

— Obrigado por me receber.

— Claro. — Oliver usava uma camisa pólo, calças cáqui e *Docksiders*, e óculos escuros Vuarnet. — Não podíamos ter pedido um dia melhor.

— Sem dúvida — concordou Jay. — O que está fazendo aqui? — Percebeu que, embora Oliver estivesse usando roupas informais, ainda tinha os modos de um executivo no comando.

Uma expressão irritada contorceu o rosto de Oliver.

— A porra da Barbara. Às vezes é tão inepta. Primeiro se esqueceu de comprar meu gim, depois se esqueceu de pedir a você para comprar filtro solar. Eu devo ter lembrado a Barbara umas dez vezes sobre isso. Ainda assim ela esqueceu. Dá para acreditar? Como eu lhe disse, Jay, tenha filhos, mas não uma esposa.

— Por que não ligou para o seu celular para falar comigo?

— Hein?

Jay percebeu que Oliver batia loucamente na coxa. Fazia o mesmo quando ficava agitado na mesa de arbitragem.

— Seu celular está no porta-luvas. — Jay apontou para o Healey. — Podia ter ligado para me pedir para comprar o filtro solar. Por que veio até aqui?

— Como sabe que meu celular está no porta-luvas? — perguntou Oliver, irritado. — Só porque Barbara lhe dá as chaves do meu carro não quer dizer que tenha o direito de fuçar tudo.

— O telefone tocou — respondeu Jay calmamente. — Achei que era você, então atendi.

— Ah. E quem era? — perguntou Oliver.

Jay deu de ombros.

— Não sei. O cara disse alguma coisa sobre não usar a informação que deu a você ontem. Acho que o nome era Tony. Desligou quando percebeu que não era você do outro lado da linha. Foi estranho.

— Ah, sim. — Oliver acenou como se espantasse uma mosca. — Conheci Tony no Oak Bar depois do trabalho ontem. É um corretor imobiliário. Estou pensando em comprar um apartamento em Manhattan, e ele está me representando. É um lindo apartamento de frente para rio East, mas estou tendo um trabalhão para entrar no prédio. O síndico não gosta de banqueiros de investimento, especialmente do Bronx. De qualquer forma, Tony levantou umas sujeiras do cara e íamos usar contra ele. Sabe como é, uma influenciazinha amigável para que ele possa ver as coisas do meu jeito. Sei que isso não parece muito bom, mas às vezes as pessoas nesses prédios são muito esnobes. Às vezes precisam de um empurrão. — Uma expressão de dor atravessou o rosto dele. — Acho que Tony amarelou.

— Acho que sim.

Jay e Oliver se encararam por alguns segundos. Por fim, Oliver pegou a carteira e colocou uma nota de cem dólares na mão de Jay.

— Compre o gim e o filtro solar, sim, amigo?

— Claro.

— E me dê as chaves do meu brinquedinho.

— Hein?

— As chaves do Healey. — Oliver gesticulou para o carro, depois estendeu a chave do Suburban. — Tome.

Jay pegou as chaves do Healey e eles fizeram a troca.

— Obrigado. — Oliver correu para o banco do motorista do Healey e se encaixou atrás do volante. — Eu adoro dirigir este troço — gritou. — Vejo você lá em casa.

Jay observou Oliver dar a ré com o Healey da vaga, depois sair do estacionamento. Olhou para a nota de cem dólares na palma da mão, depois para o carro esporte se afastando.

Vinte minutos depois, Jay encostou o Suburban ao lado do Healey, pegou o saco com o gim e o filtro solar no banco do carona e saltou do carro. Hesitou, tentado a olhar o porta-luvas do Healey. Deu uma olhada na porta lateral da casa, depois olhou o carro de novo. A capota ainda estava arriada e seria fácil verificar. Estendeu a mão para o fecho do porta-luvas.

— É um lindo carro, não acha?

Jay girou, quase deixando o saco cair.

— Desculpe se assustei você.

— N-não, de jeito nenhum — gaguejou Jay. Sally Lane estava parada diante dele usando uma camisa pólo preta e short vermelho que ia quase até os joelhos bronzeados. Seus longos cabelos louros e olhos azuis claros brilhavam no sol da manhã. — Não sabia que você vinha hoje.

— Oliver me convidou ontem no almoço — explicou Sally. — Achou que seria uma boa oportunidade de nos conhecermos. Sabe como é, fora do escritório. — Ela colocou as mãos na base das costas. — Ele quer que a gente trabalhe junto. Disse que eu podia aprender muito com você.

— Arrã. — Jay quase não vira Sally no dia anterior. Passara a maior parte do primeiro dia com Oliver, conhecendo outras pessoas da empresa, como Jay em seu primeiro dia na McCarthy & Lloyd. — Fico feliz que tenha vindo.

— Eu realmente adoro este carro. — O braço de Sally roçou em Jay quando passou por ele. — Meu pai tinha um Healey quando eu era criança. Só que era vermelho. — Parou na traseira do carro e se virou para olhar para Jay. — Tivemos de nos livrar do nosso porque enferrujou muito com o ar salgado.

— De onde você é?

— Gloucester, Massachusetts. — Colocou os cabelos compridos para trás das orelhas. — Ao norte de Boston, na praia.

— Eu sei. — Como no dia anterior, ela usava muito pouca maquiagem. Jay achou o jeito natural dela extremamente atraente. — A Gorton é de Gloucester e essas coisas.

— É o que todo mundo diz. É tão constrangedor.

— Por quê?

— É como se eu devesse andar por lá o tempo todo de capa de chuva e um chapéu amarelo molenga levando uma caixa de peixe congelado. — Sally fingiu exibir uma caixa com as mãos em concha, virando-se para o lado e dando a Jay um olhar convidativo. — O que acha?

— Perfeito. Se a mesa de arbitragem não der certo, você pode vender frutos do mar. — Gostava instintivamente de Sally, embora Bullock tivesse passado a maior parte da tarde do dia anterior convencendo-o de que ela era uma concorrente direta, que Sally também tinha uma garantia de um milhão de dólares e que Oliver ia colocar Sally e Jay um contra o outro, depois demitir quem não estivesse à altura em dezembro para que só tivesse de pagar uma bonificação. Era tudo muito a cara de Oliver para que Jay ignorasse. E Sally tinha linhagem — graduação em Yale, MBA em Harvard e dois anos em uma empresa de consultoria de elite em Los Angeles. O tipo de linhagem a que Bill McCarthy se referira na noite em que Jay foi contratado. Uma linhagem que Jay não tinha.

— Acho que eu não devia fazer tanta piada sobre o setor de pesca — disse Sally. — Foi como a minha família começou neste país.

— É mesmo?

— É. Viemos da Europa para cá na década de 1870 e nos estabelecemos em Gloucester. Meu trisavô ia pra o mar quase todo dia, de acordo com as histórias que me contavam. Começou com um barquinho e logo tinha uma frota.

— Sua família ainda mora lá?

Sally sacudiu a cabeça.

— Não. Minha mãe e meu pai se mudaram. — Baixou a cabeça. — Estavam morando na Flórida, mas morreram num acidente de avião há um ano.

— Sinto muito. — Jay ouviu uma porta se abrir e olhou por sobre o ombro. Oliver estava levando a enorme cesta de piquenique em direção aos carros com Barbara ao lado dele.

— Estão prontos para ir? — gritou Oliver.

Sally passou roçando por Jay, os braços dos dois se tocando novamente, e correu pelo gramado, pegando uma das alças do cesto e ajudando Oliver a levá-lo para o Suburban.

Jay ficou olhando os dois cuidadosamente, procurando um sinal de que o interesse de Oliver por Sally fosse mais que profissional.

— Abra a porta, amigo — disse Oliver quando ele e Sally se aproximaram do Suburban.

Jay abriu o porta-malas, colocou o saco com o gim e o filtro solar dentro dele, depois ajudou Oliver e Sally a colocar o cesto.

Quando a mala estava carregada, Oliver se virou para Jay e passou a ele as chaves do Healey.

— Tome, você e Sally vão no carro divertido. Barb e eu vamos no chato.

— Pensei que não gostasse que outras pessoas dirigissem o seu brinquedinho — caçoou Jay.

— Eu nunca disse isso.

— Não precisava.

— Tem razão. Mas é uma ocasião especial. Vá em frente e pegue.

Jay e Sally não precisavam de incentivo. Saltaram no carro esporte e seguiram Oliver e Barbara pela entrada de carros.

— Me faça um favor — gritou Jay mais alto que o vento enquanto entravam na estrada. Ele se demorou propositalmente atrás do Suburban. — Veja se Oliver colocou os documentos do carro e o certificado do seguro no porta-luvas. Eu odiaria ser parado e não ter nada disso.

Sally abriu o compartimento e pegou a pasta preta. Depois de uns segundos, localizou os documentos dentro da pasta e mostrou-os a Jay.

Ele assentiu. Quando ela abriu o porta-luvas, ele percebeu que o disquete de computador e o envelope não estavam mais ali.

CAPÍTULO 5

— No três, digam grana! — Oliver apontou a Polaroid para Jay e Sally, que estavam recostados juntos na cabine do veleiro, e bateu a foto. — Belo sorriso, Jay — assinalou Oliver sarcasticamente, passando a foto em processo de revelação a Barbara.

— Agora vá lá, Oliver — sugeriu Barbara, protegendo os olhos do sol do final da tarde que refletia brilhante na água azul. — Quero tirar uma de vocês três.

— Tudo bem — concordou Oliver, pegando o gim-tônica pela metade e se metendo entre Jay e Sally.

Barbara bateu a foto, depois colocou a câmera ao lado dela.

— Meu Deus, Barbara! — gritou Oliver. — Está molhado aí. — Pegou a câmera e as fotos e procurou por um lugar seco para colocá-las. Uma brisa da tarde batia no estreito de Long Island e a cabine estava ensopada de borrifos salgados.

— Tome. — Jay passou a Oliver uma mochila que tinha trazido a bordo.

— Obrigado. — Oliver rapidamente enfiou a câmera e as duas fotos dentro dela, depois foi para o leme do barco de cinqüenta pés batizado de *Authority*. Era um veleiro magnífico. O casco e a cabine brancos eram ornados de azul escuro e sua enorme vela principal se elevava acima deles enquanto o grupo andava pela amura de bombordo. — Muito bem, vocês dois, para o mar — ordenou a Jay e Sally, segurando o copo no alto como uma tocha. — Entrem na água, eu disse.

— Aqui? — perguntou Sally, em dúvida. O barco inclinava-se vários graus para a esquerda enquanto cortava as águas encapeladas.

— Aqui mesmo! — berrou Oliver, enrolando um pouco as palavras. — Sou o capitão e, no *Authority*, o que eu digo é uma ordem.

— Não os obrigue a ir se não quiserem — protestou Barbara, segurando-se em Oliver enquanto o barco se adernava a bombordo. As ondas tinham se tornado maiores nos últimos minutos.

Jay tirou a camiseta pela cabeça, largou-a no convés e cutucou Sally.

— Vamos. — Ela estava perfeita em seu maiô preto. — Oliver não vai nos deixar aqui — sussurrou. — Nem ele faria isso.

— Como tem tanta certeza?

— Vai ficar tudo bem.

Olhou ansiosa para o norte. Connecticut ainda era visível, mas estava longe, quase obscurecida pela névoa da tarde quente de julho.

— Não tenho essa certeza — disse, insegura.

— Ande, Jay West! — gritou Oliver. — Está com medo de uma agüinha? Posso entender que Sally esteja assustada. Afinal, é uma mulher.

— Pare com isso, Oliver — Barbara bateu no pulso de Oliver de brincadeira. — Não seja tão exigente. E chauvinista. — Ela o pegou, entornando a maior parte da bebida, e o beijou no rosto. — Eu te amo — sussurrou.

— Obrigado, querida — respondeu automaticamente, sem tirar os olhos de Sally. — Última chance, West — gritou Oliver. — Se não for, saberei que é um viadinho.

Jay sorriu para Sally.

— É um ultimato meio infantil, mas acho que não tenho alternativa. Afinal, ele é o chefe.

— Acho que sim — concordou ela, sem entusiasmo.

Jay andou até os cabos de segurança que circundavam a cabine, pisou neles e mergulhou. A água — um banho de 23 graus — ainda parecia refrescante. Eram quase quatro da tarde — estavam no estreito desde as onze — e ele estava pronto para nadar um pouco. Subiu à superfície, limpou a água dos olhos e rapidamente viu o barco em movimento se afastando pelas marolas. Procurou Sally no convés, mas ela não estava à vista em lugar nenhum.

— Ei!

Jay se virou. Estava atrás dele, boiando na água.

— Então você veio — disse, assentindo em aprovação. — Não achei que viria.

— Não podia deixar o outro vice-presidente da mesa de arbitragem me superar. Oliver não me deixaria viver com isso. — Virou a cabeça para o lado e sorriu. — Nunca se sabe o que Oliver vai considerar importante no final do ano. Quero minha bonificação tanto quanto você.

— É claro que sim. — Jay riu suavemente. Oliver era um mestre da manipulação.

— É bem solitário aqui quando se está na água — observou Sally. A linha costeira não era mais visível.

Jay olhou para o rosto delicado de Sally flutuando acima da marola.

— Estou detectando um pouco de ansiedade?

— Um pouco — admitiu ela.

— Oliver vai voltar — garantiu Jay. Não tinha tanta certeza como aparentava, mas a costa estava a apenas alguns quilômetros. Seria duro nadar até lá, mas não tinha dúvida de que conseguiriam fazê-lo, se fosse necessário.

— Tem tubarão aqui? — perguntou Sally, apreensiva.

— Claro. Tubarão-tigre, tubarões brancos...

— Eu só queria era um simples sim ou não, Sr. Biólogo Marinho. — Aproximou-se de Jay, olhando a água em busca do barco.

— Por que acha que ele fez isso conosco?

— Poder — respondeu Jay automaticamente. — O mesmo motivo de o veleiro dele se chamar *Authority*. — Virou-se de costas e boiou, os braços e pernas esticados. — Oliver é uma daquelas pessoas que precisam reafirmar constantemente que estão no comando.

— Acho que tem razão. Oh! — guinchou ela.

— O que foi?

— Senti uma coisa viscosa roçar na minha perna. — Os olhos dela se arregalaram enquanto nadava em direção a ele. — Meu Deus, de novo. — Atirou os braços no pescoço de Jay por instinto e se apertou contra ele.

— Está tudo bem. Você está imaginando coisas. — Jay olhou a pulseira de ouro de Sally brilhando ao sol. Esperava que só estivesse imaginando coisas. Se ela sentisse aquilo novamente, a pulseira ia parar no fundo do estreito, independentemente de quanto tenha custado. Ele sabia que tubarões e outros predadores eram atraídos por objetos brilhantes.

— Desculpe — disse ela, envergonhada, recuando um pouco, mas ainda perto o bastante para que os dedos dos dois se tocassem ocasionalmente enquanto flutuavam na água.

— Não se preocupe. — O braço dela foi maravilhoso. Ficou lembrando a si mesmo que ela era a concorrente, que devia manter distância dela, mas isso estava ficando mais difícil a cada minuto. Jay já havia percebido que ela ficara olhando para ele no barco, assim como Sally o pegara olhando para ela.

— Lá vêm eles — disse Sally, apontando para o *Authority*. — Graças a Deus.

Jay viu o barco impressionante de casco branco navegar na direção deles e ficou meio decepcionado. Queria que isso durasse um pouco mais.

Quando o *Authority* passou por eles, Oliver atirou-lhes um cabo de segurança. Reduziu a velocidade do barco e, depois que Jay e Sally se puxaram para perto, largou uma escada de corda na lateral para que pudessem subir a bordo.

— Foi ótimo, não foi? — Oliver resplandecia. — Exatamente o que os dois precisavam.

Sally pegou uma grande toalha e enrolou o corpo magro com ela.

— É, ótimo, exceto pelo tubarão que roçou na minha perna.

— Ah, não. — Barbara pôs as duas mãos na boca.

Oliver voltou para o leme e retesou a vela principal.

— Provavelmente era só uma droga de enchova.

Jay olhou para Oliver e Barbara, agora que estavam lado a lado. Simplesmente não combinavam.

— O que está olhando? — perguntou Oliver de um jeito beligerante. Tinha terminado outro gim-tônica desde que mandara os dois para a água.

— Nada — respondeu Jay.

Oliver olhou para o céu, depois para Jay.

— Quer uma vista melhor?

— Do que está falando?

Oliver apontou para o topo do mastro, a vinte metros da água.

— Ficarei pra lá de feliz em içar você lá para cima, na cadeira do contramestre, se quiser ver uma paisagem de homem.

Jay chupou as maçãs do rosto. Era um longo caminho até o topo e o barco estava batendo e adernando no mar encapelado.

O INFORMANTE | 101

— A não ser que tenha medo de altura — acrescentou Oliver em voz alta para que Sally e Barbara ouvissem.

— Não sou louco por altura — admitiu Jay. — Mas foda-se.

— Olhou novamente para Oliver em desafio. — Eu vou.

Oliver assentiu lentamente. Não esperava que Jay aceitasse o desafio tão prontamente.

— Ótimo.

Minutos depois, Oliver tinha prendido a cadeira de contramestre — uma prancha de madeira de 45 centímetros de extensão e 25 de largura — na adriça de estibordo com uma tira de lona que passava por baixo do assento e se unia no final da adriça. Jay encaixou-se no assento e prendeu as tiras de lona no peito.

— Por que não dá a ele o assento de arnês? — gritou Barbara da cabine.

— O que é o assento de arnês? — perguntou Jay, olhando para Oliver, que estava se certificando que as tiras de lona estivessem bem apertadas na ponta da adriça.

— É uma versão mais moderna deste em que está sentado. Não há possibilidade de cair dele. — Oliver deu um tapinha no ombro de Jay. — Infelizmente, ficou no iate clube.

— Não está muito bom aqui — gritou Jay, agarrando as tiras enquanto Oliver começava a girar a manivela. Em segundos, estava a meio caminho do mastro, quase doze metros no ar.

— Já está alto o bastante, querido — gritou Barbara.

— Fique quieta — murmurou Oliver, continuando a içar. Por fim, ele parou. Jay estava a apenas alguns metros do topo do mastro.

— Como está indo, amigo? — gritou Oliver. — A vista é boa para você aí em cima?

— Linda! — gritou Jay. — Posso ver tudo até Nova York. — Deu um sorriso para Sally, que semicerrava os olhos para o sol. — Devia experimentar, Sally. Não é tão ruim.

— De jeito nenhum — disse ela, virando-se para Barbara. — Ele é maluco.

— Definitivamente — concordou Barbara. — Doido de carteirinha, se quer minha opinião. Ou só destemido.

— Vamos ver se é destemido — zombou Oliver, esticando mais a vela com o molinete e mudando de curso para que o *Authority* pegasse o máximo de vento possível.

Quando uma grande onda os atingiu transversalmente, o barco adernou. Jay segurou as tiras, sentindo o coração chegar à garganta.

— Que corrida! — gritou Oliver, segurando o volante com força. A brisa da tarde virou uma lufada e o *Authority* ganhou velocidade. — Isso é ótimo. Ele vai fazer tudo o que eu disser. Adoro isso.

— Traga-o para baixo — gritou Barbara.

— Ele ainda não pediu para descer — protestou Oliver. O barco adernou de novo, mais desta vez, a quase trinta graus. — Ele está bem.

— Oliver! — gritou Barbara.

— Foi o bastante, Jay West? — Oliver riu, satisfeito consigo mesmo. — Pronto para ser salvo por mim?

— Não se preocupe! — respondeu Jay. Quando o *Authority* se inclinou mais para estibordo outra vez, ele soltou as tiras, esticou as mãos por sobre o alto da cabeça, moveu-se para a frente no assento de madeira e escorregou da cadeira de contramestre.

— Cuidado! — gritou Sally, apontando.

— Meu Jesus! — Oliver soltou o leme e tropeçou para a frente, certo de que Jay ia se esborrachar no convés.

Mas ele não caiu no convés. Passou perto dele no mergulho e caiu na água, voltando rapidamente à superfície e acenando para indicar que estava bem enquanto o veleiro passava.

Minutos depois, Jay subiu ao convés pela escada de corda e sorriu para os outros três, a água pingando do corpo.

— Isso foi ótimo. — Colocou o cabelo ensopado para trás com a mão e gesticulou para Oliver. — Agora é minha vez de içar você para o mastro naquele assento de madeira.

Por vários segundos, Oliver encarou Jay. Podia ouvir Barbara rindo por sobre seu ombro. Ela sabia qual seria a resposta dele. Por fim, Oliver riu.

— Só em outra encarnação, Jay.

CAPÍTULO 6

— O lá, Savoy.

— Olá, Karim. — Savoy olhou de um lado a outro a rua escura várias vezes, depois voltou a olhar para o rosto de pele escura e esburacada de acne diante dele. Karim era um camaleão, capaz de atuar em mundos perigosos sem ser reconhecido como traidor. Tinha começado sua vida de violência no Khad — o braço afegão da KGB —, depois transferiu tranqüilamente sua fidelidade para os *mujahideen* combatentes da liberdade pouco antes de os soviéticos invadirem o Afeganistão em dezembro de 1979. Agora negociava com o Talibã. Karim tinha preferência pelo lado vencedor. E por sobreviver. — Vou ficar satisfeito? — perguntou Savoy.

— Totalmente — Karim assentiu. — Venha por aqui. — Gesticulou com um movimento brusco do polegar. — Gosto do seu rabo-de-cavalo — disse a Savoy por sobre o ombro. — Quase parece verdadeiro.

Os olhos de Savoy se estreitaram, mas nada disse enquanto seguia Karim pelas ruas de Konduz — uma pequena cidade de setenta mil habitantes localizada a 250 quilômetros ao norte de Kabul, passando pelo Kush hindu.

Karim parou diante de um pequeno prédio, pegou um molho de chaves, abriu as trancas da porta da frente, deixou que Savoy entrasse e depois trancou a porta novamente. Levou Savoy por um corredor estreito e por outra porta trancada. A segunda porta dava para um pequeno depósito que cheirava a óleo e mofo.

Savoy sorriu e o dente de ouro que tinha afixado sobre o real brilhou à luz da lanterna.

— Seu escritório, imagino.

Karim grunhiu uma afirmação e atravessou o piso sujo com seu andar gingado até o papel alcatroado. Retirou-o com um movimento violento, revelando caixas de madeira empilhadas e encostadas na parede. Com um pé-de-cabra, abriu a tampa de uma delas.

— Aqui está. — Apontou a lanterna para o conteúdo.

Savoy aproximou-se da caixa, curvou-se e pegou um dos rifles de assalto, inspecionando-o cuidadosamente.

— Avtomat Kalashnikov, modelo 47 — murmurou Karim.

— A pequena contribuição de Mikhail Kalashnikov à paz mundial. Também tenho várias caixas de AK-74. Atira uma bala menor, 5,55 milímetros, em vez dos 7,62 da 47. Mas a bala menor começa a rolar mais rápido, causando mais danos ao alvo. A 74 também tem um coice menor e não sobe quando dispara no automático.

— O mecanismo de segurança ainda é difícil de operar. — Savoy reconhecia que Karim estava sutilmente começando a negociar. Mas eles já haviam combinado o preço. — E alto. — Acariciou o pente de trinta balas em forma de banana. A Kalashnikov não era uma arma particularmente bonita, mas era durável. Podia ser enterrada na lama ou na areia por um longo tempo e continuar operacional, e por isso ainda era tão popular depois de tantos anos. — O que mais tem para mim?

— Armalite AR-18. — Karim teve a sensação de que a menção desta arma tocaria no ponto fraco.

Savoy olhou para ele, incapaz de esconder a satisfação.

— É mesmo?

— É. Isso deve deixar seu cliente feliz.

— Como sabe o que deve fazer meu cliente feliz? — Savoy colocou a AK-47 de volta na caixa e se ergueu.

— Tenho meus contatos. — Tinha sido uma conjectura, mas agora era uma certeza.

— Entendi — disse Savoy, tentando parecer indiferente, percebendo que podia ter se traído. — Tem mais?

— RPG-7 e SAM-7 Strelas. O tipo exato de lança-granadas e mísseis terra-ar que você pediu. — Karim fez uma pausa. Os sinais sutis de ansiedade em Savoy quando Karim mencionou as AR-18 entregavam o comprador de armas, porque ele sabia que grupo preferia essa arma. Não conseguiu deixar de escarnecer de Savoy e prosseguiu. — Só não as coloque num barco chamado *Claudia* e saia navegando da Líbia. — Ele riu, incapaz de se controlar. Agora sabia o destino das armas.

Os dentes de Savoy se cerraram à menção da tentativa malsucedida de contrabando de armas do passado.

— Os caminhões estarão aqui amanhã ao anoitecer — disse. — Esteja preparado.

— Direto para Karachi, imagino.

— É. — Não havia motivo para negar a observação. Karachi era o único destino lógico para os caminhões. — A outra metade do dinheiro estará em sua conta no Banco de Suez de manhã. E não pense que vai levar um centavo a mais do que já combinamos. — Virou-se para sair, depois parou. — Vamos querer mais, Karim. Um fluxo estável de armas. Meus clientes não são de conversa fiada, como pode achar. São muito bem financiados e estão dispostos a tudo para romper o acordo de paz. Até você se surpreenderia com o que estão planejando. — Por um momento, pensou em sua equipe treinando na remota fazenda da Virgínia. — Esta situação pode ser muito lucrativa ou pode levá-lo à ruína. Não pense, nem por um momento, que meus clientes não matariam um traidor. Eles matariam. E farão de tudo para encontrar você.

CAPÍTULO 7

Renovado depois de um banho de chuveiro, Jay saiu do vestiário masculino do Iate Clube de Westchester com um blazer azul-marinho, uma camisa azul-clara recém-passada, calças cáqui de prega e um brilho saudável — resultado de um dia quente na água debaixo de um céu sem nuvens. Cumprimentou vários membros do clube com a cabeça enquanto passava confiante pelo grande salão e saía para a varanda. Dava para o ancoradouro do clube e para o Dedo de Satã, uma faixa de terra que se estendia do estreito e onde foram construídas várias casas multimilionárias. Vestígios fracos de perfumes caros, loção bronzeadora e ar marinho se misturavam e formavam um aroma inebriante, e Jay parou na soleira da porta absorvendo a atmosfera. Depois de alguns segundos, chegou à varanda e se sentou em uma grande cadeira de vime verde. Pediu um gim-tônica ao garçom de *smoking* branco e olhou a água, pensando em como tinha ido longe na vida.

Bethlehem, na Pensilvânia, lar de Jay, não ficava longe dali — não mais que 150 quilômetros a oeste — mas a riqueza que exsudava desta região seria inconcebível para seus pais operários, que ainda moravam na pequena cidade siderúrgica. Haviam dado a Jay e aos irmãos uma criação decente. Sempre tiveram um teto e

pelo menos duas refeições por dia, embora com demasiada freqüência o teto tivesse goteiras e salsichas e feijões dominassem o
almoço e o jantar durante a semana.

Ele e um irmão tinham passado pela escola pública no segundo grau e foram para a faculdade, mas Kenny só durou dois anos
na East Stroudsburg antes de sair para trabalhar como aprendiz
de piloto de grua na siderúrgica de Bethlehem. Apenas Jay tinha
dado o salto para o mundo do colarinho branco. De uma forma
sutil, suspeitava que os irmãos se ressentiam dele por seu sucesso.
Mas a vida era assim, deduziu Jay, e ele não sentia animosidade
em relação aos irmãos.

— Seu gim-tônica, senhor. — O garçom colocou o copo na
mesa ao lado da cadeira de Jay.

— Obrigado. — Jay pescou uma fatia de lima dos cubos de
gelo e passou na borda do copo. — Coloque na conta de Oliver
Mason — instruiu. — O número de sócio é 37. — Oliver mandava a conta mensal para a McCarthy & Lloyd e Jay tinha vsito o
número da conta em um convite que estava aberto diante da cadeira de Oliver na semana anterior. Ele riu. Oliver não ficaria com
raiva por ele usar seu número de sócio sem pedir. Na verdade, ficaria impressionado. Oliver sempre se impressionava com pessoas
que obtinham informações confidenciais. — E acrescente uma
gorjeta de dez dólares para você.

— Obrigado. — O garçom se afastou às pressas.

Jay relaxou nas confortáveis almofadas listradas de verde e
branco. Deu um longo gole na bebida gelada e viu o pôr-do-sol
caindo sobre o estreito. Isso era a boa vida. Era por isso que estava
disposto a trabalhar horas estafantes em um ambiente hostil e atu-
rar a besteirada constante de Carter Bullock.

Admirou uma casa particularmente grande no Dedo de Satã.
Dinheiro, a raiz de todo o mal, pensou. *A estrada para a ruína.* Isso
era uma tolice sem sentido de gente de cabeça fraca que não con-

seguia lidar com dinheiro e teria arruinado a própria vida mesmo sem riqueza. Dos esnobes que nunca passaram necessidade. Conselho ruim de pessoas bem-intencionadas mas ingênuas, como os chorosos ganhadores do Oscar que agarravam suas estatuetas e suplicavam a todos os atores miseráveis e batalhadores do mundo que continuassem sonhando quando, na verdade, deviam ser aconselhados a acordar e arrumar um emprego de verdade porque as chances de não conseguir nada eram astronomicamente altas.

A mansão no Dedo de Satã ficou borrada aos olhos de Jay. Tinha visto em primeira mão o que o dinheiro e o poder podiam fazer. Tinham transformado Oliver Mason num homem que se impunha a uma jovem subordinada em uma sala de depósito e a ameaçava com a perda do emprego se não se submetesse às exigências sexuais dele. Para Jay, não havia dúvida de que o dinheiro, ou a busca psicopata dele, estava na essência do distúrbio de personalidade de Oliver. O olhar de Jay voltou-se para a lima. E aqui estava aceitando uma bebida daquele homem, trabalhando para Oliver e desejando, de certa forma, ser como ele.

— Eu não deixaria que isso acontecesse comigo — sussurrou.

— Gostando da conversa?

Os olhos de Jay se voltaram para cima. Sally estava parada diante dele usando um vestido leve que terminava na metade das coxas. Seus longos cabelos louros caíam sobre um dos ombros e a pele tinha um brilho radiante, combinando com o dele. Ele olhou em volta casualmente. Ela atraía a atenção de todos.

— Só estava repassando uns números mentalmente — explicou, meio tímido, levantando-se e puxando uma cadeira de vime ao lado da dele. — Sobre um negócio em que estou trabalhando.

— Claro. — Ela acenou para o garçom, apontou para o copo de Jay para indicar que queria a mesma coisa e depois se sentou.

— Gente maluca fala sozinha, e sei que você é maluco.

— Do que está falando? — Jay não conseguiu deixar de olhar de novo para as longas pernas de Sally. Agora que ela estava sentada, o vestido tinha subido mais nas coxas. — Não sou maluco.

Sally revirou os olhos.

— Nenhuma pessoa sã salta de uma cadeira de contramestre a vinte metros.

— Não foi nada demais.

— E você nem parecia nervoso.

— Quer apostar?

— Como assim?

— Quando saí da água, eu estava molhado, não é?

— É.

— Era puro suor.

Sally riu enquanto pegava o gim-tônica com o garçom.

— Mesma conta, senhor? — perguntou o garçom.

— Sim — confirmou Jay. — E outra gorjeta de dez dólares.

— Obrigado. — O garçom percebeu que o copo de Jay estava quase vazio. — Trarei outro para o senhor também.

— Muito agradecido.

Sally ergueu o drinque e eles brindaram.

— Você parece bem à vontade — observou ela, tomando um gole. — Foi criado por aqui?

— Não. — Aprendera há muito tempo que não havia sentido em tentar ser alguém que não era. — Sou filho de um mecânico que só entrava num clube privativo para consertar carros de golfe e não tinha familiaridade com Austin Healeys, só Plymouths e Chevys.

— Entendo.

Tentou avaliar a reação dela à notícia de que ele era fruto de um lar de trabalhadores. Ela não pareceu se importar.

— Me fale de você — disse ele.

— Não há nada de muito interessante em minha criação. Só o de sempre.

— Vamos lá — insistiu Jay. Ela parecia hesitante em falar de si mesma, o que ele gostava. Não gostava de pessoas que tagarelavam sobre si mesmas a cada minuto, como o Old Faithful. — Bullock me disse que você se formou em Yale e fez MBA em Harvard.

— É.

— E depois de Harvard você trabalhou numa empresa de consultoria financeira em Los Angeles por alguns anos.

Sally sacudiu a cabeça.

— Não, era no escritório de San Diego. A empresa é sediada em Los Angeles.

— Qual é o nome dela?

— É um grupo pequeno da Costa Oeste — respondeu rapidamente. — Você provavelmente não conhece.

— Experimente.

Ela chutou a perna dele de leve com a sandália.

— Meu Deus, onde estão a lâmpada e o polígrafo?

Talvez ele estivesse pressionando demais.

— Desculpe. — Olhou para o outro lado, depois para ela, que o encarava por cima do copo. De repente, parecia ainda mais bonita que no dia anterior.

— Oi, amigo! — gritou Oliver da porta da varanda, fazendo com que várias conversas nas mesas próximas parassem abruptamente enquanto as pessoas olhavam para ver quem tinha perturbado a calma da tarde.

Jay acenou.

Oliver pegou o garçom pelo cotovelo, pediu uma bebida, depois se apressou pela varanda, parando para confiscar uma cadeira vazia de duas senhoras idosas que estavam na mesa ao lado de Sally e Jay.

Jay viu as mulheres concordarem relutantes em ceder a cadeira e percebeu que elas observavam o cabelo penteado para trás de

Oliver e a camisa vermelho bombeiro por baixo do seu blazer azul. Oliver contrastava muito com a maioria dos membros, que se penteavam e se vestiam de forma mais tradicional. No entanto, Jay viu que as mulheres rapidamente foram vencidas pelos modos efusivos e pelo charme de Oliver. Quando as deixou, elas estavam rindo e apertando o braço dele.

— O que disse a elas? — perguntou Jay enquanto Oliver puxava a cadeira para perto de Sally e se sentava.

— Eu disse que as queria — respondeu ele, inclinando-se para a frente para que as senhoras não pudessem ouvir. — As duas. — Ele riu e uma covinha apareceu em sua bochecha esquerda. — Ao mesmo tempo.

Sally pôs a mão na boca, quase cuspindo a bebida.

— Disse para me encontrarem mais tarde em um dos quartos de hóspedes do segundo andar — continuou Oliver, colocando a mão no joelho nu de Sally. — Elas concordaram. Parece, que descobriram... — Ele hesitou, apertando o joelho de Sally e piscando para ela. — ...que meu apelido na faculdade era Cachorrão.

Sally jogou a cabeça para trás e riu novamente.

Oliver olhou para Sally e apontou para seu proeminente pomo-de-adão.

— Dizem que é possível saber só de olhar para as mãos de um homem, mas esta é a única maneira real de saber sem realmente ver. — Virou-se para Jay. — Ah, a propósito, amigo, a General Electric anunciou uma oferta de 82 dólares pela Bates — disse casualmente.

— Que ót...

— Mas não tente levar o crédito por aquelas ações que comprou ontem — alertou Oliver. — Na verdade, não devia ter pago tanto. Aquele cara, o Kelly, da Goldman, tirou vantagem de você porque sabia que eu não estava por perto. Eu podia ter conseguido que ele baixasse pelo menos um dólar por ação. Talvez dois.

Kelly não ia querer perder meu negócio. — Oliver pegou umas amêndoas numa tigela no meio da mesa. — No final do telefonema, ele provavelmente fez você pensar que tinha vencido. Gritou, berrou e bateu o telefone na sua cara, não foi?

Jay não disse nada.

— Kelly é um ator dos bons. Atraiu você como um atum num anzol triplo. — Oliver bateu na mesa várias vezes, olhando rapidamente para Sally, depois de novo para Jay. — Fico surpreso por precisar lhe contar sobre a oferta da GE, amigo. Não viu o terminal da Bloomberg do lado de fora do vestiário masculino?

Os terminais da Bloomberg forneciam notícias financeiras atualizadas sobre mercados e empresas do mundo todo. Havia vários instalados em todo o Iate Clube de Westchester, para que os membros ricos pudessem verificar suas carteiras de investimento a qualquer hora.

Jay assentiu hesitante.

— Eu vi.

— Bom, devia ter usado em vez de ficar admirando — rebateu Oliver. — Jay, você tem de pensar sempre nas transações em que está trabalhando. — Virou-se para Sally. — Aqui está uma boa lição para você. Mesmo em um dia como o de hoje, quando é muito fácil esquecer Wall Street e a mesa de arbitragem, você precisa manter seus negócios em mente. — Olhou para Jay novamente. — Entendeu, amigo?

— Entendi — respondeu Jay, percebendo que Bullock estava parado na porta da varanda, vestido de terno escuro, obviamente vindo direto da McCarthy & Lloyd. — Bullock é sócio daqui, Oliver? — perguntou, decepcionado ao ver o cabelo ruivo e a cara larga e quadrada.

— O quê? — Oliver olhou para cima, depois para trás, por sobre o ombro, enquanto seguia os olhos de Jay. — Oi, Texugo —

gritou, levantando-se. Olhou novamente para Jay e Sally. — Eu pedi a ele que viesse jantar. Sabia que vocês dois não se importariam.

Bullock acenou e andou rapidamente pela varanda até onde os três estavam.

— Oi, Sally. — Estendeu a mão e deu um sorriso caloroso, depois apertou a mão de Oliver e, por fim, deu a Jay um aceno curto de cabeça. — Como está, Oliver?

— Ótimo — respondeu Oliver. — Tivemos um dia maravilhoso no Sound. Pena que não pôde estar conosco, mas fico feliz que pelo menos tenha vindo para jantar. Será divertido.

— Pode ser.

— Está tudo bem na mesa? — quis saber Oliver. — Imagino que não tenha nenhuma emergência importante, porque você não ligou para meu celular.

— Está tudo ótimo.

Oliver assentiu.

— Lhe devo uma, Texugo. Espero que tenha feito bom uso de Abby. — Ele riu. — Eu te disse que ela era sua escrava pessoal hoje.

Bullock piscou devagar, como se pensasse cuidadosamente no que estava prestes a dizer.

— Abby não apareceu hoje.

— Hein?

Jay percebeu um tremor de preocupação passar pelo rosto de Oliver.

— Ela não foi trabalhar — repetiu Bullock.

— Por que não? — perguntou Oliver, irritado. — Estava doente?

— Não sei.

— Como assim, não sabe?

— Ela não telefonou — explicou Bullock.

O rosto de Bullock pareceu ruborizar e ficar parecido com a cor do cabelo.

Por vários segundos, Oliver e Bullock se encararam, como se estivessem se comunicando em silêncio. Bill McCarthy apareceu na porta da varanda de braço dado com Barbara, e pouco tempo depois, todo o grupo foi jantar no restaurante Quarterdeck.

O Quarterdeck dava vista para o terraço e a água e, enquanto o sol caía no horizonte, as luzes amarelas, verdes e vermelhas dos veleiros e iates ancorados no cais se acenderam, criando uma bela exibição. O salão de jantar não estava particularmente cheio, e quando a refeição terminou e o café foi servido, Oliver e McCarthy acenderam charutos. Em geral, não se permitiam charutos nos salões de jantar, mas o comodoro do clube — um sócio sênior de uma empresa de advocacia de Wall Street — informara Oliver de que seria aceitável fumar naquela noite. O comodoro tinha esperanças de fazer da McCarthy & Lloyd um bom cliente.

Quando terminou de acender o charuto, McCarthy — numa das pontas da mesa forrada com uma toalha de linho branco — virou-se para Jay, sentado à direita dele.

— No que anda trabalhando ultimamente, sr. West? — Embora McCarthy exigisse que todos da empresa o chamassem de Bill, ele quase sempre se dirigia aos outros pelo sobrenome — todos, exceto Oliver. Era o jeito dele de lembrar sutilmente a todos que ele era o chefão.

Jay hesitou.

— Está tudo bem, Sr. West. Pode falar livremente. Somos todos amigos aqui.

Jay olhou para o cabelo louro desgrenhado de McCarthy. Apesar de sua exigência rigorosa de que todos os outros da empresa tivessem cortes de cabelo conservadores, ele sempre levava meses para cortar o cabelo. E sempre usava calças puídas nos bolsos. Jay aprendera que, apesar dos milhões de McCarthy, ele era ridiculamente vulgar.

— Eu estava preocupado com aquela mesa ali — disse Jay, gesticulando para o grupo de quatro pessoas sentadas a uma certa distância.

— Não se preocupe — garantiu McCarthy. — Estão muito longe. Não vão ouvir.

— Tudo bem. — Bullock estava sentado à direita de Jay e, pelo canto do olho, ele o viu se inclinar para mais perto. Jay também percebeu que Oliver se desembaraçava da conversa com Sally e Barbara. — Estou seguindo várias situações, mas duas em particular — começou em voz baixa. — A primeira é uma empresa chamada Simons. — Era a empresa de que Oliver sugerira que ele comprasse ações na manhã anterior na sala de reuniões. — É sediada em Green Bay, Wisconsin, e fabrica produtos de limpeza. Estou fazendo o levantamento geral agora, ligando para pessoas no setor e mastigando números. Parece ser um candidato decente para uma tomada de controle. A ação está barata e não há nenhuma grande concentração de ações. — Hesitou, sentindo a expressão irritada de Oliver sem sequer precisar olhar para ele. — Mas as perspectivas de ganho não são grandes.

— Não parece muito empolgante — observou McCarthy entre baforadas do charuto. — Uma empresa sonolenta num setor entediante. Já compramos alguma ação?

Jay sacudiu a cabeça, sentindo a cólera de Oliver como o calor de um forno aberto.

— Ainda não.

— Qual é a outra situação?

— Uma empresa chamada TurboTec, em Nashua, New Hampshire. — Oliver tinha rejeitado a idéia, mas aqui estava uma oportunidade de trazer à tona algo que Jay ainda acreditava ser uma oportunidade excelente. — Seus engenheiros projetam redes de computador internas para empresas de médio porte. Poucos analistas de Wall Street acompanham a TurboTec, então o preço das ações tem ficado abaixo do desempenho do índice NASDAQ. Mas é uma ótima empresa.

— Gosto da idéia. — A voz de McCarthy ficou animada. — Como descobriu sobre ela?

— Um amigo meu da faculdade trabalha no departamento de marketing. O nome dele é Jack Trainer.

— Algum fator externo que torne a empresa atraente do nosso ponto de vista?

Jay entendeu o que ele queria dizer. McCarthy queria que sua mesa de arbitragem comprasse e vendesse as ações de uma empresa rapidamente. A TurboTec podia ser uma boa empresa, mas se o preço das ações não subisse rapidamente, ele não ia se preocupar com ela.

— Uma empresa japonesa está acumulando ações.

— Como sabe disso? — perguntou McCarthy, desconfiado.

— Olhe, eu sei que você é novo na empresa — continuou, sem dar a Jay a chance de responder —, mas a essa altura você já devia saber que eu administro uma operação absolutamente limpa. Somos éticos demais na McCarthy & Lloyd. Não quero saber nem de um sussurro de impropriedade na mesa de arbitragem. Ou em qualquer outra área de minha empresa, aliás. — Apontou o charuto para Jay. — Se a Comissão de Valores Mobiliários ou o escritório do procurador-geral dos Estados Unidos bater à minha porta, vou cooperar plenamente com qualquer investigação. E se encontrarem irregularidades, vou ajudá-los pessoalmente a atirar o culpado na cadeia. — Sua voz aumentou a um tom tão alto que Sally e Barbara pararam de conversar. — Não posso ter esse tipo de estigma na minha empresa. Eu perderia meu acesso a Washington.

— Eu entendo — respondeu Jay rapidamente. Percebeu o sorriso presunçoso de Bullock. O canalha estava gostando disso.

— Que bom — disse McCarthy inflexivelmente.

— Eu nunca coloquei você, Bill, nem a empresa nesse tipo de situação comprometedora.

— Duplamente bom.

— O fato de a empresa japonesa estar acumulando uma posição na TurboTec é de conhecimento público — disse Jay calmamente. — Mas a informação não está em nenhuma publicação americana, e provavelmente por isso as ações não reagiram com mais rapidez. O anúncio do acúmulo saiu numa notinha em um jornal de Osaka. Soube disso por uma colega que trabalha no escritório de Tóquio do National City, o banco em que trabalhei antes de ir para a McCarthy & Lloyd.

— Eu me lembro. — O tom áspero na voz de McCarthy tinha se dissipado.

— Minha colega de Tóquio achou que eu estaria interessado na informação porque ela sabia que eu tinha um amigo na TurboTec. Recortou o artigo, anexou uma tradução para o inglês e mandou para mim. A informação certamente é importante, mas não é de jeito nenhum, confidencial. É de domínio público — Jay se recostou, dando a Bullock um olhar triunfante, depois sorriu sutilmente para Sally antes de se voltar para McCarthy. — Estive acompanhando as ações por três semanas e nesse período o preço aumentou quinze por cento, mas há muito suco a ser espremido, especialmente se a empresa japonesa decidir anunciar uma tomada de controle total. — Jay sabia que Oliver devia estar lívido, mas esta era sua chance de brilhar diante do presidente do conselho. Não ia deixar a oportunidade escapar, mesmo com o risco de irritar Oliver.

— Então por que diabos não comprou nenhuma ação ainda? — quis saber McCarthy.

— Eu queria trabalhar mais um pouco nisso antes de falar no assunto com alguém. — Isso devia aplacar Oliver. Agora McCarthy não saberia que ele já havia falado na oportunidade.

120 | STEPHEN FREY

— Qual é o preço das ações agora? — perguntou McCarthy.

— Fechou a 22 e um quarto ontem.

— Quantas ações a TurboTec tem em circulação?

— Uns dez milhões.

— Compre duzentos mil assim que chegar no escritório de manhã — ordenou McCarthy. — Hoje à noite, se conseguir chegar neles nos mercados *off-hours*. Use três ou quatro corretores. Duzentas mil ações são o suficiente para termos um lucro substancial se você estiver certo, mas não o suficiente para atrair atenção.

— Concordo.

— Se esse negócio da TurboTec der grana, Jay, vou retirar tudo o que andei dizendo a Oliver sobre você não fazer nada a não ser ocupar espaço na mesa de arbitragem. — McCarthy resplandecia. — Tenho a sensação de que esse garoto pode nos dar dinheiro, afinal — disse, voltando-se para Oliver. — Acho que seus instintos estavam certos.

Oliver assentiu friamente.

— Onde diabos a Abby estava hoje? — perguntou McCarthy de repente, tomando um gole de café.

Os olhos de Jay dispararam para Oliver, depois para Barbara. Por um breve momento, pensou ter detectado no rosto dela a mesma tristeza que tinha visto na casa. Ela baixou a cabeça e remexeu no guardanapo.

— Deixei um recado para Abby no *voice mail* dela hoje de manhã. Queria que me desse uma informação, mas ela não retornou a ligação — prosseguiu McCarthy. — Isso não é típico dela.

— Acho que ela estava doente hoje — disse Oliver. — Algum vírus do estômago — disse, voltando-se para Bullock. — Não é isso, Texugo?

— É — respondeu Bullock firmemente. — Ao que parece, foi muito ruim, mas ela acha que amanhã estará bem.

— Entendo. — McCarthy tomou outro gole de café, depois riu lascivamente. — Sempre quis conseguir um naco do rabo dela — disse.

Assim que fez a observação, um silêncio desagradável caiu sobre a mesa. McCarthy tinha feito o comentário alto o bastante para que todos ouvissem.

Jay pegou o copo de água, tomou um grande gole e começou a tossir alto, como se estivesse engasgado. Isso rompeu o doloroso silêncio e desviou a atenção das pessoas de McCarthy.

McCarthy inclinou-se para Jay, estendeu um guardanapo e bateu gentilmente nas costas dele.

— Bill, o que aconteceu com seu sócio, Graham Lloyd? — perguntou Jay, ainda tossindo. Queria fazer essa pergunta desde que chegara na empresa. Agora parecia ser uma boa hora.

McCarthy baixou a xícara de café e sacudiu a cabeça, feliz por ter sido resgatado de sua situação constrangedora.

— Ele se perdeu num acidente de barco no Caribe. — A voz de McCarthy estava triste. — Estava velejando de Nova Orleans até as Bahamas e o barco dele foi coberto por uma onda. Uma daquelas ondas enormes que vêm de lugar nenhum, sabe?

Jay assentiu.

— Já li a respeito delas.

— Coisa estranha — disse McCarthy, pesaroso. — A Guarda Costeira confirmou que ele não teve chance. Encontraram o barco flutuando de cabeça para baixo. Nunca encontraram o corpo dele.

— Isso é terrível.

— É. — A voz de McCarthy falhou um pouco. — E o pior é que não tinha de acontecer. Eu implorei a ele para não ir. Disse que era muito perigoso. Mas ele era um filho-da-puta teimoso. Raramente aceitava conselhos de alguém. Disse que tinha fé em si mesmo e em seus instintos. No final das contas, essa atitude lhe custou a vida.

Jay olhou para McCarthy. As lembranças pareciam difíceis.

— Deve ter sido duro para você quando tudo aconteceu.

— Foi. — A expressão de McCarthy continuou sombria por alguns segundos, depois ele se obrigou a sorrir. — Mas não há necessidade de prolongar toda essa conversa sobre a morte do Graham. Pode acabar com esta noite tão agradável.

— Concordo — disse Oliver rapidamente, erguendo a taça de vinho. — A Graham, o velho filho-da-puta. — Tomou um longo gole. — Agora, e os Yankees?

McCarthy riu enquanto Oliver e Bullock começaram a discutir sobre as perspectivas do time de vencer outro Campeonato Mundial no final do verão.

— Pouca coisa deprime o humor de Oliver — disse ele a Jay.

— Isso é bem verdade — hesitou Jay. — Pode me dar licença?

— Quer usar o toalete?

— Sim.

— É por ali — McCarthy apontou para a porta — depois pelo corredor e à sua direita.

— Obrigado. — Jay se levantou e atravessou o salão de jantar até o banheiro dos homens. Eram quase dez da noite e ele tinha bebido constantemente por quase três horas. Ficou olhando para a frente, tentando deduzir o quanto o álcool o estava afetando. Sentia-se apenas meio tonto — a sala não parecia estar girando rápido demais — mas de repente só conseguia pensar em Sally. Quanto mais vinho consumia, mais se via roubando olhares dela. Tinha ficado decepcionado por ela não se sentar ao lado dele no jantar, mas Oliver organizou a mesa, certificando-se de que Sally se sentasse ao lado dele e o mais longe possível de Jay. Parecia que Oliver tinha percebido, na varanda, que havia alguma coisa acontecendo entre os dois.

Jay fechou o zíper da calça, foi até a pia e começou a lavar as mãos. Não tinha uma namorada estável desde a faculdade e o relacionamento morreu quando ele foi para Nova York. Lá mergulhou no trabalho, absorvendo tudo o que podia sobre Wall Street e finanças e não teve tempo de namorar seriamente. Agora, depois de todo esse tempo, estava interessado em alguém da mesma empresa — do mesmo departamento, pelo amor de Deus. Em uma época em que devia estar trabalhando mais que nunca. Fechou a água, pegou uma toalha e secou as mãos. Estava interessado em Sally Lane. Não havia sentido em negar isso. Mas ir atrás dela estava fora de questão. Não seria bom namorar alguém com quem trabalhava tão perto, em particular uma concorrente. E se tentassem se ver e Oliver descobrisse, os dois provavelmente seriam demitidos. Por mais que quisesse ver aonde isso ia dar, Jay tinha de ignorar sua atração por ela. Abriu a porta do banheiro.

— Oi. — Oliver estava parado a uma certa distância.

— Oi. — Jay manteve a porta aberta, supondo que Oliver fosse entrar. — Pode entrar.

Oliver olhou por sobre o ombro.

— Venha comigo.

— Tudo bem. — Oliver parecia bastante afável, mas devia estar fumegando por causa da apresentação improvisada da TurboTec. — Obrigado por esta noite. O jantar estava delicioso.

— O prazer foi meu. — Oliver guiou Jay até uma pequena sala no corredor principal e fechou a porta.

— Olhe — começou Jay —, sobre a TurboTec, eu...

— Não se preocupe — interrompeu Oliver. — Eu não sabia que você tinha uma informação tão boa. Devia ter me contado sobre seu contato de Tóquio. Faça o que Bill orientou: compre as ações.

— Tudo bem.

Oliver deu um pigarro.

— Ouça, há uma coisa que quero conversar com você.

— Ah?

— É. — Oliver bateu na coxa.

— O que é? — incitou Jay delicadamente. Podia ver que Oliver estava com dificuldades.

— É sobre Barbara... e eu.

— O quê?

— Estamos com problemas. — Os olhos de Oliver encontraram os de Jay. — Problemas conjugais.

— Entendo. — Jay afastou os olhos, sentindo-se pouco à vontade. — Isso é muito ruim.

— Tem razão. É mesmo. — Oliver esfregou o queixo por um momento. — Eu realmente a amo. Quero que entenda isso. — Ele riu, nervoso. — Eu a amo tanto que vou a sessões de terapia com ela a partir da semana que vem. Nunca pensei que faria isso.

— É bom que esteja disposto a assumir um compromisso.

— É mesmo, não é?

Jay detectou uma incerteza na voz de Oliver.

— É.

— Eu só queria que você soubesse. Provavelmente percebeu quando estávamos no barco.

— Não. — Era óbvio, mas parecia melhor não deixar que Oliver soubesse disso.

— É melhor que você saiba — disse Oliver com firmeza. — Porque não pode haver segredos no andar de *trading*. Trabalhamos muito juntos.

— É verdade.

— Além disso, eu o considero um amigo. Alguém com quem posso conversar. — O olhar de Oliver foi para o chão. — Sei que às vezes sou duro com você, Jay, mas é o meu jeito. Não estou cismando com você. É que nosso negócio é difícil. Mate ou morra e toda essa porcaria. É um clichê, mas é verdade. Apesar do dinheiro que ganhamos na mesa de arbitragem, McCarthy fica em cima de mim o tempo todo. Você ouviu ele dizer que me atormentou o tempo todo por causa da sua contratação. E esse é só um exemplo da pressão. Às vezes isso me afeta e eu descarrego minha raiva exatamente nas pessoas que não devia — disse em voz baixa.

— Entendo que deve ser difícil trabalhar para McCarthy.

Oliver suspirou alto.

— Quando você passa por uma situação dessa com sua mulher, o estresse pode levá-lo a fazer coisas que não devia. Como procurar a companhia de outra mulher.

— Arrã. — Jay encarou Oliver. Bullock deve ter dito alguma coisa sobre o incidente no depósito.

— Pelo menos, foi o que eu soube. — Oliver ergueu os olhos para Jay. — Espero que não aconteça comigo.

— Tenho certeza de que não vai acontecer. — O recado tinha sido passado e recebido. Ele não ia contar a ninguém sobre os problemas conjugais.

Oliver sorriu.

— Chega disso. — Pôs a mão no blazer e pegou um envelope. — Tome.

— O que é isto? — perguntou Jay.

— O dinheiro que eu disse que ia lhe emprestar. Cem mil dólares. Quero que compre aquele BMW. Não quero mais você rodando por aí naquele ferro-velho batido.

Jay pensou em perguntar a Oliver como ele sabia do Taurus, mas parecia óbvio. Ele sacudiu a cabeça.

— Não posso aceitar.

— Pode e vai aceitar — disse Oliver com firmeza.

Jay olhou o cheque de cem mil dólares, nominal a ele.

— É um empréstimo — disse Oliver. — Como eu disse, pode me pagar em janeiro.

Jay engoliu em seco. Não queria aceitar o dinheiro, mas sua conta bancária estava perigosamente perto de zero nos últimos dias. O corte no salário que aceitara ao entrar para a McCarthy & Lloyd estava produzindo seus efeitos. Ele não achava que era particularmente correto aceitar a caridade, mas não parecia haver nenhum mal real nisso.

— Obrigado.

— Você é um amigo. Gosto de ajudar meus amigos. — Oliver pegou as chaves do Austin Healey. — Por falar nisso, por que não leva o Healey para a cidade hoje?

Jay olhou do cheque para ele.

— Posso pegar o trem.

Oliver sacudiu a cabeça.

— Não, trens são um saco. Pegue o Healey. Estacione em uma garagem, me dê as chaves amanhã e Barbara o pega da próxima vez que for a Nova York. Ela estará na cidade daqui a alguns dias. — Ele sorriu. — Além disso, desse jeito você pode dar uma carona a Sally até a cidade e passar algum tempo sozinho com ela.

Jay deu uma risadinha, constrangido de como sua atração por ela devia ser transparente.

— Eu vi a química hoje — disse Oliver. — E olhe, desde que mantenham isso fora do trabalho, por mim está tudo bem.

— Não se preocupe, eu não...

Oliver ergueu as mãos.

— Estou falando a sério.

— Oliver, você tem sido muito correto comigo. — A voz de Jay estava rouca. Nunca foi muito bom nesse tipo de coisa. — Eu realmente lhe agradeço o que fez. — Oliver era um bom homem. Um homem que tinha caído em tentação, mas percebera que precisava de ajuda. E esse era o primeiro passo. — Espero poder retribuir toda a sua gentileza um dia.

— Só pague o empréstimo no dia da bonificação. E me ache umas ações de tomada de controle logo. — Oliver se virou para sair, depois hesitou. — Mais uma coisa.

— O que é?

— Vou chegar tarde no escritório amanhã de manhã. Pode me fazer uns favores assim que chegar?

— Claro. Diga.

— Primeiro, faça a negociação da Simons de que falamos ontem de manhã. Sei que Bill disse que era uma empresa chata num setor entediante, mas eu gosto dela. — Ergueu uma sobrancelha.

Os instintos de Jay diziam para não fazer isso, mas Oliver era o chefe e ele tinha aceitado cem mil dólares do dinheiro do chefe.

— Tudo bem.

— Ótimo.

— O que mais?

— Quero que compre um grande lote de ações de outra empresa.

— Qual?

Oliver hesitou.

— A Bell Chemical. Use Jamie e compre trezentos mil ações no mercado assim que puder.

Imediatamente Jay se lembrou que a Bell Chemical era o nome na folha de papel no porta-luvas do Austin Healey.

— Tudo bem — concordou, hesitante.

— Bom. — Oliver foi na direção dele, deu um tapinha no ombro e depois foi para a porta. — Vamos — instou, mantendo a porta aberta.

Parados no corredor do lado de fora da porta, havia dois homens grisalhos vestidos em ternos cinza conservadores e segurando taças de conhaque. Eram muito parecidos fisicamente.

— Olá — disse formalmente um dos homens a Oliver. O outro simplesmente assentiu, uma expressão de dor no rosto.

— Oi, Harold. — Oliver trocou apertos de mão com o homem que havia falado com ele. — Harold, este é Jay West. Juntou-se recentemente à mesa de arbitragem da McCarthy & Lloyd.

Oliver virou-se para Jay.

— Este é Harold Kellogg, meu sogro, e o irmão dele, William.

Os dois homens mais velhos assentiram, mas nenhum dos dois estendeu a mão.

Jay retribuiu o gesto. Tinha ouvido falar que, juntos, os irmãos Kellogg valiam bem mais de um bilhão de dólares.

— Vai me pagar pela propriedade um dia, Oliver? — falou Harold com voz estridente, um sorriso insolente no rosto.

— Vou — disse Oliver baixinho. — E será o dia mais feliz da minha vida.

— Meus corretores me dizem que a propriedade vale perto de cinqüenta milhões de dólares atualmente. E você está morando lá há sete anos, então vamos colocar mais trinta milhões de juros. — Harold sorriu, mas sua mandíbula estava rígida. — Mal posso esperar.

— Imagino que não.

— Oliver, quando se tornou sócio daqui? — perguntou William.

— Ele não é sócio — respondeu Harold. — Barbara é que é sócia.

— Ah, é verdade. Agora eu me lembro. Tivemos de fazer uma campanha pesada, não foi? Os sócios só aceitariam os dois se o membro cadastrado fosse Barbara.

Jay viu que os irmãos tinha consumido uma grande quantidade de álcool.

— Vamos, Oliver. — Jay tocou o braço dele. — Vamos andando.

— Ah, Oliver — disse Harold.

Oliver virou-se lentamente.

— Sim?

— Tenho certeza de que algumas pessoas apreciam seus esforços para ter estilo — disse Harold sarcasticamente, apontando para a camisa vermelha de Oliver. — Mas baixe o tom do espetáculo quando vier aqui, está bem? — Harold cutucou o irmão. — Sabe o que dizem, Billy?

— O quê? — perguntou William, terminando o conhaque.

— Dizem...

— Dizem que você pode tirar o cara do Bronx, mas não pode tirar o Bronx do cara — interrompeu Oliver, a voz tremendo. — Eu sei de cor. Ouço isso toda vez que encontro você.

CAPÍTULO 8

— Por que a Abby não foi trabalhar hoje? — perguntou Barbara, jogando a bolsa na bancada imaculadamente branca da cozinha, a voz tremendo. Era a primeira vez que falava desde que saíram do iate clube. — Qual é o verdadeiro motivo?

— Ela estava doente — respondeu Oliver calmamente. — Você ouviu o Bullock.

— Ela não estava doente — rebateu Barbara, virando-se para encará-lo. — Provavelmente estava exausta.

— Do que está falando?

— Sei que você estava com ela ontem à noite. Não sou idiota. Provavelmente não conseguiu andar esta manhã, estava ferida demais. — Os punhos de Barbara se fecharam com força enquanto a imagem de Oliver com Abby lampejava em sua mente.

— Querida, eu...

— Você me toma por idiota? — guinchou Barbara, perdendo o controle. — Realmente acha que me engana quando não chega em casa antes das onze da noite e eu não consigo falar com você na McCarthy & Lloyd o dia todo?

Oliver brincou com as chaves do Suburban.

— Liguei para você ontem às três da tarde, mas não estava na mesa. — O corpo de Barbara tremia. — Aquele adolescente cretino, seu colega de fraternidade, Carter Bullock, disse que você estava em reunião, mas não conseguiu me dizer onde nem com quem.

— Eu estava com vários consultores externos. Bill me encarregou de um projeto importante, uma coisa grande.

— Tentei falar com Abby, mas Bullock atendeu novamente — continuou Barbara, ignorando a explicação de Oliver. — Disse que ela também estava em reunião, mas não na mesma que você, é claro. Foi muito cuidadoso em mencionar esse fato. Mas, como você pode imaginar... ele também não sabia me dizer onde ela estava nem com quem.

Continue negando, disse Oliver a si mesmo. *Ela não pode provar nada e não quer realmente que você admita isso. Só está jogando verde.*

— Você está exagerando muito.

— Estou? — Barbara bateu na bancada com o punho. — Encontrei um bilhetinho de Abby algumas semanas atrás em seu tenro.

A cor sumiu do rosto de Oliver. Apesar de suas objeções, Abby constantemente escrevia aquelas malditas coisas. Em geral, ele tinha muito cuidado em rasgá-los e atirar os pedacinhos em várias lixeiras diferentes em todo o andar de *trading*. Mas este acabou passando do porque um dos corretores de ações tinha corrido até ele com uma emergência segundos depois de Abby ter colocado o papel dobrado diante dele. Enfiou-o no bolso e depois se esqueceu do assunto.

— "Eu te amo tanto." — A voz de Barbara tornou-se dramaticamente sarcástica, repetindo as palavras do bilhete escrito à mão de Abby. — "Estou louca para ter você de novo. Todinho." — Ela pegou dois punhados de cabelo.

— Barbara, não sei o que... — Oliver engoliu as palavras, sua atitude desafiadora evaporando.

— Como pôde fazer isso comigo? — gritou ela, as lágrimas jorrando pelo rosto. — Tentei ser tão boa com você. Tentei amá-lo, tentei entendê-lo.

— Eu sei. Eu sou horrível — disse com a voz rouca, erguendo as mãos, um sinal de que era culpado da acusação. Não havia sentido em tentar se defender mais. Era hora de erguer a bandeira branca e implorar por piedade, uma estratégia que ele sabia que tocava poderosamente o coração e nunca falhara. — Preciso de ajuda. Acho que temos de fazer uma terapia juntos. Por favor — implorou.

— Você precisa de mais do que uma terapia conjugal.

— Do que está falando? — perguntou. Em geral, a menção de uma terapia conjugal a acalmava.

Barbara foi até a gaveta da cozinha e a abriu num puxão, derrubando no chão vários utensílios de dentro dela. Do fundo da gaveta ela pegou um pequeno pedaço de papel dobrado em um pequeno triângulo. Ela o ergueu diante de si.

— Posso ser ingênua — soluçou, os dentes trincados —, mas sei o que há aqui dentro. Cocaína.

Oliver estendeu a mão novamente, desta vez avançando alguns passos.

— O que o... — sua voz falhou.

— Encontrei isso no mesmo terno do bilhete, seu canalha! Você e sua namorada devem ter se divertido muito.

— Não tenho idéia de como foi parar lá — disse, a voz trêmula.

— Mentiroso!

— Eu juro.

— Não admitir nada.

— O quê?

— O princípio que norteia sua vida — soluçou. — Nunca admitir nada que incrimine, porque sempre haverá a semente de dúvida na mente dos outros sobre sua culpa, mesmo que as provas sejam totalmente contra você. Meu Deus, você nunca admitiria que realmente não passa de um garoto pobre do Bronx que pôs as garras, pegou e se casou com uma mulher rica de sociedade. — O vinho do jantar a estava afetando e ela enrolava as palavras. — Provavelmente se iludiu para acreditar que não começou a vida num apartamentinho sujo do sexto andar, que dava para um estacionamento imundo, vendo seu pai se embebedar toda tarde com uísque barato. — Rasgou o triângulo de papel e espalhou o pó branco no chão. — Eu te odeio, Oliver. — Largou o papel amassado, virou-se, pegou uma faca de açougueiro na gaveta e atirou nele.

Ele se desviou da faca, depois avançou e a agarrou.

— Me larga! — gritou ela.

— Não.

— Vou para a casa do meu pai — alertou, chorando incontrolavelmente. — Vou contar tudo a ele.

— Não vai não — rebateu Oliver. — Você o odeia tanto quanto eu. Sabe que, se o procurar, ele vai rir e dizer que estava certo esse tempo todo. Que você ferrou toda a sua vida. Que ele não acredita que seja realmente filha dele. Que acha que você deve ter sido adotada. — O pai de Barbara nunca disse isso, mas Oliver tinha dito a ela que ouvira Kellogg fazer o comentário a um amigo em um coquetel, e ela acreditara nele.

— Não! — Barbara cobriu as orelhas com força. — Eu odeio os dois.

— Você não vai a lugar nenhum. — Oliver a soltou e ela caiu no chão, batendo a cabeça na bancada. Sempre conseguira manipulá-la do jeito que queria, do jeito como agora podia manipular quase qualquer um. Vinha tentando convencer Barbara de que ela odiava o pai por todos esses anos, tentando criar uma cunha entre eles e agora, exatamente no momento em que mais precisava, funcionou e ela acreditava nele. Estava derrotada, uma massa trêmula de ameaças vazias. Não havia motivo para se preocupar. Ele podia conquistar tudo. — Suba e vá para a cama. E não vamos falar nesse incidente de novo.

O INFORMANTE | 133

— Você perdeu o juízo, Oliver — murmurou, desanimada, os lábios pressionando a madeira.

— Cale-se. — De repente, ele sentiu o impulso de amarrar uma gravata no pescoço dela e ver seus olhos e veias saltarem do pescoço.

— Só tive certeza hoje à tarde, quando vi você içar Jay West no mastro — sussurrou. — Você adora forçar as pessoas a fazerem coisas que não querem. — Barbara enxugou as lágrimas do rosto e fungou. Seu choro tinha terminado. — Meu Deus, provavelmente nunca gostou de Abby tanto quanto gostou de içar aquele rapaz a vinte metros no ar. Você adora o poder, Oliver. Não, anseia por ele. Está deixando você louco.

— Só estávamos nos divertindo. Eu não colocaria um amigo em perigo.

— Você não tem amigos — sussurrou Barbara com tristeza. — Tem discípulos. Aquele pobre rapaz está fazendo o máximo para não se tornar um. Posso ver nos olhos dele. Mas você tem esse jeito, essa maneira horrível e doentia que absorve as pessoas. Jay é um bom rapaz, mas eu rezo por ele, pois não sabe quem você realmente é. Eu devia fazer um favor a ele e contar — disse, rindo sarcasticamente —, mas ele não acreditaria em mim.

— Você bebeu demais, Barbara. Sempre sei quando passa dos limites porque fica melodramática. — Cutucou a perna dela com o sapato. — Vou colocá-la na cama para que possa dormir.

— Estou surpresa que tenha contratado Jay — disse Barbara, meio grogue. — Ele não combina com o perfil, e aquele seu amigo desagradável, o Bullock, obviamente não gosta nada dele. — As pálpebras dela se fecharam um pouco. O longo dia de bebida e sol quente a exaurira e ela fazia o máximo para continuar consciente. — Pensei que vocês dois não deixassem que ninguém de quem não gostassem brincasse na sua caixa de areia.

CAPÍTULO 9

— G osta de praia? — perguntou Jay, respirando fundo o ar salgado.

— Adoro — respondeu Sally, segurando as sandálias em uma das mãos enquanto andava ao lado de Jay, a areia fria e seca penetrando por entre seus dedos. — Não tive muita oportunidade de curtir quando era pequena.

— Pensei que tivesse sido criada em Gloucester.

— E fui — concordou rapidamente. — Mas o mar ali é frio até no verão, e muitas praias são rochosas. E sabe como é, quando moramos perto de uma coisa, não aproveitamos totalmente. Como a maioria dos nova-iorquinos que nunca foi na Estátua da Liberdade nem no deque de observação do Empire State.

— Eu fui.

— Meu Deus, olhe a luz da lua na água. — Sally tocou o braço dele delicadamente. — Que lindo.

Jay ficou olhando Sally desfrutar do reflexo brilhante, vendo seu perfil na luz fraca. Ela era demais. Sentia-se mais atraído por ela a cada minuto. Ela sugerira que dessem uma caminhada depois de desejar boa noite a Oliver e Barbara na calçada do iate clube, e ele aceitou prontamente embora estivesse tarde e os dois precisassem chegar na McCarthy & Lloyd de manhã cedo.

Sorriu para si mesmo. Namorar uma mulher com quem trabalhava era uma receita para o desastre e definitivamente não ia se deixar envolver — pelo menos enquanto Sally estivesse na McCarthy & Lloyd. Ele se conhecia muito bem. Era carreirista demais para permitir que um relacionamento pessoal colocasse em risco a oportunidade que tinha diante dele.

Mas se sentia sozinho. Tinha percebido isso quando a segurou no mar e sentiu a pele dela contra a dele enquanto os dois esperavam a volta do *Authority*. E quando brincaram e riram na proa do veleiro na viagem de volta à costa, as bebidas na mão e os tornozelos cruzados, Oliver e Barbara longe na cabine.

Sally falou.

— Nunca fiz muita coisa em Nova York.

— Bom, você não teve muito tempo — assinalou Jay. Eles se olharam e afastaram os olhos. — Acaba de começar na McCarthy & Lloyd e estava em San Diego antes disso.

— É verdade. — Chutou a areia. — Sabe de uma coisa, o que eu realmente gostaria de fazer é ter uma boa vista área da cidade. Do topo de um prédio alto ou coisa assim. E não do Empire State nem das torres do World Trade Center, aonde todo mundo vai. De um lugar que não seja batido.

— Meu prédio tem uma ótima vista do centro da cidade.

— Ah, é?

— É.

Sally sorriu como quem paquera.

— Tem mesmo, ou isso é parte de um plano complicado para me levar para seu...

— Você podia aparecer depois do trabalho um dia — interrompeu, ciente do que ela estava pensando. — Antes de o sol se pôr, num dia em que possamos escapulir cedo. Antes que Oliver e Bullock se transformem em vampiros.

— Não sei se a hora do dia faz alguma diferença para esses dois quando se trata de sugar sangue. — Ela riu. — Pelo que sei, eles sugam as pessoas até os ossos 24 horas por dia.

— É a rotina da McCarthy & Lloyd — admitiu Jay. — Sem dúvida. É melhor ficar preparada.

— Estou. — Ela hesitou. — Mas adoraria ir à sua casa um dia e olhar a vista.

Jay sentiu um vestígio de decepção na voz dela.

— Prefere uma visão noturna?

Ela olhou para ele de lado.

— Definitivamente uma visão noturna.

— Que tal a visão de hoje à noite? — pigarreou, ciente de que sua voz estava tensa.

— Perfeito.

Eles se viraram e começaram a voltar para o clube e, enquanto o faziam, ela tropeçou, caindo nele. Ele a pegou e a equilibrou, imaginando se a queda tinha sido acidental.

Uma hora depois, estavam no terraço de seu prédio de seis andares no Upper West Side, lado a lado, os cotovelos no parapeito de tijolinhos, olhando o horizonte. Jay precisou de alguns minutos para convencer Sally a chegar no muro baixo — a rua estava a mais de 180 metros abaixo deles e o parapeito não parecia firme — mas agora ela estava bastante à vontade para chegar na beira.

— São tantas luzes — assinalou ela. Passou a mão nas costas do braço dele. — É lindo.

Era loucura, pensou Jay. Na manhã seguinte, teriam de ir trabalhar e fingir que nada tinha acontecido. Mas fora idéia de Sally ir até o terraço. Além do mais, o toque dos dedos dela era exatamente o que ele queria. Ainda estava esperando que o lado racional de seu cérebro assumisse o controle, convencendo-o de como isso era idiota.

— Oliver é uma figura — disse ela.

— É mesmo. — O cheque de cem mil dólares de Oliver estava cuidadosamente dobrado no bolso da camisa de Jay e, por um momento, ele se perguntou se Oliver tinha feito o mesmo acordo com Sally naquela noite. — Um cara difícil de entender.

— Exatamente. Já vi que ele pode ser um verdadeiro... — parou de repente.

— Um verdadeiro o quê?

— Você vai me achar horrível.

— Não, vá em frente — insistiu Jay.

— Pode ser um verdadeiro mala — completou. — Posso ver isso mesmo depois de estar ao lado dele por tão pouco tempo. Quer dizer, esse negócio de nos obrigar a saltar no meio do estreito de Long Island. E mandar você para o mastro com as ondas tão fortes como ele fez. Ridículo.

As unhas dos dedos dela arranharam delicadamente a pele dele, provocando-lhe arrepios na espinha.

— Mas — continuou Sally — ele tem aquele jeito dele. Quando você pensa que vai começar a detestá-lo de verdade, ele faz alguma coisa que transforma completamente suas emoções.

— Eu sei — concordou Jay. — É bem charmoso. — *Tão charmoso que arrocha uma subordinada em um depósito*, lembrou-se Jay. — Viu aquelas mulheres idosas na mesa da varanda hoje à noite?

— É — Sally riu. — Primeiro queriam estrangular o Oliver. Dava para ver. Mas quando ele pegou a cadeira, elas o adoraram. — Ela hesitou. — Percebeu alguma coisa estranha entre Oliver e Barbara?

— Como assim?

— Ela tentou atrair a atenção dele o dia todo, mas ele a ignorou completamente.

Jay assentiu.

— Eu a ouvi dizer que o amava várias vezes, mas ele não respondeu. Mas ele deve ter ouvido. Estavam um ao lado do outro.

— Exatamente. Ele não parece muito feliz com ela.

— Sei lá. — Oliver tinha deixado claro que Jay não devia discutir esse assunto. Se Oliver quisesse contar a Sally sobre seus problemas conjugais, ele o teria feito.

— É como se não combinassem.

— O quê? — Jay virou-se rapidamente para olhar para ela.

— Sabe como a maioria dos casais meio que combinam?

— Acho que sim. — Então ela também percebeu.

— Eu imaginava Oliver com alguém diferente.

— Como assim?

Sally pensou por um momento.

— Alguém mais sensual. Quer dizer, Barbara é muito atraente — disse rapidamente. — Não me interprete mal. Mas de um jeito matrona que ainda tenta manter o vigor. — Olhou para Jay de uma forma estranha. — Por que está rindo?

— Porque percebi a mesma coisa.

— É mesmo? — Sorriu para ele, feliz que estivessem em sintonia.

— É, achei que Barbara seria um pouco mais exótica.

— Exatamente. — Sally apertou o braço dele. — Acha que Oliver e Abby têm alguma coisa?

— Hein?

— Oliver deve ter ligado para ela uma cinco vezes ontem enquanto estava me mostrando a empresa. Ele cobria o fone com a mão quando se falavam para que eu não pudesse ouvir, e ria como um adolescente.

— Não sei. — Jay não queria participar dessa conversa. — Por que pergunta?

— A Barbara é legal. Eu me sinto mal por ela. Ficou muito claro para mim que Oliver gostaria de estar com outra pessoa.

— Talvez seu interesse seja estimulado por outra coisa — brincou Jay, sorrindo sugestivamente para ela. — Talvez você esteja procurando uma oportunidade.

— Você é terrível — Sally socou o braço dele.

— Nunca se sabe.

Sally revirou os olhos.

— Ah, sim, Oliver e eu, na verdade, temos nos encontrado escondido há alguns meses, e é por isso que ele agora me contratou. Temos um apartamento no Brooklyn Heights. Vamos jantar no Henry's End várias vezes por semana, depois vamos ao Basement of Blues para uma música animada antes de correr de volta a nosso ninho de amor e amarrotar os lençóis da cama.

Jay inclinou a cabeça e lançou-lhe um longo olhar inquisitivo.

— Que foi? — perguntou ela, constrangida. — Eu só estava brincando.

— Eu sei — disse baixinho.

— O que é, então?

— O Henry's End e o Basement of Blues são lugares meio fora de mão. Como sabe deles?

— O que está querendo dizer?

— Para uma mulher que não está há muito tempo em Nova York, conhece bem alguns lugares obscuros. Lugares que eu duvido que muita gente daqui conheça.

— Eu vim à cidade algumas vezes.

— E foi ao Brooklyn? — perguntou, curioso. — Nada contra o bairro, mas a maioria dos turistas fica em Manhattan.

— Eu leio revistas de viagem. Não é nada demais.

— Tem razão, não é.

Ela desviou os olhos e apontou para o sul do Central Park.

— Que prédio é o Plaza Hotel?

— Não dá para ver daqui. Fica no canto do parque e fica atrás daquele prédio ali — explicou, acenando para um prédio alto à esquerda deles.

— E Nova Jersey? — perguntou. — Dá para ver Nova Jersey daqui?

— Por quê?

— Meu apartamento fica no Hoboken.

— É mesmo? — perguntou, pegando-a pela mão e levando-a para o lado oeste do prédio.

— É, e não me olhe com pena. — Passou a mão pelos dedos dele enquanto contornavam um enorme compressor enferrujado.

— Não é tão ruim quanto você pensa...

— Eu sei — interrompeu Jay. — Algumas áreas do Hoboken são muito bonitas.

— Então qual é o problema?

— Não sabia que ia ter de levar você até lá — respondeu Jay. — Já passa da meia-noite. Quando eu levar você para casa, vai passar de uma hora.

— Não precisa me levar para casa.

Jay sacudiu a cabeça.

— Não vou deixar você pegar o trem sozinha a esta hora da noite, e um táxi ia custar setenta pratas.

— Quem disse que tenho de ir para casa?

Ele parou a alguns metros do parapeito.

— Bem, eu...

— Eu trouxe uma muda de roupas que posso usar amanhã. Estão na bolsa que deixei no Austin Healey. Oliver disse que podia ser um longo dia, então vim preparada.

De repente, ele estava lutando com a sensação de excitação física.

— Sei que sua casa só tem um quarto — continuou ela —, mas imagino que tenha um sofá na sala.

— Claro que tenho. Vou ficar no sofá e você fica com a cama. — Agora ele lutava com a decepção, xingando-se por pensar na possibilidade de dormir com ela.

— Aceito. — Sorriu para ele com doçura. — É muito legal de sua parte.

— Claro. — Por alguns minutos, eles se olharam, depois Jay largou a mão dela e correu para o parapeito.

— O que está fazendo? — gritou ela, as mãos na boca. — Pare!

Mas ele não parou. Quando chegou ao parapeito, pulou, colocou um dos pés no murinho, depois se içou para ficar em cima do muro baixo, oscilando por um segundo antes de recuperar o equilíbrio. Depois ele se virou, cruzou os braços no peito e inclinou a cabeça triunfante para ela.

— Desça daí agora! — ordenou ela. Era só o que podia fazer ao olhar para ele no parapeito, o corpo em silhueta contra o céu escuro. — Está me apavorando Jay.

Ele sorriu, saltou lepidamente para o chão e andou devagar na direção dela.

— Você é maluco — disse ela seriamente. — Podia ter se matado.

— Não.

— Nunca vou entender os homens — disse, revirando os olhos.

— Não tem nada a ver com ser homem. — Tirou o cabelo da testa e rapidamente passou a ponta do dedo na cicatriz embaixo do olho.

— Então tem a ver com o quê?

— Não importa.

Ela olhou para ele, examinando.

— Por que faz tanto isso?

— Isso o quê?

— Tocar a cicatriz embaixo do seu olho.

— Não faço *tanto* assim.

— Faz sim. Como conseguiu a cicatriz?

— No futebol, no segundo grau. Agora venha. — Jay a levou até a porta que dava no interior do prédio. — Está ficando tarde.

Minutos depois, estavam no quarto de Jay.

— Bom, é isso — disse ele, gesticulando para o pequeno quarto. — Não é muito, mas é meu lar. — Foi até o armário. — Vou pegar umas coisas e deixo você em paz.

— Fique à vontade. — Ela foi até o computador dele, instalado numa mesa num canto do quarto. — Tem internet? — Os olhos dela deram uma busca rápida na mesa. Duas caixas de disquetes estavam ao lado da CPU.

— Todo mundo tem, não? — respondeu, carregando umas coisas. — Tudo bem, já peguei o que preciso. Vou levar o despertador para a sala. Acordo você de manhã.

— Tá legal. — Afastou-se do computador e o encontrou na porta. — O dia foi maravilhoso.

— Para mim também.

Por vários segundos, nada disseram, depois ela pôs as mãos nos ombros dele, ficou na ponta dos pés e o beijou no rosto, demorando-se no beijo.

Jay não conseguia mais resistir. Passou os braços em volta dela, apertou os lábios nos dela e a beijou profundamente. Sentiu a reação dela de imediato — as mãos em sua nuca, a boca respondendo à pressão, a pele das pernas dela contra a dele. Depois de vários segundos, ele se afastou, mas ela voltou a beijá-lo imediatamente. Por fim, seus lábios se separaram.

— Gostei dessa — sussurrou ela.

— Eu também.

Ela passou as costas dos dedos no rosto dele até chegar na cicatriz.

— Agora me conte como realmente conseguiu isso.

— Já contei.

— Você me contou uma história, mas não me contou a verdade.

— Como consegue determinar tão bem se uma pessoa está dizendo a verdade ou não?

— Conte — disse ela, ignorando a pergunta.

Ele respirou fundo.

— Não é nada que interesse a você.

— Deixe que eu julgue isso.

— Tudo bem — disse ele, cerrando a boca. — Minha irmã mais nova se afogou numa pedreira abandonada perto da minha casa na Pensilvânia. Costumávamos nadar ali no verão. Na época, eu tinha dezesseis anos e ela, nove. O pé dela ficou preso em algum equipamento de mineração velho muito abaixo da superfície. Tentei tudo o que pude para libertá-la. — Hesitou e engoliu em seco, tocando a cicatriz sem perceber. — Na segunda vez em que desci, ela se agarrou em mim. Eu estava ficando sem ar e afastei a mão dela. Usava um anel que me cortou quando ela tentava me segurar. Quando voltei, ela estava morta.

— Sinto muito, Jay. — Passou os braços em volta dele e o beijou no rosto. — Eu não devia ter pressionado.

— Preciso dormir um pouco — disse ele bruscamente. — O telefone fica ao lado da cama, se precisar.

— Está ótimo.

Ele se livrou do abraço dela e saiu do quarto, fechando a porta atrás de si. Por vários momentos, ficou parado ali, surpreso por Sally ter conseguido arrancar dele aquela história. Era a primeira vez que falava nisso desde o dia em que acontecera, dez anos antes.

Ela trabalhou na luz do computador, digitando no teclado fazendo o mínimo de barulho possível enquanto recuperava o arquivo. Depois do que pareceu uma eternidade, palavras e números finalmente piscaram na tela. Deu uma olhada no que havia ali, depois começou a imprimir, trabalhando rapidamente por medo de que ele acordasse.

CAPÍTULO 10

A sala de estar entrou lentamente em foco enquanto a luz cinzenta era filtrada pela veneziana da janela, que não era enfeitada por cortinas por ser um apartamento de solteiro. Cortinas não eram uma prioridade.

A mente de Jay vagou para a plena consciência e ele percebeu que seu corpo estava estranhamente restrito. Parecia haver uma parede de um lado dele e a beira do nada do outro. Então se lembrou. Tinha dormido no sofá. Sally Lane estava no quarto.

Esticou as pernas compridas, estendendo os pés por sobre o tecido desbotado e puído do braço do sofá. Depois de tentar encontrar uma posição confortável a noite toda e conseguir algumas horas de sono, estava exausto e agora era hora de enfrentar um dia mortal que só terminaria às onze da noite — se tivesse sorte.

Jay começou a se levantar do sofá, depois grunhiu e voltou. Ainda não estava pronto para enfrentar o dia. No fundo de sua mente, esperava que em algum momento durante a noite Sally tivesse entrado furtivamente na sala, acordado Jay com outro beijo apaixonado e o levado para o quarto e transado com ele repetidamente. Puxou um travesseiro de baixo da cabeça, cobriu o rosto e grunhiu de novo. Meu Deus, eles só se conheciam há dois dias. Sim, tinham se beijado na noite anterior, mas e daí? Sally não o atacou como aquele tipo de mulher que cai na cama com um homem depois de um beijo. E ele não queria que ela fosse esse tipo de mulher.

O perfume dela o perseguiu a noite toda — um aroma sutil que tinha percebido pela primeira vez na varanda do clube e que mais tarde encheu seus sentidos quando se beijaram e se abraçaram no quarto. Puxou o travesseiro de lado, cheirou os braços — o aroma ainda estava ali — e sorriu ao se lembrar do toque dos lábios macios dela nos dele. Um beijo maravilhoso, cheio de paixão, que disse a ele que Sally tinha muito mais que um interesse passageiro num relacionamento.

Jay levou os pés ao chão e se levantou, vestindo somente uma cueca samba-canção azul-clara. Não havia necessidade de remoer como tinha gostado da véspera com Sally. Isso só tornaria o dia diante dele mais longo.

Espreguiçou-se mais uma vez, erguendo as mãos bem acima da cabeça, depois se dirigiu à porta do quarto. Estava meio entreaberta. Talvez Sally já estivesse no banheiro. Ele não a ouviu se levantar, mas talvez estivesse dormindo tão profundamente na última hora que não tinha conseguido ouvir nada. Olhou o corredor. A porta do banheiro estava aberta e as luzes apagadas, e não havia cheiro de xampu nem de perfume, nem nenhum calor de vapor residual indo na direção dele.

— Sally — chamou em voz baixa. Nenhuma resposta. Bateu gentilmente na porta do quarto, depois chamou mais alto. — Sally. — Ainda nenhuma resposta. Abriu a porta e espiou da soleira. A cama estava feita e a bolsa de Sally não estava lá.

Andou pelo pequeno corredor, passando pela cozinha até o banheiro e verificou o chuveiro. Estava seco, obviamente não fora usado, o que era estranho. Duvidava de que ela tivesse ido trabalhar sem tomar banho, então devia ter voltado ao apartamento de Hoboken.

Jay voltou ao quarto e ficou parado na frente do baú de lençóis aos pés da cama. O telefone sem fio não estava na base, onde havia deixado para recarregar. Estava na mesa de cabeceira.

Jay pôs as mãos na nuca, seu foco agora no computador no canto do quarto. Alguma coisa parecia diferente nele ou na mesa em que estava instalado. Varreu a mesa e o computador com os olhos várias vezes. Ao lado da CPU, havia duas caixas de disquetes, uma vermelha e outra prateada. Tinham sido mexidas. A caixa prateada estava na frente da vermelha. Ele sempre colocava a vermelha na frente.

Foi até a mesa e ficou diante do computador por um momento, depois se curvou e colocou a palma da mão em cima do monitor. Estava morno.

———

Victor Savoy estava na margem de uma floresta perto de um bosquete de carvalhos olhando para as colinas íngremes que se erguiam em volta dele de três lados, como um anfiteatro. Usava óculos escuros, um bigode preto grosso, um boné de beisebol azul-escuro com U.S.S. *New Jersey* bordado em letras douradas na frente e enchimento por baixo da camisa e das calças para parecer mais gordo. Estava com pessoas que supostamente eram aliadas e, no entanto, usava um disfarce. Tinha aprendido que se quisesse sobreviver nesse negócio, não podia confiar em ninguém. Um amigo podia se tornar um inimigo em um piscar de olhos se de repente descobrisse sua verdadeira identidade.

Depois de completar sua transação com Karim em Konduz, Savoy pegou as estradas de terra ventosas do Kush hindu para Kabul em um Yugo amassado, seguiu de avião de Kabul a Amsterdã em um jato particular, pegou um vôo da United para o aeroporto JFK em Nova York, depois imediatamente saltou a bordo de outro jato particular para o vôo de uma hora e meia até Richmond, Virgínia. No aeroporto de Richmond, alugou um carro com o nome de Harry Lee e dirigiu uma hora para o sudoeste da cidade, até a fazenda remota no interior da Virgínia. Tinha dado voltas de carro para se certificar que não estava sendo seguido.

Foram dezoito horas de uma viagem estafante. Mas agora estava renovado e alerta depois de apenas algumas horas de sono no vôo da United. Ficou satisfeito em voltar aos Estados Unidos, particularmente à Virgínia, porque era uma espécie de volta ao lar. Nascera e fora criado em Roanoke, uma cidadezinha algumas horas a oeste, embora tivesse saído de lá aos dezesseis anos para começar sua vida de "lenocínio alternativo", como gostava de chamar, sem olhar para trás. Também estava satisfeito porque o exercício assistido era o fim da missão e um extraordinário cheque de pagamento parecia próximo. Só rezava aos deuses que existissem para que seu assistente do outro lado do Atlântico conseguisse pegar as armas em Konduz e transportá-las para Karachi sem incidentes, depois as colocasse no cargueiro que esperava para nevegar até a Antuérpia. Havia tantas coisas que ainda podiam dar errado.

Savoy pegou um punhado de sementes de girassol e as enfiou na boca. Olhou em volta enquanto cuspia as cascas, verificando as posições de seus atiradores nas colinas com poderosos binóculos pendurados em seu pescoço por uma tira de couro. Depois olhou para o céu. Nuvens agourentas se formavam a oeste, alimentadas pelo calor e umidade sufocantes na costa leste dos Estados Unidos. Não importava. Voltariam à casa em quinze minutos, bem antes de a tempestade descarregar sua fúria.

Savoy se virou e assentiu por sobre o ombro na direção do bosquete de carvalhos. Segundos depois, um cúmplice apareceu puxando uma jovem pelo pulso. Ela usava um vestido curto em farrapos e tropeçava como um zumbi atrás do homem. A prostituta, que o cúmplice de Savoy tinha atraído a seu carro no dia anterior, tinha tomado um sedativo à força algumas horas antes. Agora estava com os olhos baços e quase inconsciente, mal sendo capaz de ficar de pé.

O cúmplice levou a mulher a uma cadeira ao lado de Savoy e colocou as mãos dela nas costas da cadeira. Ela a agarrou, oscilando um pouco de um lado a outro, uma brisa suave soprando fios de cabelos castanhos em seu rosto pálido.

Savoy cuspiu algumas cascas restantes e ergueu os binóculos mais uma vez, verificando cada posição. Fora informado de que os homens eram bons, mas queria ver por si mesmo. Tinha aprendido a duvidar de todo mundo.

Assentiu para seu cúmplice e voltaram juntos ao pequeno bosque de carvalho. De trás de uma árvore larga, verificou cada posição pela terceira vez. Os rifles estavam erguidos e preparados. Deixou os binóculos caírem no peito e olhou para a jovem. Ela lutava para manter o equilíbrio, tombando para a frente exatamente como alguém podia fazer atrás de um pódio.

— Fogo — disse ele baixinho ao microfone.

Antes que terminasse de dar o comando, os tiros soaram como um só, como um estampido de canhão, rasgando a serenidade da tarde da Virgínia com uma força apavorante. Quatro balas de calibre .30 rasgaram o frágil corpo da mulher e ela tombou, caindo de cara para baixo na relva alta.

Savoy saiu de trás da árvore e foi até onde a morta estava caída, notando, com satisfação, que a parte de trás da cabeça tinha desaparecido totalmente. Ele a virou e inspecionou dois buracos próximos no rosto, um no meio da testa e outro pouco abaixo do olho esquerdo ainda aberto. Por fim, puxou o vestido dela para cima e viu mais dois buracos entre os seios.

Savoy sorriu enquanto inspecionava o corpo mutilado. Eles eram realmente muito bons.

———

Jay olhou o bilhete escrito à mão. Estava esperando por ele quando chegou à McCarthy & Lloyd, pouco depois das sete, colado com fita adesiva no encosto de sua cadeira.

Compre ações daquelas duas empresas que conversamos e ações daquela de Boston que você expôs ao McCarthy ontem à noite no jantar. Compre as quantidades que discutimos e faça isso assim que chegar. Não estrague tudo, Jay. Não quero ter de dar o emprego a Sally. Isso me irritaria muito.

Cordialmente,
Oliver

Jay fez os pedidos de compra às oito e quinze, empolgado com a TurboTec, menos com a Simons e nada empolgado com a Bell Chemical. McCarthy tinha concordado que a Simons não era uma jogada excitante, então não ia ficar feliz com a compra. E Jay nada sabia sobre a Bell Chemical. Não teve tempo para pesquisar a Bell e fundamentar o argumento de Oliver de que a empresa era uma candidata atraente a uma tomada de controle. A única coisa que Jay sabia sobre a Bell Chemical era que correspondia ao nome que estava no papel dentro do envelope que tinha descoberto no porta-luvas do Healey.

Jay fez as negociações de qualquer forma, e agora suas digitais estavam em todas as transações. E só as digitais *dele*, percebeu com pesar, relendo o bilhete. Oliver não especificou a Simons e a Bell pelo nome. Mas que diabos devia fazer? Não podia ignorar uma ordem direta de Oliver. Concordara em fazer a compra das ações para Oliver na noite anterior, depois do jantar. E queria seu milhão de dólares. Não queria dar a Oliver nenhuma desculpa para demiti-lo se Bullock estivesse certo e o contrato tivesse brechas.

Largou o bilhete na mesa, reclinou-se na cadeira, fechou os olhos e gemeu. Estava morto de cansaço da noite no sofá e também estava com fome. Eram duas da tarde e ele não tinha comido nada desde o jantar na noite anterior. Além disso, o dia tinha sido uma loucura desde cedo e ele foi o único profissional na mesa na maior parte do tempo, o único disponível para administrar o caos. A secretária tinha informado a Jay que Oliver estava trabalhando num projeto para McCarthy e levara Sally com ele ao centro da cidade para uma reunião. Bullock aparecia e sumia da mesa o dia todo — principalmente sumia — e Abby não aparecera novamente. Não conseguiu reprimir um bocejo e cobriu a boca com a mão.

— E aí?

Jay abriu os olhos. Sally estava parada do outro lado do anteparo. Oliver não estava à vista.

— Oi — disse ele friamente, tentando não pensar em como tinha se divertido no dia anterior. Estava irritado com ela por ter saído do apartamento dele sem avisar naquela manhã.

— Por que está tão cansado? — perguntou em voz baixa, olhando em volta para ver se alguém a ouvia. — Meu Deus, alguém pode pensar que você dormiu em um sofá calombento a noite toda — brincou, o sorriso se ampliando.

— Podia mesmo. — Percebeu a irritação na própria voz.

Sally foi para o final do anteparo, onde ele estava sentado, e se inclinou na beira da mesa.

— Tive um dia maravilhoso ontem — sussurrou ela.

— Eu também. — Permitiu-se uma olhada rápida nos olhos dela. Eram lindos.

— E gostei de você ter se aberto comigo sobre a sua irmã.

— É, bom... — Deixou o olhar se perder ao longe.

— Desculpe se usei o *check-out* expresso hoje de manhã no Hotel Jay West, mas você dormia profundamente — explicou. — Não quis acordá-lo. — Ela olhou a área imediata, depois estendeu a mão e afagou rapidamente a mão dele. — Eu queria me despedir. Eu realmente queria.

— Está tudo bem. — Lançou-lhe um sorriso rápido, ciente de que ficar amuado não ajudaria em nada. — A que horas saiu? — perguntou, forçando-se a ser jovial.

— Lá pelas cinco. Acordei e não consegui voltar a dormi então decidir ir embora.

— Devia ter me chamado no quarto. Talvez um pouco de exercício a ajudasse a dormir.

— Que tipo de exercício você tem em mente? — Os olhos dela se estreitaram um pouco, mas os cantos da boca se viraram para cima.

— Nada incomum. Só uma coisinha para bombear o sangue.

— Arrã.

— Você voltou até Hoboken? — perguntou Jay.

Ela assentiu, hesitando por um momento antes de responder.

— É, eu... percebi que tinha esquecido de pegar umas coisas, então fui para casa.

— Com chegou lá?

— Peguei o metrô até o World Trade Center e de lá o trem PATH. — Passou os olhos novamente pelo andar de *trading* e viu Oliver e Bullock ao fundo discutindo no corredor paralelo ao andar. — Os trens não estavam cheios de manhã cedo e a viagem não demorou muito.

— Pensei que tivesse pedido um carro da McCarthy & Lloyd — disse Jay.

— Por quê? — perguntou Sally, os olhos disparando de Oliver para Jay.

— Percebi que você usou o telefone. Estava fora da base. Eu tinha deixado na base para recarregar.

Ela hesitou mais uma vez.

— Você está certo. Eu chamei um carro. Mas o despachante disse que ia levar quarenta minutos até o carro chegar a seu apartamento. Então decidi arriscar e pegar o trem.

Jay sentiu uma estranha sensação subindo pela espinha — a mesma coisa que sentiu quando Oliver lhe pediu para comprar a Bell Chemical depois do jantar da noite anterior.

— Para que usou o computador?

— O quê?

Talvez fosse imaginação dele, mas ela parecia tentar ganhar tempo.

— Meu computador estava morno quando acordei. Estava me perguntando por que você usou.

Ela riu, sem parecer que estava achando engraçado.

— Isso é mesmo um interrogatório.

— Não, é...

— Eu me conectei para verificar as manchetes e o que tinha acontecido nos mercados financeiros da Ásia à noite — interrompeu ela. — Oliver e eu tínhamos uma reunião no centro de manhã cedo e eu queria estar preparada. Os jornais nem sempre relatam os números do *overnight* no Anel do Pacífico.

— Eu sei. — Agora foi a vez de Jay hesitar. — É só que...

— Vamos lá, gente! — gritou Oliver chegando por trás de Jay, com Bullock a reboque. — Vamos. Reunião agora na sala de reuniões. E quero dizer *agora*.

Sally estufou as bochechas e revirou os olhos depois que Oliver e Bullock passaram por eles.

— Lá vamos nós. Ele está com jeito de briga.

— Qual é o problema? — perguntou Jay, levantando-se da cadeira.

Sally deu de ombros.

— Não sei. Ele parecia bem na reunião de hoje de manhã.

Minutos depois, os quatro estavam sentados à mesa da sala de reuniões. Oliver na cabeceira da mesa, Bullock à direita dele, e Sally e Jay de frente um para o outro.

— Feche a porta — ordenou Oliver, apontando para Jay. O cabelo dele estava meio desgrenhado e havia bolsas embaixo dos olhos. Esfregou os olhos injetados e soltou um suspiro profundo e exasperado.

Jay se levantou e andou lentamente até a porta. A grande cama confortável de seu apartamento parecia estar chamando por ele no Upper West Side.

— Antes da porra do Natal, amigo — gritou Oliver.

Na noite anterior, Oliver tinha agido como um amigo íntimo. Agora era novamente o Capitão Peste.

Depois de parar e recomeçar várias vezes, Oliver finalmente falou.

— Abby se demitiu — disse simplesmente.

Jay olhou para ele, subitamente acordado. Tinha percebido o mesmo tom enodoado na voz de Oliver no dia anterior, quando Oliver correu até ele na loja de bebidas.

— Houve... Uma carta foi entregue a mim hoje de manhã — explicou Oliver, pegando a pasta de couro e tirando um envelope, segurando no ar para que os outros vissem, como se fosse um advogado de defesa exibindo uma prova para o júri. — Pelo... *courier*.

Jay sempre se impressionou com o comportamento loquaz e o estilo tranqüilo de Oliver, mesmo em situações de pressão. Mas esse comportamento se fora. Jay analisou Oliver cuidadosamente. Parecia preocupado e sua aparência normalmente polida tinha desaparecido.

— Eu queria contar a todos assim que pudesse. — A voz de Oliver ficou mais suave. — Queria contar a todos ao mesmo tempo.

— Ela conseguiu outro emprego? — perguntou Jay.

Oliver não respondeu. Estava encarando a parede, os olhos fixos em alguma coisa.

— Oliver. — Bullock cutucou Oliver com o cotovelo.

— Desculpe. — Oliver sacudiu a cabeça. — Qual foi a pergunta?

— Abby conseguiu outro emprego? — perguntou Jay novamente.

— Não sei. A carta simplesmente diz que ela estava se demitindo por motivos pessoais. — Oliver olhou para Bullock. Quase buscando apoio moral, pensou Jay.

Oliver se levantou da cadeira.

— Todos vamos ter de trabalhar muito até que Bullock e eu encontremos um substituto para ela — disse. — Abby era um membro extremamente valioso de nossa equipe. Aliviava muito a nossa pressão cuidando dos detalhes e fazendo o trabalho chato. Não sei como vamos substituí-la. — Oliver devolveu o envelope à pasta, as mãos trêmulas. — É só o que tenho a dizer — murmurou. — Desculpe por ter tomado o tempo de vocês. — Olhou para Sally, os olhos enevoados. — Pode nos dar licença? Bullock e eu precisamos falar a sós com Jay.

— Claro. — Sally pegou seu bloco e saiu da sala rapidamente.

Jay estudou o rosto de Oliver, percebendo rugas que nunca vira antes. Seu bronzeado permanente também parecia ter clareado, e as bolsas embaixo dos olhos eram óbvias. Algo tinha acontecido desde que Jay e Sally deixaram Oliver no clube. Talvez tivesse a ver com Abby, ou talvez Oliver e Barbara tivessem brigado em casa. O que quer que fosse, afetou-o profundamente.

— Precisamos examinar sua avaliação de um mês, Jay — anunciou Bullock depois que Sally saiu.

— Avaliação de um mês? — Jay olhou para Oliver, que estava jogado na cadeira. — Ninguém me disse nada sobre uma avaliação de um mês.

— É padrão — disse Bullock. — Todo funcionário novo tem essas coisas. — Pegou o bloco e uma folha de papel, inspecionou-a

brevemente, depois a passou para Jay por cima do tampo da mesa.
— Leia o que está aqui e assine no final da página. E não se preocupe muito com os detalhes da avaliação.

Jay passou os olhos pelo papel rapidamente. Tinha recebido uma classificação geral de dois em cinco. Bullock tinha preenchido o relatório. O nome dele estava embaixo.

— Não entendo. Isto indica que não estou trabalhando com todo o meu potencial. Parece inferir que não estou trabalhando as horas que devia. Fico aqui até pelo menos onze da noite quase todo dia desde que comecei. Às vezes até mais tarde.

— Então precisa trabalhar com mais eficiência — retorquiu Bullock. — E precisa realizar alguns negócios.

— Fiz três pedidos hoje de manhã — respondeu Jay tranqüilamente.

Oliver abriu os olhos e se endireitou na cadeira.

— Que empresas? — perguntou Bullock.

— TurboTec, Simons e Bell Chemical.

De repente, Oliver se sentou reto e estalou os dedos.

— Deixe-me ver essa avaliação — ordenou.

Jay passou o papel por sobre a mesa. Oliver deu uma lida rápida, depois olhou para Bullock.

— Dois? — perguntou, incrédulo. — Acho que está baixo demais. Aumente para quatro.

— *Quatro?*

— Foi o que eu disse. Quatro. — Oliver apontou para Jay. — Quatro está bom para você?

— Acho que sim.

— Ótimo. — Oliver sacudiu o papel pra Bullock. — Faça isso agora, Carter — orientou e saiu da sala.

Segundos depois, Bullock se levantou da cadeira e marchou para fora da sala sem dizer uma palavra, furioso.

Jay esfregou os olhos quando Bullock saiu, depois voltou à cadeira dele na mesa. Quando chegou lá, Bullock não estava na

156 | STEPHEN FREY

mesa, mas Oliver e Sally estavam sentados lado a lado na ponta do anteparo, falando ao telefone. Jay se espreguiçou na cadeira, abriu uma gaveta e pegou a lista de telefones das casas dos funcionários da mesa de arbitragem, que Bullock tinha dado a ele no primeiro dia. Como Bullock tinha explicado, todos precisavam estar disponíveis o tempo todo, porque os negócios não seguiam o horário comercial e até uma breve falta de comunicação podia custar milhões para a mesa.

Jay localizou o telefone da casa de Abby e discou, ouvindo tocar do outro lado da linha enquanto observava Sally se afastar segurando uma folha de papel. Depois de cinco toques, a secretária eletrônica de Abby entrou. Jay ouviu a mensagem, depois desligou sem deixar recado. Por alguns minutos, ficou olhando o monitor de computador diante dele, números na tela piscando continuamente enquanto o programa *online* atualizava o preço das ações que acompanhava de perto. Levantou-se da cadeira, foi até o anteparo e parou ao lado de Oliver.

— O que foi? — rebateu Oliver, finalmente desviando os olhos do memorando que estava lendo e encarando Jay.

Jay entregou as chaves do Austin Healey, uma imagem clara de Oliver forçando a barra com Abby correndo por sua mente.

— Tome. — Atirou as chaves na mesa, colocou a mão no bolso da camisa, pegou o cheque que Oliver tinha dado a ele na noite anterior e o colocou ao lado das chaves. — Agradeço por sua generosidade, mas acho melhor você ficar com isso.

Depois virou-se e foi até a máquina de refrigerantes, sentindo os olhos de Oliver ardendo nas suas costas, perguntando-se por que Sally tinha mentido para ele sobre o uso do computador naquela manhã para se conectar e verificar o fechamento na Ásia. Ele não tinha internet em casa.

CAPÍTULO 11

McCarthy se acomodou no banco traseiro da longa limusine preta ao lado de Andrew Gibson, subchefe de assessoria do presidente dos Estados Unidos. McCarthy tinha pego um vôo da Delta para Washington naquela tarde vindo de Nova York porque seu Learjet particular estava em manutenção de rotina.

Gibson orientou o motorista a seguir para o nordeste, saindo do Aeroporto Nacional na avenida George Washington em direção à Capital Beltway.

— Fico feliz que tenha podido vir tão rapidamente a Washington hoje — começou Gibson. — O presidente manda seus cumprimentos. Disse que está ansioso para encontrá-lo em Nova York.

— Sim, deve ser um grande acontecimento — concordou McCarthy com orgulho. Ele gostava de Gibson. Eram mais ou menos da mesma idade e tinham uma visão política parecida. Gibson era baixo, magro e perfeitamente bem cuidado, dos cabelos grisalhos elegantemente penteados aos ternos escuros e gravatas conservadoras.

— Serão dias formidáveis — disse Gibson enfaticamente. — E sua capacidade de coordenar os escritórios do governador e do

158 | STEPHEN FREY

prefeito se mostraram muito úteis. Há uma forte rivalidade entre os dois e eles querem ter o crédito... por motivos políticos, é claro. Foi bom você ter aparecido para lembrar aos dois que o anfitrião é o presidente. São o estado e a cidade deles, mas precisam ouvir o chicote estalar um pouco. Obrigado. E este agradecimento também parte do presidente.

— Certamente.

— Tenho algumas notícias ruins — disse Gibson, hesitante.

— O que é? — perguntou McCarthy.

— Não consegui colocar você na mesa do presidente no jantar.

— Ah. — McCarthy agitou a mão como se a informação não fosse preocupante. — Não ligo a mínima. Fico feliz em poder ajudar o presidente como posso. Além disso, vou vê-lo no centro no dia seguinte.

— Sim, verá — garantiu Gibson a McCarthy. — Você estará lá no palanque.

— Seria ótimo, mas não conto com isso.

Gibson deu um tapinha no joelho de McCarthy com os dedos pequenos e sorriu.

— É por isso que o presidente gosta tanto de você, Bill. É por isso que sempre cuida de você. Ele sabe que você fica de olho no quadro geral. Há tantos partidários dele que não fazem isso — resmungou Gibson. — Tantos vêm para Washington com as mãos estendidas, procurando caridade. Você não é assim. É do time e gostamos disso.

— Obrigado. — McCarthy olhou para fora pela janela escurecida da limusine, para a ponte Key que se esparramava por sobre o rio Potomac e para Georgetown nos penhascos além do rio.

— O presidente quer que você vá a Camp David no outono — anunciou Gibson. — Ele vai patrocinar um fórum muito privativo sobre a economia americana e precisa que você compareça. Quer uma perspectiva de dentro em um ambiente relaxado. Serão apenas dez participantes. O CEO da General Motors, o CEO da ATT, o presidente do conselho da IBM... pode imaginar a cena.

— Sim, posso. — Era o tipo de acesso ao poder político que pouca gente no mundo tinha e McCarthy lutou para esconder sua satisfação.

— Ele não aceita um não como resposta, Bill — alertou Gibson afavelmente.

— Estarei lá — garantiu McCarthy a Gibson. — Não perderia isso por nada no mundo.

— Ótimo.

A limusine subiu um longo aclive, entrando na densa floresta no lado sul do rio Potomac. McCarthy e Gibson passaram a discutir o estado atual da economia, a rápida consolidação do setor de serviços financeiros e para onde McCarthy via que as taxas de juros se encaminhavam nos meses seguintes. Tudo isso Gibson poderia resumir ao presidente mais tarde.

Quando o veículo passou pela sede da Agência Central de Inteligência à esquerda, o motorista baixou a divisória de vidro.

— Estamos chegando à Capital Beltway, Sr. Gibson. O que gostaria que eu fizesse?

— Pegue a Beltway em direção ao norte e atravesse o rio — instruiu Gibson. — Depois vire na primeira saída e nos leve de volta para o Aeroporto Nacional pela George Washington. Volte pelo caminho por onde viemos.

— Sim, senhor. — O motorista ergueu a divisória novamente.

Gibson apertou um botão no painel de madeira embutido na porta e ligou em música clássica.

— Agora chegamos ao cerne do problema. Por que eu precisei que você viesse a Washington hoje, Bill.

McCarthy sentiu o coração começar a acelerar. Não conseguia esconder suas emoções tão bem, e engoliu em seco e sentiu o suor cobrir a palma das mãos. Esfregou as mãos nas calças.

— Fique firme, Bill — sugeriu Gibson gentilmente. Conhecia McCarthy há bastante tempo e podia sentir facilmente o desconforto do homem.

— O que é? — perguntou McCarthy. — Por que tive de vir aqui hoje?

— Tem a ver com Oliver Mason.

— Oh?

— É. — Gibson aumentou ligeiramente o volume da música. — Quando a festa acabar, você terá de dispensar Oliver. Ele não pode continuar na McCarthy & Lloyd.

— Mas eu pensei...

— Tive duas longas conversas com a minha amiga do Departamento de Justiça. Você sabe que ela é muito poderosa.

— Sei. — McCarthy inclinou a cabeça em deferência.

— Ela respeita os interesses do presidente e, portanto, os seus.

— Entendo.

Gibson piscou várias vezes rapidamente e trincou os dentes. Esta reação era o calcanhar de Aquiles dele, um certo sinal de que estava se sentindo pouco à vontade e era o motivo de não passar de subchefe de assessoria. Os altos cargos de Washington só estavam disponíveis para os que nunca revelavam nada de suas emoções, a não ser que quisessem.

— Ela discutiu tudo novamente com o encarregado de Nova York e, embora ele tenha prometido não processar Oliver — explicou Gibson —, ele não está disposto a permitir que ele continue como chefe de sua mesa de arbitragem. Simplesmente seria transparente demais. Um abuso de poder patente demais. Ele nem pode ficar na McCarthy & Lloyd para trabalhar em projetos especiais, como havíamos discutido. Na verdade, ele terá de tirar umas longas férias do setor de papéis negociáveis e simplesmente ficar feliz de não passar esse tempo numa penitenciária federal.

— Entendo — disse McCarthy. — Só digo que ele é um bom amigo. Fez muito por mim e, por extensão, fez muito pelo presidente. Algumas contribuições que fiz vieram do dinheiro que Oliver ganhou para mim.

— Jamais relacione o presidente com esse problema novamente — alertou Gibson.

McCarthy olhou para Gibson. Nunca tinha ouvido esse tom nele.

— Oliver prometeu que não se envolveria em uso de informação privilegiada de novo, Andrew — argumentou McCarthy.

— Eu acredito nele. E se quebrar a promessa, eu o ajudarei pessoalmente a se livrar dele.

— Isso não importa — respondeu Gibson. — Você demitirá Oliver tranqüilamente depois que o carneiro for sacrificado. Demitirá Carter Bullock também. Na verdade, você fechará permanentemente a mesa de arbitragem. Tínhamos falado de um período de geladeira de seis meses e depois um recomeço, mas isso não deve acontecer.

McCarthy sentiu dificuldade de respirar. Essa diretriz de Gibson tinha complicações inimagináveis.

— Mas...

— Não questione, Bill — alertou Gibson. — Devia se sentir com muita sorte pelo modo como tudo isso está se resolvendo. Temos confiança de que você não sabe o que está acontecendo na mesa de arbitragem, mas você sabe como essas investigações de informação privilegiada podem virar uma bola de neve se alguém deixar passar alguma coisa.

McCarthy baixou a cabeça.

— Eu certamente sei. — Todos em Wall Street sabiam que os escândalos de informação privilegiada se espalhavam mais rápido que a nuvem de uma bomba atômica.

— Podem se transformar numa maldita caça às bruxas, com as pessoas fazendo todo tipo de acordo para se proteger e acusando qualquer um que os promotores digam para acusarem a fim

162 | STEPHEN FREY

de salvar a própria pele, quer realmente tenham informações sobre os outros ou não. — Gibson sacudiu a cabeça. — Pode ficar muito feio. Gente inocente pode ter o bom nome atirado na lama — disse agourentamente. — Não queremos que isso aconteça com você. O presidente se preocupa com você. Como eu disse, ele sempre cuida de você, mas essa promessa só pode ser mantida se manter sua parte no trato. Fizemos um acordo. Você deve aceitar os termos, mesmo estes novos.

— Tudo bem. — McCarthy olhou pela janela. A limusine tinha voltado à avenida George Washington e ia em direção ao Aeroporto Nacional. Ele procurava freneticamente por respostas, mas não encontrava nenhuma. — Darei a Oliver um bom pacote de demissão. — Ele tinha de concordar com a diretriz. Qualquer hesitação e Gibson podia desistir da coisa toda. — A Bullock também.

— Acho que é sensato — disse Gibson. — Fico feliz que esteja resolvido. —Estendeu a mão. — Eu esperaria para contar a Oliver sobre seu desligamento da McCarthy & Lloyd. Eu não ia querer que ele causasse problemas a essa altura.

— Tudo bem — concordou McCarthy, submisso.

A ponte Key apareceu novamente e, alguns minutos depois, a limusine parou na frente da área de desembarque da Delta Airlines.

Gibson apertou a mão de McCarthy.

— Cabeça erguida, Bill. Tudo vai dar certo. Em alguns meses tudo voltará ao normal.

— Eu sei — murmurou McCarthy.

— Lembre-se — disse Gibson enquanto o motorista abria a porta de McCarthy. — Nem uma palavra a ninguém sobre o que vai acontecer em Nova York daqui a algumas semanas. Temos de ocultar tudo ao máximo. Particularmente o caso do centro. Segurança, essas coisas.

— Tudo bem.

— Mais uma coisa, Bill — chamou Gibson.

— O quê?

— Corte o cabelo.

McCarthy deu um sorriso torto, lembrando-se de sua ordem a Jay. Depois, saiu da limusine refrigerada para o calor sufocante. A oeste, percebeu nuvens escuras assomando no horizonte. Esperava que a tempestade não atrasasse sua viagem de volta a Nova York.

CAPÍTULO 12

Oliver deitou no sofá — o mesmo sofá em que ele e Abby dividiram um grama de cocaína alguns dias antes. Uma toalha molhada e fria estava dobrada em cima de sua testa, o primeiro botão da camisa aberto e puxara o nó da gravata quase até a metade do peito, e seus mocassins estavam no chão. Oliver virou para o lado, fazendo com que a toalha caísse no chão. Esticou o braço para pegá-la e gemeu.

— Qual é o problema, Oliver? — Kevin O'Shea estava sentado em uma poltrona a alguns metros do sofá, bebendo um chá gelado. Apesar do ar-condicionado, a sala ainda estava sufocante na plena onda de calor que assolava Nova York.

— Nada — respondeu Oliver, taciturno.

— Vamos lá — insistiu O'Shea. — Me diga o que está perturbando você. — Apesar da situação, passara a gostar de Oliver Mason.

O'Shea tinha cabelos escuros, olhos verdes e a pele clara. Tinha mais de um e oitenta de altura e o peito largo, não tão tonificado agora que tinha 42 anos e não havia tempo para malhar. Sua barriga estava começando a aumentar, graças à sua afeição por cheesebúrgueres do McDonald's — sua maneira de combater o estresse das novas responsabilidades no emprego. Beliscou entre o polegar e o indicador da mão para ver se a dieta radical que a esposa o obrigara a fazer há alguns dias estava surtindo algum efeito. Sua expressão ficou severa. O cinto parecia mais apertado na cintura e o pneu de carne parecia maior.

— Pare de se iludir, Kevin — disse Oliver do sofá, virando-se de costas e recolocando a toalha na testa. — É uma batalha perdida para um cara como você. Essa barriga aí vai ficar. Só vai se tornar uma amiga maior à medida que envelhecer. Mas pelo menos é uma amiga que não vai perder, o que é melhor do que aquilo que você ou eu podemos dizer de nossos colegas — disse amargamente.

— Obrigado, Oliver — disse O'Shea, bebendo seu chá gelado. Fez uma anotação mental para não tocar na barriga em público de novo. As pessoas percebiam o que ele estava fazendo, mesmo quando pensava que ninguém via. — Agradeço por suas palavras animadoras.

— O prazer é meu. — Oliver soltou um longo suspiro.

— Então, qual é o problema? — perguntou O'Shea. — Você parecia deprimido hoje à noite, não era o cara alegre de sempre.

Oliver riu.

— Só a porcaria doméstica de sempre.

— Problemas com sua mulher de novo?

— Talvez. Ei, quero saber uma coisa. — A voz de Oliver mudou de tom enquanto mudava de assunto.

— O que é?

— Foi um sotaquezinho irlandês o que eu ouvi?

— Foi, colega — respondeu, exagerando no sotaque de Belfast. — Meu pai foi a segunda geração neste país. Quando eu era adolescente, você mal conseguia entendê-lo se não estivesse acostumado com o modo como ele falava — explicou O'Shea, a voz voltando ao normal, só um leve vestígio da influência do pai ainda audível. — Não quer ouvir isso, quer?

— Às vezes — disse Oliver, meio ausente.

O'Shea terminou o chá gelado e colocou o copo na mesa ao lado da poltrona.

— Chega de papo furado, Oliver. Me coloque a par dos últimos acontecimentos.

Oliver atirou a toalha na porta do banheiro e limpou a umidade da testa.

— Jay West fez a compra das ações hoje de manhã. Comprou uma grande quantidade da Simons e da Bell Chemical, bem como de uma coisa chamada TurboTec.

— O que é TurboTec? — perguntou O'Shea, desconfiado. — Não me lembro desse nome. Não é uma das ações que seus amigos deram dica a você, é?

— Não. — Oliver sacudiu a cabeça. — Jay chegou à TurboTec sozinho. Tem um colega de faculdade que trabalha na empresa.

— Acho que está tudo bem — disse O'Shea, repetindo o nome para si mesmo várias vezes. Tinha medo de escrever alguma coisa a essa altura. — Vou verificar. Se por acaso Jay fez alguma coisa ilegal, vai tornar tudo ainda mais fácil. — Fez uma pausa. — Conseguimos o que precisávamos?

— Sim. — Oliver se ergueu e se sentou no sofá, depois enfiou o braço embaixo do sofá e pegou um envelope. — Tome. — Atirou o envelope para O'Shea. — O disquete está aí dentro.

O'Shea pegou o envelope, verificou o que continha e o colocou no bolso do paletó.

— E o outro assunto? Como está indo?

— Tudo bem.

— Ótimo. — O'Shea relaxou. As peças estavam se encaixando.

— Então a armadilha está pronta — disse Oliver dramaticamente. — O carneiro foi levado ao altar, e só o que temos a fazer é esperar que as tomadas de controle sejam anunciadas. Certo?

— Acho que sim — concordou O'Shea. — Por falar nisso, quando acha que isso vai acontecer?

— Essa é uma pergunta de um milhão de dólares, não é?

— Seus contatos já erraram alguma vez? — perguntou O'Shea. — Já deram as dicas e os negócios não aconteceram?

— Claro — admitiu Oliver. Por um momento, pensou em Tony Vogel e nos outros três informantes, todos funcionários de empresas de corretagem proeminentes de Wall Street. Tinham passado informação ilegal para ele sobre tomadas de controle iminentes nos últimos cinco anos em troca de um acordo muito especial.

— Os negócios falham o tempo todo. Devia saber disso, Sr. assistente do procurador-geral dos Estados Unidos.

O'Shea revirou os olhos.

— Ótimo. Realmente ferraria tudo se um desses negócios não for anunciado. A Bell Chemical ou a Simons, quero dizer. Voltaríamos à estaca zero. E Jay West pode suspeitar, a essa altura. Pode não executar as transações só porque você diz a ele para fazer.

— Não conte com isso — disse Oliver, tranqüilizador. Tony e os outros homens raramente estavam enganados. Nos últimos cinco anos, só algumas dicas não tinham dado resultado. — Tudo vai ficar bem. — Oliver pôs os pés na mesa de centro. — Por que se tornou advogado do governo, Kevin? Que diabos o levou a fazer isso?

O'Shea reprimiu um sorriso. Como agente da lei, devia desprezar Oliver. O cara não era melhor que um ladrão de rua comum. Pior, na verdade, porque tinha enganado muita gente por muito dinheiro. Mas Oliver tinha uma forma fascinante de encarar a vida e uma capacidade estranha de fazer com que gostassem dele, mesmo que você soubesse que ele sempre pensava em si mesmo e em mais ninguém.

— Meu pai era tira e os seis irmãos dele eram todos tiras ou operários de construção — explicou O'Shea. — Os que eram operários sempre reclamavam de dor nas costas. Para mim, não parecia uma boa maneira de ganhar a vida. O sistema judiciário sempre teve apelo, mas eu não queria levar um tiro, como o meu pai. Além

168 | STEPHEN FREY

disso, tiras e operários não ganham muito dinheiro. Então fui para a faculdade de direito.

— Mas é isso que não entendo — disse Oliver. — Entendo que quisesse ser advogado, embora os advogados basicamente sejam assalariados — assinalou. — O que não entendo é por que quis ser advogado do governo. Você dá um duro danado para ter o mesmo diploma dos caras de grandes empresas em Davis Polk ou Skadden Arps, mas ganha uma merda em comparação.

— Quando eu era garoto, minha família me ensinou como é importante fazer a coisa certa e não fazer tudo por dinheiro. Valorizavam o equilíbrio. Diziam que não havia nada de errado em ganhar dinheiro, desde que eu também fizesse uma contribuição à sociedade. — Nos últimos anos, O'Shea vinha pensando cada vez mais na pergunta que Oliver acabara de fazer. Depois de uma carreira longa e estafante, O'Shea finalmente conseguiu subir na escada a um cargo de assistente de nível sênior do procurador-geral dos Estados Unidos no escritório de Manhattan. Era um membro respeitado do escritório e ganhava 92 mil dólares por ano trabalhando para o Departamento de Justiça. Mas, com quatro filhos, ainda não parecia ir para frente. — Acho que é suficiente impedir que caras como você ferrem o povo americano sem se importar com o sacrifício financeiro — disse, em desafio.

— Suficiente para não ter inveja de alguns dos colegas de turma de Fordham que provavelmente ganham milhões de dólares por ano?

E moram em casas enormes em Rye e Greenwich, pensou O'Shea.

— Meu único arrependimento é que não serei capaz de prender você nessa — disse O'Shea com um sorriso. — Você ainda está livre para trabalhar. Mas vou ficar de olho.

— Tenho certeza que vai — disse Oliver secamente. — Mas posso lhe garantir que esta é a última; não serei culpado de informação privilegiada de novo. Aprendi minha lição.

O'Shea riu sarcasticamente.

— Não aprendeu não. Você é só um *junkie* comum. Viciado. Não vai se livrar da informação privilegiada de seu sistema da noite para o dia. Já vi isso antes. Você vai armar outro conluio em um ano. — O'Shea apontou o dedo para Oliver. — E quando o fizer, estarei lá. — Os olhos dele se estreitaram. — A essa altura, você vai encarar a cadeia, sem ninguém mais para segurar sua queda. Talvez então você nos entregue o McCarthy.

— Não há nada para entregar — respondeu Oliver rapidamente. — Bill não sabia de nada dos meus acordos até seu pessoal abordá-lo. Ele está limpo.

— Arrã. — O'Shea não acreditava nisso nem por um segundo. Bill McCarthy era um veterano de Wall Street. Devia saber que Oliver não podia ter os lucros enormes que vinha ganhando consistentemente para a empresa sem o uso de informantes. Simplesmente não é possível escolher o cavalo certo tantas vezes, como Oliver tinha feito nos últimos anos, sem alguém no estábulo dizendo em quem apostar. Mas não era papel dele virar o barco. A decisão a respeito da situação da McCarthy & Lloyd tinha sido tomada muitos níveis acima do dele, provavelmente em uma limusine na Beltway ou em um canto escondido bem no fundo do Capitólio. Ele simplesmente era um soldado cumprindo as ordens do general. — Tem certeza de que Carter Bullock não sabe de nada do que está acontecendo?

— Absoluta — disse Oliver com firmeza. — Bullock está totalmente no escuro sobre o que está rolando. Acredite em mim.

— E West?

Oliver trincou os dentes. Jay tinha atendido àquele telefonema do idiota do Tony Vogel no celular um dia antes e Oliver tinha certeza de que ele descobrira o envelope no porta-luvas do Healey com o nome da Bell Chemical. Mas Jay ainda assim fez os negócios naquela manhã.

— Nada — disse Oliver suavemente. — Jay não sabe de nada. Está ocupado demais fazendo o que eu mando. Está concentrado na bonificação de um milhão de dólares e em mais nada. É um discípulo. — A mente de Oliver voltou num átimo à terrível briga da noite anterior com Barbara.

— Estou detectando um traço de arrependimento? — perguntou O'Shea. — Está se sentindo meio culpado com o que está fazendo? — Era importante que não houvesse reflexões de última hora.

— Que droga, não! — rebateu Oliver.

— Tem certeza?

— Tenho. — Oliver levantou-se do sofá e arrastou os pés até a janela do quarto que dava para o Central Park.

O'Shea se levantou.

— Tudo bem, Oliver. Me parece que está tudo sob controle. Vou andando. — Virou-se e foi para a porta. — Se houver alguma novidade, me ligue naquele número que lhe dei na semana passada. Nunca para o centro. Entendeu?

— Entendi, entendi. — Oliver não tirava os olhos da janela.

— Tudo bem, bons sonhos, neném — disse O'Shea, abrindo a porta para o corredor. No minuto seguinte, ele tinha ido.

— Foda-se, babaca — murmurou Oliver. — Meu Deus, eu adoraria derrubá-lo.

Por um bom tempo, Oliver ficou de pé na janela, olhando os turistas subirem nas charretes estacionadas na ponta da rua 59, cinco andares abaixo dele, pensando na observação de Kevin O'Shea de que ele não conseguiria deixar de negociar com informação privilegiada depois que as coisas se acalmassem. Que depois que Jay West caísse e fosse levado para Leavenworth pelos próximos vinte anos, Oliver não conseguiria resistir ao apelo do dinheiro fácil. Que o poder e a influência de McCarthy não valeriam nada porque o governo não poderia concordar com um acordo tão amigável pela segunda vez. Os contatos simplesmente sumiriam. Até aqueles influentes como os de McCarthy.

Oliver olhou as charretes por mais um momento, depois virou-se e voltou lentamente ao sofá. Enfiou a mão no bolso da camisa e pegou um pedaço de papel dobrado em um triângulo perfeito. Seus dedos tremiam ao abrir cuidadosamente o papel e colocá-lo na mesa de centro. Sua boca ficou seca enquanto olhava para o pó branco e puro. Isso era idiotice, mas fazia com que se sentisse muito bem. Dava-lhe a sensação de poder e invulnerabilidade por que tanto ansiava — coisas que perdera desde a reunião com McCarthy e O'Shea naquela tarde de março na privacidade do apartamento de McCarthy Park Avenue, quando seu mundo explodiu em questão de segundos.

Oliver pôs a mão embaixo do sofá e pegou um pequeno quadro emoldurado que tinha tirado da parede da suíte. Despejou o pó no vidro, depois começou a parti-lo com uma lâmina que tinha tirado do bolso da camisa, dividindo os cristais de cocaína em grãos cada vez mais finos e começando a arrumar o pó em duas carreiras. Em março, no apartamento de McCarthy, quando O'Shea explicou o que estava acontecendo, Oliver teve certeza de que seria mandado para a prisão imediatamente, as mãos algemadas às costas. O escritório do procurador-geral havia identificado pelo menos três casos em que as autoridades tinham certeza de que Oliver, ou alguém da mesa de arbitragem, negociara com base em informação privilegiada. Por respeito a McCarthy e suas relações com a Casa Branca, o escritório procurara primeiro McCarthy, que apelara aos amigos poderosos de Washington, que rapidamente propuseram um acordo muito atraente. Por motivos políticos, a mesa de arbitragem da McCarthy & Lloyd teria de oferecer um bode expiatório para um abate público, depois assinar um termo de compromisso que estipulava que não se envolveriam com o negócio de arbitragem de participação patrimonial por seis meses. Isso aplacaria o Departamento de Justiça e deixaria os principais envolvidos ilesos. No período de seis meses, Oliver realizaria projetos especiais para McCarthy e, quando terminasse o período de geladeira, a mesa de arbitragem recomeçaria, mas teria de agir de forma legítima. Não haveria mais informação privilegiada.

Oliver parou de bater a cocaína por um momento. Tinha certeza de que podia se privar de informantes. É claro que também prometera a si mesmo que nunca mais daria aquela caminhada até a parte norte do Central Park para encontrar seu traficante. Mas fez isso. Talvez O'Shea estivesse certo. Talvez não conseguisse ficar limpo. Oliver respirou fundo. Foda-se O'Shea. Ele não sabia o que era dinheiro de verdade. Não tinha idéia das pressões associadas à geração desse tipo de grana. O'Shea teve uma vida protegida e estúpida nos últimos quinze anos, sem jamais ter oportunidades reais, abrigado pelo casulo do governo federal, satisfazendo-se com uma casa de merda na merda do bairro do Queens. O'Shea não tinha idéia do que era comer só o que se matava, nenhuma idéia do que era tentar ficar à altura de um homem como Harold Kellogg.

Oliver pegou um canudo em cima do vidro, inclinou-se e se preparou para cheirar a droga.

Uma batida súbita à porta fez com que deixasse o canudo cair, depois se levantar e erguer as mãos como se estivesse prestes a ser preso.

A porta se abriu e Bullock estava parado na ante-sala.

Oliver tinha certeza de que era uma armação de Kevin O'Shea, que O'Shea não se importava realmente com informação privilegiada, mas queria prender Oliver por porte de drogas. Que de alguma forma O'Shea descobrira sobre o hábito de cheirar cocaína e acionara o FBI ou a polícia de Nova York ou quem quer que fizesse as prisões por drogas. A paranóia e a insegurança de Oliver tinham chegado a um ponto em que acreditava até que Abby estivesse envolvida e que seu desaparecimento estava ligado à batida na porta, que ela era uma testemunha. Encarou Bullock, aliviado por perceber que tinha escapado de outra bala.

— O que está fazendo? — Bullock apontou com a cabeça para a cocaína.

— Nada — rebateu Oliver, recuperando o controle. — Feche a porta. E certifique-se de trancá-la.

Bullock obedeceu, depois andou lentamente pela sala até ficar de pé atrás da poltrona que O'Shea deixara vazia há apenas alguns minutos.

— Então é isso que você faz quando desaparece à tarde.

— Cale a boca. — Oliver se sentou novamente no sofá e cheirou uma carreira inteira de cocaína. — Tome, pegue um pouco — ofereceu, inclinando a cabeça para trás para impedir que o pó saísse pelo nariz. Estendeu o canudo a Bullock.

— Não.

— Como diabos soube que eu estava aqui? — perguntou Oliver, desconfiado, baixando o canudo ao lado da segunda carreira. Não tinha dito a ninguém aonde ia.

— Eu segui você.

— Por quê?

— Queria saber aonde estava indo.

— Por quê? — perguntou Oliver novamente.

— Só curiosidade.

— Satisfez sua curiosidade? — Oliver deixou a cabeça cair novamente de encontro ao sofá.

— Não. Quem era o cara que acabou de sair daqui? — perguntou Bullock.

— Kevin O'Shea. — Não havia motivo para esconder de Bullock a identidade de O'Shea. Bullock estava tão enfiado nisso tudo quanto Oliver. Sabia tudo sobre a investigação e o acordo. Não havia segredos entre eles. O'Shea era um idiota por achar que

Bullock não sabia de nada. — Assistente do procurador-geral dos Estados Unidos do distrito sul de Nova York. — A cocaína estava começando a surtir o efeito desejado. Ele começava a sentir o poder percorrendo seu corpo. — O homem que vai colocar Jay West atrás das grades e nos deixar livres para negociar. — Oliver sorriu. Podia sentir a agitação atirando-o para a frente como uma avalanche. A vida era boa de novo. Se ao menos Abby estivesse esperando por ele no quarto, nua, embaixo dos cobertores. Então a vida seria perfeita. Sentia muita falta dela. Era assustador perceber isso. Nunca sentira falta de ninguém na vida.

— Então esse é O'Shea. — Bullock foi para a frente da poltrona e se sentou. — Disse a ele que Jay deu início as transações?

— Disse. — Sentia aquela coriza interna familiar. Engoliu várias vezes em rápida sucessão, puxando a saliva cheia de droga. — Ele ficou muito feliz.

— Aposto que sim.

— Colocou a avaliação de um mês de Jay no arquivo dos recursos humanos? — perguntou Oliver, falando mais rápido, agora que a cocaína tinha batido. — Aquela com a classificação dois?

Bullock sorriu.

— Claro que sim. E incluí um bilhete explicando que Jay se recusou a assinar, citando nossa brecha no contrato dele. Isso também deve deixar O'Shea feliz. — Bullock riu com falsidade. — Andei dizendo a Jay que você vai demitir ele ou Sally. Que o contrato tem brechas. É perfeito.

Oliver sacudiu a cabeça.

— Coitado. Não tem idéia do que vai acontecer com ele. Não sabe que um trem de carga está prestes a atropelá-lo. Kevin O'Shea vai derrubá-lo com muita facilidade.

— Espero que sim.

Por vários segundos, ficaram em silêncio. Por fim, Oliver olhou para Bullock.

— O que acha que aconteceu com Abby?

— Não sei, Oliver, mas estou muito assustado. Se o que você disse é verdade, ela sabe de nossos sócios. De Tony e dos outros. Se ela procurou alguém que não está a par do que ficou arranjado no centro, podemos ter problemas de verdade.

Oliver suspirou alto, frustrado com sua incapacidade de entrar em contato com ela.

— Carter, preciso encontrar Abby.

CAPÍTULO 13

— Oi — disse Sally, seguindo o *maître*. Apertou o braço de Jay quando se encontraram, deu um beijo no rosto dele e depois se sentou na cadeira que ele segurava para ela. — Desculpe pelo atraso — disse, meio sem fôlego.

— Não se preocupe com isso. — Jay se sentou na cadeira ao lado dela à pequena mesa perto da janela, incapaz de tirar os olhos de Sally. O vestido curto e de decote profundo era colado ao corpo magro, revelando a maior parte de suas pernas longas e tonificadas e os ombros delicados. Adornando os lóbulos macios das orelhas havia brincos de diamante, brilhando à luz dos candelabros. Quando afastou os olhos, percebeu que vários homens no restaurante prestavam atenção nela. — Você está linda.

— Obrigada. Tenho vergonha de dizer isso, mas comecei a me arrumar às cinco horas. — Ela gemeu. — E ainda assim me atrasei. — Estendeu a mão por sobre os pratos, talheres e copos e apertou os dedos dele. — Senti sua falta a semana toda.

Jay olhou nos olhos dela. O ritmo na empresa tinha sido frenético e eles mal tiveram oportunidade de conversar. Mas sexta, às cinco horas, ele atendeu um dos telefones e se surpreendeu ao ouvir a voz de Sally. Estava ligando da sala de reuniões, marcando um encontro para sábado à noite. Jantar no River Café. Oito horas. Só os dois. Ele olhou para Bullock, sentado a alguns metros lendo um memorando, e aceitou o convite com um simples "claro" para que Bullock não suspeitasse. Sally não tinha voltado à mesa depois do telefonema e, como não chegou ao restaurante no horário, ele teve certeza de ter levado um bolo. Mas ali estava ela, ainda melhor que no iate clube, se isso era possível. Percebeu o quanto tinha ansiado por isso.

— Fiquei feliz por ter ligado ontem — admitiu ele.

— Foi muita coragem, não foi? Fiquei surpresa comigo.

Um garçom chegou com uma garrafa de chardonnay, serviu as taças e se retirou sem dizer nada, percebendo que o casal queria ficar sozinho naquela noite.

— A nós — disse Sally, pegando a taça.

— A nós — repetiu Jay, batendo a taça na dela. Era tão fácil com ela. Tentou se concentrar no fato de que tinha várias coisas importantes que precisava perguntar. Mas ia ser difícil. Não queria estragar o clima.

— É lindo. — Ela apontou com a cabeça para a janela, para o céu da baixa Manhattan acima deles do outro lado do rio East. As luzes dos prédios comerciais estavam muito brilhantes, embora fosse noite de sábado. — Não acha?

— Acho.

Ficaram sentados em silêncio por um momento, depois Sally falou.

— Alguém soube da... — Fez uma pausa. — Qual é o nome da garota que mandou a demissão pelo *courier* a Oliver essa semana?

— Abby — respondeu Jay. — Abby Cooper.

— Isso. Eu a conheci de passagem na terça-feira. Parecia muito legal.

— Ela é — concordou. — E não, acho que ninguém sabe dela.

— Acha isso estranho? — perguntou Sally, tomando um longo gole de vinho.

Jay viu o vinho desaparecer. Ela parecia nervosa.

— Acho. — Por um momento, pensou em dizer a Sally o que tinha testemunhado no depósito, mas decidiu não fazê-lo. — Abby não é o tipo de mulher que manda a demissão pelo *courier*. É muito responsável, não é do tipo que deixa as pessoas na mão.

— Você a conhecia bem? — perguntou Sally, terminando o que restava na taça.

Jay pegou a garrafa de vinho no balde de gelo e encheu a taça de Sally novamente.

— Estou na McCarthy & Lloyd há mais ou menos um mês, mas estivemos muito próximos nesse tempo. Como amigos — acrescentou.

— Tentou entrar em contato com ela?

— Deixei vários recados na secretária eletrônica da casa dela, mas não tive nenhum retorno.

— Não quero ser alarmista, mas talvez seja uma boa idéia procurar um parente dela. Os recursos humanos devem ter o nome de alguém a quem ligar numa emergência.

— É uma boa idéia. — Jay não disse a Sally que já havia encontrado o número dos pais de Abby no Brooklyn antes que o pessoal dos recursos humanos chegasse na quinta à tarde para limpar a mesa de Abby. Não queria que Sally soubesse como ele estava preocupado. — Você estava meio furtiva quando marcou este encontro — disse Jay, mudando de assunto —, ligando da sala de reuniões.

Ela remexeu nos brincos por um momento.

— Não queria que Bullock tivesse uma idéia errada. Ele é tão intrometido, especialmente com você — disse. — Ele ouve cada palavra que você diz quando está no telefone. Tenta agir como se não estivesse ouvindo, mas eu sei que ouve. Deve ser muito irritante.

— E é.

— Não estou preocupada com Oliver — disse Sally. — Ele não se importaria de saber que saímos juntos. Na verdade, provavelmente ficaria muito feliz por nós. Mas Bullock é outra história.

— Por que diz isso sobre Oliver? — perguntou Jay. — Sobre Oliver ficar feliz por nós.

Ela tomou outro gole de vinho e deu de ombros.

— Quando voltamos da nossa reunião no centro na semana passada, ele me disse que ele e Barbara perceberam... — Sally hesitou.

— O quê? — insistiu Jay.

— É meio constrangedor.

— Vamos lá.

— Disse que era óbvio que você e eu gostamos da companhia um do outro no barco. E no jantar. — Olhou bem nos olhos dele. — Disse que não teria problema se nos víssemos socialmente, desde que mantivéssemos tudo longe do trabalho.

— Ele disse isso a você? — Jay deu um sorriso.

Ela apontou para Jay.

— Para você também?

Jay assentiu.

— Depois do jantar no iate clube.

Sally riu.

— É a cara do Oliver. Ele pode ser um babaca às vezes, mas também pode ser ótimo.

— Exatamente. — Jay olhou o brilho dos diamantes. — O que quis dizer quando falou que não queria que Bullock tivesse uma idéia errada? Qual é a idéia *certa*?

Ela pôs os cotovelos na mesa e pousou o queixo nas mãos.

— Se importaria se eu dissesse uma coisa muito atrevida?

— Não.

— Não tenho certeza de qual é a idéia certa, mas sei que quero descobrir. — Fez uma pausa, ainda olhando nos olhos dele.

— Faz muito tempo que não me sinto atraída por alguém — continuou. — E não se preocupe, não vou pressioná-lo a nada nem lhe pedir nada, e estou ciente de que temos de ter cuidado porque trabalhamos juntos. Mas gostaria de encontrar você fora do trabalho.

— Parece bom. Eu não teria dito de forma melhor.

Por um momento, ficaram se olhando nos olhos, depois desviaram o olhar ao mesmo tempo, os dois sabendo que as coisas de repente ficaram muito mais complicadas.

— Fale mais a seu respeito — Jay finalmente quebrou o silêncio.

— O que quer saber? — Sally estava olhando o céu do outro lado do rio, agora completamente imerso na escuridão.

— Você disse que é de Gloucester.

— Sou, fui criada na margem norte de Cape Ann. Era um lugar muito bom de se viver. Tive sorte. Minha família tinha dinheiro, não nego isso. Depois da escola preparatória, fui para Yale. O fato de meu pai ser ex-aluno e doador regular de alguns fundos acadêmicos certamente facilitou minha admissão. Ele também me ajudou a entrar na Harvard Business School.

— Ele ajudou você a conseguir o emprego na financeira de San Francisco depois de Harvard? — perguntou Jay.

Ela sacudiu a cabeça.

— Não, eu consegui sozinha.

— Como soube do emprego na McCarthy & Lloyd?

— Por um caçador de talentos. — Tomou um longo gole de vinho e uma expressão melancólica surgiu em seu rosto. — Gostaria que meus pais pudessem saber desse meu emprego. Ficariam orgulhosos de mim.

O INFORMANTE | 181

— Tenho certeza que sim — concordou Jay. Ele sacudiu a cabeça com tristeza. — É terrível o caso de sua mãe e seu pai. Você disse que foi um acidente de avião, não é?

— É.

— Há dois anos?

— Hmmm. — Ela terminou o vinho e pôs a taça vazia na toalha de linho branco. — Mais um, *bartender*.

Jay serviu o vinho nas taças dos dois, depois gesticulou para o garçom, indicando que precisavam de outra garrafa.

— Mais algum pergunta para mim, Perry Mason?

Jay pensou ter detectado um traço de provocação na voz dela.

— Estou sendo curioso demais? — perguntou. — E bullockesco?

— Não, só insistente. — Pegou a taça e a moveu ligeiramente de um lado a outro, vendo o vinho balançar.

— Está envolvida com alguém?

— O quê? — perguntou, surpresa com a indagação abrupta.

— Tem alguém em São Francisco? — pressionou Jay.

— Agora é uma pergunta de Bullock.

— Que seja.

Ela hesitou.

— Havia — respondeu lentamente. — Mas não há mais.

O garçom voltou para servir a segunda garrafa de vinho e eles se calaram.

— Agora é minha vez — disse Sally depois que o homem partiu.

— Tudo bem.

— E você? Há alguém em Nova York que eu devia saber? Alguém que não ficaria feliz se soubesse que estamos juntos hoje à noite?

Jay sacudiu a cabeça.

— Eu namorei algumas mulheres, mas nenhuma de maiores conseqüências. Não foi sério com nenhuma delas. Andei ocupado demais trabalhando. — Esperou por outra pergunta, mas não veio nenhuma. — Essa foi fácil.

— Ah, eu não terminei.

— Ótimo. Pergunte o que quiser.

— Tá legal, por que insiste em ser atrevido?

Ele olhou para ela com estranheza, sem ter certeza de onde queria chegar.

— Não entendi.

— Na quarta-feira, você saltou da cadeira de contramestre a vinte metros de altura. Naquela noite, subiu naquele muro quando estávamos no terraço do seu prédio. — Ela procurou os olhos dele. — Deve haver um motivo para fazer essas coisas.

— Você é maluca. Acho que deve ter ficado no sol por tempo demais quando visitava seus pais na Carolina do Sul. Não foi para lá que você disse que eles foram quando se mudaram de Gloucester?

Sally baixou a taça lentamente e se concentrou na chama da vela.

— Por que faz isso? — A voz dela tremia um pouco.

— Isso o quê? — perguntou, inocente.

— Por que fica testando meus antecedentes?

— Hein?

— É como se estivesse me verificando, ou tentando me pegar numa armadilha.

— Do que está falando?

— Você aludiu ao tempo em que morei em São Francisco antes de vir para a M & L. Eu disse, na quarta, que a empresa em que eu trabalhava era sediada em Los Angeles, mas que eu trabalhava em San Diego.

— Sally, eu...

— Depois se referiu ao acidente de avião dos meus pais como ocorrido dois anos atrás. Eu disse antes: aconteceu há *um* ano. Agora está tentando me enganar dizendo que meus pais moravam na Carolina do Sul depois de sair de Gloucester. Eu me lembro nitidamente de dizer a você que eles se mudaram para a Flórida. — Sacudiu a cabeça. — Sei que sua memória é muito boa. Vi isso nos últimos dias na mesa. Bullock chegou a comentar alguma coisa sobre isso. Eu estava disposta a acreditar que você cometeu um deslize nas duas primeiras vezes, mas esse negócio de Carolina do Sul é demais. É idiotice. Por que está me fazendo passar por isso?

— Desculpe, Sally. — Não havia motivo para negar o que estava fazendo. Estava absolutamente certa e ele pareceria um tolo se continuasse a protestar. — Não tenho desculpas.

— Mas por que faz isso?

— Não sei — respondeu, pouco convincente. Não podia explicar a ela como achou perturbadores os acontecimentos da semana anterior. A coincidência da Bell Chemical, o modo como Oliver o pressionou a fazer os negócios da Simons e da Bell, sua familiaridade com Nova York apesar de afirmar nunca ter passado muito tempo na cidade, o telefone fora da base, o computador quente e a afirmação dela de que usou a internet no computador dele quando ele não tinha internet. — Talvez eu esteja me sentindo estranho porque de repente estou interessado em alguém pela primeira vez em muito tempo. Sabia disso?

— Não, não sabia — respondeu categoricamente, encarando-o, procurando a verdade.

———

O cargueiro sacudia constantemente pelas águas quentes do oceano Índico, deslizando para o sudoeste através da noite pelos mares calmos em direção à extremidade sul da África e ao cabo da

Boa Esperança. A partir dali, o capitão voltaria o barco para o norte e começaria a longa viagem para a costa oeste da África e para a Antuérpia, seu destino.

Ele olhou o horizonte da ponte de comando, procurando por quaisquer luzes que pudessem alertar para uma situação hostil — uma autoridade interessada em dar uma busca no barco à procura de armas automáticas, lança-granadas, mísseis terra-ar e morteiros escondidos. Era um veterano de viagens de contrabando de armas e sabia que a situação era improvável nestas águas. Aqui era mais provável que houvesse piratas que viriam a bordo do cargueiro à procura de tesouros. Mas também estava preparado para essa possibilidade. A não ser que os piratas possuíssem uma força que os superasse, seriam mortos dez minutos depois de subir a bordo, os corpos atirados aos tubarões e o barco deles afundado sem nenhum risco de retaliação legal. As mesmas autoridades que o prenderiam e confiscariam as armas em seu poder fariam vista grossa se ele se livrasse de dez ou quinze Barbas Negras modernos.

Quando o barco se aproximasse da Europa na semana seguinte, ele começaria a se preocupar mais com a marinha e a guarda costeira. Anos atrás, quando era apenas um marinheiro, tinha subido a bordo do *Claudia* na Irlanda quando foi capturado na última fase de sua viagem da Líbia, cheio de armas para o braço provisional do Exército Republicano Irlandês.

———

As luzes de Lower Manhattan assomavam sobre Jay e Sally enquanto andavam lentamente pela esplanada de Brooklyn Heights, um caminho de tijolos de setecentos metros que dava para o rio East no bairro da moda com suas casas de arenito de um milhão de dólares e suas ruas arborizadas.

Os braços de Sally estavam cruzados, do modo como ficaram em todo o final do jantar.

— Olhe, eu realmente lamento — começou Jay, olhando em volta através do brilho suave dos postes de rua. Só havia mais algumas pessoas na esplanada. — Eu realmente lamento.

— Está tudo bem — disse ela friamente.

Ele estendeu a mão, pegou-a pelo braço e a guiou para a grade de ferro batido à beira da calçada. Bem abaixo deles as águas escuras do rio East fluíam em silêncio para o porto de Nova York.

— Quero lhe dizer uma coisa.

Na volta do restaurante, ela havia soltado os cabelos e uma brisa soprou vários fios louros para seu rosto. Ela os tirou dos olhos.

— O que é?

Podia ver que ela não estava realmente interessada. Esperava que o que estivesse prestes a dizer mudasse isso.

— A brincadeira que você fez de eu ser sempre atrevido. Pulando da cadeira do contramestre e subindo no murinho.

Sally desviou os olhos da grade para ele.

— Sim?

— Você é muito perceptiva.

— Oh?

Jay assentiu.

— Às vezes eu faço coisas idiotas.

— Para impressionar as pessoas?

— Acho que não — disse ele lentamente.

Ela se aproximou devagar.

— Então por quê?

Ele hesitou.

— Minha irmã menor era uma atleta maravilhosa.

— A que se afogou.

— É — disse ele baixinho. — Estávamos sozinhos na pedreira naquele dia. Meus pais a haviam proibido de ir lá, mesmo comigo, mas ela era uma nadadora incrível, quase tão boa quanto eu, embora fosse muito mais nova. Quero dizer, ela podia prender a respiração por muito tempo, podia mergulhar da plataforma alta, podia...

— Eu acredito em você — disse Sally delicadamente, passando o braço no dele.

Jay pigarreou.

— Fazia um calor horrível. Um daqueles dias de verão que nos fazem suar só de ficar sentado em uma cadeira. Nossa casa não tinha ar-condicionado. Era uma fornalha, e Phoebe ficou...

— Phoebe?

— É.

— É um nome bonito.

— Era uma menina bonita. — Jay olhou para o outro lado do rio. — Como eu ia dizendo, ela ficou me pedindo para levá-la na pedreira e eu respondia que não podíamos ir. Mas por fim desisti. Phoebe tinha esse efeito em mim. Podia conseguir o que quisesse. Eu tinha muita confiança nela.

— Mas ela ficou presa debaixo da água.

— Foi. — A voz de Jay ficou rouca. — A água estava clara como gim e eu vi que ela estava com problemas a uns cinco metros de profundidade. Tentei ajudá-la, mas quando a levei para a superfície... ela estava morta.

— Lamento muito, Jay. — Sally apertou a mão dele. — Ainda se sente culpado, não é?

— É.

— Mas não devia. Não foi culpa sua.

— Eu era responsável por ela.

— Não tão responsável que devesse tentar se matar subindo em um parapeito a 180 metros da rua.

Ele sacudiu a cabeça.

— Não é isso. Não é por isso que faço essas coisas.

— Por quê, então?

— Se eu fosse mais corajoso, poderia ter salvado a vida dela.

— Como assim?

Ele respirou fundo.

— Eu era tímido quando criança. Para chegar a ela, tinha de nadar pelo equipamento velho. Tive medo de ficar preso. — Ele endireitou o corpo. — Eu tive medo.

— Posso entender por quê.

— Não, eu quero dizer que tive medo de várias coisas. Eu não era corajoso. Uma vez, fugi de uma briga na frente de toda a escola no segundo grau. Foi humilhante. — Ele respirou fundo. — Eu hesitei em ir atrás da Phoebe. — Trincou os dentes. — Aqueles poucos segundos podem ter custado a vida dela.

Sally estendeu o braço e tocou a cicatriz dele.

— Então agora você acha que tem de provar às pessoas que não tem medo de nada.

— Não me importo com os outros. Só comigo mesmo. Preciso ficar provando para mim mesmo.

Por um bom tempo, ficaram em silêncio, ouvindo os sons da cidade.

— Fico feliz por ter dividido isso comigo — disse Sally por fim.

— Eu nunca contei isso a ninguém.

— Mas ainda não me disse por que estava tentando me pegar numa mentira durante o jantar — disse Sally com delicadeza.

Jay ficou batendo com os dedos na grade, mas parou quando se lembrou que Oliver fazia a mesma coisa quando estava nervoso.

— Lembra quando estávamos saindo da casa de Oliver no Austin Healey? Eu pedi para você procurar os documentos do carro no porta-luvas.

— Lembro. Achei que era meio tolo porque eu sabia que você já havia dirigido aquele carro. Vi você chegando pela entrada.

Jay assentiu.

— É, fui até a loja de bebidas comprar uma garrafa de gim para Barbara. Quando estacionei no *shopping*, ouvi um celular tocando no porta-luvas. Atendi pensando que era Oliver ou Barbara, mas não era.

— Quem era?

— Um cara chamado Tony que pensou que eu era Oliver e disse alguma coisa sobre não poder usar uma informação. Quando Tony percebeu que eu não era Oliver, desligou muito rápido. — Jay olhou as luzes verdes e amarelas de um rebocador subindo o rio. — Quando coloquei o telefone de volta, vi um envelope e o abri.

— O que havia nele?

— Uma folha de papel com o nome Bell Chemical. A Bell é uma das empresas de que Oliver me mandou comprar ações na semana passada.

— Chegou a falar com Oliver sobre o telefonema ou o envelope?

— Conversamos sobre o telefonema, mas não sobre o envelope. Você devia ter visto Oliver quando falei que o cara tinha dito para não usar a informação. Parecia um cervo diante de faróis de carro. Argumentou que o telefonema tinha alguma coisa a ver com um apartamento que estava tentando comprar em Manhattan, mas tenho certeza de que era mentira. — Jay soltou a respiração pesadamente.

— Não entendo por que você simplesmente não perguntou sobre o envelope, se estava tão preocupado.

Os olhos de Jay se estreitaram, depois ele sorriu, um meio sorriso rápido que mal era discernível na fraca luz.

— Vamos ser sinceros um com o outro, Sally. Oliver me garantiu um milhão de dólares em janeiro. A mesma quantia que garantiu a você. — Jay fez uma pausa, esperando que ela confirmasse. — Bullock me disse que a McCarthy & Lloyd pode se livrar do contrato que eles nos fazem assinar. Afirma que há garantias nele.

Talvez você tenha pedido a um advogado para analisar, mas eu fui alertado para não fazer isso e, por idiotice, obedeci.

Sally sacudiu a cabeça.

— Não, eu também não pedi a um advogado para analisar o meu. Recebi o mesmo aviso.

— Bom, de acordo com Bullock, Oliver só quer pagar a um de nós em janeiro.

Os olhos dela se arregalaram.

— O quê?

— É. Pelo menos foi o que Bullock disse. Não gosto muito do cara, mas ele parece ser íntimo de Oliver. — Jay afastou os olhos. — Você pode não querer ouvir isso, mas se o que Bullock disse for verdade, quero que a bonificação venha para mim.

— Não pense que vou sair do caminho e deixar você levar — alertou Sally. — Vou tentar conseguir a bonificação tanto quanto você.

— Não quero colocar meu relacionamento com Oliver em risco — disse ele, preferindo ignorar o desafio dela — e, dado o tipo de pessoa que ele é, questionar ou não obedecer a uma das ordens dele seria equivalente a um motim.

— Provavelmente — concordou Sally.

— Eu protelei o máximo que pude, mas quando chegou a hora, eu fechei o negócio das ações da Bell.

— E agora está arrependido.

— Muito. — Mordeu os lábios. — Eu só queria algumas semanas sem um anúncio de tomada de controle da Bell ou da Simons, para depois convencer Oliver a vender as ações.

Ela se virou para a grade da esplanada.

— Acho que você não tem de se preocupar com isso, mas posso entender por que todas essas coisas juntas o perturbam. E eu realmente agradeço sua confiança em mim. — A voz dela ficou dura novamente. — Mas ainda não entendo por que estava tentando me pegar em uma mentira. A única explicação que posso imaginar é que você acha que é uma conspiração e que eu faço parte dela — disse amargamente. — Que estou trabalhando com Oliver para mandar você para a prisão ou coisa parecida. Por que mais me interrogaria sobre o telefone fora da base ou sobre o computador quente?

Ele pôs o dedo abaixo do queixo dela e virou-a para ele.

— Se eu acreditasse que há uma conspiração... o que tenho de admitir que parece meio idiota quando você coloca dessa forma... e que você faz parte dela, eu teria lhe contado tudo isso?

— Não sei — rebateu ela, ainda com raiva, afastando-se. — Achei que sim, mas agora não tenho certeza.

— Isso não é justo. Só estou sendo cuidadoso.

— Não devia ser cuidadoso com alguém que se importa com você.

— Eu sei.

— Então por que...

Antes que pudesse terminar, Jay a pegou e puxou para ele, fechando os fortes braços em volta dela, pressionando seus lábios nos dela.

Por um momento, ela lutou, mas depois lentamente deslizou as mãos pelo pescoço dele, apertando-se nele e beijando-o profundamente.

CAPÍTULO 14

Às oito e cinco da noite de segunda-feira, Jay tocou a campainha de uma modesta casa de dois andares e tijolos aparentes em um bairro de trabalhadores no Brooklyn. O sol estava se pondo, lançando sombras compridas sobre um gramado bem-cuidado que se estendia a uma curta distância da casa à rua estreita ladeada de carros atrás dele. A campainha produziu um zumbido dentro da casa e, depois de alguns segundos, Jay ouviu passos movendo-se em direção à porta. Recuou no alpendre de concreto enquanto a porta da frente se abria. Diante de Jay estava um homem baixo com cabelos grisalhos e olhos injetados.

— Sr. Cooper?

— Sim — respondeu o homem numa voz baixa.

Estava escuro dentro da casa, exceto por uma vela fraca que queimava em cima de uma mesa na ante-sala.

— Meu nome é Jay West.

O rosto do homem continuou impassível.

— Ah, sim, Abby falou em você várias vezes. Você trabalhava com ela na McCarthy & Lloyd.

— É isso mesmo.

O homem olhou por sobre o ombro para a escuridão, depois avançou para o alpendre e fechou a porta.

— Bob Cooper — disse, oferecendo a mão de uma maneira reprimida.

Jay apertou a mão do pai de Abby.

— Fico feliz por conhecer o senhor.

— Igualmente.

— Olhe, sei que pode parecer meio estranho — disse Jay. — Minha vinda a sua casa sem ser anunciado, eu quero dizer.

O homem deu de ombros, mas nada disse.

— Eu não queria telefonar — continuou Jay — porque achei que, se telefonasse, poderia alarmar o senhor, e não acho que haja motivo para isso.

— O que quer dizer?

— Abby não vai trabalhar há alguns dias — explicou. — Tentei falar com ela no apartamento dela várias vezes, mas nunca está lá ou não atende. Deixei vários recados, mas ela não retornou nenhuma ligação. Eu queria ver se o senhor sabe dela.

Os olhos de Cooper caíram.

— Ela não vai retornar suas ligações. — A voz mal era audível.

— Como assim?

Ele engoliu em seco.

— Ela está morta — disse, sufocando as lágrimas.

A visão de Oliver forçando Abby lampejou novamente em Jay.

— O que aconteceu?

Cooper enxugou as lágrimas dos olhos.

— Não sei. Minha mulher e eu só fomos comunicados hoje à tarde. A polícia encontrou o corpo de Abby em uma caçamba de lixo do Bronx. Foi estrangulada.

— Meu Deus, não. — Jay colocou a mão no ombro estreito de Cooper. Podia sentir o homem tremendo.

— Sim. — Cooper olhou para Jay, depois afastou os olhos. — Lamento não convidá-lo a entrar, mas minha mulher está com a irmã dela. Estão arrasadas. Acho que não conseguem lidar com visitas agora.

— Eu entendo.

Abby não tinha ido trabalhar na quarta-feira, o dia em que Jay e Sally tinham se juntado a Oliver e Barbara no veleiro. Na tarde anterior, ele vira Oliver e Abby no depósito. Enquanto estava de pé no alpendre olhando para Cooper, Jay repassou o que tinha ouvido e visto do lado de fora do depósito, como fizera com freqüência nos últimos dias. Havia uma coisa que devia se lembrar, uma coisa que podia ter importância. Era a mesma sensação que tivera olhando seu computador na manhã em que Sally saiu de seu apartamento sem acordá-lo. A sensação de que estava faltando alguma coisa.

Então, Jay se lembrou. Enquanto olhava pela pequena abertura entre a porta e a parede, ouvira Oliver dizer alguma coisa a Abby sobre encontrá-lo depois do trabalho no Plaza. Oliver pode ter visto Abby pouco antes de ela morrer. Na verdade, ele pode ter sido a última pessoa a vê-la.

———

Bullock estava sentado na sala de reuniões, os pés em cima da longa mesa de madeira, reclinado na cadeira. Oliver afundava-se em uma cadeira no lado oposto da mesa, remexendo a gravata.

— O que queria me contar, Oliver? — perguntou Bullock, impaciente. Estava sofrendo de uma dor de garganta e uma leve febre, e ainda tinha uma pilha de papelada para resolver antes de poder ir para casa.

Oliver jogou a ponta da gravata pelo ombro.

— Kevin O'Shea me ligou há uma hora.

Bullock ergueu os olhos da cutícula que estava futucando. Percebera pânico na voz de Oliver.

— E?

Oliver respirou pesada e rapidamente várias vezes, como se tentasse manter a calma.

Bullock tirou os pés da mesa e eles pousaram no carpete com um baque surdo.

— Ande, Oliver. Me conte.

— O'Shea ligou para dizer que hoje à tarde dois policiais de Nova York encontraram... — Oliver engoliu as palavras e teve de refazer tudo. — Encontraram o corpo de Abby em uma caçamba de lixo no Bronx. Os objetos pessoais, inclusive a bolsa, também estavam na caçamba, então não foi difícil identificá-la. — Oliver sentiu seu lábio inferior começar a tremer. — Ela foi estrangulada.

Bullock colocou as duas mãos na mesa, a dor na garganta e a febre esquecidas.

— Está brincando — murmurou.

Oliver fechou os olhos com força.

— Acha que eu ia brincar com uma coisa dessas?

— Não — disse Bullock em voz baixa. — Eu sinto muito, Oliver. Sei que você gostava dela.

Oliver assentiu.

— Gostava, eu gostava mesmo. — Pela primeira vez em muitos anos ele se rendeu às lágrimas. — Não acho que eu soubesse o quanto gostava dela até agora.

— Como O'Shea soube da descoberta do corpo de Abby? — perguntou Bullock, trêmulo. Enervava-o ver Oliver tão abalado.

— Como diabos vou saber? — gritou Oliver. — Toda essa gente da lei se fala. — Mal conseguia pensar direito. — Talvez tenha aparecido no computador dele ou coisa assim.

— O que O'Shea disse quando falou com você? — pressionou Bullock. — Quais foram exatamente as palavras dele?

— Foi muito rápido. Só disse que tinham encontrado o corpo dela. — Oliver olhou para Bullock. Tinha percebido um tom estranho na voz dele. — Qual é o problema?

— Acho estranho ele ter ligado tão rápido. Como sabia que a Abby Cooper que encontraram na caçamba era a mesma Abby que trabalhava aqui?

— Ele sabe de todo mundo do grupo, Carter. Investigou todos nós. Teria reconhecido o endereço dela e juntado as peças. — Oliver batia Vom os dedos na mesa. — Acho que simplesmente estava me informando. Ele está investigando nosso grupo, se quiser chamar assim, e provavelmente queria que eu tomasse conhecimento do que estava acontecendo para que eu não estivesse de guarda baixa quando soubesse. Há muita coisa acontecendo por aqui. — Oliver tamborilou mais forte na mesa. — Provavelmente ele se preocupou que, se eu estivesse de guarda baixa, podia deixar escapar alguma coisa. Lembre-se, o rabo dele também está na reta. É o encarregado da investigação. Se vazar alguma coisa e a mídia descobrir o que realmente está havendo aqui, ele cai. Sei que é só um dente nessa engrenagem toda, mas pode acreditar que os figurões não vão levar a culpa pelo acordo. — Falar parecia ajudar. De repente, Oliver se sentiu um pouco melhor.

— Talvez — disse Bullock, sem se convencer totalmente. — Ainda acho estranho ele ter ligado logo para você.

Oliver pôs os cotovelos na mesa e esfregou a testa. Todo seu corpo estava entorpecido.

— Ah, meu Deus.

— O que é? — Bullock viu as mãos de Oliver tremerem.

— Carter, estou com um problema.

— O que é?

Oliver sentiu sua base emocional ruir.

— Eu estive com Abby na terça à noite — sussurrou.

— Com... Abby?

— É, no Plaza.

— Com ela, tipo dormindo com ela? — Ele sabia há algum tempo que Oliver tinha um caso com Abby.

— É.

— Meu Deus, Oliver. — Bullock revirou os olhos e deu um tapa na mesa.

— Eu sei. — Oliver agarrou os cabelos. — Sou um idiota, mas o que diabos vou fazer?

— Usou camisinha?

Oliver sacudiu a cabeça.

— Não.

A sala caiu em silêncio, exceto pelo zumbido das luzes fluorescentes no teto.

Por fim, Bullock falou.

— Eles vão fazer uma autópsia — alertou. — Vão encontrar seu sêmen dentro dela.

— É. — Oliver assentiu, encarando Bullock com os olhos arregalados.

— Mas eles vão ter de saber para procurar por você. Alguém mais além de mim sabe que você tinha um caso com a Abby?

— Barbara suspeitava.

— Bom, isso é... — Bullock parou de falar.

Oliver olhou para ele.

— O que é?

Bullock não respondeu.

— Carter, o que é? — Mas ele já sabia o que Bullock estava pensando. Podia ver o olhar de pavor na expressão do outro homem. — Não, Carter.

— Quando foi a última vez que viu Abby? — perguntou Bullock rapidamente.

— Na terça, às oito, nove da noite. Por aí. Terminamos na cama e eu saí logo depois. Ela disse que ia ficar mais um tempo.

— Alguém viu você sair?

— Não, acho que não.

— Acha que a carta de demissão é autêntica? — perguntou Bullock. — Aquela que você nos mostrou na semana passada.

— Que diabos, é sim. Acho que era autêntica. — O estômago de Oliver se revirou. Podia sentir a náusea aumentando. — Por que não seria?

— Abby assinou?

— Sim... não... Não tenho certeza. — Não conseguia se lembrar. Sua mente estava enevoada. Bullock era um amigo. Por que estava fazendo essas perguntas e olhando para ele daquele jeito?

— Pegue a carta — ordenou Bullock. — Deixe-me vê-la.

Oliver sacudiu a cabeça.

— Não posso.

— Como assim?

— Ela sumiu. — A voz tremia. — Eu a tranquei numa gaveta. E ela sumiu.

Os olhos de Bullock se estreitaram.

— Você realmente espera que eu acredite nisso, Oliver?

— Por que não acreditaria? — gritou. — É a verdade. — Seu corpo estava mole e ele desabou na cadeira. Bullock não estava acreditando em nada. — Carter, eu não a matei — sussurrou. — Você tem de acreditar nisso.

Bullock se levantou lentamente.

— Acho que você tem um problema, Oliver. — Encarou Oliver por mais alguns segundos, depois saiu da sala.

Oliver deixou a cabeça afundar na mesa e, por vários minutos, manteve os olhos bem fechados. Depois correu para o banheiro dos homens, apertando a barriga.

CAPÍTULO 15

Faltava pouco para a meia-noite e o cavernoso andar de *trading* da McCarthy & Lloyd estava deserto, exceto por um homem que limpava o carpete na extremidade do andar, onde os corretores de títulos gritavam ao telefone o dia todo, comprando e vendendo pedaços multimilionários de papel que nunca viam. Jay andou pelo corredor paralelo ao andar, depois passou em ziguezague pela confusão até a mesa de arbitragem. Apesar da falta de pessoal, a sala estava brilhantemente iluminada. Canecas de café pela metade na frente de cadeiras que se projetavam das estações de trabalho e a maioria dos monitores de computador estava ligada, gráficos, memorandos e relatórios brilhando nas telas. Era como se todos tivessem saído com um alarme de incêndio, pensou Jay enquanto chegava a sua posição na mesa. Ou o lugar tivesse sido atingido por uma bomba de nêutrons.

Atirou o paletó no anteparo e afundou na cadeira, exausto e emocionalmente esgotado. Tinha passado as últimas horas com o pai de Abby, acompanhando-o enquanto andava lentamente pelo Brooklyn escuro, falando de tudo, menos de Abby. O melhor amigo de Bob Cooper tinha morrido recentemente, como Jay descobriu, e só então ficou claro por que o homem mais velho tinha pedido a ele para ficar mais um pouco quando estavam juntos no alpendre. Ele precisava de alguém, qualquer um, para conversar depois de perder a única filha. Naquele momento, no alpendre, Jay era a única pessoa no mundo a quem ele podia recorrer.

Jay se reclinou na cadeira e fechou os olhos. Tinha concordado em ficar. O pobre homem estava claramente fora de si e, embora só se conhecessem há dez minutos, Jay não ia deixar um ser humano sozinho naquele estado vulnerável. No final da caminhada, acompanhou Cooper até dentro de casa e conheceu a mãe de Abby. Era baixa e atraente, uma versão mais velha de Abby. A irmã tinha saído minutos antes e era hora de Cooper e a esposa sofrerem juntos. E hora de Jay partir.

Agora, enquanto estava sentado sozinho no andar de *trading*, Jay percebeu que ainda não tinha sentido a morte de Abby. Ficou ocupado demais confortando o pai dela para assimilar o fato de que ela morrera. Conhecera Abby há apenas um mês, mas sentira um laço imediato de amizade com ela. Era uma daquelas pessoas que você não precisa se esforçar muito para conhecer. Era aberta, cheia de energia e compassiva, uma mulher que queria que as pessoas ficassem à vontade em ambientes novos e ajudava os outros de toda maneira que podia.

Jay olhou para a posição de Abby, depois da cadeira de Bullock. Agora ela estava morta. Tão rápido. Como Phoebe. Sacudiu a cabeça, a expressão soturna. Tinha esperança de que em algum momento as autoridades descobrissem que tinham cometido um erro terrível e Abby reaparecesse, absolutamente bem. Olhou a cadeira dela mais uma vez, depois esfregou os olhos. Talvez fosse o que os psicanalistas chamam de negação. Talvez levasse tempo até que aceitasse a morte dela. Mas mesmo a de Phoebe ainda não era real.

Curvou-se para a frente e começou a digitar comandos no teclado. O computador estalou várias vezes antes que imagens aparecessem na tela. Tinha voltado à empresa para pesquisar sobre a Bell Chemical e a Simons. Era o proprietário desconfortável de uma grande quantidade de ações de cada empresa e, embora a decisão de comprar ações já tivesse sido tomada, em algum ponto ele podia ter de defender as compras com informações sólidas. Sabia que não podia contar com Oliver para apoiá-lo caso não fosse anunciada nenhuma oferta de tomada de controle e o preço das ações de cada empresa despencasse. Teria de enfrentar a ira de McCarthy sozinho.

A pesquisa era algo que podia começar na manhã seguinte, mas ele ainda não queria ir para casa. Seu apartamento estaria ainda mais solitário que este andar deserto e ele tinha a sensação de que, depois que fosse para a cama, simplesmente ia ficar encarando o teto e pensando em Abby — e em Phoebe.

Tentou ligar para Sally do Brooklyn, mas não houve resposta no número que ela lhe dera no sábado à noite. Talvez tivesse ficado trabalhando até tarde e ainda estivesse a caminho de casa.

Jay pressionou mais alguns comandos no teclado, depois foi até a máquina de refrigerantes enquanto o computador fazia contato com um serviço *on-line* que lhe forneceria material de pesquisa relacionado à Bell e à Simons. Quando voltou, percebeu alguém de pé na mesa de arbitragem. Jay parou e tomou um gole do refrigerante, observando enquanto o homem baixo e de cabelos escuros analisava um documento. Depois de alguns segundos, o homem colocou o documento em um envelope e o pôs na posição de Bullock. Ele se ajoelhou, tirou uma chave de baixo da mesa e passou a chave na tranca das gavetas de Bullock, abrindo a do meio.

— Oi, Paulie.

Paul Lopez se levantou rapidamente e olhou em volta.

— Ah, oi, Jay — disse numa voz aguda.

Paul era um dos funcionários do último turno do processamento de informações da empresa — alocado dois andares acima — que se certificava que as centenas de milhões de dólares que corriam pela McCarthy & Lloyd diariamente chegassem a seu destino. Esse pessoal das operações só começava o turno de trabalho às dez da noite e sempre ia para casa quando os primeiros corretores estavam chegando no andar de manhã. Só podiam sair quando todas as transferências eletrônicas de dinheiro relacionadas às transações do dia anterior tivessem sido enviadas ou recebidas e todos os problemas com outras instituições financeiras, relacionados a transferências não recebidas, estivessem resolvidos.

— O que está fazendo aqui tão tarde? — perguntou Paul, olhando o relógio. — Cara, Oliver deve estar acabando com você. É meia-noite.

Jay via Paul quase toda noite por volta das dez horas. Era quando Paul fazia suas rondas para recolher o último lote de pedidos — os corretores preenchiam bilhetes detalhando cada compra ou venda de papéis negociáveis que tinham feito durante o dia. Ele e Paul se conheciam razoavelmente bem, pois sempre passavam alguns minutos conversando sobre os Yankees ou os Mets antes de Paul continuar o trabalho.

— É, o Oliver é um feitor de escravos — respondeu Jay inocentemente.

— Foi o que me disseram.

— O que *você* está fazendo aqui, Paulie? — perguntou Jay. — Tem alguém ainda fazendo corretagem a essa hora da noite? — Às onze horas, quando ia embora, Jay era uma das poucas pessoas — se não a única — que ainda estavam no andar.

— Não. Estou deixando uma coisa para Carter Bullock. Preciso da assinatura dele.

— Ah?

— É, ele é diretor de uma empresa que a McCarthy & Lloyd possui.

— É mesmo? — Ninguém nunca mencionara nada sobre Bullock ter outro emprego.

— É uma agência de viagens.

— Aqui em Nova York?

— Não, em Boston.

— Por que a M&L tem uma agência de viagens em Boston?

Paul deu de ombros.

— Nem imagino. Não sei muito sobre a empresa, só que mandamos dinheiro para lá de vez em quando. Mas é engraçado.

— O quê?

— Não recebemos dinheiro nenhum, pelo menos não que eu saiba.

— Como Bullock está envolvido? — perguntou Jay, tentando não parecer ansioso demais.

Paul apontou com a cabeça para o envelope na mesa diante da posição de Bullock.

— Carter autoriza as transferências de dinheiro da M&L para a agência de viagens. É por isso que preciso da assinatura dele. Acho que ele, na verdade, está listado como diretor financeiro no parecer oficial... o documento detalhando a transferência que mandamos para o tomador do pagamento. Ele vai lá com muita freqüência, provavelmente para analisar os livros.

— Para Boston, hein? — Então era para lá que Bullock ia. Jay nunca recebeu uma explicação satisfatória para as seis ausências distintas de Bullock nas últimas semanas. As secretárias não tinham idéia de onde ele estava e Oliver só dizia que Bullock estava visitando "uma empresa". Em geral, se você está viajando, tem de estar ao alcance o tempo todo para que a mesa possa entrar em contato com você se houver uma emergência com um negócio em que você estava trabalhando. Isso não acontecia com Bullock durante as ausências dele. — Para analisar os livros — repetiu Jay.

— Acho que sim. Não é isso que um diretor financeiro faz? Jay riu.

— É, Paulie, é isso que um diretor financeiro faz.

— Bom, tenho de ir — disse Paul. Pegou o envelope, colocou na gaveta do meio de Bullock e fechou a tranca. — Nesse ritmo, só vou sair daqui às nove da manhã — gemeu, abaixando-se para recolocar a chave na pequena reentrância embaixo da mesa.

— Você tem muito cuidado com tudo isso, não é? — perguntou Jay.

Paul revirou os olhos.

— Ordens de Carter. Se quer saber, acho que ele está sendo paranóico. Não há nada que alguém possa fazer com esse parecer, mesmo que consiga pegá-lo. — Ele se levantou, gemendo novamente. — A gente se vê. — Paul deu uma risadinha. — Provavelmente amanhã à noite, sabendo como você trabalha.

— Talvez. Ei, Paulie?

Paul parou e se virou.

— Sim?

— Há quanto tempo está na McCarthy & Lloyd?

Paul pensou por um segundo.

— Uns três anos. Vim do Chemical depois da fusão com o Chase.

— Fizeram uma avaliação de desempenho com você depois de um mês na empresa?

— Uma avaliação? Tipo como estou me saindo no trabalho?

— É.

— De jeito nenhum. Não recebo uma avaliação formal desde que cheguei aqui. Esse lugar é muito relaxado com essas coisas. Pergunte a qualquer um dos corretores. —Acenou para as cadeiras vazias. — Por que quer saber?

— Só estava curioso.

— Não se preocupe... Se você estiver indo mal, vai saber por eles. — Ele acenou. — A gente se vê.

— É, tchau.

Jay ficou olhando Paul desaparecer em um elevador, depois verificou o andar de *trading*. Estava sozinho na enorme sala. Olhou mais uma vez para as portas dos elevadores, foi até a posição de Bullock, puxou a cadeira, ajoelhou-se e passou a mão embaixo da mesa. No começo, nada sentiu a não ser fiapos e poeira, mas um momento depois localizou a chave. Ele a pegou, puxou para fora e colocou na fechadura. Um giro rápido para a esquerda e a tranca se abriu. Deu mais uma olhada pelo andar de *trading*, depois puxou a gaveta, pegou o envelope, retirou o parecer e deu uma olhada nele.

O nome da empresa que recebia o dinheiro era EZ Travel e a quantia transferida era de cinco milhões de dólares. Os números borraram diante de seus olhos. Por que diabos uma agência de viagens precisava de cinco milhões de dólares? Uma agência de viagens nada mais era do que algumas pessoas sentadas diante de computadores agendando hotéis e passagens aéreas. E Paulie tinha dito que os fundos eram transferidos da McCarthy & Lloyd para a EZ Travel regularmente. Se era uma transação típica, quanto dinheiro já havia ido para o endereço de Boston?

Jay registrou mentalmente o número da caixa postal, devolveu o parecer para o envelope e o recolocou na gaveta. Estava prestes a fechar a gaveta quando alguma coisa chamou sua atenção. No fundo da gaveta havia outro envelope que parecia meio familiar. Afixada no canto superior esquerdo estava uma etiqueta decorada com um padrão floral e, dentro do padrão floral, o endereço da casa de Abby. Jay tinha visto Abby colar a mesma etiqueta em uma pilha de contas numa tarde algumas semanas antes.

O coração dele batia furiosamente. Se Paulie voltasse ou outra pessoa o visse fuçando a gaveta, Bullock provavelmente descobriria. E isso seria um inferno.

Ele pegou o envelope da gaveta e o analisou atentamente. A carta tinha sido enviada a Oliver Mason, da McCarthy & Lloyd, mas não havia selo. O alto do envelope tinha sido rasgado e Jay puxou o papel de dentro dele, os dedos tremendo. Era a carta de demissão de Abby. A mesma carta que Oliver tinha segurado diante deles na semana anterior na sala de reuniões. O nome de Abby estava digitado no final, com o cargo abaixo dele, mas ela não tinha assinado a carta.

Jay devolveu a carta ao envelope e o recolocou na gaveta. Se levantou-se, olhou em volta e congelou. Bullock estava de pé a alguns metros dele.

— O que diabos está fazendo?

— Devolvendo sua calculadora — respondeu Jay, a voz rouca. — Eu... Peguei emprestado porque deixei a minha em casa e sei que você guarda a sua na gaveta do meio. Já vi você pegar ali umas cem vezes. — Gesticulou para a gaveta. — Eu estava fazendo uma pesquisa e precisava calcular uns números — explicou, vacilante.

— Estava fazendo pesquisa à meia-noite? Você realmente espera que eu acredite nisso?

— Um de seus comentários em minha análise era de que eu não estava trabalhando o suficiente. Lembra?

— Como conseguiu abrir a gaveta? Eu a deixei trancada.

— Não deixou, não. A chave está aqui. — Jay apontou para a chave se projetando da fechadura. — Você deve ter pensado que trancou. De qualquer forma, achei que não se importaria de eu usar a calculadora.

— Você estava olhando uma carta — sibilou Bullock, aproximando-se de Jay, flexionando o punho direito. — Eu vi.

Jay ergueu as mãos, recuando até tocar a mesa.

— Eu juro que estava usando sua calculadora. — Ele olhou para baixo. — Mas vi um de seus contra-cheques. — Tinha percebido o canhoto azul perto de uma caixa de grampos. Era o mesmo canhoto que todo mundo na M&L recebia da empresa que processava a folha de pagamentos. — Eu não devia ter feito isso. Desculpe.

Bullock ficou parado a alguma distância, as mãos nos quadris, o rosto retorcido de raiva. De repente, pegou Jay e o empurrou para o lado rudemente.

— Dê o fora daqui!

— Calma, Carter.

— Eu disse fora!

— Tudo bem. — Jay disparou para sua posição, colocou várias coisas na pasta e foi para os elevadores.

Depois que Jay saiu, Bullock pegou o envelope na gaveta e o olhou. Se Jay inspecionou o conteúdo, agora sabia da EZ Travel. Quando as tomadas de controle fossem anunciadas e Jay percebesse como sua situação tinha ficado desesperadora, ele se lembraria desta noite.

Bullock olhou mais uma vez para as portas do elevadores, os olhos se estreitando. As tomadas de controle da Bell Chemical ou da Simons precisavam acontecer rapidamente. Só uma delas. Então O'Shea faria a prisão e, depois que Jay West estivesse na cadeia, sua vida teria um fim rápido. Jay seria encontrado pendurado no teto da cela, um lençol em volta do pescoço, e tudo ficaria bem. As autoridades determinariam a morte como suicídio e a ligação seria cortada.

Bullock largou o envelope de cânhamo na pasta, depois pegou a carta de demissão da gaveta e também a colocou na pasta. Fechou a gaveta e a pasta e correu para os elevadores. Só se sentiria totalmente seguro quando Jay estivesse morto.

Debaixo de sua mesa, do outro lado do anteparo, Sally esfregou a barriga da perna. Suas pernas estavam espremidas embaixo dela no nicho e estavam começando a ter cãibras. A dor era intensa, mas não podia se mexer enquanto Bullock estivesse ali. Sally tinha certeza de que Bullock não deixaria nada de importante na mesa, especialmente agora que tinha pego Jay fuçando as gavetas, mas tinha de verificar. Não fez nenhum progresso e seus superiores estavam ficando ansiosos.

CAPÍTULO 16

Os céus se abriram, lançando um dilúvio matinal de chuva e granizo do tamanho de bolas de naftalina em Wall Street, entre o ribombar de trovões e o estalar de raios. Jay correu os últimos cem metros até a entrada da McCarthy & Lloyd segurando um exemplar do *Wall Street Journal* no alto da cabeça para se proteger da torrente, esbarrando em guarda-chuvas enquanto corria. Irrompeu pela porta da frente da empresa, quase se chocando com Paul Lopez, que ia para casa depois do turno na noite.

— Desculpe, Paulie — Jay largou o jornal ensopado em uma lata de lixo. — Parece que teve uma noite difícil — disse, notando a expressão amarga de Paul.

— Não foi tão ruim — respondeu Paul, tenso — até quinze minutos atrás.

— O que quer dizer?

— Recebi um telefonema de Carter Bullock quando eu estava saindo. Literalmente quando eu estava me levantando da cadeira para ir para casa.

— Oh?

— É. Parece que ele estava na sala de reuniões fazendo algum trabalho quando você e eu nos encontramos ontem à noite no andar de *trading*. Quando voltou à mesa dele, encontrou alguém remexendo na gaveta em que coloquei o parecer da transferência de dinheiro. — Lopez apontou um dedo para Jay. — Esse alguém era você.

— Eu precisei da calculadora dele, Paulie — explicou Jay calmamente. — Eu disse a ele.

— Não ligo para o que você precisava ou o que disse a ele. Ficar mexendo na gaveta dele me trouxe um monte de problemas. Sei que tranquei a gaveta antes de sair da mesa e você disse a ele que estava aberta.

— Desculpe. — O rosto de Jay se iluminou. — E se eu conseguir umas cadeiras para o jogo dos Yankees? Faria você se sentir melhor?

Paul deu de ombros.

— Talvez.

— Ótimo. Vou arrumar. — Jay disparou por Paul e entrou em um elevador exatamente quando as portas estavam se fechando. Quando chegou ao andar de *trading*, caminhou animadamente até a mesa de arbitragem. Eram só sete e meia, mas todos já haviam chegado.

— Boa tarde — disse Bullock sarcasticamente enquanto Jay baixava sua pasta.

— Oi.

Sally sorriu para Jay do outro lado do anteparo, mas Oliver não o cumprimentou. O chefe da mesa de arbitragem estava sentado em sua cadeira, escarrapachado, encarando a tela do computador por baixo das sobrancelhas escuras, as mãos fortemente entrelaçadas na frente da boca.

— Bom dia, Oliver — disse Jay.

Oliver ainda não disse nada.

— Você e o chefe estão se dando muito bem ultimamente — observou secamente Bullock. — Isso deve ajudar na bonificação.

Jay começou a dizer alguma coisa, mas viu Ted Mitchell atravessando o andar de *trading* em direção à mesa de arbitragem. Mitchell negociava ações para indivíduos de alto valor líquido.

— Oi, todo mundo — disse Mitchell alegremente, parando entre Oliver e Sally. — Oliver, achei que ia querer saber de alguns boatos que nossa mesa ouviu hoje de manhã.

— Que boatos? — perguntou Bullock quando ficou evidente que Oliver não ia responder.

— Wall Street está falando de um grupo alavancado na Costa Oeste que está prestes a anunciar uma enorme oferta de tomada de controle para a Bell Chemical — respondeu Mitchell. — Uma oferta que pode ficar bem acima do fechamento das ações de ontem. Pelo menos é o que corre por aí.

Mitchell virou um borrão na frente de Jay enquanto as palavras "Bell Chemical" zumbiam em seus ouvidos como um enxame de marimbondos irritados.

— E o outro boato diz respeito a uma empresa do Centro-Oeste — continuou Mitchell. — Acho que o nome é Simons. Nunca ouvi falar dela antes.

Jay sentiu a boca ficar seca. Levantou-se lentamente e olhou por sobre o anteparo para Oliver, que ainda encarava com os olhos vazios a tela do computador.

— Vamos dar uma olhada nisso — sugeriu Bullock, digitando comandos no teclado e puxando notícias sobre a Bell Chemical. — É, aqui diz que esperam que a negociação das ações da Bell aconteça na abertura das nove e meia da Bolsa de Valores de Nova York, dependendo de um anúncio da empresa — leu Bullock. — Há um enorme desequilíbrio de pedidos pelas ações. — Bullock bateu na mesa, feliz — O motivo para o desequilíbrio tem de ser um anúncio de tomada de controle.

— Vocês aqui têm ações da Bell? — perguntou Mitchell.

— Claro que sim! — gritou Bullock. — E da Simons também. Temos um grande lote de cada empresa, graças a essa cara aqui — disse, apontando para Jay. Ele estava atordoado, como um menino na manhã de Natal que acaba de ganhar o pônei que tanto pediu o ano todo. — Nosso cara novo, Jay West, parece ter o toque de Midas.

Mitchell sorriu para Jay.

— Isso é incrível, pegar duas tomadas de controle como essas. Meus parabéns. Bill McCarthy será um homem feliz.

— Obrigado — murmurou Jay, sem tirar os olhos de Oliver, que ainda não tinha se mexido.

Mitchell apontou com a cabeça para a cadeira de Oliver.

— Essa deve ser uma viagem legal, Ollie. Faz tempo que você não tem umas dicas grandes como essas. Desde a primavera, não é?

Os olhos de Jay se voltaram para Mitchell. Era a primeira vez que ouvia falar de fracasso na mesa de arbitragem.

— É verdade — concordou Bullock. — Acho que Jay era exatamente o que precisávamos. — Deu um tapinha nas costas de Jay. — Boa, amigo. Sei que Oliver e eu não demos muito apoio quando você comprou aquelas ações sozinho, mas você certamente provou que estávamos errados.

Mitchell sorriu para Jay.

— Quero ser o primeiro a apertar a sua mão — disse, inclinando-se por sobre o anteparo.

Mas Jay não estava ouvindo. Observava Oliver, que tinha se levantado da cadeira e ia lentamente para o elevador.

Bullock fez um sinal com a cabeça para Sally, que lutou para sair da cadeira e correu atrás de Oliver.

— Qual é o problema com todo mundo por aqui? — perguntou Mitchell, recolhendo a mão e olhando irritado para Jay. Olhou para Bullock, grunhiu uma obscenidade e se afastou.

— Você é um cretino, Bullock — sussurrou Jay. — Por que disse a Mitchell que comprei as ações sozinho? Sabe que isso não é verdade.

— Eu queria lhe dar o crédito necessário — respondeu Bullock. — Se McCarthy souber que a compra das ações foi idéia sua, será bom para você.

— Você não liga se tenho algum crédito — rebateu Jay. — Você e Oliver...

— Ei! — Sally estava de volta. Seu rosto estava cinzento. — Oliver pegou o elevador e apertou o botão do último andar. — Ela falava em um sussurro rouco. — Ele não me respondeu. Alguma coisa está errada.

Bullock se levantou da cadeira e correu para os elevadores, com Jay e Sally atrás dele.

— Qual pode ser o problema dele? — perguntou enquanto as portas do elevador se fechavam e começava a subir. Ela, Bullock e Jay eram os únicos ocupantes. — Ele parecia um zumbi.

— Está sofrendo pressões em casa — respondeu Bullock, olhando os números se acenderem acima da porta, batendo o punho no painel de madeira do elevador. — Acho que está tomando um medicamento também. Ele vai ficar bem. Provavelmente nem estará lá em cima.

Jay analisou o rosto de Bullock. Pela primeira vez desde que Jay o conhecera, Bullock parecia nervoso.

As portas do elevador se abriram no 57º andar do prédio, a área de recepção de uma empresa de advocacia. O nome estava pendurado em caracteres pretos na parede de mogno atrás da recepcionista, que deu a eles um olhar indagador enquanto saíam do elevador e se dirigiam a uma placa que apontava para as escadas.

No alto da escada, passaram por uma porta de metal para o terraço. O vento uivava quando Jay pôs a mão acima dos olhos para protegê-los da chuva que os açoitava e olhava o terraço em busca de algum sinal de Oliver.

— Ali! — gritou Sally.

Jay seguiu o gesto de Sally e viu Oliver sentado no muro que cercava o perímetro do prédio. Instintivamente, Jay correu até ele.

Oliver estava sentado encarando os três, as costas para a queda nauseante do outro lado. Estava balançando para frente e para trás, os pés sem tocar no chão, os tornozelos cruzados.

— Oi, todo mundo — disse em voz alta, um estranho sorriso no rosto riscado pela chuva. O sorriso desapareceu quando eles se aproximaram e os olhos dispararam de um lado a outro. — Não cheguem mais perto! — alertou.

— Fique longe dele, Bullock — gritou Jay. Bullock ignorava os apelos de Oliver, indo direto até ele. — Meu Deus, você vai fazê-lo pular.

— Sei o que estou fazendo — rosnou Bullock, hesitando por um momento, depois avançando novamente, desta vez mais devagar.

Enquanto Bullock se aproximava aos poucos, Oliver se levantou, as pernas abertas e as mãos esticadas para os lados, o corpo ensopado e tremendo, o vento fustigando suas roupas.

— Carter, pare — implorou Sally, as mãos na boca.

— Se ele olhar para baixo, pode perder o equilíbrio! — gritou Jay. — Talvez ele nem saiba onde está agora.

— Ele sabe — sibilou Bullock, chegando mais perto, agora a apenas alguns metros de Oliver.

Jay o seguiu, logo atrás de Bullock.

— Não dê nem mais um passo — gritou Oliver. — Por favor, Carter. Me deixe em paz. Não faça isso comigo.

— Estou salvando você, Oliver — respondeu Bullock através dos dentes trincados. — Sabe que é para o seu bem.

— Não faça isso comigo! Por favor! — Oliver ergueu os braços e os abriu, depois curvou as costas e olhou para o céu escuro.

— Bullock, ele vai cair! — gritou Jay. — Afaste-se!

Mas Bullock se abaixou, abraçando as pernas de Oliver. Os braços de Oliver se abaixaram enquanto ele perdia o equilíbrio e começava a cair para trás.

Quando Bullock soltou as pernas de Oliver, Jay agarrou o antebraço dele, detendo o impulso para trás. Por um segundo, ficaram perfeitamente equilibrados, o corpo de Oliver pendurado por sobre a beira, sem nada entre ele e Wall Street, Jay apoiado contra o muro e Bullock ajoelhado abaixo deles.

Então Jay sentiu um peso enorme nas canelas e uma dor seca, e por um momento deixou escapar a camisa molhada de Oliver por entre os dedos. Mas ele investiu e agarrou Oliver mais uma vez, arrastando-o de volta ao terraço, sem deixá-lo escapar até que estivesse deitado em cima de Jay, formando um monte ensopado. Por um momento, se olharam nos olhos.

— Não agüento mais — sussurrou Oliver.

Antes que Jay pudesse dizer alguma coisa, Bullock levantou Oliver e o levou para a porta, o braço em torno do ombro de Oliver.

— Você está bem? — Sally se ajoelhou ao lado de Jay enquanto ele se erguia sobre um cotovelo.

— Estou — grunhiu ele, o joelho direito latejando.

— Você salvou a vida de Oliver. — Os olhos estavam arregalados e tinha dificuldade para respirar. Chuva e vento chicoteavam os cabelos de Sally. — Meu Deus, achei que os dois iam cair. Você podia ter se matado. — Atirou os braços em volta dele e o abraçou com força.

— Foi um reflexo; provavelmente um reflexo idiota — disse Jay. — Nem pensei nisso. Se pensasse, não teria feito. — Olhou para o rosto dela e viu seu pânico. — Acabou, Sally. Eu estou bem.

Ela assentiu.

— Eu sei.

— O que é, então? — Ela olhava para o nada, a boca aberta. Havia mais alguma coisa. — Me conte.

Ela olhou para ele e passou os dedos pelos cabelos molhados de Jay.

— Sentiu alguma coisa nas pernas quando estava segurando Oliver?

Jay pensou por alguns segundos, repentinamente consciente de um latejar no joelho.

— Sim, acho que sim, mas não tenho certeza do que foi. Deve ter sido o muro enquanto eu me apoiava nele.

— Foi Bullock — sussurrou ela.

— O quê?

— Ele tentou pegar o pé dele... para ajudar, eu acho... mas caiu, ou talvez tenha escorregado. O terraço está molhado, mas... — Sally afastou os olhos.

— Mas o quê?

Ela hesitou, sem ter certeza se queria continuar.

— Parecia que ele tinha caído nas suas pernas de propósito. Quase como se...

Mas a voz dela falhou, ou as palavras foram engolidas por um trovão. Quando o trovão passou, levantaram-se lentamente e foram para a porta que levava ao prédio. Jay não tinha certeza do que acontecera — se Sally tinha se interrompido ou se o trovão engoliu as palavras dela —, mas isso não importava. Ele entendeu o que ela quis dizer.

A jovem prendeu a colcha bem firme embaixo dos travesseiros, batendo nas dobras com as costas da mão. Quando terminou, verificou o quarto mais uma vez, assentiu para si mesma e foi para a porta. Estava pronto para outro cliente. Suspirou enquanto fechava a porta. No dia seguinte, limparia o mesmo quarto do mesmo jeito.

— Olá.

216 | STEPHEN FREY

A camareira se encolheu um pouco, assustada com o estranho alto parado diante dela no corredor. Parecia desgrenhado, como se tivesse sido pego na rua pela tempestade da manhã que tinha fustigado a cidade. Ela pôs a mão no peito, o coração aos saltos.

— Desculpe se a assustei — disse Jay.

— Tudo bem — respondeu, nervosa, colocando duas toalhas usadas no carrinho ao lado dela. — O senhor me pegou desprevenida. É só isso.

Jay olhou o corredor. Estavam sozinhos.

— Preciso lhe fazer umas duas perguntas. Não vai levar muito tempo, eu prometo.

— Olhe, tenho um monte de quartos para...

Jay puxou uma nota de vinte dólares do bolso da camisa e estendeu a ela.

A jovem sacudiu a cabeça.

— Não sou esse tipo de garota, senhor. E se a gerência do Plaza souber que fiz alguma coisa assim, serei demitida. Preciso deste emprego.

— O quê? — Por um momento, Jay não entendeu, mas de repente compreendeu. — Ah, meu Deus, não. Não quero que vá para o quarto comigo. Eu realmente só quero fazer umas perguntas.

— Agora são *algumas* perguntas. — Tentou pegar a nota de vinte, mas Jay a puxou antes que ela conseguisse segurá-la. — Antes eram só duas.

— Só vai conseguir o dinheiro quando me responder.

— Tudo bem, mas seja rápido — disse, irritada com a imposição. — Meu chefe pode aparecer a qualquer momento.

— Uma das camareiras disse que você estava trabalhando neste andar do hotel na terça-feira da semana passada — disse Jay rapidamente, apontando por sobre o ombro para o quarto atrás dele. Uma das secretárias da mesa de arbitragem sabia que a McCarthy & Lloyd alugava o quarto há anos e contou a Jay quando ele perguntou. — É verdade?

— Eu chego às quatro e saio à meia-noite. E daí?

Jay pegou duas fotos do bolso do paletó. A primeira era de Abby, uma foto que o pai dela havia dado a ele no final da caminhada na noite anterior.

— Reconhece esta mulher?

A camareira deu uma olhada rápida na foto.

— Sim, eu a vi entrar nesse quarto algumas vezes nos últimos meses.

Jay mostrou a segunda foto.

— Dê uma olhada neste aqui — ordenou. Era a foto de Oliver sentado entre Sally e Jay no veleiro. — Reconhece alguém desta foto?

A jovem camareira pegou a foto da mão de Jay e passou os olhos brevemente.

— Sim , você. — Devolveu a ele.

— Olhe um pouco mais — orientou ele.

Ela olhou novamente.

— Ele. — Apontou para Oliver. — Estava com a mulher da outra foto. — Gesticulou para a porta do quarto novamente. — Quase nos esbarramos quando ele estava entrando no elevador e eu saindo na terça à noite, lá pelas nove horas, mas isso foi no saguão. — Começou a devolver a foto para Jay, depois parou. — Ele estava com ela.

Jay olhou a fotografia. A jovem camareira estava apontando para Sally.

CAPÍTULO 17

— Ei, amigo! — gritou Oliver pela sala de *trading*.

Jay olhou o relógio de pulso. Eram apenas seis e meia da manhã. O que diabos Oliver estava fazendo ali? Em geral, chegava no mínimo às sete.

— Que manhã incrível — exclamou Oliver, colocando a pasta na mesa. — Está quente como o Hades lá fora. Pensei que a frente fria que chegou ontem de manhã e nos trouxe toda aquela tempestade pudesse ter esfriado as coisas. Mas não. — Falava de maneira rápida e confiante, como se os incidentes da manhã anterior não tivessem ocorrido. — Na verdade, acho que está mais quente esta manhã do que em todo o verão. — Fungou várias vezes numa sucessão rápida. — E ainda nem estamos em agosto. — Ele atirou o paletó no anteparo. — Ainda assim, é muito bom estar vivo, Jay.

Jay olhou para Oliver de sua cadeira do outro lado do anteparo. O homem tinha de estar em negação completa e categórica do incidente no telhado. O setor de autopreservação de sua mente deve ter entrado em curto e convencido o resto dele de que sua proximidade da morte não passou de um pesadelo horrível, pensou Jay. Era a única explicação. Menos de 24 horas antes, o homem estava de pé à beira de um abismo, literalmente — olhando de um precipício para baixo e vendo um vale da morte certa. E aqui estava ele, agindo como se não tivesse uma preocupação no mundo. Agindo como se nada tivesse acontecido.

— Vou pegar um café — anunciou Oliver. — Você quer?

— Não.

— Tá legal, amigo. — Oliver se virou, depois fez uma pausa. — Para um cara que é o assunto do andar de *trading* depois de ter feito duas tomadas de controle em um dia, você certamente não está muito animado. — Curvou-se sobre o anteparo e baixou o tom de voz, embora não houvesse ninguém por perto para ouvir. — A propósito, se quiser me agradecer pela informação sobre a Bell Chemical e a Simons em algum momento, não se incomode, só jogue o dinheiro. Como eu sempre disse, Jay, o dinheiro manda. — Tombou a cabeça para trás e riu irritantemente. — Aliás, não vi a TurboTec nas tomadas de controle de ontem.

— Aonde quer chegar, Oliver?

— A lugar nenhum — disse, presunçoso, a cocaína escorrendo por sua cavidade nasal. Tinha cheirado várias carreiras enormes no banco traseiro de sua limusine a caminho de Manhattan. — Vejo você num minuto. — Virou-se e foi para a máquina de café.

Jay observou Oliver atravessar o andar, parando para dar tapinhas nas costas dos recém-chegados e conversar um pouco. *Um filho-da-puta complicado*, pensou Jay, *numa situação complicada*. Gostaria de saber mais sobre essa situação. Talvez o colapso de Oliver no dia anterior tivesse a ver com os problemas conjugais dele, ou com o que estava acontecendo na mesa — o que quer que fosse. Ou talvez todas aquelas forças de que Jay nem tinha conhecimento haviam se reunido naquela manhã e causado a implosão emocional que ele vira Oliver suportar. O que quer que fosse, Oliver devia estar por um fio muito fino.

Jay começou a imprimir o material de pesquisa de que precisava para sua viagem — o único motivo para ter se incomodado em aparecer de manhã antes de ir para o aeroporto La Guardia. Quando a impressora terminou, colocou as informações na pasta, enfiou-a na bolsa de viagem e fechou a bolsa. Depois, levantou e a pegou.

— Aonde está indo? — Bullock estava atravessando o andar em direção à mesa.

— Nashua, New Hampshire — respondeu Jay, xingando em silêncio. Bullock era a última pessoa que queria ver.

— O que diabos há em New Hampshire? — Bullock olhou para a bolsa de viagem de Jay.

— TurboTec.

— Por que precisa ir a New Hampshire? Por que simplesmente não fala com alguém da empresa pelo telefone?

— Vou me reunir amanhã com um amigo meu da faculdade que trabalha na empresa. Acho que a reunião pode me dar uns *insights* bem úteis. E ele quer me ver pessoalmente.

— Oliver sabe que você vai?

— Não. — Jay deu um passo em direção aos elevadores. — Achei que estava livre para fazer qualquer pesquisa de campo que eu precisasse.

— Acho melhor falar com Oliver primeiro. — Bullock se colocou na frente de Jay, bloqueando o caminho.

— Por quê?

Bullock sorriu.

— Ele é o chefe. Eu me importo com o que ele pensa.

Jay sacudiu a cabeça.

— Você não dá a mínima para o que Oliver pensa. Na verdade, não dá a mínima para Oliver e ponto final.

— O que quer dizer com isso? — Bullock largou a pasta e se aproximou de Jay.

— Exatamente o que você pensa — respondeu Jay calmamente, mantendo-se firme enquanto Bullock se aproximava.

— Me diga — desafiou Bullock.

— Vamos colocar desta forma. Se Oliver escorregasse de meus dedos ontem e se esparramasse em Wall Street, alguma coisa me diz que você não teria lamentado.

— É melhor reconsiderar essa declaração. — O rosto de Bullock de repente assumiu um vermelho brilhante. — Oliver é um de meus melhores amigos. Eu jamais ia querer que alguma coisa acontecesse a ele.

Jay largou a bolsa de viagem.

— Então por que caiu nas minhas pernas enquanto eu o estava segurando?

— Seu idiota... — Bullock não terminou. Sua raiva o sobrepujou e ele foi para cima de Jay.

Jay bloqueou o soco de Bullock e contra-atacou com uma esquerda rápida no estômago. Enquanto Bullock recuava do impacto, curvando-se e arfando, Jay o atingiu novamente com uma direita no queixo, cortando seu lábio inferior. Bullock caiu no chão, agarrando a barriga com uma das mãos e o sangramento no lábio com a outra.

— Tenha um bom dia — sibilou Jay, olhando em volta. Vários corretores estavam parados olhando para Bullock, que gemia no chão. Pelo canto do olho, Jay percebeu Oliver saindo da sala de café. Pegou a bolsa e foi para os elevadores.

Quando as portas se fecharam, Jay olhou os nós dos dedos. Saía sangue de um deles, mas conseguia mexê-lo. Não estava quebrado. Lambeu o sangue e riu, um alívio nervoso depois do confronto. Tinha sentido uma tensão incrível entre ele e Bullock desde a entrevista na McCarthy & Lloyd há mais de um mês, como se Bullock estivesse esperando por essa altercação física desde que se conheceram. Mas Bullock acabou tendo mais do que pediu, pensou Jay. Provavelmente ainda estava dobrado no chão do andar de *trading* ou curvado sobre a pia do banheiro tentando parar o sangramento.

Ele também teria um preço a pagar, percebeu Jay. Quando voltasse de New England, a cadeira na mesa de arbitragem não seria mais dele. Tinha certeza disso. Bullock tinha tomado a iniciativa, mas Oliver ficaria ao lado do amigo. Se ao menos Oliver soubesse o que Bullock tentara fazer no dia anterior no terraço... Jay sacudiu a cabeça, inseguro de repente. Ou talvez Bullock não tenha feito aquilo. Talvez tenha apenas escorregado. Mas Sally tinha visto a atitude de Bullock e confirmado a intenção dele.

É claro, onde estava a lealdade dela? Estivera com Oliver logo depois de ele deixar Abby no quarto do Plaza Hotel. Agora Abby estava morta.

Pro inferno com isso, pensou Jay. *Pro inferno com Oliver, Bullock, McCarthy & Lloyd, Sally e a bonificação de um milhão de dólares. Pro inferno com tudo.* Faria a viagem e, quando voltasse, lidaria com a situação da melhor maneira que pudesse. Se não houvesse mais um emprego para ele na McCarthy & Lloyd, não importava. Já estava cheio daquele maldito lugar.

As portas do elevador se abriram e Sally estava parada diante dele.

— Aonde está indo? — perguntou, olhando a bolsa de viagem.

— Em uma viagem de negócios — rebateu, passando rapidamente por ela no saguão, andando contra a maré de gente que fluía para dentro do prédio.

— Liguei para você várias vezes ontem à noite. — Ela trotava atrás dele, esbarrando nas pessoas. — Por que não me ligou de volta? Fiquei preocupada.

— Desculpe. Eu saí. — Não era verdade. Estivera em casa a noite toda, pagando contas e trabalhando no computador. Foi aí que percebeu que um dos disquetes estava faltando — um disquete que continha um registro de todos os cheques pessoais e retiradas em dinheiro que tinha feito no ano anterior. Não era algo que ele perceberia estar faltando, só que ainda não conseguira se livrar da sensação desagradável de que Sally tinha vasculhado as caixas de disquetes. Então, ele os examinou cuidadosamente. Não podia provar que ela havia tirado o disquete, mas ninguém mais estivera no apartamento dele nos últimos três meses.

Sally tinha ligado três vezes depois que ele descobriu que o disco tinha sumido e Jay ouviu a voz dela cuidadosamente. O tom parecia se tornar mais urgente a cada recado.

— Me diga aonde está indo — insistiu, pegando o braço dele.

— Nashua, New Hampshire. TurboTec. A empresa que sugeri a Bill McCarthy no iate clube. — Jay fez uma pausa na porta da frente. — Tchau. — E se foi.

Sally começou a passar pela porta para seguir Jay, mas parou. Não valia a pena. Ele não ia dizer mais nada de importante e ela tinha o que precisava. Sally o viu chamar um táxi, atirar a bolsa dentro do carro e entrar. Quando o táxi estava fora de vista, pegou um celular na bolsa e começou a discar freneticamente.

———

Victor Savoy sentou-se em um banco de parque debaixo de um arvoredo de olmos mastigando satisfeito um sanduíche de centeio e pastrami, observando passar a multidão da hora do almoço de Lower Manhattan. Adorava pastrami, mas só comia quando estava em Nova York porque havia uma determinada *delicatessen* na rua Williams chamada Ray's que servia um sanduíche que literalmente derretia na boca. Pedir pastrami de outro lugar no mundo sempre se revelava uma decepção amarga. Savoy saboreou o último pedaço do sanduíche, depois embolou o papel e olhou à esquerda.

O prédio da prefeitura ficava a cinqüenta metros. Era uma estrutura de três andares construída em pedra branca com onze degraus que iam de um pórtico a uma pequena área aberta, onde o prefeito de vez em quando recebia dignitários visitantes ou entregava as chaves da cidade. Na frente da área aberta, havia a extremidade vistosa de uma entrada de carros em formato de pirulito lotada de Town Cars azuis constantemente pegando ou deixando funcionários da prefeitura.

Savoy levantou-se do banco e começou a andar. A prefeitura localizava-se setecentos metros ao norte de Wall Street, de frente para o pequeno parque em que Savoy andava agora. A Broadway passava pela prefeitura a oeste e outra rua passava diagonalmente da esquerda para a direita até chegar à Broadway, criando um triângulo na frente do prédio, dentro do qual ficava o parque. Do lado de fora do triângulo, arranha-céus assomavam sobre uma fileira de grama e árvores, criando um efeito de anfiteatro com a prefeitura no centro.

Savoy ficou parado à beira da entrada de carros, percebendo que havia vários policiais de Nova York uniformizados rondando lentamente, olhando-o casualmente de tempos em tempos. Quando nenhum deles estava olhando, saiu rapidamente da sombra dos olmos, passou por duas barreiras de concreto e andou pela entrada de carros. Quando chegou à área aberta diante da escada que levava ao pórtico, parou e se virou. O Woolworth Building subia sessenta andares em direção ao céu à direita dele, enquanto prédios mais baixos cercavam o resto do parque a várias centenas de metros de distância.

Inclinou-se de costas e examinou o Woolworth Building. Alguém em um escritório perto do topo da estrutura neogótica teria uma visão perfeita da área aberta onde ele estava parado, uma visão que não era obstruída pelas árvores. A visão da maioria dos outros prédios no perímetro seria pelo menos parcialmente bloqueada. O problema com o Woolworth Building e com a maioria dos outros prédios que cercavam o parque era que o Serviço Secreto, o FBI e a inteligência britânica teriam atiradores de elite e investigadores postados em toda parte. Um atirador com um rifle no alto do Woolworth Building seria descoberto rapidamente, já que os policiais varreriam constantemente a área com binóculos de alta potência. Tinha de pensar em outra coisa.

Savoy virou-se para a esquerda, diretamente para o sul e, de repente viu a oportunidade. Quase a setecentos metros de onde estava, era visível uma pequena parte do One Chase Manhattan Plaza. Sua estrutura externa escura se projetava de trás de um prédio mais próximo, que se erguia no perímetro do parque. Só era visível uma pequena faixa do enorme prédio que servia de sede para um dos maiores bancos do mundo, mas seria suficiente. Uma pessoa em um daqueles escritórios teria uma visão desimpedida do palanque que, no dia crítico, estaria posicionado exatamente onde ele estava parado. E, estranhamente, as copas das árvores do parque se dividiam como o mar Vermelho entre o Chase Building e este local. O atirador ficaria diretamente diante de um funil natural que dava para a área aberta. Seria um tiro longo, talvez de oitocentos metros, mas Savoy testemunhara em primeira mão a competência de seus atiradores. Não teriam problemas para atingir o alvo.

Um dos policiais foi rapidamente na direção de Savoy.

— Ei, o que está fazendo?

— Admirando a vista. — Savoy usava outro disfarce e não estava preocupado que o policial o reconhecesse de outro dia e se lembrasse dele. Podia se lembrar da conversa, mas não do rosto. Não um rosto que importasse.

— Bem, esta área é proibida ao público. Saia — ordenou.

— Sim, senhor — disse Savoy educadamente. Não havia necessidade de confronto. Se o policial desse uma busca nele, descobriria vários passaportes falsos nos bolsos de Savoy, bem como passagens de avião sob pseudônimos. A EZ Travel podia levá-lo a qualquer lugar do mundo que ele quisesse com qualquer nome que lhes desse.

Meia hora depois Savoy, tinha entrado no 54º andar do Chase Building. Queria se certificar de que a vista do prédio para a prefeitura era tão boa quanto a vista da prefeitura para o prédio. Parecia lógico que se a vista era boa de uma direção deveria ser boa da outra. Mas nem sempre era assim.

O 54º andar estava vazio porque a empresa de advocacia que alugava o espaço do banco tinha se mudado recentemente. Do alto, sobre Lower Manhattan, Savoy olhou do escritório vazio no canto noroeste para a área aberta em frente à prefeitura. Podia ver claramente os policiais entrando e saindo de carros e o Explorer preto estacionado na entrada de veículos. Bingo. Assim que conseguisse um telefone seguro, ligaria para o pessoal da Virgínia e lhes diria que abandonassem a fazenda e se mudassem para Nova York.

Savoy agradeceu ao porteiro que graciosamente permitiu que ele entrasse no andar deserto em troca de uma nota de cinqüenta dólares e foi para os elevadores. Tinha de pegar um avião para a Antuérpia para encontrar o cargueiro que agora navegava pela costa oeste da África.

CAPÍTULO 18

Jay estava de pé na varanda de uma grande casa vitoriana que dava para o oceano Atlântico. Algumas horas antes, tinha pousado no aeroporto Logan, em Boston, depois de deixar Sally na entrada da McCarthy & Lloyd e pego o táxi para La Guardia. Depois de aterrissar em Logan, alugou um carro e dirigiu por uma hora e meia para nordeste de Boston, até o final de Cape Ann e a pequena vila de pescadores de Gloucester. Almoçou uma torta de caranguejo em um pequeno restaurante de frutos do mar nas docas e soube pelo garçom onde os Lane tinham morado. Eram conhecidos em toda a cidade e o garçom confirmou que tinham morrido num acidente de avião um ano antes e que a filha única, Sally, estava morando na Costa Oeste. Pelo que sabia, não havia mais ninguém da família Lane morando em Gloucester.

Jay olhou por sobre o ombro para o carro alugado. Dissera a todos da mesa de arbitragem que ia visitar o amigo da TurboTec, mas não tinha a intenção de ir a New Hampshire. Ia passar os dois dias seguintes procurando respostas para o que estava acontecendo. Seus olhos se estreitaram enquanto olhava os jardins viçosos que ladeavam a entrada de carros. Desde o pouso em Logan, ele lutava com a sensação irritante de que estava sendo observado.

Antes de sair da McCarthy & Lloyd naquela manhã, Jay entrou *online* e leu vários artigos dos arquivos do *Boston Globe*. Imprimiu os obituários de Joe e Patsy Lane e um relato do acidente de avião e do funeral duplo. O artigo sobre o funeral dizia que um homem chamado Franklin Kerr fizera um louvor comovente ao pai de Sally no velório. E a esposa de Kerr, Edith, fizera o mesmo pela mãe de Sally. O artigo descrevia os Lane e os Kerr como amigos de longa data e vizinhos. Jay olhou a porta. Este parecia o melhor lugar para começar a procurar respostas.

Bateu à porta dos Kerr com a mão esquerda — os nós dos dedos da mão direita ainda latejavam do impacto com o queixo de Bullock. Segundos depois, ouviu passos e a porta se abriu.

— Posso ajudá-lo? — A mulher idosa usava uma blusa branca sem mangas, calças verdes e uma touca de sol de aba larga. Uma fita amarela pendia ao lado da aba em seus cabelos grisalhos.

Jay percebeu que a cabeça e as mãos com manchas senis tremiam constantemente, um sinal certo de doença de Parkinson.

— Sra. Kerr?

— Sim, sou Edith Kerr.

— Meu nome é Jay West. Fui colega de turma de Sally Lane na Harvard Business School. — Esperava que Edith não conhecesse muito bem Harvard, porque nunca estivera lá e não seria capaz de responder nem às perguntas mais básicas sobre o local.

Edith sorriu e deu um passo à frente, abrindo a porta e estendendo a mão.

— Como vai?

— Bem, obrigado. — Jay pegou a mão dela, lutando com a dor enquanto ela espremia seus dedos.

— Mora em Gloucester agora? — perguntou Edith. — Você não me parece familiar. Não que eu vá muito à cidade ultimamente.

— Não. Eu estava de passagem por Boston a negócios — explicou Jay. — Nunca estive em Cape Ann, e ouvi Sally falar muitas vezes de como era bonita. Pensei em ver com meus próprios olhos.

— O que está achando?

— Sally tinha razão. É linda. — Ele falava a verdade. A costa era uma mistura pitoresca de penhascos rochosos e praias arenosas. Lindas casas antigas pontilhavam os penhascos e as colinas irregulares e muito arborizadas. A vila era uma coleção de casas e igrejas de ripa surradas pelo tempo no meio de um porto que dava para o sul, cheio de barcos de pesca com redes pretas penduradas de estacas altas.

— O que posso fazer por você? — perguntou Edith.

Jay apontou para a esquerda. A várias centenas de metros de distância, ficava a casa dos Lane.

— Sally me deu o endereço dela aqui em Gloucester. Parei na casa, mas não havia ninguém. Na verdade, a casa parece não estar habitada. — Jay sorriu constrangido. — Sei que é um tiro no escuro, porque ela provavelmente não mora mais aqui, mas eu esperava ver a Sally. Perdi o contato com ela desde Harvard, mas nós éramos meio... bom, eu gostava muito dela. Pensei que podia pelo menos dar um alô aos pais dela enquanto eu estivesse aqui, mesmo que ela não esteja. Jantei com eles várias vezes quando Sally e eu estávamos na faculdade. Eram muito legais.

Edith colocou a mão no braço de Jay.

— Por que não entra?

— Obrigado. — Jay seguiu Edith pelo corredor principal até um recanto e se sentou em uma cadeira larga na frente da mulher mais velha. — Mora em Gloucester há muito tempo? — perguntou.

— A vida toda. Fui criada aqui. Meu marido, Frank, e eu éramos vizinhos de Joe e Patsy e fomos amigos íntimos por quase quarenta anos. — Pôs as mãos no colo e olhou para baixo. — Frank faleceu alguns meses atrás. Agora estou sozinha.

— Lamento muito saber disso.

— Meus jardins me mantêm ocupada.

Jay fez uma pausa.

— A senhora deve ter conhecido Sally muito bem.

— Muito bem mesmo. Eu a vi crescer. Frank e eu éramos os padrinhos dela. — Edith se levantou, foi até a lareira e pegou um porta-retrato de prata no consolo. Olhou a foto por um momento, foi até Jay e estendeu o porta-retrato a ele. — Aqui está Sally.

Jay olhou a fotografia. Sally estava de pé no meio de um casal mais velho.

— Com Joe e Patsy. — Era só uma suposição que os outros mais velhos na foto fossem os pais dela.

— Sim — concordou Edith em voz baixa.

Jay analisou a foto um pouco mais. De repente, as imagens borraram diante dele.

— Eu realmente gostaria de vê-los de novo. — Sua pulsação estava se acelerando e ele fazia o máximo para manter a voz estável. — Só dar um alô, entende?

— Claro — disse ela em voz baixa.

— Alguma coisa errada? — perguntou. A expressão de Edith tinha se tornado sombria.

Ela foi até o corredor.

— Por que não damos um passeio?

— Tudo bem — disse ele devagar, devolvendo-lhe o porta-retrato, que ela recolocou no consolo da lareira.

Edith andou pelo corredor e Jay se levantou para segui-la. Mas hesitou na soleira da porta e olhou a foto mais uma vez. Tinha quase certeza de que a jovem loura na foto não era Sally Lane. Uma semelhança muito grande, mas não era Sally. Não a Sally que conhecera na McCarthy & Lloyd.

Vinte minutos depois, Jay e Edith estavam parados em uma praia, admirando uma grande casa de pedra que se erguia diante deles. Construída em um penhasco rochoso no final de uma ponta que dava para o Atlântico, a casa dos Lane não era tão grandiosa quanto a mansão de Oliver e Barbara, mas era impressionante, em particular devido à vista magnífica que tinha.

Grandes ondas rolavam continuamente, atingindo as pedras na base do penhasco embaixo da mansão. Jay sentiu gotas frias do borrifo, mesmo a cem metros de distância. Com o sol quente batendo nele, o borrifo era refrescante.

Olhou à direita para uma fileira de velhos carvalhos na beira da praia. Tinha quase certeza de que o sedã azul escuro o seguira desde o aeroporto de Logan. O sedã tinha saído da via expressa pouco antes de Gloucester, mas Jay tinha certeza de ter visto o mesmo carro passar várias vezes na frente do restaurante onde almoçou. Semicerrou os olhos e ergueu a mão para se proteger dos raios do sol. Não havia ninguém nas árvores, não que ele pudesse ver, de qualquer forma. Voltou a olhar para a casa na colina.

— É linda, não é? — comentou Edith.

— É — concordou Jay. — A família Lane está no ramo pesqueiro, correto?

— Estava — confirmou Edith. — O bisavô de Joe começou o negócio. Joe vendeu a empresa por um bom dinhéiro dois anos atrás.

Eles caíram em silêncio, os dois olhando a casa.

— Há alguma coisa que queria me dizer, Edith?

— Como assim?

— Não pude deixar de perceber o tom estranho em sua voz toda vez que falo nos Lane. — Apontou com a cabeça para a casa. — E pensei que fosse me levar à casa deles quando saímos da sua casa, mas duvido que passemos daquela cerca. — Uma cerca de tela de três metros de altura circundava a base do penhasco.

Edith entrelaçou as mãos.

— Eu devia ter lhe contado antes, mas ainda é muito difícil.

— O quê?

— Depois que Joe vendeu a empresa, ele e Patsy se mudaram para a Flórida.

— Entendo. Acho que não vou...

— Morreram em um acidente de avião alguns meses depois.

— Ah, não — sussurrou Jay.

— Sim.

— Meu Deus, Sally estava...

— Não, não — interrompeu Edith. — Ela está bem. Acho que está trabalhando numa empresa da Costa Oeste.

— Graças a Deus.

Uma longa pausa se seguiu antes que Jay finalmente rompesse o silêncio.

— Joe Lane tinha um carro esporte vermelho?

— Um carro esporte? — perguntou ela, hesitante.

— Sim, um carro esporte inglês chamado Austin Healey. — Sabia que a pergunta parecia estranha, mas queria confirmar suas suspeitas.

Edith pôs a mão na boca, tentando se lembrar.

— Acho que não. Por que pergunta?

— Sempre fui interessado em carros esporte britânicos, e Sally uma vez me disse que o pai dela tinha um Healey quando ela era garota — continuou Jay, tentando parecer convincente. — Mas disse que o ar salgado daqui maltratou muito o carro e ele teve de vender. Eu estava me perguntando se o carro ainda está na cidade, porque eu talvez pudesse comprá-lo.

— O sal e o clima daqui são duros com tudo — concordou Edith. — Mas não me lembro de Joe ter um carro esporte britânico. Ele certamente podia ter comprado um. Tinha bastante dinheiro. Mas não se interessava por carros. Tudo o que comprava era feito neste país. Confiava muito nos produtos americanos.

Jay deu de ombros.

— Eu devo estar enganado. Devo ter confundido com outra pessoa. — Colocou a mão no bolso da camisa e tocou a foto

Polaroid que Barbara tinha tirado no veleiro. — Sally é uma garota bonita, não é?

— Linda. Ela sempre foi, desde bem pequena. Sabe como às vezes as meninas passam por uma fase estranha na adolescência? Isso nunca aconteceu com a Sally. Ela foi linda o tempo todo.

Jay pegou a Polaroid.

— Ainda tenho esta foto dela.

— Deixe-me ver. — Edith se aproximou até que o braço dela tocasse o dele. Analisou a foto atentamente e recuou, uma expressão estranha no rosto.

— Qual é o problema? — perguntou ele, observando os olhos dela se estreitarem, como se estivesse tirando uma foto mental dele. Sentiu, de repente, que ela não tinha certeza se queria continuar a conversa.

Edith apontou um dedo trêmulo para a foto.

— Esta não é Sally — disse asperamente.

— Tem certeza? — perguntou, a voz mal audível com as ondas arrebentando.

A idosa olhou a foto mais uma vez, depois assentiu.

— Tenho. Ah, a mulher em sua foto parece muito com a Sally, quase uma réplica, mas não é ela.

— Como pode ter tanta certeza?

— Por um motivo. Sally tinha uma cicatriz no queixo. Era visível. O bastante para que a visse nesta foto. Era a única imperfeição dela. Tropeçou na calçada da frente quando tinha treze anos e machucou o queixo. Foi um corte feio. Frank e eu a levamos ao hospital porque Joe e Patsy tinham viajado. Era julho, mais ou menos nesta época do ano. — Apontou mais uma vez para a foto. — A mulher na sua foto não tem cicatriz.

Jay pensou na noite de sábado na esplanada de Brooklyn Heights. Tinha tocado o queixo de Sally enquanto olhava para ela, mas não conseguia se lembrar de ter visto uma cicatriz.

— Talvez ela tenha feito uma plástica para corrigir.

Edith sacudiu a cabeça.

— Não. Sally tinha um medo mortal de médicos. Sugeri uma cirurgia plástica uma vez na festa de Natal que Joe e Patsy davam todo ano. Sally nem quis ouvir sobre o assunto. — Edith riu. — Acho que ela ficou meio irritada por eu ter falado nisso. Tinha tanto medo de médico. E de água — acrescentou Edith.

Os olhos de Jay dispararam para os de Edith.

— Sally tinha medo de água? — A Sally que ele conhecia tinha pulado do barco de Oliver no meio do estreito de Long Island.

— Um medo mortal — disse a mulher idosa. — Nem chegava perto. Nem entrava em um barcos. Uma ironia, considerando onde ela foi criada e o que a família fazia.

Jay pôs a foto novamente no bolso e olhou para o mar. Na última semana, vinha tentando descobrir o nome da empresa financeira em que Sally tinha trabalhado na Costa Oeste depois de Harvard. Tentou conseguir o nome nos recursos humanos da McCarthy & Lloyd, mas não obteve sucesso. Estranhamente, nem Oliver nem Bullock disseam a ele o nome da empresa, e também não conseguiu nada em Harvard. Quando entrou em contato com a faculdade, um escriturário da área de colocação prometeu descobrir o nome da empresa, concordando que deveria haver um registro. Mas o homem ligou novamente no dia seguinte para dizer que não tinha registro do nome da empresa, nem o endereço de contato de Sally. Jay pediu um livro do ano e ia tentar entrar em contato com colegas de turma para ver se um deles sabia o nome da empresa, mas talvez não fosse mais necessário seguir por esse caminho. Já conseguira uma resposta. A mulher que conhecia era uma fraude.

— Em que você disse que trabalhava mesmo? — perguntou Edith.

— Eu não disse. — Jay olhou da água para os olhos de Edith.

— A verdade é que trabalho com a mulher da foto que lhe mostrei. Ela afirma ser Sally Lane, mas acho que não é.

— Por que ela diz que é Sally Lane, se não é?

Jay viu um tremor nos olhos da mulher mais velha, como se tivesse uma coisa importante a dizer, mas não tivesse certeza se deveria.

— Não sei, mas pretendo descobrir.

Ficaram em silêncio por um tempo, depois Edith se despediu de Jay.

— Foi um prazer conhecê-lo.

— Obrigado.

— Espero que encontre as respostas a suas perguntas — disse ela por sobre o ombro.

— Eu também — murmurou Jay. Teve uma sensação desagradável de que alguma coisa estava errada desde que chegou à McCarthy & Lloyd. Um alarme que tinha disparado no dia anterior, quando Ted Mitchell entrou pelo andar de *trading* para anunciar que a Bell Chemical estava sendo tomada. Agora o alarme gritava.

— Engraçado — disse Edith em voz alta por sobre o som das ondas. Ela tinha parado a uns seis metros de distância.

— O quê? — perguntou Jay, andando rapidamente até ela. — Por favor — insistiu, sentindo-a hesitar. — Se tem alguma coisa a dizer que ache que possa ser importante, eu gostaria de ouvir.

— As pessoas na cidade dirão que sou só uma velha fofoqueira, mas sempre houve alguma coisa estranha em Joe Lane. Odeio parecer tão maldosa a respeito de um homem que era o melhor amigo do meu marido, mas é a verdade.

— Estranha como?

— De vez em quando, umas pessoas iam à casa dos Lane no meio da noite. — Ela apontou para o penhasco. — Não era sempre, talvez umas duas vezes por ano. Chegavam depois da meia-noite e saíam antes do amanhecer. E às vezes Joe dava uns telefonemas no meio dos jantares que ele e Patsy ofereciam. Saía da sala e sumia por uma hora enquanto terminávamos.

— Pode dizer que era grosseiro da parte dele deixar o jantar, mas não que fosse estranho — observou Jay. — No que se refere às visitas no meio da noite, ele era um homem de negócios. É difícil dizer que esse tipo de visita seja estranho. — Estava contestando Edith porque queria que ela fosse mais fundo.

Ela se empertigou.

— Meu marido conheceu um homem nas docas que dizia que os barcos de pesca de Joe nem sempre eram usados para pescar. Na maior parte do tempo eram, mas nem sempre. — Assentiu triunfante, como se tivesse provado seu argumento.

— Para o que mais eram usados?

— Ele não sabia ou não quis dizer, mas...

— Bom, eu não acho...

— Mas — a voz dela se elevou ao interromper Jay — ele disse que de vez em quando os homens nos outros barcos viam os barcos de Lane se *afastando* das áreas de pesca de lagostas. Disse que havia membros da tripulação dos barcos de Joe que não eram de Gloucester. Homens de mãos macias e sem sujeira sob as unhas, que se vestiam como a tripulação de um barco de pesca, mas obviamente não tiveram um pingo de trabalho braçal na vida. Também disse que carregavam coisas naqueles barcos no meio da noite que não pareciam nem um pouco equipamento de pesca. E às vezes os barcos demoravam semanas para voltar. Em geral, os barcos ficam fora por um dia, ou talvez alguns dias, mas nunca semanas seguidas.

— O que *você* acha que acontecia? — perguntou Jay em voz baixa.

— Não sei — respondeu. — Mas sei que toda vez que eu tocava no assunto das visitas no meio da noite ou nos boatos nas docas com a Patsy, ela ficava muito quieta. Uma vez, quase se abriu comigo. Achei que ia me dizer alguma coisa importante, mas depois recuou. — Edith fez uma pausa. — Depois disso, nunca mais perguntei a ela sobre os negócios de Joe.

Jay contemplou o mar. Quando olhou novamente, Edith estava andando em direção às árvores. Começou a segui-la, para pressioná-la a falar mais, mas parou. Já dera a ele tudo o que queria.

Alguns minutos depois, Jay sentou-se ao volante do carro alugado. Agora tinha certeza de que a Sally Lane que conhecia nunca tinha morado na casa do penhasco. Mas agora havia outras perguntas. Por exemplo, o que Abby quis dizer quando falou a Oliver que sabia dos amigos dele? Quem eram as pessoas que ela afirmava que cuidariam dela em troca da informação que podia dar? Quem a estrangulou, e por quê?

Jay olhou pelo retrovisor e congelou. Um sedã azul estava passando lentamente pela casa de Edith — um sedã como aquele que o havia seguido de Boston a Gloucester e passado pelo restaurante onde ele almoçou em uma mesa perto da janela. Por vários segundos, ficou olhando pelo retrovisor, sentindo o sangue latejar nos ouvidos. A descrição de Edith da atividade dos barcos de pesca de Joe Lane e as visitas no meio da noite tinham levado suas suspeitas a um novo nível. Não havia prova de nada, mas as evidências se acumulavam, levando-o a questionar tudo e todos. Ligou o motor, engrenou o veículo e seguiu pela entrada de carros. Estava prestes a testar as evidências.

Dirigiu o carro alugado por uma estrada de duas mãos que acompanhava a praia e virou à esquerda, afastando-se de Gloucester. Não havia sinal do sedã azul. Acelerou, depois o viu estacionado em uma entrada de carros. Quando passou pelo sedã, ele olhou pelo retrovisor. O carro estava vindo atrás dele.

Na base de uma colina íngreme, a estrada dava uma guinada para a direita. Jay viu outra estrada mais estreita entrando pela floresta densa, pisou nos freios e virou o volante para a direita. A traseira do carro alugado derrapou loucamente, depois o carro deslizou para o lado. Tirou o pé do freio por um momento; imediatamente voltou ao rumo e acelerou o motor, voando pela estrada estreita e tortuosa, olhando constantemente pelo retrovisor, galhos e seixos sendo lançados atrás dele.

A estrada passava por uma pequena ponte sobre um riacho sinuoso, depois descia novamente. O carro voou, os quatro pneus perdendo contato com a estrada, voando em direção a uma curva de noventa graus à esquerda, na base da colina baixa. Jay pisou fundo no pedal do freio por reflexo, mas o carro voou descontrolado em direção a um carvalho enorme. A apenas uns trinta metros entre Jay e a árvore, o carro ganhou contato novamente com o asfalto, balançando violentamente enquanto se estabilizava. Girou o volante para a esquerda e pisou nos freios, hipnotizado pelo tronco imenso. Estava tão perto que podia ver as cicatrizes na casca, onde outros motoristas haviam batido.

No último minuto, a frente do carro virou para a esquerda. O lado direito do pára-lama traseiro bateu na árvore enorme, arrancando parcialmente o pára-choque do carro e quebrando a lanterna. Jay tombou para a esquerda, afastando-se da árvore num solavanco. Acabou de frente para a estrada de onde tinha vindo. Pisou no acelerador, girou o volante para a direita atrás de outra árvore grande, parou e esperou.

Segundos depois, outro carro rugiu sobre a ponte. A princípio, Jay não podia vê-lo por causa da árvore atrás da qual estava escondido. Mas não precisou esperar muito. O sedã azul lampejou diante dele, derrapando para os lados, como ele tinha feito. Mas o motorista do sedã não conseguiu recuperar o controle do veículo. Passou por Jay e colidiu no enorme tronco com uma batida chocante.

Jay ligou novamente o motor do carro e voltou para a colina de onde tinha vindo, o pára-choque traseiro do carro se arrastando pela estrada, mal preso ao carro. No alto da ponte, hesitou, mas quando viu o motorista do sedã sair lentamente pela porta, seguiu em frente. Ligaria para a polícia para relatar o acidente quando chegasse a um telefone público bem longe de Gloucester.

CAPÍTULO 19

Bill McCarthy passou a mão no cabelo, sentado à mesa da cozinha, olhando por uma janela da pequena casa de três quartos. A noite caía no bairro de classe média.

— Preciso cortar a droga do cabelo — anunciou.

— Precisa mesmo. — Kevin O'Shea estava sentado do lado oposto da mesa, bebericando chá gelado sem açúcar. — Está começando a parecer um hippie, um retrocesso aos anos 60 ou coisa parecida.

— Esse dia vai chegar — resmungou McCarthy.

O'Shea deu uma risadinha.

— Qualquer dia, você só vai precisar de um jeans boca de sino e de uma camiseta de batik. — A parte de cima da camisa de O'Shea estava desabotoada, o nó da gravata puxado para baixo e seu cabelo ruivo escuro estava desgrenhado e arrepiado. A umidade tinha chegado a noventa por cento naquele fim de tarde e a temperatura subira a quase 38 graus. A pequena casa que usavam para a reunião não tinha ar-condicionado. — O que acha da aparência hippie de Bill, Oliver?

Oliver estava sentado ao lado de O'Shea, afundado na cadeira.

— Está me ouvindo? — O'Shea cutucou Oliver com o cotovelo.

Oliver grunhiu alguma coisa ininteligível, mas se recusou a olhar. Seu humor estava sombrio desde aquela manhã. As paredes mentais estavam se fechando em volta dele novamente, assim como no dia anterior. Abby estava morta e ele tinha a sensação agourenta de que o plano com que contava para sair da confusão de informação privilegiada tinha rachaduras. Alguém estava abrindo frestas em sua armadura.

E sua muleta tinha sumido. Seu suprimento de cocaína acabara.

— Por que tivemos de vir até aqui hoje? — perguntou McCarthy asperamente, irritado com a perspectiva de uma longa viagem de volta à cidade. — Meu Deus, essa merda de lugar deve estar a uns oitenta quilômetros de Wall Street.

— Noventa — respondeu O'Shea rapidamente. — E não é uma merda de lugar. É uma cidade muito bonita. A família da minha mulher mora aqui. — McCarthy estava se transformando em um verdadeiro pé no saco, pensou O'Shea. — Estamos aqui por motivos de segurança. — Os três foram levados à pequena cidade de Milton, no estado de Nova York, às margens do Hudson, em carros separados, por motoristas treinados profissionalmente, que se certificaram de que ninguém os seguia. As autoridades federais mantinham uma rede de casas em bairros residenciais em todo o país para reuniões como aquela. — Chegamos longe demais para detonar esse negócio na última hora porque alguém por acaso ouviu uma coisa que não devia.

— Quem diabos nos ouviria? — perguntou McCarthy. — E o que aconteceu com todos aqueles carros de espionagem dando voltas por aí, despistando o caminho? Meu Deus, acho que desloquei minhas costas por causa de uma daquelas guinadas que o motorista fez, inspirado nos carros da CIA.

— Me processe — rebateu O'Shea. — Achei que era necessário e o que eu digo é lei. Sou eu que dirijo esse ônibus. — Pegou uma maçã na mesa e deu uma mordida enorme. Estava faminto. Não comia nada a não ser comida de coelho há dias. Mas não parecia que sua dieta estava tendo algum efeito em sua cintura.

— Ótimo, mas podemos continuar? — reclamou McCarthy.

— Gostaria de voltar para a cidade. Vou pegar um avião para Nova Orleans na sexta e ainda não fiz as malas.

— Oh? — O radar de O'Shea disparou. — Nova Orleans?

— É, preciso de descanso, então vou para minha casa no rio.

O'Shea assentiu. Sua idéia inicial era que McCarthy continuasse em Nova York, dado o que estava prestes a acontecer. Mas agora que pensou no assunto, talvez fosse melhor McCarthy ficar longe da ação, para que o pessoal das relações públicas pudesse fazer o controle de danos sozinho, sem nenhuma necessidade de ele chapinhar em águas desconhecidas. McCarthy tinha muito pouca experiência com repórteres, então talvez fosse melhor ele se afastar, pelo menos inicialmente. Em algum momento, teria de encarar as conseqüências de seus atos. O'Shea reprimiu o riso. Era só o que McCarthy teria de fazer: enfrentar algum assédio de uns repórteres. Sabia que McCarthy desprezava a imprensa, mas responder às perguntas deles por algumas horas era um preço pequeno a pagar pelo acordo doce que o governo estava oferecendo. O certo seria ele perder o poder. Talvez isso acontecesse no fim.

— Deixar um número de telefone, Bill — ordenou O'Shea.

— Não, não deixo — disse McCarthy com petulância. — Se precisar de mim, pode ligar para minha secretária executiva na empresa. Não quero ser incomodado quando estiver na Louisiana. É quando me afasto de tudo. Meu tempo de relaxamento completo. Vou levar um celular, mas Karen Walker será a única que terá o número.

— Tudo bem — disse O'Shea lentamente, revirando os olhos. Se McCarthy queria ser teimoso, pro inferno com ele.

— Agora me diga do que se trata tudo isso — quis saber McCarthy, o sotaque do sul ficando mais forte.

O'Shea respirou fundo.

— Na semana que vem, vou prender Jay West sob a acusação de negociar com base em informação privilegiada — explicou. O ambiente caiu num silêncio mortal, exceto pelo zumbido de um pequeno ventilador em cima da geladeira. — Na frente de todos.

— Se tiver sorte. — Era a primeira coisa que Oliver murmurava desde que chegou ali.

— O que quer dizer com isso? — perguntou O'Shea, removendo uma lasca de caroço presa entre os dentes da frente.

— Jay fez uma viagem hoje de manhã.

— Eu sei — disse O'Shea. — Foi a New Hampshire ver uma empresa.

— TurboTec — especificou Oliver. — Mas como sabe disso?

— Tenho minhas fontes — respondeu O'Shea, indiferente. — Vai passar a noite lá e volta amanhã ou na sexta-feira. Só vamos nos aproximar dele na semana que vem. Está tudo certo.

Oliver sacudiu a cabeça.

— Jay não foi a New Hampshire. Disse a Sally que ia ver um cara chamado Jack Trainer, que é do departamento de marketing da TurboTec, mas, de acordo com Trainer, Jay não esteve lá. Pedi a minha secretária para ligar para o cara. Ele não tinha idéia do que ela estava falando. Jay nem marcou nada com ele.

O'Shea projetou o lábio inferior, agindo como se estivesse imerso em pensamentos. Não podia dizer a Oliver que sabia que Jay tinha ido a Gloucester, porque essa revelação podia deixar Oliver mais tenso — Oliver sabia do disfarce de Sally. Tinha visto os sinais de colapso próximo em outras pessoas antes, e Oliver definitivamente os exibia.

— Se Jay não voltar na sexta de manhã, vamos procurá-lo. Sei que posso encontrá-lo. Tenho recursos para isso.

— Mas queríamos prender Jay na McCarthy & Lloyd para ter o melhor resultado com e menor esforço — irrompeu McCarthy ansioso, como se nuvens de chuva estivessem ameaçando seu desfile. — Achei que tinha dito que alguém de seu escritório ia alertar a mídia sobre a prisão para que as câmeras estivessem na calçada da frente esperando quando você o levasse algemado. Nosso pessoal de relações públicas contaria como cooperamos com o seu escritório, e seu pessoal diria que os atos de Jay foram um incidente isolado. E a McCarthy & Lloyd ficaria limpa. O plano era esse.

— Ainda é. — O'Shea olhou para Oliver, que tinha caído em silêncio novamente e estava ainda mais afundado na cadeira. Era quase como se Oliver se arrependesse do fato de ter armado para Jay, embora, ao fazê-lo, Oliver estivesse se salvando. Talvez ele não quisesse ser salvo, ponderou O'Shea. Virou-se para McCarthy. — Mas se tivermos de prender Jay em outro lugar, vamos prender. Não podemos deixá-lo escapar.

McCarthy recostou-se na cadeira, fez com que ela se apoiasse apenas em duas pernas e balançou-se colocando um dos pés na perna da mesa.

— Também pensei que íamos esperar um pouco para prender Jay depois que os acordos da Bell Chemical e da Simons fossem anunciados. Algumas semanas, aliás. — McCarthy enrolou as mangas da camisa. — Meu Deus, os acordos foram anunciados ontem. Não é meio rápido prender Jay na semana que vem? As pessoas não vão desconfiar?

— Não — respondeu O'Shea rapidamente. — Vamos revelar que recebemos uma dica de uma fonte anônima de dentro da McCarthy & Lloyd. É perfeitamente aceitável. Essas coisas acontecem o tempo todo. Quando prendermos Jay na semana que vem na M&L, já teremos ido ao apartamento dele, onde teremos descoberto o disquete de computador contendo todo tipo de prova incriminadora pertinente à Bell Chemical e à Simons. Evidências que provam que ele planejou obter informações privilegiadas o tempo todo. — O'Shea bateu no bolso do paletó, indicando que o disquete estava ali dentro. — O disquete que descobrirmos será o mesmo que obtivemos no apartamento de Jay, aquele que contém todo o arquivo financeiro pessoal dele do último ano. O disquete o ligará diretamente com o uso de informação privilegiada. É claro que teremos de colocar tudo sobre a Bell Chemical e a Simons no disquete, mas o advogado de Jay não terá certeza disso, e nem o júri. — O'Shea riu. — A propósito, o ano passado foi difícil para Jay e ele não tem valor líquido a declarar. — O'Shea cutucou Oliver. — Mas acho que você já sabia disso. Sabia que o cheiro de um milhão de dólares o levaria a fazer qualquer coisa.

Oliver nada disse, mal reagindo ao cotovelo de O'Shea.

— O disquete está no seu bolso? — perguntou McCarthy, incrédulo.

— Existem cópias dele — garantiu O'Shea a McCarthy, prevendo a preocupação dele.

— Mas o original tem as digitais de Jay.

— É por isso que está em um envelope e num saco plástico — disse O'Shea. — Caso esteja preocupado.

McCarthy relaxou. Essa era exatamente a preocupação dele. Tinha ido muito longe para conseguir uma maldita evidência que ligasse Jay diretamente à Bell e à Simons quando O'Shea plantasse as provas.

— Ainda acho que é meio cedo para pegar em Jay.

— Não — disse O'Shea com firmeza. Tinham de agir logo. Ele não queria que Jay cavasse mais nada. O garoto tinha se transformado num sujeito atento, e cedo ou tarde deduziria o que realmente estava acontecendo. Ao contrário de Oliver e McCarthy, que estavam presos demais a seus mundos egomaníacos para ver o quadro maior. — Temos muitas evidências para tornar o caso irrefutável. Gente do meu escritório que não tem idéia do que realmente está havendo executará o mandado de busca. Serão acompanhados por agentes do Departamento de Polícia de Nova York. O disquete será plantado no apartamento de Jay minutos depois de ele ir para a McCarthy & Lloyd numa manhã da semana que vem, e minutos antes da chegada das autoridades. Quando Jay for preso, teremos em nosso poder registros das chamadas à Bell e à Simons feitas do telefone da casa dele. — O'Shea sorriu. — Nós o pegamos.

— Ótimo. — McCarthy também estava sorrindo.

— É, ótimo! — gritou Oliver. — O garoto vai passar vinte anos na cadeia. Provavelmente será estuprado na cela algumas vezes se conseguirmos mandá-lo a um lugar legal. Não somos os babacas mais espertos, maravilhosos e honestos do mundo? — Oliver bateu na mesa, quase derramando o chá gelado de O'Shea.

— Mas que droga! — O'Shea estendeu a mão para o copo, pegando-o bem a tempo de evitar que virasse.

— Qual é o problema com você, Oliver? — rosnou McCarthy.

— Nada. Absolutamente — respondeu Oliver de repente.

McCarthy respirou fundo e olhou furtivamente para O'Shea, depois para Oliver. Agora não parecia uma boa hora para largar a bomba, mas não tinha alternativa. Andrew Gibson tinha ligado de Washington naquela manhã para se certificar de que McCarthy tinha seguido as ordens. McCarthy olhou para O'Shea mais uma vez. Os poderosos acima de O'Shea devem ter dito a ele sobre o decreto.

— Oliver, há uma coisa que precisamos discutir.

O'Shea tomou um gole de chá gelado.

— Quer que eu saia, Bill?

— Quero, por um segundo.

Oliver olhou para cima, curioso, observando O'Shea ir para a sala de estar.

McCarthy pegou um lenço e enxugou a testa. Estava suando profusamente. Tinha adiado esta tarefa ao máximo, mas a hora chegara.

— O que é? — perguntou Oliver, a voz fraca. Viu a aflição de McCarthy. — Me diga.

McCarthy deu um pigarro e desenhou círculos no tampo de fórmica da mesa com o indicador.

— Oliver, quando tudo isso acabar... ou seja, quando Jay for preso... você terá de se demitir da McCarthy & Lloyd. Ou terei de demiti-lo.

— O quê?

— Tem de ser assim.

— Não entendo. — Oliver sentiu a sala começar a girar. Toda a sua auto-estima — os poucos farrapos que restavam — estava presa a sua associação com a McCarthy & Lloyd. Ele era um deus na empresa e, sem a adulação dos colegas, não era nada. Seria apenas mais um assalariado em Wall Street tentando ganhar a vida negociando pedaços de papel — supondo-se que poderia trabalhar em outra empresa, o que, percebeu ele,não era certo. As outras empresas saberiam por que tinha saído da McCarthy & Lloyd e não tocariam nele. — Por favor, não faça isso comigo, Bill — implorou.

— Não sou *eu* que estou fazendo isso, Oliver. Você sabe. — McCarthy enxugou a testa novamente. — A ordem veio de muito alto, bem acima de O'Shea. — McCarthy apontou com a cabeça para a sala de estar. — O pessoal que arranjou essa saída para você simplesmente não pode permitir que continue na McCarthy & Lloyd. Seria uma enorme decepção. Eles andaram investigando você e só concordaram com o que combinamos com a minha ajuda. Caso contrário, você estaria bem encrencado.

— Mas pensei que fosse trabalhar em projetos especiais para você, depois recomeçar a mesa de arbitragem em seis meses — protestou Oliver, os olhos movendo-se loucamente de um lado para o outro.

— Você ia, mas não é o que vai acontecer. O pessoal no comando achou que seus crimes foram grandes demais. Foram ca-

248 | STEPHEN FREY

sos demais de uso de informação privilegiada. — McCarthy respirou fundo com dificuldade e permitiu que o choque transparecesse em seu rosto. — Não consegui acreditar quando O'Shea me mostrou a extensão do que você andou fazendo. Quero dizer, há pelo menos cinqüenta incidentes de uso patente de informação privilegiada nos últimos cinco anos. Incidentes em que sua mesa comprou ações ou opções dias antes do anúncio de uma tomada de controle. Ficou óbvio o que estava acontecendo, e isso cheira mal, Oliver. — McCarthy sacudiu a cabeça com tristeza. — É apavorante.

Oliver olhou para McCarthy, o ódio inflamando dentro dele como uma ferida infectada. Apavorante era o fato de McCarthy ter tentado parecer um espectador inocente de tudo isso. McCarthy sabia o tempo todo o que estava acontecendo na mesa de arbitragem e Oliver tinha prova. Mas se apresentasse as provas às autoridades, o diretor da McCarthy & Lloyd colocaria em prática uma estratégia de arrasar tudo e ele perderia o padrinho. McCarthy se livraria dele como lastro excessivo numa tempestade e convenceria as autoridades a não protegê-lo mais. Seria ele sozinho contra McCarthy e seus amigos influentes de Washington, que não iam querer ver o jato da contribuição política de McCarthy cair e se incendiar por causa de uma coisa banal como o uso de informação privilegiada, que Oliver sabia que muita gente em Washington considerava um crime sem vítimas. Maldição, eles provavelmente tinham feito o mesmo em um ou outro momento. Ele perderia a briga com McCarthy e terminaria na cadeia, enquanto McCarthy continuaria livre. E Oliver não conseguiria lidar com a prisão. Pularia de um prédio antes de sequer passar uma noite atrás das grades.

Mas Oliver não conseguiu resistir a uma última cartada. Era um lutador por natureza um homem que não conseguia controlar seus impulsos com facilidade.

— Bill, você sabia o tempo todo do que estava acontecendo na mesa de arbitragem — disse, conciso. — Quando cheguei na McCarthy & Lloyd, cinco anos atrás, vindo do Morgan, o acordo era esse. Você me disse que queria que eu fizesse a registradora tilintar. Me instruiu a fazer isso. Disse que tinha de levantar dinheiro rapidamente, que seus sócios estavam pressionando.

A cor subiu ao rosto claro de McCarthy.

— Deus me ajude, mas vou destruir você, Oliver. Se pensa que as coisas estão ruins agora, espere para ver.

— Bill, tínhamos um acordo! — gritou Oliver, ignorando o alerta de McCarthy. — Você disse que ia me proteger.

— E é exatamente o que estou fazendo — sibilou McCarthy a meia-voz, olhando para a sala de estar, temeroso. O'Shea não estava à vista, mas o lugar provavelmente estava grampeado. Se Andrew Gibson ouvisse isso, seria um inferno. Sempre havia a possibilidade de Gibson recomendar ao presidente que lavasse as mãos no caso e encontrasse outro grande doador. — Vou lhe dar um pacote de demissão muito bom, Oliver. Você será bem cuidado.

— Eu qu-quero ficar na McCarthy & Lloyd, Bill. E-eu imploro — gaguejou Oliver.

— Não pode ser.

— Bill...

— Você vai para a cadeia — disse McCarthy com os dentes cerrados. — Vai apodrecer lá, está me entendendo? Eu mesmo vou cuidar disso. E nada vai acontecer comigo.

Oliver sabia que tudo o que McCarthy tinha dito era verdade e isso o deixou furioso. Mas não havia nada que pudesse fazer. Tinha de se curvar e aceitar, como um bezerro laçado num rodeio. Olhou para McCarthy, a mente descontrolada. Talvez houvesse outra opção. A conversa que ele e Tony Vogel tiveram no quarto do Plaza Hotel lampejou em sua mente.

— Em que tipo de acordo financeiro está pensando? — perguntou rapidamente, tentando ao máximo controlar as emoções. — Me diga a quantia.

— Cinco milhões de dólares.

— Isso é ridículo! — Oliver bateu na mesa, novamente furioso. — Recebi uma bonificação de cinco milhões de dólares só no ano passado. Agora você quer comprar meu silêncio para sempre pelo mesmo valor. Quero mais de cinco milhões.

— Não me importa o que você quer! — rugiu McCarthy. — Não se trata do que *você* quer. Cinco milhões é tudo o que receberá, e não haverá nenhuma negociação. Lembre-se, você tem nosso outro acordo.

— De onde posso não conseguir retirar dinheiro por algum tempo — assinalou Oliver.

— Espero sinceramente que não — murmurou McCarthy, fazendo o sinal da cruz no peito.

— Meus sócios não vão ficar satisfeitos com isso — alertou Oliver, observando o gesto de McCarthy. Mais uma vez, estava pensando em Tony Vogel.

— Eles que se fodam. Estão metidos nisso até a medula. Terão de esperar pela parcela deles, como você — disse McCarthy num tom de desafio. — E se me ferrarem, vão para a prisão. Diga isso a eles claramente, Oliver. E certifique-se de dizer a eles que vou visitá-los todo domingo atrás das grades. Porque sou um cara danado de legal. — Um sorriso presunçoso surgiu nos cantos da boca de McCarthy. — E não quero ouvir você chorar miséria. Não venha me dizer que cinco milhões de dólares não são o bastante para sustentar o estilo de vida a que se acostumou. Você tem muito dinheiro. — Fez uma pausa. — Ou, devo dizer, Barbara e o pai dela têm muito dinheiro. Eles vão cuidar bem de você.

Oliver ferveu. Queria pegar um bastão e esmagar a cara larga de McCarthy, esmagá-lo até virar uma pasta sangrenta. Pela primeira vez na vida, queria matar. Pôs as mãos por baixo da mesa e cerrou os punhos, apertando os dedos até pensar que se quebrariam. Por fim, relaxou e recostou na cadeira, mal sendo capaz de se controlar.

— Tá legal — disse calmamente, apesar da tempestade de raiva dentro dele.

— Ótimo. — McCarthy se levantou. Não tinha sido tão ruim.

— A semana que vem será a sua última, Oliver. A McCarthy & Lloyd vai anunciar que você e Bullock se demitiram algumas horas depois de eles arrancarem Jay algemado do prédio.

— Tanto faz.

McCarthy hesitou por um momento, olhando para Oliver. O homem tinha ganho milhões para ele, centenas de milhões, mas não sentiu pena. Oliver simplesmente tinha sido um peão e estava na hora de sacrificar o peão para proteger o rei. Virou-se e foi para a sala de estar. O'Shea estava sentado num sofá lendo o *Daily News*.

— Estou pronto para ir — anunciou McCarthy.

O'Shea atirou o jornal de lado e se levantou.

— Como Oliver reagiu? — Ele soube de manhã, através do contato em Washington, que Oliver não ia poder continuar na McCarthy & Lloyd depois que Jay fosse preso. O'Shea tinha ligado para Washington para pedir que acelerassem os planos para deter de Jay. O jovem estava chegando perto demais.

McCarthy sorriu.

— Ainda estou vivo.

Porque infe .zmente coisas boas acontecem com pessoas más, pensou O'Shea.

— Seu carro está esperando lá fora.

McCarthy se virou para sair.

— Bill — chamou O'Shea.

— Sim?

252 | STEPHEN FREY

— Certifique-se de estar de volta a Nova York até o final da semana que vem. No mais tardar na quinta-feira. Você terá de falar com a imprensa a essa altura.

— Tá, tudo bem. — McCarthy saiu pela porta em direção ao carro que o esperava.

O'Shea o viu através da janela, depois foi até a cozinha. Oliver estava curvado para a frente, o queixo pousado na mesa.

— Levante a cabeça, Oliver, tudo vai ficar bem.

Oliver ergueu-se lentamente e esfregou os olhos.

— Não vai, não — respondeu suavemente. — Fui demitido.

O'Shea se aproximou da cadeira ao lado de Oliver e se sentou.

— Eu sei.

— É claro que sabe — disse Oliver com desânimo. — Só eu estou no escuro. Uma marionete numa cordinha.

— Podia ser pior.

— Me diga como, por favor.

— Você podia ir para a prisão.

Oliver sentiu a respiração se encurtar. Estava lutando com o impulso de largar tudo. O rosto de Abby ficava lampejando em sua mente. Era loucura, mas só conseguia pensar que deviam estar juntos. Pôs o rosto nas mãos. Precisava desesperadamente daquele pó branco.

O'Shea viu os olhos de Oliver vidrados e afastou os olhos. Enquanto passara a detestar McCarthy por causa de sua desconsideração desumana pelos sentimentos de todos exceto os dele mesmo, passara a gostar de Oliver. Não que Oliver fosse um santo; longe disso. Oliver era um egomaníaco como McCarthy e tinha cometido atos desprezíveis nos últimos anos, assim como McCarthy. Mas em algum lugar no fundo de Oliver, por baixo da superfície reluzente e da atitude arrogante, havia um homem vulnerável que tinha sido pego em circunstâncias ruins. Um homem que queria desesperadamente ser bom, mas não tinha forças para combater as influências maléficas e as tentações que constantemente o assaltavam.

E havia arrependimento em Oliver. Por ter armado contra Jay West e pelo que aconteceu com Abby. O'Shea aprendera a identificar essa emoção nos anos que passou no escritório do procurador-geral e podia vê-la agora na expressão de Oliver. McCarthy, por outro lado, não abrigava arrependimento nenhum.

O'Shea encarou a janela da cozinha. Os detetives que investigavam a morte de Abby Cooper queriam falar com Oliver, mas, devido ao que estava acontecendo na McCarthy & Lloyd, a conversa tinha sido adiada. O legista encontrara sêmen dentro do cadáver de Abby e os detetives tinham certeza de que era de Oliver, e o mesmo pensava O'Shea. Sabia do caso há muito tempo, bem antes de os detetives terem descoberto uma camareira do Plaza Hotel que tinha visto Oliver e Abby entrarem no quarto juntos várias vezes, inclusive numa noite da semana anterior — a última noite em que alguém vira Abby Cooper viva. Abby provavelmente pressionou Oliver a deixar a esposa naquela noite — eles localizaram e leram várias das cartas de amor descartadas que ela escrevera a Oliver. Ele rejeitava as exigências de Abby e, em um acesso de raiva, ela ameaçou ligar para a mulher dele e revelar tudo. Depois, desapareceu de repente até que a polícia encontrou seu corpo estrangulado numa caçamba de lixo do Bronx.

Oliver tinha o motivo e a oportunidade, e já era o principal suspeito. Os detetives tinham certeza de que ele era o culpado, embora o laboratório ainda não tivesse feito nenhum teste científico para provar que o sêmen era de Oliver porque não tinham conseguido interrogá-lo ainda e obter uma amostra de sêmen. Estavam mordendo o freio para pegá-lo.

— O que vai acontecer com os meus sócios? — perguntou Oliver, o desespero nos olhos. — Os quatro homens que me deram as dicas sobre as tomadas de controle nos últimos cinco anos.

— Vou levar cada um deles até o Federal Plaza em Lower Manhattan, um de cada vez, é claro, e fazer o discurso venham-a-Jesus.

— Que diabos é isso?

— Vou fazer com que se sentem em minha sala, certificando-me de que as algemas estejam bem visíveis sobre a mesa, e dizer tudo o que sei sobre o lado sombrio da vida deles. Vou passar trinta minutos inteiros descrevendo em detalhes o caso de uso de informação privilegiada que tenho contra eles. Depois, vou pegar as algemas, brincar com elas por uns segundos, e continuar. Vou detalhar tudo que sei sobre a vida pessoal deles. Vou dizer a eles sobre as mulheres que usaram para trair as esposas, impostos que não pagaram e assim por diante. O de sempre. Quando eu tiver certeza de ver o medo de Deus *e* do diabo nos olhos deles, vou dizer que aquele é o dia de sorte da vida deles. Por motivos que não precisam entender, o governo não vai processá-los, desde que mantenham a boca fechada. — O'Shea sorriu. — Nessa altura, essas pessoas geralmente desabam no chão da minha sala e rezam a Jesus, independentemente da religião que seguem. — Analisou a expressão confusa de Oliver. — Qual é o problema?

Oliver sacudiu a cabeça.

— Não entendo por que o governo faria um acordo desses. É um conluio que envolve algumas casas de corretagem muito proeminentes. Seria um golpe e tanto para seu escritório. McCarthy deu tanto dinheiro assim, a ponto de ficar intocável?

— Deu. E prometeu dar muito mais.

— Então, tudo se resume ao dinheiro.

— Como sempre. Você sabe disso. — O'Shea olhou o relógio. — Olhe. Tenho de voltar à cidade.

— Kevin.

O'Shea olhou para ele. Percebera o desespero na voz de Oliver.

— Soube mais alguma coisa da investigação do assassinato de Abby Cooper? — A voz de Oliver falhou.

O'Shea hesitou. Não havia nada que pudesse dizer.

— Não.

Oliver assentiu e se levantou.

— Tudo bem, vamos andando.

O'Shea acompanhou Oliver até a porta da frente, cochichou uma palavra de estímulo no ouvido dele e o viu desaparecer na escuridão crescente.

CAPÍTULO 20

— Turbo Tec Corporation. Em que posso ajudá-lo?

— Jack Trainer, por favor. — Jay olhou o estacionamento do posto de gasolina em busca de alguma coisa suspeita enquanto falava ao telefone público com a recepcionista da TurboTec. Estava com o celular, mas não queria ligá-lo. Sabia que, se ligasse, a companhia telefônica poderia rastreá-lo.

— Um momento.

— Obrigado. — Desde a correria louca pela floresta de Gloucester no dia anterior, Jay tinha ficado infinitamente mais cuidadoso, quase ao ponto da paranóia. Registrou-se no Boston Hyatt na noite anterior com um nome falso. E estava dando este telefonema com um cartão pré-pago comprado com dinheiro vivo.

— Alô.

Jay reconheceu a voz de Trainer.

— Jack, é Jay West.

— Onde diabos você está? — quis saber Trainer.

— Los Angeles — mentiu Jay, para o caso de o telefone da TurboTec estar sendo grampeado. — Ei, recebeu algum telefonema para mim ontem ou hoje? — Percebera a irritação na voz de Trainer e tinha quase certeza da resposta.

— Pode apostar que sim. Dois ontem e mais dez hoje — respondeu Trainer, irritado. — As pessoas estão voando no meu pescoço querendo saber onde você está. Disseram que ia se encontrar comigo ontem ou hoje. Que diabos está acontecendo, Jay?

Antes de Jay sair de Nova York, pensou em avisar a Trainer sobre a possibilidade de receber telefonemas, mas pareceu melhor deixá-lo no escuro.

— Jack, eu pretendia dar um pulo aí para vê-lo na semana que vem, mas escrevi errado na minha agenda que ia para New Hampshire esta semana. Troquei Los Angeles por New Hampshire e as secretárias ficaram confusas, o que é compreensível — explicou. — Me desculpe. Foi minha culpa.

— As pessoas que ligam para cá estão malucas — disse Trainer, exasperado. — Quero dizer, gritam comigo. Como se achar você fosse uma questão de vida ou morte.

— Fui pego em alguns negócios de estopim curto. Muito dinheiro envolvido. Wall Street, sabe como é.

— Sei, sei — disse Trainer, sem se impressionar. — Então realmente vem me visitar na semana que vem? Conversamos sobre a possibilidade há um tempo, quando pensou em investir na TurboTec.

— É por isso que estou telefonando.

— Ótimo. Estou ansioso para vê-lo. Faz muito tempo.

Jay marcou o compromisso com Trainer mas duvidou que fosse a New Hampshire na semana seguinte. O motivo verdadeiro do telefonema era ver se as pessoas estavam procurando por ele. Foram dois telefonemas para Trainer no dia anterior, mas *dez* no dia de hoje. Desde que enganou o sedã azul em Gloucester, o interesse em seu paradeiro tinha aumentado drasticamente. Talvez não fosse tão paranóico, afinal.

Virou-se e começou a andar pelas ruas de South Boston, conhecido pelos moradores apenas como "Southie". Era uma parte da classe trabalhadora, da cidade habitada por um cruzamento de populações étnicas que moravam em bairros bem definidos, como quadrados em uma colcha de retalhos. Mas os quadrados não eram todos do mesmo tamanho em South Boston. Ali, Jay estava nas profundezas de Little Ireland, um dos quadrados maiores.

Pela manhã, Jay tinha localizado a EZ Travel. Situava-se em um shopping em Braintree, ao sul dos limites da cidade, e passou várias horas observando a agência. Tinha quatro funcionários em mesas de metal que ajudavam um fiapo de clientes, mas principalmente conversavam ou brincavam em jogos de computador. Nada de incomum aconteceu e ele não tinha tempo a perder com um beco sem saída.

Frustrado com sua falta de progresso, Jay voltou ao carro alugado, agora sem pára-choques — arrancara a peça retorcida de metal depois de se afastar alguns quilômetros do acidente — e foi para South Boston. Havia mais uma pista a verificar. Provavelmente não daria em muita coisa, mas tinha de tentar.

A agência dos correios localizava-se a apenas duas quadras do posto de gasolina de onde Jay tinha telefonado para Trainer, e ele encontrou o prédio rapidamente. Era uma velha estrutura de tijolos aparentes com uma bandeira esfarrapada dos Estados Unidos oscilando em um mastro enferrujado. O mastro se erguia de um pátio pequeno e poeirento, atravessado por calçadas esfareladas. Atrás de uma cerca alta de tela encimada por arame farpado, pôde ver mais ou menos uma dezena de caminhões de entrega postal estacionados em um pátio à esquerda. Olhou o relógio. Eram vinte para as cinco. Ainda havia tempo de alguém sair do trabalho para ver a correspondência.

Jay passou pela porta da frente e andou pelo piso gasto e cinzento até uma fila alta de caixas postais, localizando rapidamente o número da caixa que estava no endereço da transferência eletrônica que Paul Lopez tinha levado ao andar de *trading* na noite de segunda-feira. Jay se curvou e olhou pelo vidro da caixa no estilo antigo. Havia uma correspondência dentro dela. Foi até o balcão e fingiu escrever um endereço em uma etiqueta grande.

Alguns minutos antes das cinco, Jay olhou a porta da frente. Um carteiro fazia hora por ali, falando alto com uma mulher que usava um vestido de estampa floral, segurando e deixando cair uma chave que se pendurava de uma corrente ligada à presilha de suas calças cinza. Provavelmente era a chave da porta da frente, percebeu Jay. Uma porta que estava prestes a ser trancada pela noite toda. Sacudiu a cabeça. Meu Deus, tinha perdido o dia todo em Boston. É claro que provavelmente agora estava desempregado, depois de derrubar Bullock no andar de *trading*, então perder um dia em Boston não importava. E talvez não voltasse à McCarthy & Lloyd, agora que sabia sem nenhuma dúvida que alguém estava acompanhando seus movimentos e que Sally Lane não era quem dizia ser.

A porta da frente se abriu de repente. Por uma fração de segundo, Jay viu um homem baixo e louro, com olhos azuis penetrantes e uma compleição clara, usando um brinco de diamante na orelha esquerda, depois rapidamente voltou a olhar a etiqueta em que rabiscava para passar o tempo. Em sua visão periférica, seguiu o homem até as caixas postais e olhou em volta quando teve certeza de que o homem tinha parado. O homem parou exatamente na frente do grupo de caixas que incluía aquela correspondente ao número do parecer. De onde estava, Jay não conseguia dizer exatamente que caixa o homem estava abrindo, mas isso não tinha importância. Nenhuma das outras caixas perto daquela continham correspondência. Olhara cada uma delas antes de ir para o balcão.

Jay andou pelo saguão até a porta da frente casualmente, tentando não chamar a atenção. Quando estava fora da vista de quem estava dentro da agência, correu pela calçada rachada e contornou o canto do prédio. Ali parou, espiou a entrada e prendeu a respiração. Não tinha encontrado nada na EZ Travel, mas talvez agora soubesse a resposta para uma pergunta muito simples: por que o parecer de uma transferência de dinheiro da McCarthy & Lloyd para a EZ Travel foi mandado a uma caixa postal em South Boston, um bairro de trabalhadores localizado no lado oposto à região da cidade onde ficava a agência de viagens?

O baixinho louro do brinco de diamante saiu dos correios levando vários envelopes e foi diretamente para o canto do prédio atrás do qual Jay estava escondido. Jay se virou e correu mais pela calçada, depois disparou pela rua entre uma van Chevy e um Ford verde. Ajoelhou-se ao lado do pneu dianteiro esquerdo da van. Segundos depois, reconheceu o tênis Nike vermelho e preto do homem passando pela van. Esperou dez segundos, depois se levantou devagar. Já a quarenta metros de distância, o homem andava num passo animado, apesar da coxeadura que Jay não tinha notado nos correios.

— Está com algum problema, colega?

Jay pulou para trás, assustado com um homem mais velho sentado ao volante da van, fumando um cigarro. Não tinha se lembrado de ver se havia alguém na van.

— Não, desculpe. — Virou-se, andou rapidamente para o outro lado da rua e seguiu o louro, mantendo-se a cinqüenta metros de distância, esperando que ele não se jogasse dentro de um carro de repente e desaparecesse.

Mas não havia necessidade de se preocupar. Cinco quadras depois, o louro entrou em um bar localizado em uma esquina sossegada. Jay hesitou no meio do quarteirão, observando a porta verde escura atrás de uma placa que dizia Maggie's Place. O homem podia reconhecê-lo facilmente dos correios, mas Jay sabia que tinha de segui-lo até lá dentro.

Estava escuro dentro do bar e, nos primeiros segundos, Jay pouco podia ver depois de estar à luz do sol. Enquanto ia para o balcão e se sentava em um banco de madeira, ele percebeu o chei-

O INFORMANTE | 261

ro de cerveja choca, a sensação de serragem embaixo dos sapatos e o som de música irlandesa ao fundo.

— O que vai ser? — perguntou o *bartender* corpulento num sotaque irlandês acentuado.

— Qualquer cerveja que você recomende.

— Tá. — O *bartender* se afastou, pegou um copo gelado e começou a enchê-lo de uma torneira.

Jay olhou a serragem no chão debaixo do banco. Seus olhos foram lentamente se adaptando à luz fraca. A alguns bancos de distância, dois homens conversavam em voz alta sobre um jogo de futebol e pareciam prestes a brigar.

O *bartender* voltou e colocou o copo de cerveja diante de Jay.

— Acho que vai gostar dessa.

— Obrigado.

— São três dólares.

— Claro. — Jay pegou uma nota de cinco do bolso da camisa e passou ao homem barbado. — Aqui está. Pode ficar com o troco.

— Tá. — O *bartender* assentiu, colocou a nota de cinco em uma velha caixa registradora, pegou duas de um, largou-as em um jarro de plástico e tocou um sino dourado ruidosamente.

Jay estremeceu. Podia passar sem a fanfarra. Então percebeu o Nike vermelho e preto no chão ao lado de seu banco. Pegou o copo e tomou um gole.

— Oi, Patrick — disse o *bartender* em voz alta, as mãos espalhadas no balcão de madeira pegajoso e arranhado.

— Oi, Frankie. — O louro baixinho tinha uma voz irritante, como se tivesse alguma coisa presa na garganta. — Me dá uma igual à ele — pediu Patrick, apontando para o copo de Jay. Ele também falava com sotaque irlandês.

— Tudo bem.

Jay ouviu a conversa a alguns bancos de distância ficar mais acalorada.

— Nunca vi você aqui antes — disse Patrick, virando-se para Jay.

Era a hora da verdade, percebeu Jay. Olhou nos olhos de Patrick, procurando cuidadosamente qualquer sinal de reconhecimento.

— Estou visitando um amigo. Não sou da cidade.

Patrick pegou a cerveja e tomou um longo gole.

— De onde é?

— Filadélfia.

— A cidade do amor fraterno.

— É o que dizem. — Jay percebera um aumento característico na voz do homem no final da frase, como se Patrick estivesse fazendo uma pergunta quando, na verdade, era uma afirmação. Patrick era da Irlanda do Norte. Um tio que combatera na Segunda Guerra Mundial com vários imigrantes irlandeses explicou certa vez a Jay que as pessoas do norte em geral terminavam as frases com um tom mais alto, fossem interrogativas ou não.

— Você parece familiar — observou Patrick.

— Duvido — disse Jay calmamente.

— Quem está visitando? — perguntou Patrick, encarando Jay. Sua voz irritante se tornara fria como gelo.

Jay sentiu a pulsação acelerar.

— Um velho colega de faculdade.

— E quem seria ele?

— Jimmy Lynch. Estudamos juntos no Boston College.

— Não conheço. — Patrick tomou outro gole de cerveja. — Conheço muitos Lynch, alguns chamados Jimmy, mas nenhum deles estudou no Boston College.

— Você não pode conhecer todo mundo.

— Eu conheço — disse Patrick, confiante.

Jay deu de ombros.

— Não sei o que lhe dizer.

— Me diga o que está fazendo aqui, senhor — exigiu Patrick.

O INFORMANTE | 263

— Já lhe disse, estou esperando um amigo.

Por vários segundos, os dois se encararam. Então a porta da frente se abriu, envolvendo o bar numa luz brilhante. A porta se fechou rapidamente e outro homem passou por Patrick, tocou o ombro dele e gesticulou para uma escada nos fundos do bar. Patrick olhou longamente para Jay, depois se virou e foi para a escada. Quando chegou ao primeiro degrau, hesitou e olhou para Jay novamente e por fim, subiu a escada.

Jay ficou sentado no banco por mais dez minutos, bebendo a cerveja, depois foi até o pequeno banheiro. Quando saiu, foi até um telefone público na parede e fingiu estar ligando. Depois de desligar, voltou ao balcão e gesticulou para Frankie, que veio até ele.

— Pode me fazer um favor? — perguntou Jay.

— Talvez.

Os dois homens a alguns bancos de distância agora estavam de pé e gritavam um com o outro. Jay olhou para eles e revirou os olhos, deixando claro para Frankie que estava indo embora por causa da comoção e não por causa do interrogatório de Patrick, que Jay sabia que Frankie tinha ouvido.

— Quando meu amigo Jimmy Lynch chegar aqui, vai perguntar por mim. Poderia dizer a ele que voltei para o hotel?

Frankie olhou para Jay.

— Posso — respondeu, depois de alguns segundos.

— Ele pode ligar para lá. Ele tem o número.

— Tudo bem.

— Obrigado. — Jay se virou e foi para a porta. Quando estava do lado de fora, curvou-se na parede de tijolinhos ao lado da porta e soltou a respiração pesadamente. Patrick obviamente sentira que alguma coisa estava errada com Jay. E Jay sentira o mesmo em relação a Patrick.

CAPÍTULO 21

Oliver andou lentamente pelo Central Park, desviando-se de patinadores e corredores que aproveitavam o sol do fim de tarde. Enquanto perambulava, refletia sobre como tudo tinha acontecido. Como se envolvera naquela história feia.

Cinco anos antes, ele e Bill McCarthy se conheceram em uma noite fria e chuvosa de abril em um bar fumacento que ninguém de Wall Street freqüentava no Greenwich Village e traçaram um plano para se tornarem fabulosamente ricos. O esquema envolveria algum risco, mas as recompensas poderiam ser enormes.

Oliver, então membro do novo grupo de participação patrimonial do J. P. Morgan, tinha problemas. Os executivos da Morgan não estavam à vontade com vários negócios grandes com ações que ele realizara recentemente. Ouvia perguntas insistentes dos executivos que queriam saber se ele tinha ou não obtido as autorizações internas adequadas e, portanto, se tinha autoridade para fazer os negócios. Mais importante, havia cochichos entre os colegas de que Oliver tinha obtido informação não-pública e material relacionada à empresa farmacêutica em questão antes de comprar as ações, depois rapidamente as vendeu, um mês depois, a um lucro imenso quando a empresa anunciou a aprovação da Food and Drug Administration para um novo medicamento de sucesso.

Os executivos seniores do Morgan estavam compreensivelmente preocupados porque tinham percebido que a reputação estelar da empresa sofreria ataques da imprensa e dos concorrentes se estourasse um escândalo de uso de informação privilegiada. O banco comercial à moda antiga estava tentando fazer uma investida total no setor de bancos de investimentos, e a última coisa que os executivos queriam era um escândalo espalhado na primeira página de todos os jornais do mundo. Na noite em que discutiu o plano pela primeira vez com McCarthy, Oliver tinha acabado de sair de uma reunião com os superiores no Morgan sobre os negócios em questão e sentiu que estava se aproximando do ponto crítico. Estava prestes a sair do Morgan e eles estavam prontos para vê-lo partir. E, a essa altura, Oliver se ressentia tão intensamente do sogro que teria feito qualquer coisa para ganhar imensas quantias sozinho.

Bill McCarthy tinha perdido há pouco tempo seu sócio e melhor amigo de longa data, Graham Lloyd, em um acidente de barco. Agora, tinha novos sócios. McCarthy era proprietário nominal dos cinqüenta por cento de ações de Lloyd na McCarthy & Lloyd, compradas da viúva de Lloyd por um acordo de venda automática realizado pelos dois homens quando fundaram a empresa em 1989. Mas um grupo europeu sombrio era o verdadeiro músculo financeiro por trás da transação, porque McCarthy não teve dinheiro para pagar pelas ações de Lloyd. As ações não tinham custado muito — a M&L estava à beira da falência —, mas McCarthy tinha quase nada em sua conta pessoal no banco, então teve de conseguir sócios.

Os novos sócios queriam que McCarthy gerasse dinheiro rapidamente e não estavam muito preocupados com o modo como faria isso. Um ano antes do encontro, a McCarthy & Lloyd — sob ordem pessoal de McCarthy — fizera um investimento desastroso em uma empresa de alta tecnologia da Flórida. O desempenho financeiro declinante da empresa da Flórida e a incapacidade de seus executivos de levantar novo capital quase aniquilaram o valor do investimento da McCarthy & Lloyd, o que, por sua vez, aniquilaria o magro capital da própria McCarthy & Lloyd. Mas a empresa acabou sobrevivendo — com a ajuda dos novos sócios. McCarthy ficou cautelosamente otimista com a súbita e aparentemente positiva virada dos acontecimentos, mas os novos sócios, que no início afirmaram que seriam investidores passivos, de imediato se tornaram agressivos, exigindo mais dele do que podia conceber.

Dias depois do encontro no Greenwich Village, Oliver e McCarthy concordaram com os termos do emprego de Oliver na M&L. Oliver se tornaria chefe de uma nova mesa de arbitragem de patrimônio e receberiam um salário anual de um milhão de dólares, bonificações anuais substanciais e uma parte das ações de Bill McCarthy na McCarthy & Lloyd — os europeus não estavam dispostos a barganhar com seus cinqüenta por cento de ações da empresa. Em troca de seu gigantesco pacote de remuneração, Oliver reuniria um grupo pequeno e discreto de profissionais de Wall Street com acesso a informações confidenciais sobre empresas que sofreriam uma tomada de controle, e a mesa de arbitragem da McCarthy & Lloyd executaria as transações e receberia lucros substanciais advindos da informação recebida.

O risco óbvio envolvido no esquema era de as autoridades descobrirem o conluio. Oliver sabia que a forma mais fácil de as autoridades provarem que existia uma trama envolvendo informação privilegiada no mercado de ações era identificar ligações pessoais dentro do conluio e encontrar a trilha do dinheiro que levava de um indivíduo a outro. Então, instruiu cuidadosamente os informantes para que usassem somente telefones públicos quando marcassem os encontros, que eram pouquíssimos. Os informantes receberiam sua remuneração pela informação que dessem a Oliver na forma de ações da McCarthy & Lloyd, que, com a morte de Bill McCarthy, seriam distribuídas a uma entidade estrangeira que os informantes haviam formado. Depois que os informantes ou seus herdeiros recebessem as ações da sociedade, elas seriam recompradas pela McCarthy & Lloyd em um período de quatro anos a um preço a ser determinado usando-se um múltiplo preestabelecido do valor contábil da McCarthy & Lloyd. Oliver e os outros informantes se tornariam essencialmente os donos ocultos do patrimônio da McCarthy & Lloyd.

Em seis meses, Oliver tinha recrutado quatro homens para se tornarem informantes. Em vez de abordar banqueiros de investimento que trabalhavam em acordos em segredo e sabiam sobre eles antes do restante do mercado, Oliver recrutara quatro pessoas do processamento de informações que trabalhavam em áreas de obrigações fiscais de corretoras de valores e bancos de investimento em Wall Street. Os banqueiros de investimento ganhavam enormes bonificações e, em geral, vinham de famílias endinheiradas. Oliver raciocinou que eles tinham muito menos incentivo para negociar com informações e se arriscar a passar por um processo judicial. O pessoal do processamento de informações, por outro lado, ganhava muito menos. Tinham um incentivo muito maior.

Oliver sabia que as áreas de obrigações fiscais mantinham listas altamente confidenciais de empresas que indivíduos do banco de investimento não podiam negociar para a empresa ou para si mesmos. Por questão de política, os banqueiros de investimento que organizavam tomadas de controle notificavam as áreas de obrigações fiscais de suas empresas sobre as companhias envolvidas em tomadas de controle em que estivessem trabalhando assim que o acordo era iniciado — bem antes de se tornar de conhecimento público — para que o pessoal da empresa, especi-

268 | STEPHEN FREY

ficamente os corretores, não negociassem com as ações nem do alvo nem do atacante. A Comissão de Valores Mobiliários e outras autoridades federais e estaduais não confiam em empresas de corretagem de valores que negociam ações de empresas para quem estão organizando transações financeiras nas semanas que antecedem o anúncio desses transações. As empresas de corretagem podem facilmente prever aumentos ou quedas acentuados no preço das ações que o resto do mercado não pode — é claramente informação privilegiada. Mesmo a desconfiança de impropriedade pode causar problemas para as empresas.

Os grupos de obrigações fiscais procuram ter certeza de que ninguém nas empresas negocie com ações dessas companhias editando uma "lista cinza" — uma lista de ações que não podem ser compradas e vendidas pela empresa enquanto permanecerem na lista. Os profissionais da empresa têm acesso à lista cinza e podem usar a lista para negociar secretamente as ações e ter um lucro excepcional, a não ser por um pequeno detalhe: algumas ações da lista cinza são engodos — ações que não estão envolvidas em tomadas de controle e que não necessariamente gerarão lucros imensos da noite para o dia. Essa artimanha ajuda a manter o pessoal honesto e ajuda a empresa a identificar indivíduos que violam a lista cinza. Só algumas pessoas do grupo de obrigações fiscais sabem exatamente quais ações são quentes e quais são engodos. Esse tipo de conhecimento torna essas pessoas inestimáveis — e vulneráveis — a alguém como Oliver Mason.

Os quatro homens que Oliver recrutou para o conluio — Tony Vogel, David Torcelli, Kenny Serrano e Peter Boggs — eram executivos de nível médio de grupos de obrigações fiscais de grandes casas de investimento de Wall Street. Os homens tinham famílias grandes — pelo menos quatro filhos cada um — e, portanto, grandes contas a pagar. Oliver os escolheu com cuidado, como tinha feito com Jay West, certificando-se de que cada um deles tivesse necessidades financeiras significativas, sem dinheiro de família para servir de apoio. Nada sobre o conluio jamais foi registrado e a única evidência tangível de sua existência era a alteração no testamento de Bill McCarthy, feita por seu advogado pessoal, incluindo a estrangeira dos informantes como herdeira. Entretanto, os informantes não tinham nenhuma autoridade na administração da McCarthy & Lloyd. Cada homem tinha uma cópia do novo testamento de McCarthy, bem como um documento separado, assinado pelas seis partes, em que McCarthy não concordava em mudar os termos do testamento sem a aprovação por escrito de cada informante. Esse embargo permita que McCarthy comprasse a parte deles antes, se isso fosse interessante para todos os envolvidos.

No primeiro ano de operações, o conluio de informação privilegiada de Oliver rendeu à McCarthy & Lloyd cinqüenta milhões de dólares. Depois disso, os lucros só aumentaram. O já explosivo mercado de tomada de controle de Wall Street acelerou com a economia forte. No final dos anos 90, o valor anual das tomadas de controle nos Estados Unidos tinha chegado a quase um trilhão de dólares — era volume demais para que uma pequena mesa de arbitragem em um banco de investimento auferisse lucros sem ser vista em apostas certas.

Para Oliver, foi como atirar num peixe num barril, só que mais fácil. Na verdade, a pescaria ficou tão boa que ele começou a escolher intencionalmente uns perdedores — ações que não tinham informação privilegiada e na verdade, esperava-se que *não* aumentassem rapidamente de valor — para despistar quem quer que os estivesse vigiando de perto. Foi cuidadoso, comprando com a maior antecedência possível e espalhando suas compras por um grande número de corretores. Nunca houve nem um vislumbre de problema.

O único aspecto negativo para os informantes — além de Oliver, que recebia seu salário anual de um milhão de dólares e as enormes bonificações — era que eles não recebiam dinheiro pela informação valiosa que forneciam à mesa de arbitragem. Em papéis, entretanto, eram milionários. Desde seu ponto baixo, cinco anos antes, o valor da McCarthy & Lloyd tinha chegado à estratosfera. Depois de firmar pé com os cinqüenta milhões que Oliver ganhara na mesa de arbitragem no primeiro ano de existência, Bill McCarthy engordou a equipe de cada área da empresa e agora competia com grandes empresas em finanças corporativas, vendas e corretagem e ganhava dinheiro de verdade. Mas Oliver continuava sendo a vaca leiteira, e sua reputação na empresa tornou-se lendária, a ponto de alguns simplesmente se referirem a ele como "Deus".

Embora o valor da propriedade oculta dos informantes na McCarthy & Lloyd tivesse aumentado drasticamente, não era um ativo que produzisse um valor imediato. Não recebiam dinheiro vivo e não podiam usar as ações como garantia porque a sociedade só teria a posse real das ações quando McCarthy morresse. Todos raciocinaram que estavam fazendo isso pelos filhos, formando um enorme pé-de-meia para eles. Mas as necessidades de dinheiro aumentavam para os quatro homens. Precisam comprar casas maiores e carros mais novos; os filhos estavam se aproximando da idade universitária e as assombrosas contas dos estudos chegariam muito em breve. Os informantes tinham assumido riscos enormes e concluíram que era hora de ver os frutos de seu trabalho. Que fossem para o inferno o futuro e um pé-de-meia melhor depois. Queriam sua fatia da torta agora.

Oliver reduziu habilmente a dissensão na tropa com empréstimos anuais de cinco dígitos em dinheiro, que ele entregava a cada homem em pastas recheadas de notas pequenas. Oliver financiava esses empréstimos do próprio bolso, retirando o dinheiro cuidadosamente de várias contas diferentes ao longo do tempo para que nada fosse rastreado. Os homens nunca depositavam o dinheiro de Oliver. Guardavam-no em casa, literalmente embaixo do colchão. Incêndios e ladrões eram riscos constantes, mas eles não tinham alternativa. Colocar o dinheiro em um banco podia alertar a receita federal para o esquema durante uma auditoria. Os homens ficaram temporariamente aplacados e os lucros continuaram jorrando na McCarthy & Lloyd.

Oliver acreditava que o sucesso da mesa de arbitragem continuaria para sempre, mesmo quando estava sentado na sala de estar do apartamento de Bill McCarthy na Park Avenue em março último, perguntando-se por que McCarthy precisava vê-lo com tanta urgência. Até quando o homem alto de cabelo ruivo escuro e olhos verdes, usando um terno de lã que parecia barato seguiu McCarthy até a sala Oliver manteve seu jeito atrevido e confiante. Acreditava que o paraíso duraria para sempre — até o momento em que McCarthy pronunciou as palavras "Kevin O'Shea, assistente do procurador-geral dos Estados Unidos para o distrito sul de Nova York". Ao ouvir aquelas palavras, o mundo de Oliver se despedaçou, porque ele sabia exatamente por que O'Shea estava lá. O uso de informação privilegiada na McCarthy & Lloyd fora descoberto.

Por vários e acaloradas segundos, Oliver tinha realmente pensado em passar correndo pelo outro homem e sair pela porta do apartamento rumo a uma vida de fuga. Não viu algemas no cinto de O'Shea, mas tinha certeza de que estava prestes a ser levado para a rua algemado e enfiado numa viatura policial, onde se sentaria sobre as mãos e olharia as costas de dois policiais através de uma tela de metal enquanto era levado para a delegacia para ser fichado.

Mas recuperou o juízo e percebeu que fugir estava fora de cogitação. Provavelmente não conseguiria sair do prédio sem ser preso e, se conseguisse, eles o encontrariam cedo ou tarde. Não tinha idéia de como continuar um passo à frente da lei e não tinha estômago para ser caçado. Além disso, deduziu enquanto ficou de pé encarando de boca aberta o funcionário do Departamento de Justiça, devia haver alguma coisa a ouvir, porque O'Shea não tinha passado as algemas nele imediatamente. E ele estava certo.

O'Shea explicou que encontrara várias situações em que algumas transações eram suspeitas — em que a mesa de arbitragem da McCarthy & Lloyd tinha comprado ações imediatamente antes de uma tomada de controle e em que ele tinha certeza de que podia provar que havia uso de informação privilegiada. Contudo, recebera uma ordem de cima de que ninguém queria que Bill McCarthy fosse apanhado em uma situação desagradável. McCarthy tinha ligações políticas importantes e essas conexões queriam que ele e suas contribuições em dinheiro continuassem limpas, então O'Shea estava preparado para propor um acordo a Oliver. A mesa de arbitragem teria de oferecer um bode expiatório para assumir a culpa pelo uso de informantes e teria de se abster de quaisquer atividades de arbitragem por seis meses. Se casos subseqüentes de uso de informação privilegiada fossem descobertos, todos, inclusive McCarthy, seriam presos. O bode expiatório seria um funcionário iniciante, apresentado como um corretor trapaceiro que agia fora dos limites de sua autoridade, e sua prisão e julgamento aplacariam os funcionários do escritório do procurador-geral que já haviam gasto tempo na investigação.

O único problema é que Oliver teria de identificar e ludibriar o bode expiatório. Era um preço pequeno a pagar pela liberdade — e pelo que ele pensava na época que seria a possibilidade de continuar na McCarthy & Lloyd — então, concordou prontamente. Nos meses seguintes, Oliver atraiu Jay West para a emboscada.

Desde a reunião no apartamento na Park Avenue em março, duas coisas estavam incomodando Oliver. Era evidente para ele que O'Shea não tinha idéia de como McCarthy estava intricadamente envolvido na situação — não sabia que McCarthy tinha contratado Oliver desde o início com a incumbência de se envolver em uso de informação privilegiada. O'Shea nunca perguntou sobre o possível papel de McCarthy na situação. Oliver foi obrigado a dar a O'Shea os nomes das fontes de informação — os quatro informantes —, mas nunca se propôs a dizer que McCarthy estava na base de tudo.

McCarthy explicou, depois da reunião no apartamento, que Oliver nunca deveria revelar seu envolvimento e que, se o fizesse, iria para a cadeia. Manter o nome de McCarthy fora das discussões subseqüentes com O'Shea tinha sido outro acordo de fácil decisão para Oliver: ficar livre ou ser preso. Uma escolha fácil, exceto que isso irritou Oliver quando, algumas semanas depois da primeira reunião com O'Shea, McCarthy de repente começou a agir como se realmente não soubesse do que estava acontecendo. Como se tivesse se convencido de que era inocente. Apenas uma vítima de Oliver Mason.

A transformação de McCarthy de conspirador em espectador inocente irritou Oliver, mas não era particularmente importante além do efeito que teve em sua psique. Outra coisa o perturbava muito mais. Na reunião de março e em todas as discussões subseqüentes, O'Shea nunca revelou como descobriu o uso de informantes na mesa de arbitragem. Oliver perguntou sobre a origem da descoberta várias vezes, mas O'Shea nunca esclareceu. Além disso, O'Shea nunca levou ninguém mais do escritório quando ele e Oliver se encontravam, nem era específico sobre os "outros" a quem sempre se referia, dizendo que trabalharam na investigação inicial. Essa falta de clareza aborrecia tanto Oliver que ele procurou se certificar de que Kevin O'Shea era realmente assistente do procurador-geral em Manhattan. Ele era, mas a obscuridade que cercava o que acontecia primeiro irritou Oliver, depois passou a assustá-lo cada vez mais.

Agora, enquanto passava pelo zoológico infantil no lado leste do Central Park, Oliver não conseguia se livrar da depressão, que era mais profunda que nunca. Uma sensação de pavor o envolvera

274 | STEPHEN FREY

desde a manhã, como se tivesse acabado de acordar de um pesadelo. Viu Tony Vogel e David Torcelli parados no lugar marcado e foi na direção deles, perguntando-se se era tarde demais para aquela vida de fuga.

— Oi, David. — Oliver apertou a mão de David Torcelli com firmeza, forçando-se a parecer imperturbado. Além do mal-estar geral que sentia, ficara especificamente preocupado o dia todo sobre o quanto O'Shea escondera na noite anterior sobre a investigação do assassinato de Abby. Mas não queria demonstrar nenhum sinal a Torcelli e Vogel. Os dois não tinham idéia do que estava acontecendo e precisam continuar assim. — Como estão? — perguntou.

— Não muito bem, Oliver. — Torcelli sentou-se em um banco de madeira que dava para o rinque Wollman. O rinque ficava no canto sul do Central Park, à sombra do Plaza Hotel. No inverno, ficava apinhado de patinadores no gelo, mas agora estava aberto para os praticantes de patins *in-line*. Os homens tinham concordado originalmente em se encontrar no quarto do Plaza que a McCarthy & Lloyd alugava, mas no último minuto Torcelli decidiu que seria melhor se reunirem em território neutro. Nas últimas 24 horas, passara a ser extremamente cuidadoso.

Tony Vogel ficou de pé ao lado de Oliver. Torcelli gesticulou para Vogel se sentar ao lado dele no banco, e Vogel obedeceu com a velocidade e a lealdade de um subalterno militar.

Durante os cinco anos de conluio de informação privilegiada, Oliver sempre fora o líder não oficial do grupo. De repente, o código de fidelidade parecia ter mudado, percebeu ele.

— Qual é o problema, David? — Oliver sabia exatamente qual era o problema, mas ia levar o jogo adiante, tentando adiar o confronto o máximo possível.

— Eu disse ao David como você reagiu quando nos encontramos na semana passada lá. — Vogel gesticulou por sobre o ombro para o Plaza que assomava atrás deles, dando a explicação em nome de seu novo líder.

— Tony me disse que você nem ouviu o que tínhamos a dizer. Que você nem considerou o que queríamos. — Torcelli era um homem enorme, com um e noventa e cinco de altura, um peito largo e um forte sotaque do Brooklyn. — Fiquei muito decepcionado, para não dizer coisa pior.

— Entendo — concordou Oliver em voz baixa, olhando para uma jovem que parecia interessada demais na conversa deles enquanto passava por ali. Esperou até que ela saísse do alcance da voz. — Eu devia ter ouvido mais cuidadosamente o que Tony tinha a dizer.

Torcelli e Vogel olharam para ele do banco a um só tempo, surpresos com o que tinham acabado de ouvir.

— Sempre funcionamos como uma democracia frouxa — disse Oliver. — Talvez devêssemos rever as questões agora.

— T-tudo bem — gaguejou Torcelli, perguntando-se por que Oliver tinha mudado de idéia de repente e qual era a intenção dele.

— Como funcionário da área de obrigações fiscais, fiz amigos ao longo dos anos com algumas pessoas do governo. Soube deles que alguma coisa está acontecendo na McCarthy & Lloyd. Algo muito grande e muito ruim.

— Como o quê? — perguntou Oliver, inseguro. Não parava de receber más notícias e esperava conseguir se controlar.

— Isso é que é estranho — respondeu Torcelli, olhando em volta furtivamente. — Eles não sabem. As pessoas nos níveis mais altos estão envolvidas em algum tipo de investigação, mas ninguém está falando. Ninguém sabe. Meus contatos suspeitam de uma espécie de investigação de uso de informação privilegiada, mas não têm certeza.

Oliver olhou a expressão petrificada no rosto triste de Vogel.

— O que acha que devemos fazer, David? — De repente, Oliver não queria estar no comando. Queria passar as rédeas a Torcelli.

Torcelli pôs as mãos atrás da cabeça e tentou ao máximo dar a impressão de que estava assumindo o controle. Sentiu que Oliver estava cedendo o poder.

— Primeiro, precisamos parar todas a transações. Não use as dicas da Bell Chemical e da Simons.

Oliver e Vogel trocaram um olhar rápido. Não tinham conversado sobre a interceptação inadvertida de Jay West ao telefonema de Vogel no Austin Healey. E obviamente Vogel não contou a Torcelli sobre isso.

— Tudo bem, não vou usar. — Oliver percebeu os ombros de Vogel arriarem de alívio.

Torcelli ficaria uma fera se soubesse que Jay West tinha fuçado o porta-luvas do Austin Healey e provavelmente encontrado o envelope com o nome da Bell Chemical em uma folha de papel dentro dele, pensou Oliver. Mas Jay tinha comprado as ações da Bell e da Simons, apesar de sua provável desconfiança. O'Shea tinha sido correto em sua análise na noite anterior em Milton, percebeu Oliver. Jay West estava disposto a fazer qualquer coisa para conseguir o milhão de dólares. Oliver engoliu em seco e olhou para o asfalto. Só o que Jay ia conseguir com isso era uma temporada de vinte anos em um quarto de hotel com grades de aço.

— Ótimo — disse Torcelli com entusiasmo, feliz com a aquiescência inesperada de Oliver. — Acho que devemos acabar completamente com a operação.

— Também não vejo alternativa — concordou Oliver de forma submissa.

Torcelli inclinou-se para a frente e gesticulou para Oliver se aproximar.

— E acho que devemos dar um fim à vida de William McCarthy. É hora de recolher o que é nosso. Não confio nem um pouco nele.

Oliver olhou para Torcelli, o sangue latejando nos ouvidos, perguntado-se como diabos a vida tinha saído de controle com tanta rapidez.

Os olhos de Torcelli se estreitaram e um sorriso seco apareceu nos cantos de sua boca.

— Já conversei com alguém que está disposto a nos ajudar.

Oliver assentiu quase imperceptivelmente. Sempre achara que nenhum dos outros informantes teria coragem de cometer assassinato. Torcelli provava que ele estava errado.

———

Oliver sentou-se na ponta da varanda telada de sua mansão em Connecticut. Ficou sentado no escuro, em uma confortável cadeira estofada, olhando os jardins de rosas meticulosamente bem-cuidados e iluminados por uma meia-lua, bebendo seu quinto gim-tônica da noite. Antes do encontro com Torcelli e Vogel no Central Park, passara o dia na mesa de arbitragem recebendo os parabéns de metade do andar de *trading* enquanto o preço das ações da Bell Chemical e da Simons disparavam. Outra oferta, de um conglomerado europeu, tinha aparecido como segunda candidata à Bell, e o preço das ações tinha duplicado nas últimas 24 horas. As ações da Simons estavam cinqüenta por cento mais altas que o preço a que Jay as havia comprado uma semana antes, e os boatos que circulavam nos mercados eram de que um segundo ofertante estava prestes a fazer uma oferta mais alta, que mandaria o preço das ações a um território estratosférico.

Como congregações prestando homenagem ao papa, os corretores de outras áreas fizeram fila na cadeira de Oliver para beijar o anel. Ele engoliu o que restava do gim-tônica — principalmente gim — e se serviu de outra dose de um jarro colocado em uma mesinha ao lado da cadeira. Tinha aceito a adulação deles sabendo que muito em breve não seria mais visto como um deus, mas um anjo caído — ou o diabo. Em algum momento na semana seguinte, depois que Jay fosse preso e descartado, Oliver seria demitido. Não acusado de nada ilegal, simplesmente acusado de falta de controle. Ninguém jamais saberia que ele tinha ganho ilicitamente a maior parte do dinheiro na mesa de arbitragem nos últimos cinco anos, mas isso não importava. Só o que importava era que iria embora, condenado a uma vida de rondar pela casa de roupão, vendo *talk shows* e novelas, enquanto o resto do mundo o ultrapassava e Harold Kellogg ria. Condenado ao que ele sabia que seria uma bruma de álcool e drogas em que ele seria unicamente dependente de Barbara, porque nenhuma empresa de Wall Street tocaria nele depois disso. Seria condenado a uma vida de desespero mudo por alguém de Washington que ele nunca vira, um filho-da-puta sem nome e sem rosto que ia permitir que Bill McCarthy ficasse totalmente livre porque o presidente queria continuar recebendo aquelas contribuições maravilhosas. Contribuições feitas com o dinheiro que Oliver tinha ganho para McCarthy na mesa de arbitragem. Tomou outro gole de gim.

— Oliver. — Barbara estava parada na soleira da porta da varanda, a silhueta marcada pela luz de dentro. — Por que está bebendo tanto? — perguntou, aproximando-se alguns passos.

— Não é da sua conta, porra — respondeu, carrancudo.

Uma lágrima desceu pelo rosto e ela sufocou o choro.

— Por que você me odeia?

Oliver se encolheu e tomou outro gole de álcool. Ela estava certa. Ele a odiava, embora não tivesse certeza do motivo. Fizera essa pergunta a si mesmo muitas vezes, mas nunca conseguira uma resposta satisfatória. Talvez porque ela choramingasse em relação a tudo ultimamente, ou porque sempre tentava fazer com que ele prestasse mais atenção nela. Ou porque o rosto dela era tão parecido com o do pai. Ou porque o lembrava de uma época em sua vida em que as coisas pareciam mais simples, todos os objetivos ainda estavam ao alcance. Qualquer que fosse o motivo, o ódio tinha se tornado intenso.

— Vá para a cama — murmurou ele.

— Vai dormir no quarto de hóspedes no segundo andar de novo? — Barbara não tentava mais esconder o choro.

— Vá para a cama — rosnou Oliver.

— Está triste por causa da morte de Abby? — Não queria fazer a pergunta, mas não conseguiu se controlar. A possibilidade de que a morte de Abby estivesse de alguma maneira relacionada a Oliver tinha ocorrido a ela assim que soube da notícia.

Oliver olhou para a forma escura de Barbara.

— Como soube disso? — perguntou, a voz oscilando. Ele sabia que os relatos sobre a morte de Abby ainda não tinham chegado aos jornais.

— Meu pai me disse. Ele tem contatos.

Mais uma vez, Harold Kellogg estava bancando Deus.

— Saia daqui.

— Ele não sabe de você e dessa garota. Eu nunca disse...

— Eu disse saia daqui! — rugiu Oliver.

— Quero ajudar — lamentou Barbara. — Não ligo para o que você fez com ela.

— Me deixe! — gritou Oliver, atirando o copo nela.

O copo se espatifou no chão atrás de Barbara, mas ela ficou onde estava.

— Por favor. — Agora chorava incontrolavelmente, sufocando nas lágrimas.

— Não vou dizer novamente! — Oliver se levantou da cadeira e se aproximou dela.

Foi o suficiente. Barbara se virou e correu para dentro da casa.

Tremendo, Oliver voltou a se sentar na cadeira. Depois de olhar a escuridão por vários minutos, estendeu a mão por baixo da cadeira, pegou um revólver calibre 38 e apontou o cano para a própria cabeça. Só havia uma bala no tambor. Pôs o dedo no gatilho, fechou bem os olhos e apertou.

Barbara subiu a escada correndo para o quarto, caiu de joelhos diante do guarda-roupa e abriu com um puxão a gaveta de baixo, retirando vários suéteres até encontrar o envelope. Ela o pegou e olhou para o envelope que tremia loucamente diante dela. No dia seguinte, ia entregá-lo. Não tinha mais nada a perder.

CAPÍTULO 22

Jay lutou para levar as mãos aos olhos, mas o movimento era difícil porque estava espremido demais no espaço apertado e congelante. *Talvez o inferno seja assim*, pensou quando finalmente conseguiu apertar um botão minúsculo no relógio e ver a hora na lúgubre luz azul do visor de cristal líquido. Eram quase quatro da manhã. A música alta e as vozes tinham desaparecido uma hora antes e, pelo que podia perceber, o *pub* estava vazio. Entretanto, ainda relutava em se arrastar para fora do tubo e descer ao banheiro masculino do Maggie's Place. Enquanto usava o banheiro do *pub* esta tarde, percebera a abertura. Foi aí que teve a idéia.

Às onze horas, quando o *pub* estava lotado de moradores do lugar desfrutando de uma noitada de quinta-feira, ele se enfiou ali o mais disfarçadamente possível, a aba do boné dos Red Sox puxada para baixo, cobrindo os olhos. Foi diretamente para a porta do pequeno banheiro, entrou quando teve certeza de que estava vazio, fechou a porta de madeira sem passar o pequeno ferrolho, subiu no mictório mais próximo da abertura de ventilação e puxou o próprio corpo pela abertura estreita.

Ele mal cabia ali e estava preocupado que alguém visse seus sapatos. A dois metros da entrada do tubo, o metal laminado virava 90 graus para a direita e ele foi incapaz de avançar mais. Puxou as pernas para cima o máximo possível, mas não havia como saber se estava visível. Felizmente, ninguém o detectara, embora o banheiro tivesse sido usado muitas vezes desde que se arrastara para o local. Contou o ranger da dobradiça da porta a cada vez que ela se abria porque precisava de alguma coisa para manter a mente ocupada.

Jay expirou para diminuir o volume do peito, depois se empurrou para trás até que primeiro os pés e depois as pernas estivessem fora da abertura. Sentindo o ambiente com um dos sapatos, encontrou a parte de cima do mictório, desceu o torso e a cabeça e saltou no chão. Ele se sacudiu, espreguiçou e respirou fundo. Era muito bom não ter aquele ar-condicionado soprando na cara e conseguir respirar normalmente. Antes de entrar, não sabia se era claustrofóbico. Embora chegasse perto do pânico algumas vezes, a provação não fora difícil como imaginara.

Foi até a porta, colocou a mão nela e hesitou. Ia dar um estalo alto. Ouvira o estalo tantas vezes naquela noite. Mas não podia ficar dentro do banheiro a noite toda. Se alguém estivesse no bar, ele se fingiria de bêbado, diria que tinha desmaiado e sairia rapidamente.

Não havia necessidade de se preocupar. O *pub* estava deserto. Bancos e cadeiras estavam virados de cabeça para baixo sobre as mesas e as únicas lâmpadas que ainda estavam acesas eram um *spot* em cima do balcão e uma longa lâmpada fluorescente pendurada sobre uma mesa de sinuca em um canto do lugar. O chão estava coberto de serragem molhada de cerveja, mas todos tinham partido. Andou rapidamente até a escada que tinha visto Patrick subir naquela tarde.

No alto da escada, Jay encontrou exatamente o que esperava — uma porta trancada. Girou a maçaneta várias vezes, depois inseriu a ponta de um clipe esticado na fechadura e rodou. Mas a porta estava bem trancada. No casaco, pegou um pequeno pé-de-cabra e um martelo que tinha comprado em uma loja a uma quadra dos correios, inseriu a extremidade afiada do pé-de-cabra entre a porta e o batente, bateu duas vezes na ponta do pé-de-cabra com o martelo e, com um empurrão violento, arrombou a porta. Por vários segundos, ficou parado feito uma estátua, tentando ouvir algum som que não fosse sua respiração acelerada e o coração aos saltos. Isso era loucura. Ele era culpado de arrombamento e invasão. Mas precisava entender a ligação entre este *pub* obscuro em South Boston e a McCarthy & Lloyd.

Jay acendeu a pequena lanterna que estava numa corrente em seu pescoço, curvou-se para dentro do que parecia ser um escritório em ruínas e olhou à volta. Entre duas janelas na parede mais distante havia uma grande mesa de madeira. Deu um passo para dentro da sala e ouviu um ronco, depois um suspiro pesado. Apagou a lanterna de imediato, voltou para o último degrau da escada e escutou a respiração pesada voltar a ser um ronco alto.

Quando teve certeza de que a pessoa lá dentro estava dormindo — ou desmaiada —, Jay entrou novamente no escritório, acendeu a lanterna e apontou o facho pela sala. Da mesa, que estava bem à frente, passou o facho à esquerda e iluminou um longo sofá de couro marrom que claramente tinha visto dias melhores, e um homem deitado nele que também já tivera melhor forma. Era Frankie, o *bartender*. Estava de costas, sem sapatos, ainda usando o avental verde manchado, os braços cruzados no peito e a cabeça pendurada de um lado no que parecia uma posição extremamente desconfortável. No chão ao lado do sofá, havia uma garrafa de bebida pela metade, sem a tampa.

Jay apagou a luz e ouviu o ronco de Frankie, tentando ter certeza de que o homem não estava fingindo dormir. Os roncos pareciam altos e perfeitos demais.

284 | STEPHEN FREY

No meio de um ronco, Frankie parou, suspirou, fez um estalo com os lábios e a língua, gemeu e começou a roncar novamente do mesmo jeito profundo, cadenciado, do fundo da garganta. Jay acendeu a lanterna novamente, apontou para Frankie e viu uma pequena trilha de saliva brilhante descendo do canto da boca até as várias camisas velhas que ele embolara para servir de travesseiro. Frankie definitivamente estava nocauteado. De algum jeito, conseguira subir a escada, trancar a porta do escritório e deitar no sofá, mas não parecia que seria de alguma utilidade para alguém pelo menos por algumas horas.

Jay olhou a garrafa no chão ao lado de Frankie. Um quinto de um excelente uísque irlandês.

— Não devia beber a melhor bebida do bar, Frankie — murmurou Jay. — Alguém pode conseguir entrar em seu escritório sem que você perceba. — Levantou-se e atravessou o tapete oriental puído até a mesa. Manteve um ouvido sintonizado em Frankie. Se o ronco parasse ou se alterasse um pouco, ele sairia correndo.

A mesa lembrava a de McCarthy. Estava coberta de jornais antigos, canecas de café velho, blocos e uma miscelânea de folhas de papel. Jay pegou um papel amarelo e fino. Nele havia números rabiscados. Apontou a lanterna para Frankie — ainda dormindo feito um bebê — depois voltou ao papel. Era um recibo de entrega de bebida. Jay largou o recibo na mesa e inspecionou outros papéis. Mais recibos. Curvou-se e abriu a gaveta de cima, à direita da mesa, onde nada encontrou a não ser canetas, lápis, clips de papel e uma caixa de *memorabilia* do dia de São Patrício.

Ajoelhou-se e tentou abrir a gaveta de baixo, mas estava trancada. Inseriu o pé-de-cabra e tentou abrir. A tranca cedeu com um estalo de lasca. Ao som do estalo, Frankie roncou várias vezes numa sucessão rápida e gemeu alto. Imediatamente, Jay desligou a lanterna e deu vários passos rápidos em direção à porta. Mas nem o estalo da gaveta cedendo conseguiu tirar Frankie do cochilo in-

O INFORMANTE | 285

duzido pelo malte. Jay acendeu a lanterna mais uma vez e voltou à mesa.

Ao contrário do resto do escritório, esta gaveta era meticulosamente arrumada, contendo uma caixa de charutos, um bloco marmorizado e um fichário. Jay pegou o fichário e o abriu. Era dividido em duas seções. A primeira continha nove pareceres de transferências eletrônicas de fundos da McCarthy & Lloyd para a EZ Travel, inclusive aquela que Paulie tinha colocado na gaveta de Bullock na segunda à noite no andar de *trading*. Todas estavam grampeadas a folhas de papel em branco presas aos aros do fichário. Jay rapidamente somou as quantias nos pareceres — aproximadamente cem milhões de dólares.

Abriu a segunda seção do fichário. Naquelas páginas, encontrou os nomes de vários bancos estrangeiros, sediados em Antigua, Suíça, Liechtenstein, Arábia Saudita, Inglaterra e Irlanda. Os nomes eram seguidos por longas seqüências de números — às vezes vários para cada instituição.

Jay tirou cuidadosamente várias páginas e as colocou no bolso, depois colocou o fichário na mesa, pegou o bloco marmorizado e o abriu. No alto da primeira página estavam escritas as palavras "Project Hall". Examinou o bloco, mas não conseguiu decifrar nada do texto. Estava escrito numa língua — ou num código — que ele não entendia. Depois, descobriu o que parecia ser um mapa rodoviário feito à mão nas costas do bloco. Um pequeno quadrado no canto superior direito da página dizia "Aeroporto de Richmond", e outro local estava marcado com "Fazenda". Rasgou essa página do bloco e também a colocou no bolso. A adrenalina jorrava em seu corpo. Estava tão concentrado na tarefa que não tinha consciência de mais nada, nem dos roncos do bêbado.

Jay pegou a caixa de charutos de cedro e a abriu. Dentro dela havia várias fotos de homens — inclusive de Patrick — usando roupas de camuflagem, os braços nos ombros dos outros e charutos pendurados na boca. Jay analisou as fotos e estava prestes a colocá-las de volta quando chegou à última delas. Quatro homens estavam ajoelhados em primeiro plano e outros quatro de pé atrás deles. Havia árvores acima dos homens e, de um lado, barracas de campanha de lona. Todos usam roupas de camuflagem e cada um deles portava um rifle. Jay olhou a foto à luz da lanterna, depois arfou audivelmente. De pé na fila de trás ao lado de Patrick, brandindo a arma, estava Carter Bullock. Os olhos de Jay se estreitaram. Abaixo dos homens havia as palavras "Voluntários Donegall".

— O que diabos está acontecendo?

Jay se virou e apontou a lanterna diretamente para Frankie, que ergueu a mão contra a luz.

— Patrick? — murmurou Frankie. Tentou se levantar, mas gemeu e caiu de volta no sofá. — O que está fazendo aqui? Por que está me incomodando a essa hora da noite? — grunhiu, com o forte sotaque irlandês. — Meu Deus, acho que vou vomitar. Por que diabos me fez beber tanto daquela aguardente?

Não seria difícil escapar de Frankie, Jay sabia disso, mas não havia motivo para ficar ali mais tempo do que era absolutamente necessário e dar ao outro homem a oportunidade de reconhecê-lo. Essa possibilidade parecia improvável, uma vez que Frankie ainda estava bêbado, mas os homens nas fotos brandiam armas muito sérias e ele não queria fazer parte disso.

— Patrick! Ah, meu Deus! — De repente, Frankie inclinou a cabeça para o lado do sofá e regurgitou o veneno que se revirava em seu estômago.

Quase imediatamente, um fedor terrível chegou a Jay. Ele prendeu a respiração e enfiou a foto de Bullock, Patrick e os outros homens no bolso, depois colocou o resto das fotos de volta na caixa de charutos. Enquanto recolocava tudo na gaveta, ouviu uma batida forte no primeiro andar. A porta da frente do *pub* tinha sido aberta. Ouviu Frankie gemer e cair no sofá novamente, depois vozes altas no primeiro andar e pessoas correndo pelo bar. Devem ter visto a luz da lanterna da rua.

Jay disparou para uma das janelas, ergueu a persiana e a metade inferior da janela e parou de repente. Sua fuga estava bloqueada por uma fileira de barras de metal com dobradiças bem trancadas por um cadeado preso ao umbral da janela.

— Droga! — murmurou ele. Pela primeira vez, Jay sentiu que sua vida podia realmente estar em perigo. Duvidou que quem estivesse no térreo fosse mantê-lo ali até a chegada da polícia. A julgar pelas fotos na caixa de charutos, eles provavelmente fariam justiça com as próprias mãos.

Apontou a lanterna para o chão atrás da mesa, correu de volta ao local onde se ajoelhara, pegou o martelo, correu de volta à janela e bateu no cadeado como um assassino serial enraivecido atacando uma vítima. A tranca estava cedendo, mas ele podia ouvir gente subindo a escada. Chegariam a ele em questão de segundos. Com um último golpe furioso, quebrou o cadeado, que caiu no chão. Empurrou a grade, sentiu braços passando em seu peito e imediatamente sentiu cheiro de vômito. Mesmo na confusão do porre, Frankie percebeu que havia alguma coisa errada e fazia o máximo que podia para impedir que Jay saísse pela janela até a chegada dos outros.

Jay deu uma cotovelada na barriga flácida de Frankie e o *bartender* tombou para trás, caindo nas botas dos outros homens, que tinham acabado de chegar ao alto da escada. Jay subiu na saliência da janela — justo quando alguém acendeu a luz do teto — e se atirou para a frente, investindo contra um poste telefônico que se erguia da calçada dois andares abaixo. O poste ficava a um metro e meio da janela e Jay bateu nele com força, passando os braços pelo poste como uma vítima de naufrágio agarrando qualquer coisa que flutuasse. O cheiro forte de creosoto rapidamente substituiu o fedor de vômito.

A janela aberta logo foi ocupada pela cabeça de dois homens, gritando por sobre o ombro aos camaradas dentro da sala para descerem para a rua. Jay percebeu vagamente as volumosas na janela quando soltou o poste telefônico e escorregou, recuperando o controle pouco antes de atingir a calçada. Farpas afiadas perfuravam a palma das mãos e os braços, mas ele ignorou a dor lancinante. Soltou novamente, caindo no concreto. Ficou de pé de imediato, ciente de que o cotovelo esquerdo de repente ficou paralisado e que havia gente saindo pela porta da frente do Maggie's Place a apenas seis metros de distância. Virou-se e correu na escuridão, sentindo o grupo atrás dele como uma presa que sabe que um passo em falso significa o fim.

Não havia esperança de chegar ao carro alugado. Estava estacionado no sentido contrário, a apenas duas quadras de distância. Mesmo que conseguisse escapar dos perseguidores, o carro estava perto demais para ele voltar. Precisava abrir a maior distância possível entre ele e Maggie's Place o mais rápido possível.

Disparou entre dois carros, correu pela rua e por uma aléia escura com o grupo atrás dele.

———

Na escuridão de início da manhã em sua sala de estar, O'Shea estava sentado em sua espreguiçadeira favorita tomando uma cerveja na luz bruxuleante da televisão. Os olhos vigiavam o relógio digital do videocassete de tempos em tempos. Eram quase cinco horas. Olhou o telefone na mesa ao lado da cadeira. Tinham prometido notificá-lo assim que restabelecessem contato com Jay West depois de o perderem na quarta à tarde nos bosques nos arredores de Gloucester. A essa altura, tinham confiança de que não levariam muito tempo para encontrá-lo. Mas já haviam se passado dois dias e não tinham conseguido rastreá-lo.

Jay tinha se transformado num ótimo adversário, e não no ingênuo bode expiatório que deveria ser. Os homens que seguiram Jay juraram que estavam muito atrás do carro dele na viagem de Boston a Gloucester e, no entanto, Jay tinha identificado o carro e fugido deles, dos homens que eram rastreadores habilidosos — e assassinos. Ele os deixou esmagados contra uma árvore e depois teve a cortesia de telefonar para as autoridades locais para relatar o acidente.

A expressão de O'Shea ficou dura. Só havia um motivo para Jay ter viajado a Gloucester, apenas um motivo para ele fuçar o bairro de Sally Lane. O'Shea esperava que ele não tivesse descoberto muita coisa.

O assistente do procurador-geral sacudiu a cabeça, terminou o que restava da cerveja, levantou-se e foi para o segundo andar. Se não encontrassem Jay logo, tudo poderia ruir.

———

Agachado atrás do deque, Jay prendeu a respiração ao espiar de seu esconderijo. O deque fora construído nos fundos de uma casa modesta e se erguia apenas alguns centímetros do chão. Exausto, tinha se arrastado para baixo dali depois de levar o grupo de perseguidores em uma caçada de quinze minutos por South Boston. Sentiu que os perseguidores estavam se aproximando, então se enfiou numa aléia, saltou uma cerca de madeira em um pequeno jardim e se enfiou debaixo do deque. Segundos depois o grupo — de pelo menos dez homens — passou correndo pelo quintal ao lado.

Começou a rastejar na terra. Já haviam se passado cinco minutos desde que os perseguidores passaram por ali. Logo eles perceberiam que tinham perdido a presa e começariam a voltar. Queria estar bem longe antes que isso acontecesse.

Jay estava quase chegando à beira do deque quando parou de repente. Na escuridão, percebeu um par de pernas a apenas alguns metros de distância, paradas perto do deque, os pés num Nike vermelho e preto. Estava iluminado pela luz de um holofote afixado no beiral da casa de dois andares. Ele congelou enquanto o homem se ajoelhou e inspecionou o espaço embaixo do deque. Era Patrick. O brinco de diamante na orelha brilhou e Jay reconheceu os vagos traços do rosto. Jay prendeu a respiração, esperando pelo facho de luz da lanterna que revelaria seu esconderijo. Tinha de vir, pensou. Patrick tiraria a lanterna do bolso, apontaria para ele e tudo estaria acabado.

Mas a luz não veio. Patrick finalmente se levantou e andou lentamente na direção do grupo que havia partido.

Jay viu o Nike desaparecer no final do deque, contou até cinqüenta e se arrastou de baixo do deque para o gramado. Devia ter esperado mais, mas não havia tempo a perder. Alguma coisa lhe dizia que o grupo estaria de volta em breve.

Colocou-se de pé e começou a correr na direção contrária à de seus perseguidores. Mas Patrick o pegou de imediato, gritando enquanto saltava pela grade do deque. Os dois caíram no chão e rolaram na grama, parando com Jay por cima. Lutaram loucamente até que Patrick se levantou e deu um soco na cara de Jay com a mão direita. Luzes brancas e verdes explodiram nos olhos de Jay, mas ele conseguiu empurrar o homem mais baixo e tombou grogue de joelhos.

Patrick pegou uma faca de caça Gerber da bainha no cinto e investiu contra Jay. Mas antes que Patrick conseguisse alcançá-lo, Jay sacou do bolso do paletó o martelo que usara para arrombar o escritório e o atirou, atingindo Patrick na boca e no nariz com a ponta de aço forjado. Patrick caiu gritando, apertando a boca, cuspindo sangue e dentes na grama.

Segundos depois, Jay tinha pulado a cerca e partido.

CAPÍTULO 23

Jay olhou para o sol quente da Virgínia, depois se ajoelhou, pegou um fragmento de osso na grama e o examinou. Era pouco maior que uma moeda de 25 *cents* e estava manchado de sangue. O que pareciam ser fios emaranhados de cabelo humano estavam presos nele. Olhou em volta. Espalhados ao redor havia mais fragmentos de osso e uma grande quantidade de sangue seco no chão. De repente, largou o fragmento enquanto a dor atingiu um de seus dedos. Tinha conseguido arrancar a maior parte das farpas das mãos e dos braços com pinças providenciadas por um comissário de bordo do vôo de manhã cedo de Boston a Richmond, mas os cortes ainda doíam. Felizmente, o cotovelo esquerdo, que havia batido no chão durante a queda, estava bem novamente.

A expressão de Jay ficou sombria. O grupo quase o apanhara na aléia e Patrick quase o matara no quintal. Mas ele sobreviveu. Depois de escapar de Patrick, pegou carona num táxi que ia para a cidade para o turno da manhã e orientou o motorista até o aeroporto Logan. O cara olhou estranho para ele algumas vezes, mas levou Jay ao aeroporto sem reclamar nem fazer perguntas.

Jay semicerrou os olhos novamente para o sol quente, que descia nele através de nuvens altas, depois para as colinas que davam para o que ele supôs ser uma área de alvo, a julgar pelas árvores na beira do campo, crivadas de centenas de marcas de bala. Olhou os fragmentos de osso mais uma vez. Não era uma área de alvo. Era um campo de morte.

Com o mapa que tinha pego no Maggie's Place, não foi difícil encontrar o caminho do aeroporto de Richmond pelo interior da Virgínia e da densa floresta a oeste da pequena cidade até a "Fazenda". Depois de localizar seu objetivo, ele não entrou imediatamente com o carro — alugado da Avis, uma vez que tinha deixado o Alamo sem pára-choques abandonado em South Boston. Estava ciente de que os homens que o caçaram pelo bairro irlandês a essa altura já deviam ter descoberto que ele pegara o mapa, e podiam estar esperando por ele aqui. Então, passou pela entrada e foi para uma estrada de terra a algumas centenas de metros da pequena estrada rural e estacionou o carro numa clareira. Andou por espessos arbustos e árvores até encontrar a entrada de carros, e caminhou paralelamente a ela, ficando atrás das árvores, escondido de alguém que pudesse subir ou descer o caminho sulcado até a floresta. Não ouviu nenhum carro durante a caminhada de vinte minutos e não havia carros estacionados na área em torno da casa de madeira em ruínas no final da entrada de um quilômetro e meio. Esperou e observou a casa por uma hora de trás de um bosquete, mas ela parecia deserta. Por fim, atravessou sorrateiramente a grama felpuda, entrou na casa — nada mais que uma choupana com uma cozinha suja, um banheiro e algumas camas beliche — e a inspecionou. Não encontrou nada que interessasse, exceto centenas de caixas vazias de munição de grande calibre.

Agora, enquanto olhava as colinas que assomavam sobre a área de alvo, Jay não conseguiu deixar de se perguntar se Carter Bullock tinha se ajoelhado ali e mirado uma arma de alta potência para este local. A foto na caixa de charutos provava que Bullock estava envolvido com o pessoal do Maggie's Place. Provavelmente já havia sido informado de que alguém tinha arrombado o escritório, uma vez que era o responsável por desviar o dinheiro da McCarthy & Lloyd para a EZ Travel — uma empresa que era claramente só fachada para alguma coisa muito sombria. Algo relacionado aos Voluntários Donegall.

Jay olhou as mãos feridas. Ninguém o tinha visto direito durante a caçada pelo bairro. Tinha certeza disso. Estava de costas para eles quando pulou do escritório para o poste telefônico, e estava escuro demais nas ruas e aléias para que alguém o identificasse lá. Não tinha medo de que Frankie o tivesse reconhecido durante a breve luta, porque Frankie estava bêbado demais. E era forçado demais pensar que Bullock faria automaticamente a conexão e perceberia que foi Jay quem arrombou o escritório. Agora Bullock provavelmente sabia que a viagem à TurboTec era uma farsa, mas não teria nenhuma idéia do destino verdadeiro — a não ser que estivesse em contato com os homens do sedã azul que colidiu com a árvore nos arredores de Gloucester. Ou com Patrick, pensou Jay, lembrando-se do jovem do Maggie's.

— Mãos ao alto!

Jay apontou os dedos para o ar de imediato, estranhamente consciente de que nunca tinha recebido essa ordem antes.

— Vire-se — ordenou a voz de um jovem num sotaque agudo do sul. — Sem movimentos súbitos.

Jay se virou lentamente. A seis metros, estava um menino louro, de não mais de onze anos, calculou Jay. Usava uma camiseta surrada, jeans desbotados e um par de botas de caça de borracha verde. Segurava a coronha da arma de cano duplo apertada contra a face direita e mirava a outra ponta diretamente para o peito de Jay.

— Qual é o problema? — perguntou Jay calmamente. A arma era quase tão grande quanto o menino.

O menino concluiu que o intruso não representava um risco imediato e baixou a coronha até o quadril, mantendo o cano apontado para Jay.

— Achei que já tivessem ido embora.

— Do que está falando?

— As pessoas que alugaram a propriedade do meu avô no último mês — respondeu o menino.

— Não sou uma daquelas pessoas. — Jay baixou as mãos lentamente. O menino não fez objeção.

— Como vou saber disso?

— Se eu fosse um deles, teria vindo até aqui sem minha arma? — Jay assumiu um risco baseado na lógica. Supôs que o menino tinha visto os homens e também supôs que eles constantemente levavam armas. — E você já me viu aqui antes?

O menino pareceu satisfeito e deixou que o cano da arma baixasse um pouco mais.

— Não. — Sacudiu a cabeça. — Nunca.

— Qual é o seu nome? — perguntou Jay.

— Ben.

— Ben, eu sou o Jay.

— Se não é um deles, o que está fazendo aqui? — perguntou Ben, cheio de suspeita.

— Estou tentando encontrá-los — respondeu Jay. — São pessoas más.

— Como sabe?

— Tenho quase certeza de que mataram uma amiga minha.

— É mesmo? — Os olhos de Ben se arregalaram.

— É.

Ben olhou para o cano de sua arma.

— Eles estão planejando matar outra pessoa também.

Jay olhou nos olhos de Ben.

— Como sabe disso?

O INFORMANTE | 295

— Eu ouvi. Estava dando uma olhada nas minhas armadilhas de cervo uma noite na semana passada e cheguei de fininho na casa que alugaram. Cheguei bem perto deles, mas não me viram. Ouvi cada palavra que disseram. — Ben apontou o queixo para fora, como se tivesse desobedecido a ordens ao ir até a casa, mas tivesse orgulho disso. — Estavam fazendo hambúrguer e assando carne na brasa, e o cheiro era bom. Eu os ouvi falando sobre tiros mortais e trajetórias e de como o corpo do homem que iam matar explodiria. Ouvi eles rirem e dizerem como iam gostar de ver o sangue espirrar e como isso ia virar a mesa.

— O corpo de que homem ia explodir?

Ben deu de ombros.

— Não sei. Eles não disseram.

— Contou a seu avô sobre o que ouviu?

Ben sacudiu a cabeça.

— Meu avô me disse para não vir aqui. Além disso, ele não teria acreditado em mim, de qualquer forma. — O menino se virou e acenou para um cume que mal era visível na tarde nevoenta através de uma brecha entre as árvores. — Moro com ele ali, a uns oito quilômetros. Ele é dono de todas as terra daqui. Nossa família é dona de tudo há muito tempo. Desde antes da guerra.

— Mas você não contou a ele — repetiu Jay.

— Ele teria batido em mim — respondeu Ben de forma banal, deixando que o cano da arma apontasse para baixo. — Disse que as pessoas pagam a ele em dinheiro para usar o lugar e que tinham o direito de fazer o que quisessem aqui, desde que pagassem por isso.

— Em dinheiro? — Jay percebeu que o menino queria falar.

— É, um monte de dinheiro. Eu vi o envelope na mesa do meu avô. Estava cheio de notas de vinte.

Por um momento, Jay pensou em pedir a Ben para ver o avô dele. Mas percebeu que os homens tinham pago em dinheiro para

296 | STEPHEN FREY

que não fossem rastreados. Conversar com o avô do garoto seria perda de tempo. Aquelas pessoas não iam deixar rastros. Ele olhou para Ben. As crianças tendiam a exagerar — ele mesmo havia contado umas histórias quando criança —, mas o relato de Ben parecia plausível, devido aos detalhes e devido ao que Jay descobrira em Boston.

— Você ouviu mais alguma coisa? — perguntou Jay.

Ben pensou por um momento, começou a sacudir a cabeça, depois assentiu.

— Ouvi mais uma coisa — disse, sorrindo, orgulhoso de si mesmo por lembrar.

— O quê?

— Eles disseram que estavam ansiosos para ver a guerra começar de novo.

O'Shea desligou o telefone confidencial. Naquela manhã, Jay West tinha embarcado no vôo das 6:50 da Continental no aeroporto Logan com destino a Richmond, na Virgínia, onde alugou um Grand Am no balcão da Avis. E tinha reservado uma passagem no vôo das 5:45 naquela tarde de Richmond para o aeroporto La Guardia, em Nova York. A boa notícia nisso tudo era que Jay estava usando os cartões de crédito de novo, facilitando seu rastreamento. A má notícia era que, quando foram notificados do uso do cartão de crédito, Jay tinha pousado em Richmond e desaparecido na Virgínia sem deixar rastros.

O'Shea pegou o telefone e começou a martelar um número, depois parou e bateu o fone no gancho. Ainda era cedo demais para ligar e ver se havia algum progresso.

Jay orientou o motorista do táxi que o havia trazido do aeroporto de Newark para a cidade para que dobrasse à esquerda na Amsterdam Avenue, uma quadra ao norte da entrada de serviço de seu prédio em Manhattan. O avião tinha levantado vôo do Aeroporto Nacional em Washington, D. C., com uma hora de atraso e agora eram quase dez da manhã. Dormira alguns minutos durante o curto vôo, mas ainda estava exausto e só conseguia pensar em deitar na cama e dormir um pouco.

Quando o táxi encostou, Jay saiu do banco de passageiros, passou duas notas de vinte para o motorista pela janela aberta e foi até a porta dos fundos do prédio, os olhos atentos para alguém suspeito, embora mal os conseguisse manter abertos. Só queria poder ter visto a cara dos que tentaram segui-lo quando o vôo de Richmond para La Guardia partiu sem Jay a bordo. Fizera a reserva para despistar seus perseguidores mais uma vez e — esperava ele — desfrutar de uma noite ininterrupta de sono.

Jay passou pela entrada de serviço com uma chave que um dos zeladores lhe dera em troca de uma boa bonificação de Natal no ano anterior e foi para o elevador. Quando as portas se abriram no andar dele, Jay andou lentamente pelo corredor, parou diante da porta, pegou a chave e começou a colocar na fechadura.

— Jay.

— Meu Deus! — Ele recuou da porta como se a fechadura tivesse lhe dado um choque elétrico, depois girou à direita e viu Barbara Mason surgir de trás da porta da escada. — O que está fazendo aqui? — perguntou, o coração ainda aos saltos.

— Tenho uma coisa para lhe dar — respondeu ela calmamente.

— O quê? — Respirou fundo. Depois dos últimos dias, havia tentado se condicionar a não se surpreender com mais nada, mas a voz de Barbara, vindo das sombras, tinha sido um choque e tanto para ele.

Barbara enfiou a mão na bolsa de pele de crocodilo e pegou um envelope.

— Pegue isso. — Ela hesitou por um momento, depois lhe deu o envelope. — Acho que é importante. — Tentou passar por ele, mas ele a pegou pelo pulso.

— O que tem aqui dentro? — perguntou.

— Deixe-me ir.

Tentou se libertar, mas Jay a segurou com firmeza.

— Não, você não vai me passar uma coisa dessas e simplesmente sair. Vai ter de me dar uma explicação.

Barbara olhou nos olhos de Jay por um momento, depois baixou os olhos.

— Qual é o problema? — perguntou ele.

Uma lágrima desceu pelo rosto dela enquanto a dor dos últimos anos a sobrepujava.

— Oliver saiu dos trilhos — sussurrou, tentando ao máximo controlar as emoções. — Acho que ele fez algumas coisas muito ruins. — Bateu no envelope com a unha. — Acho que andou negociando ações usando informação privilegiada. Neste envelope estão os nomes das pessoas que acredito que sejam cúmplices de Oliver, e ações que acho que ele comprou na McCarthy & Lloyd usando informação destes cúmplices. — Ela soluçava.

Jay pegou o braço de Barbara gentilmente.

— Barbara, eu...

— Está tudo bem — disse ela, pressionando um lenço nos olhos e tossindo. — Eu estou bem. — Fechou bem os olhos por um momento, depois os abriu e encarou Jay. — Oliver acha que não sei de nada. Pensa que sou só uma mulher ingênua que não entende de negócios e não pode ligar um computador para salvar a própria vida. — A postura dela se enrijeceu. — Mas não sou ingênua e sei usar computadores. — Fez uma pausa. — Alguns meses atrás, encontrei um disquete de computador no bolso da camisa dele com... — Ela engoliu em seco várias vezes, depois se apoiou na parede.

Mais uma vez, Jay pegou o braço dela.

— Gostaria de entrar e beber uma água?

— Não. — Sacudiu a cabeça. — Achei o disquete na camisa dele junto com um bilhete de amor — continuou numa voz áspera — de Abby Cooper.

Jay congelou. Então Barbara sabia sobre Oliver e Abby o tempo todo. Podia ver a amargura destilando da mulher. Talvez a assassina de Abby estivesse diante dele. Talvez os Voluntários Donegall não fossem responsáveis, como ele imaginara.

— Abby pensou que podia tirar Oliver de mim — continuou Barbara, um sorriso infeliz vindo ao rosto. — Mas ela não entendia que havia alguma coisa na mistura com que não podia competir, algo com que ninguém pode competir quando se trata de Oliver Mason: dinheiro. Oliver nunca trocaria dinheiro por amor. Não é típico dele. — O sorriso se desintegrou e o queixo caiu. — Eu não tinha idéia do que estava no disquete. Pensei que talvez fossem mais cartas de amor ou coisa assim, sei lá. E não sabia por que eu ia querer ver mais da bobagem adolescente dela. Teria me deixado nauseada. Mas levei os arquivos para o computador de nossa casa e imprimi o que havia neles. Está tudo aí. — Apontou para o envelope na mão de Jay.

— Por que Oliver colocaria tudo em um disquete se estava negociando ações usando informação privilegiada? — Jay desconfiava do que Barbara afirmava estar dando a ele. Abby estava morta, mas talvez Barbara ainda quisesse vingança e Oliver fosse o único alvo que restava. Isso faria muito sentido e as acusações teriam mais credibilidade vindas de alguém com quem Oliver trabalhava em vez de uma esposa abandonada. — Me parece que ele teria feito o máximo para *não* deixar registros.

— Por que Richard Nixon fez gravações? — De repente, Barbara estava furiosa. — Todo homem comete um erro fatal. Você devia saber disso, ou talvez ainda seja novo demais para entender. Talvez precise de mais alguns anos de preparação.

— Por que está me dando isto? — Jay ergueu o envelope, ignorando a censura de Barbara. Ela olhava para o teto e ele podia ver as lágrimas se formando em seus olhos, prestes a cair em uma torrente.

— Você parece um homem honesto — disse ela. — Entendo alguma coisa de negócios, mas não o suficiente. Você vai deduzir qual é a melhor maneira de usar esta informação. — Barbara sacudiu a cabeça e as lágrimas riscaram seu rosto. — Não posso ser responsável por entregá-lo às autoridades — admitiu com tristeza. — Não posso ir tão longe. Por algum motivo louco, eu ainda o amo e simplesmente não posso entregá-lo. — A expressão dela de repente se tornou determinada. — Mas tenho de salvar a mim e a meu filho. Oliver está fora de controle. Está perto do abismo, Jay, e ele é perigoso. Não quero fazer isso com ele, mas não conheço outro jeito. — Com isso, dirigiu-se ao elevador.

Jay se virou e correu atrás dela, pedindo que entrasse no apartamento e falasse um pouco mais, mas ela não quis. Quando as portas do elevador finalmente se abriram, ela entrou e ficou de costas para a parede, recusando-se a olhar para Jay enquanto as portas se fechavam.

Jay ficou olhando as portas do elevador se fecharem, depois arrastou-se pelo corredor até o apartamento e foi diretamente para o quarto. Gemeu ao ver a secretária eletrônica. Quatorze ligações registradas no mostrador. Foi até a mesa de cabeceira, apertou *play* no aparelho e se esparramou na cama.

A lista de ligações era previsível. Havia vários recados de Sally querendo saber onde ele estava. Durante o quarto e último recado, ela o convidou para jantar no sábado à noite, se estivesse na cidade. Oliver ligou cinco vezes, também querendo saber onde Jay estava e, a certa altura, admitiu que sabia que Jay e Bullock tinham se engalfinhado no andar de *trading* na quarta de manhã antes de Jay sair. No recado, Oliver assinalou enfaticamente que os andares de *trading* eram ambientes muito estressantes onde o gênio das pessoas às vezes saía de controle e que Jay não precisava se preocupar com seu emprego na McCarthy & Lloyd. Oliver certificouse de que Jay entendesse que ele sabia que Bullock havia começado a briga, depois pediu a Jay para ligar para ele. Havia três recados em branco de alguém que ligou e desligou sem deixar recados, e um da mãe de Jay perguntando se ele voltaria para casa em breve.

Enquanto os recados continuavam a tocar, rolou para o lado e puxou uma das três folhas de papel do envelope que Barbara acabara de lhe dar. Na primeira página, havia os nomes de quatro indivíduos que não conhecia e as empresas de corretagem em que ele supunha que os quatro trabalhavam. Ele reconheceu os nomes das empresas. Eram várias das maiores corretoras de valores de Wall Street.

Nas duas páginas seguintes, havia uma lista de empresas, com o nome de um dos quatro indivíduos da primeira página acima do nome da empresa. Enquanto os olhos de Jay varriam a primeira página de nomes de empresas, ele as reconheceu como ações que Oliver e Bullock tinham comprado — a certa altura, Abby mostrava a Jay uma lista de todas as ações que Oliver e Bullock tinham comprado desde que Oliver começara na mesa de arbitragem. Quando os olhos de Jay chegaram ao final da segunda página, ele perdeu o fôlego. Os dois nomes ali eram Simons e Bell Chemical, ambas abaixo do nome de Tony Vogel.

Barbara Mason não podia ter fabricado esta lista sozinha, percebeu Jay. Estava falando a verdade sobre encontrar o disquete por acaso e fazer cópias. Mas ainda havia uma coisa que o incomodava. Por que Oliver criaria um arquivo em disquete de computador relacionado com alguma coisa ilegal, um disquete que podia cair em mãos erradas — como acabou acontecendo?

Jay recolocou as três folhas de papel no envelope, parou e olhou a secretária eletrônica enquanto o último recado começava a tocar. A voz de homem não era conhecida de Jay, mas a raiva mal controlada no tom de voz, as palavras hostis e o som de trânsito ao fundo atraíram sua atenção. Quando o homem se identificou como o tesoureiro da Bell Chemical, o quarto ficou enevoado aos olhos de Jay. Quando o recado terminou, Jay deslocou-se até a secretária eletrônica, rebobinou a fita e tocou o recado novamente.

Houve estática por um momento, depois a voz do homem surgiu, tremendo de raiva. "Olhe, Sr. West, não sei quem diabos você pensa que é, mas é melhor me ligar. Já liguei para o senhor três vezes e não estava em casa, então vou deixar um recado desta vez. Aqui é Frank Watkins, tesoureiro da Bell Chemical, e quero que ligue assim que puder *para a minha casa*." Watkins recitou o número do telefone rapidamente. "Jamais me procure na Bell novamente!", gritou enquanto um caminhão passava pelo telefone que estava usando. "E vou lhe dizer uma coisa, Sr. West: eu não reajo bem a ameaças. Só porque o senhor acha que tem alguma coisa relacionada a meu passado isso não quer dizer que vou lhe dar alguma informação." Houve uma longa pausa e a voz de Watkins ficou mais conciliatória. "Por favor, me ligue."

Jay olhou o aparelho enquanto desligava. Nunca conhecera um homem chamado Frank Watkins na vida, muito menos ligara para o homem e o ameaçara. Mas Watkins claramente pensava ter falado com Jay. Lentamente, levantou-se da cama e foi para o canto do quarto e para o computador. Verificou cuidadosamente as duas caixas de disquetes ao lado da CPU — como tinha feito várias vezes desde a noite em que Sally tinha dormido ali. Esperava que, de alguma forma, simplesmente tivesse deixado passar o disquete que detalhava suas transações financeiras pessoais no ano anterior, que estaria ali desta vez. Mas não estava.

Baixou a caixa e olhou novamente para a secretária eletrônica. Estava numa encrenca profunda.

———

O'Shea pegou o fone antes que o primeiro toque terminasse.

— Alô!

— Pegamos.

— Onde?

— No apartamento dele. Voltou pela entrada de serviço. Mas o pegamos.

— Ótimo. — O'Shea soltou um suspiro de alívio audível. — Não importa o que aconteça, não o perca.

— Não vai acontecer.

Claro, pensou O'Shea. *Não devia ter acontecido em Boston também.*

— Mantenha-me informado de aonde ele vai no resto do fim de semana. Não quero nenhum impedimento na segunda.

— Entendi.

— Ligo mais tarde.

— Mais uma coisa.

— Sim?

— Barbara Mason foi ao prédio de West pouco antes de ele chegar lá. Saiu dez minutos depois de ele chegar.

O'Shea sentiu o pulso se acelerar. A segunda de manhã ia demorar a chegar.

———

Victor Savoy olhava enquanto os homens descarregavam apressadamente as compridas caixas de madeira da traseira de caminhões e as empilhavam no depósito localizado em uma rua deserta da

Antuérpia. Uma hora antes, a altas horas da noite, tinham descarregado sorrateiramente o cargueiro no porto belga.

Depois que a última caixa foi guardada, Savoy pagou aos homens em dinheiro. Segundos depois, foram embora. Outros homens chegariam daqui a algumas noites para carregar as armas em barcos menores, que levariam a carga para o último destino — uma curta viagem pelo mar do Norte, contornando o ponto norte da Escócia e descendo para a Irlanda. Sorriu enquanto passava o cadeado na porta, ouvindo os caminhões se afastarem num rugido. A rota de contrabando funcionara perfeitamente e a infra-estrutura estava instalada. Assim que terminasse o trabalho nos Estados Unidos, podia começar o embarque de armas menores — e acumular uma fortuna.

Savoy olhou o relógio e se apressou. Tinha pouco mais de uma hora para pegar o avião para Nova York.

CAPÍTULO 24

— Qual é o problema, Jay? — Vivian Min afastou da mesa, com a ponta do tênis de corrida, a cadeira em que estava sentada. Usava short e camiseta. Pretendia correr de seu escritório no Rockefeller Center até seu apartamento no Upper East Side depois de terminar de trabalhar numa papelada, coisa que era mais fácil de fazer nos fins de semana, quando os telefones não tocavam o tempo todo. — Por que a necessidade de me ver com tanta urgência num sábado? — Vivian era sócia da Baker & Watts, uma empresa de advocacia pequena mas de prestígio em Manhattan, especializada em direito comercial e papéis negociáveis.

Jay hesitou. Vivian era jovem, atraente, trabalhadora e de pavio curto — nunca perdia uma piada. Ficaram amigos durante o período dele no National City, quando Vivian tinha dado aconselhamento jurídico em muitas das transações que ele fez.

— Tenho um amigo — começou, pouco convincente.

Vivian revirou os olhos cor de mogno, jogou o cabelo preto e comprido sobre o ombro e sorriu de forma astuta.

— Tudo bem, me fale de seu amigo — disse.

306 | STEPHEN FREY

— Ele está numa situação meio difícil — continuou Jay, ainda tentando pensar na melhor maneira de falar.

— Ah, é mesmo? — Girava um lápis na mão como um batom, um sinal certo de que estava perdendo o interesse rapidamente. Apesar de todas as suas virtudes, Vivian tinha pouca paciência.

— Esse amigo meu acha que estão armando para ele ser acusado de uso de informação privilegiada no banco de investimento em que trabalha — explicou Jay.

O lápis parou de rodar.

— Por que ele pensa isso? — A voz de Vivian perdeu o tom dissimulado.

Jay olhou para baixo.

— O chefe dele o pressionou a comprar dois lotes de ações que acabaram sendo alvos de tomada de controle poucos dias depois de o cara fazer a compra.

— Não sou especialista em informação privilegiada — lembrou-lhe Vivian. — Você sabe disso.

— Mas trabalhou muito com papéis negociáveis — assinalou ele. — Pode não ser especializada nisso, mas sabe bastante do assunto.

— Mais do que gostaria neste momento — murmurou, pegando um maço de Malrboro Lights na gaveta da mesa e acendendo um. — Só porque seu amigo...

— Tá legal — interrompeu Jay, sacudindo a cabeça. — Não há necessidade de continuar essa encenação. O amigo sou eu.

— Lamento ouvir isso. — Vivian deu um trago. — Seu chefe deu a ordem por escrito para comprar as ações das duas empresas?

— Deu — disse Jay, irritando-se consigo mesmo por cometer esse erro idiota. Preferia pensar em si mesmo como pelo menos meio inteligente, mas essa pequena manobra tinha abalado sua autoconfiança. — Ele me escreveu um longo bilhete de próprio punho.

— Qual é o cargo dele na McCarthy & Lloyd? — perguntou ela.

— Diretor administrativo sênior.

— E o seu?

— Vice-presidente.

— Então, ele claramente é seu superior.

— É.

— Você guardou o bilhete?

— Guardei.

A expressão de Vivian se iluminou.

— Então qual é o problema? Você simplesmente estava agindo sob ordens e tem o bilhete para provar isso. — Ela sorriu. — Vamos tomar uma cerveja e comemorar.

Jay sacudiu a cabeça.

— Em nenhum lugar do bilhete meu chefe especifica os nomes das ações que queria que eu comprasse. Refere-se a elas como "ações de que falamos na noite passada".

— Oh. — Vivian esfregou o nariz. Era o que sempre fazia quando estava imersa em pensamentos. — Alguém mais ouviu vocês conversando sobre essas ações?

Jay pensou por um momento.

— Não. Sempre estávamos sozinhos quando falávamos nelas. — Oliver tinha sido muito cuidadoso com isso. Jay se xingou entredentes. Devia saber que isso ia acontecer. Era como um trem de carga se aproximando de um cruzamento, mas ele não prestou atenção nos sinais vermelhos.

Vivian se reclinou na cadeira e deu um trago.

— Não desconfiou um pouco de ele não ter escrito os nomes das empresas no bilhete?

— Um pouco.

— Então por que diabos as comprou?

— Não queria irritá-lo. Eu já estava adiando a compra há alguns dias.

— Quer dizer que se colocou nessa situação porque não queria irritar seu chefe? — perguntou, incrédula.

— Não é tão simples como parece.

— Como assim?

Jay soltou um suspiro exasperado.

— Assinei um contrato quando fui trabalhar na McCarthy & Lloyd que estipulava que eu teria uma bonificação garantida em janeiro.

— A quantia é significativa?

Jay hesitou.

— Não me faça perder tempo — alertou Vivian de forma afável. — Afinal, estou lhe dando conselhos de graça. Diga, de quanto foi a garantia?

— Um milhão de dólares — respondeu Jay.

Vivian assoviou.

— Eu devia ser banqueira de investimento, e não advogada. De repente, me sinto muito atraída por você — brincou.

— Ah, qual é — resmungou Jay.

— Tudo bem, tá legal. — Ela olhou para o teto, pensando na situação de Jay. — O milhão está garantido, não é?

— É.

— É uma garantia incondicional?

— É... pelo menos acho que sim — respondeu, meio em dúvida. Nunca analisara o contrato da McCarthy & Lloyd como devia. — Por que pergunta?

— Se a bonificação é garantida incondicionalmente, ajudaria sua situação porque demonstraria que você não tem incentivo para fazer nada ilegal. Não que eu ache que tenha feito. — Olhou pela janela do quarto andar que dava para o rinque de patinação no gelo do Rockefeller Center, lar de um restaurante no verão. — Por que não traz o contrato para mim na segunda e eu dou uma olhada? Vai lhe custar um bom jantar, mas considerando meus honorários normais por hora, fará um ótimo negócio para você.

Jay pegou o envelope apoiado na perna da cadeira em que estava sentado.

— Aqui está. — Levantou-se e colocou o envelope na mesa dela.

— Ah, não — gemeu ela. — Quero ir embora daqui.

— Por favor, Viv.

— Tudo bem. — Ela pegou o envelope. — Mas ainda vai me pagar o jantar.

— Vou pagar — concordou. — Mas pode ser que aconteça no refeitório de uma prisão — murmurou.

Por dez minutos, Vivian analisou cuidadosamente o documento, depois o colocou novamente no envelope, sacudindo a cabeça.

— Isso não é bom.

— Como assim? — perguntou Jay.

— Duas coisas — respondeu. — Primeira, o contrato diz que você pode ganhar *mais* de um milhão de dólares se seu desempenho for bom, então você certamente tem incentivo para se sair bem, isto é, escolher ações que sejam vencedoras. — Vivian terminou o cigarro e o apagou num cinzeiro de vidro na mesa. — Segunda, e mais importante, há uma cláusula no contrato declarando que a McCarthy & Lloyd pode fazer uma avaliação de desempenho depois de um mês de sua concentração e novamente três meses depois. Se receber classificações insatisfatórias nessas avaliações, seu gerente pode demiti-lo. A cláusula está enterrada num adendo ao texto padrão e os termos foram digitados no verso de uma das páginas do contrato, o que acho muito estranho. Mas está lá. — Apontou para o envelope. — Sem o adendo, a bonificação está claramente garantida, o que é bom — disse Vivian. — Mas com a cláusula, apesar de oculta, sua bonificação não está garantida, o que é ruim. Portanto, aos olhos de um tribunal, você teria incentivo para se dar bem. Novamente, incentivo para escolher vencedores. — Franziu os lábios. — E um tribunal pode ver um milhão de dólares como um incentivo bem grande. O bastante para... — Sua voz falhou.

— O que está dizendo? — perguntou Jay rapidamente, sentindo que ela não estava contando tudo.

— Estou dizendo que você pode ter um probleminha.

— Gosto de como lida com os doentes, Viv. Parece um médico dizendo a um paciente que ele pode ter câncer quando o médico já viu os resultados do exame e sabe que o paciente só tem alguns meses de vida. Mas não preciso que amenize nenhuma notícia ruim.

— Há quanto tempo está na McCarthy & Lloyd? — perguntou.

— Quase seis meses.

— Já recebeu a avaliação de um mês?

— Já.

— E?

— No início recebi uma pontuação muito baixa, mas depois foi alterada para outra mais favorável. Por um bom motivo — acrescentou. — Dei duro desde que entrei lá.

— Recebeu uma cópia da nova avaliação com a pontuação alterada?

Jay pensou por um momento. Bullock, na verdade, nunca o procurou para entregar uma cópia da nova avaliação.

— Não — admitiu em voz baixa.

Vivian soltou um suspiro de frustração.

— Como eu disse, você pode ter um problema. — Bateu na mesa com as unhas compridas. — Aconteceu mais alguma coisa que deixa você pouco à vontade com relação ao que estamos discutindo? — Seu tom de voz tornou-se mais formal.

— Sim.

— O quê?

Ele olhou para cima.

— Estamos protegidos pelo sigilo entre advogado e cliente a essa altura?

Vivian assentiu.

— Tudo bem. Aparentemente, alguém que se fez passar por mim telefonou para o tesoureiro de uma das empresas de que comprei ações ameaçando expor alguma coisa do passado dele a menos que revelasse informação privilegiada sobre a empresa.

— Como sabe que é verdade, se foi outra pessoa que ligou para ele? — perguntou Vivian.

— Por que o tesoureiro deixou um recado na minha secretária eletrônica me dizendo que não ia ser achacado para dar nenhuma a informação confidencial, e que era melhor eu parar de assediá-lo ou ele tomaria as providências adequadas, quaisquer que sejam. Embora no final do recado a convicção dele não parecesse tão firme como no início.

— Parece estranho ele ter deixado um recado na sua secretária eletrônica — observou Vivian. — Ele não tinha idéia de quem podia ouvir o recado.

— Ele parecia em pânico, como se realmente tivesse alguma coisa no passado que não quisesse revelar. E disse que já tinha tentado falar comigo três vezes.

— Como conheceu esse homem?

— Não conheço — disse Jay em voz alta. — Esse é o problema. Nunca falei com ele na minha vida. Não o distinguiria de um buraco na parede.

Vivian pegou outro cigarro e o colocou na boca sem acender.

— Então acha que alguém ligou para esse homem do número de sua casa, afirmando ser você?

— É.

— Como alguém poderia usar seu telefone sem seu conhecimento?

312 | STEPHEN FREY

— Devem ter entrado no meu apartamento quando eu não estava lá. — Jay não queria contar a Vivian que tinha uma idéia muito boa de quem fizera as ligações. Vivian investigaria Sally imediatamente e ele não estava pronto para isso. — Seria fácil. Afinal nunca estou lá. Estou sempre no trabalho.

Vivian olhou para o envelope.

— Então sua preocupação é que agora haja um registro de telefonemas indo e vindo entre sua casa e o tesoureiro da empresa.

— Exatamente. As autoridades não procuram coisas assim para provar alegações de informação privilegiada?

— Claro que sim — confirmou Vivian.

— Que ótimo — grunhiu Jay.

Ela acendeu o segundo cigarro.

— Há mais alguma coisa que o deixou desconfiado?

— Sim — respondeu Jay rapidamente. — Está faltando um disquete no meu apartamento.

— Qual?

— Meus arquivos financeiros pessoais do ano passado. Um registro de todos os cheques que assinei e todas as retiradas em dinheiro que fiz.

— Coisas que só você saberia — disse Vivian para si mesma. — Alguém pode plantar um arquivo nesse disquete revelando seus planos para negociar determinadas ações, ligando você ao que está acontecendo.

— É verdade — concordou Jay. Exatamente a mesma idéia tinha lhe ocorrido no vôo de Washington enquanto cochilava em seu assento no corredor.

— E suas digitais estão no disquete.

— Sim.

Ela deu um trago extralongo no cigarro.

— Hmm.

— O que quer dizer com "hmmm"? — perguntou Jay, nervoso.

O INFORMANTE | 313

— Quero dizer que quando começou a me contar isso, pensei que você talvez estivesse meio paranóico. Agora não tenho tanta certeza.

— Não tem idéia de como isso me deixa feliz.

Vivian olhou pela janela novamente.

— Por que alguém ia querer incriminar você?

— Duvido que possa estimar de forma razoável quantas vezes me fiz a mesma pergunta nas últimas 24 horas. — Sacudiu a cabeça. — Não sei. A não ser... — Sua voz falhou.

— A não ser o quê?

— É só uma suposição.

— Vá em frente — insistiu.

— Acho que tem havido um plano de uso de informação privilegiada na mesa de arbitragem da McCarthy & Lloyd nos últimos cinco anos. Talvez eu esteja sendo usado como bode expiatório para ser apanhado para que os outros fiquem livres.

— O que faz você pensar que existe um plano de uso de informação privilegiada?

— Alguém me deu informações relacionadas a isso.

— Alguém confiável?

— Sim.

Por um momento, ficaram em silêncio.

— Como funciona uma investigação de uso de informação privilegiada? — perguntou Jay. — Quem tem autoridade sobre isso?

— A Comissão de Valores Mobiliários e o escritório do procurador-geral dos Estados Unidos do distrito sul de Nova York — respondeu Vivian. — Há outras pessoas envolvidas. Cada uma das vendas de ações tem um grupo de vigias atentos que procura padrões incomuns de atividade nas negociações de ações ou opções da empresa, mas a divisão de execução da CVM e o escritório do procurador-geral são os principais envolvidos. A CVM é responsável por casos civis, em que as partes culpadas pagam multas pesadas, e o escritório do procurador-geral processa os casos criminais, em que querem afastar as pessoas. Em geral, é uma situação de duas alternativas: ou civil ou criminal.

— O que determina se o caso é civil ou criminal?

Vivian percebeu a preocupação na voz de Jay.

— A CVM e o escritório do procurador-geral trabalham muito de perto nessas coisas e dividem todas as informações. Os casos de visibilidade mais alta em geral tornam-se processos criminais. Casos em que há envolvimento em um plano de uso de informação privilegiada e fraudes a investidores com valores muito altos. — Ela hesitou. — Mas nunca se sabe.

— Bom, eu sou inocente — disse Jay num tom desafiador —, então isso não importa.

— Tenho certeza que é — concordou Vivian delicadamente. Sempre soube que ele era honesto. Era uma pessoa transparente, como Vivian gostava de dizer sobre certos indivíduos. — Mas às vezes isso não importa.

— Como assim?

— Os casos de uso de informação privilegiada são como o tribunal de tráfico. Você é culpado até prova em contrário. Se as autoridades aparecerem com algemas, você passará por muito sofrimento. Significa que identificaram um padrão de negócios e outras coisas, como telefonemas e aquele disquete de que falou. Fica muito difícil se defender contra esse tipo de investigação, além de ser muito caro. A parte realmente insidiosa de toda essa provação é que essas pessoas tendem a fechar com o governo em termos de tempo de prisão ou dinheiro porque simplesmente não podem arcar com o custo de uma defesa longa, mesmo que sejam inocentes. Porque depois que o governo vem atrás de você nesses casos, em geral vem com tudo o que tem, e vai mantê-lo no tribunal pelo tempo que for preciso.

— Mas eu comprei as ações para a empresa, e não para minha conta pessoal — assinalou Jay. — Me parece que este fato, em si, manteria qualquer processo na esfera civil.

— Isso não tem importância — respondeu Vivian. — Você tem uma bonificação substancial como incentivo para se sair bem.

Jay sentiu um surto de pânico.

— Olhe, você provavelmente só está imaginando coisas — propôs Vivian, percebendo o medo dele. — Provavelmente não é preciso se preocupar.

Jay sabia que a situação era bem pior.

— O que posso fazer por mim mesmo?

Vivian terminou o segundo cigarro e o apagou no cinzeiro.

— Parece ruim, mas na maior parte das vezes as autoridades querem pegar o pessoal do escalão mais alto possível. Por carreirismo, sabe como é. Querem caçar os cães alfa. Sem ofensas, Jay, mas na maior parte dos casos eles preferem pegar um diretor administrativo sênior que se envolveu num plano de uso de informação privilegiada por cinco anos do que um vice-presidente que negociou ações de duas empresas. Se você tiver informações que impliquem alguém superior, ou se puder consegui-las, eu o aconselho a fazer isso, porque esses casos se transformam num julgamento das bruxas de Salem. Em nome de um acordo, as pessoas começam a apontar dedos a qualquer um que as autoridades querem que apontem. E se tiver boas evidências, isso permitirá que negocie de uma posição muito mais forte.

Jay olhou para o envelope.

— Há alguém aqui na Baker & Watts especializado em casos de informação privilegiada?

— Sim. Bill Travers. Ele é muito bom.

Por um momento, Jay pensou no *pub* em South Boston e na foto dos Voluntários Donegall.

— Gostaria que falasse com o Sr. Travers na segunda-feira bem cedo.

CAPÍTULO 25

A pesar de uma brisa que soprava do porto, o ar da cidade estava úmido e desagradável. Para além da Estátua da Liberdade e dos reservatórios de petróleo do norte de Nova Jersey, os raios cortavam o céu noturno enquanto uma linha de tempestades elétricas descia do oeste. Jay se curvou sobre a grade da barca para Staten Island, a capa de chuva pendurada no ombro, e olhou para a água escura em que deslizavam.

— Qual é o problema, Jay? — Sally afagou a nuca de Jay e se inclinou para ele de leve. — Está tão distante esta noite.

Sally tinha pedido que repetissem os acontecimentos de sábado à noite — jantar no River Cafe e uma caminhada pela esplanada. Mas Jay não queria participar disso. Precisava ficar nas sombras para que os homens do sedã azul não pudessem encontrá-lo. Com este fim, tinha se registrado em um hotel barato no Brooklyn na sexta à noite, depois da visita de Barbara, pagando em dinheiro para evitar o uso de seu cartão de crédito. Ficaria entocado ali até a segunda de manhã, quando pudesse se sentar com o sócio de Vivian, Bill Travers, na Baker & Watts. Juntos, pensariam na melhor estratégia judicial para lidar com sua crise.

Encontrou Sally no Castle Clinton, um forte colonial construído na extremidade sul de Manhattan, onde conversaram por alguns minutos. Mas ele ficou nervoso de permanecer em um lugar por muito tempo, então andaram até o terminal das barcas e foram para Staten Island. Percebeu que era provavelmente só uma imaginação ativa brincando com sua mente, mas podia jurar ter visto alguém o seguindo enquanto saía da estação do metrô no Brooklyn a caminho do encontro com Sally.

O tempo com ela parecia surreal. Os dois sabiam que havia muita coisa a dizer e, no entanto, nenhum deles tinha dito nada de importante até agora. Jay olhou o convés, mas não viu nada suspeito. Tinha observado cada um dos poucos passageiros subir a bordo do barco e nenhum parecia particularmente interessado nele. Mas, se necessário, estava preparado para se atirar na água.

— Fale comigo — insistiu Sally.

— Não há nada de errado — respondeu rudemente, afastando a mão devagar pela grade para que ela não pudesse alcançá-la. Queria relaxar e ser ele mesmo, mas ficava se lembrando que a mulher parada ao lado dele tinha um segredo, que não era realmente Sally Lane. — Estou bem.

— Sei que não é verdade. Não tem sido você mesmo a noite toda. — Afastou-se e virou-se de costas. — Não consigo acreditar que não tenha me contado onde esteve nos últimos dias. Sei que não foi a New Hampshire. Liguei para a TurboTec e você não apareceu lá. Fiquei morta de preocupação. Qual é o grande segredo, afinal?

— Por que está tão ansiosa para descobrir onde eu estava?

Sally suspirou.

— Lá vamos nós de novo com o interrogatório. Por que desconfia tanto de mim? — perguntou. — O que fiz para você questionar meus motivos?

Vamos começar com um telefonema feito do meu apartamento para o tesoureiro da Bell Chemical, pensou Jay. *Depois podemos pas-*

318 | STEPHEN FREY

sar a um disquete de computador sumido. Para começar, pode me dizer seu nome verdadeiro.

Sally virou-se e pegou as mãos dele. Acariciou os dedos por alguns segundos, depois olhou para Jay.

— Eu me preocupo mesmo com você, Jay — disse delicadamente. — Precisa acreditar nisso.

Ele olhou nos olhos dela sem responder. Estava tão linda na luz fraca. Lentamente, seu olhar foi até o queixo dela. Mesmo na luz baixa, podia ver que não havia cicatriz nenhuma.

— Quem é você? — perguntou.

———

O telefone gritava como uma sirene de ambulância. Oliver abriu um olho, gemeu e estendeu a mão na escuridão.

— Alô.

— Oliver?

— É. — Acendeu um abajur e esfregou os olhos.

— É O'Shea.

Estava morrendo de dor de cabeça.

— Que horas são?

— Três da manhã. Desculpe se acordei sua esposa.

Oliver sorriu. Ele e Barbara não dormiam no mesmo quarto há meses.

— Barbara tem sono pesado. — Ele se perguntava com freqüência nos últimos meses se O'Shea tinha grampeado a mansão, mas durante sua buscas paranóicas e em geral bêbadas, não encontrara fios nem microfones. — Sempre teve.

— Ótimo. — O'Shea deu um sorriso soturno. Oliver não tinha idéia de que as paredes da casa estava cheias de microfones que pareciam agulhas e que O'Shea sabia tudo sobre seus arranjos para dormir.

Oliver se ergueu sobre um cotovelo, o gosto de lima e tônica ainda na boca.

— Por que está me ligando tão tarde?

Apesar do estado grogue de Oliver, O'Shea poda ouvir o desânimo na voz dele.

— Tenho de me certificar que não vai fugir. Pelo que sei, você vai sair de barco amanhã e vai ficar fora do meu alcance.

— Não vou a lugar nenhum...

— Vamos agir na segunda de manhã — interrompeu O'Shea. — Queria que soubesse disso o mais cedo possível.

— Tudo bem — disse Oliver devagar.

— Mas não vamos agir na McCarthy & Lloyd.

— Oh?

— Não. Houve uma mudança de planos.

— Por quê?

— É só o que posso lhe dizer — O'Shea hesitou. — Se Jay entrar em contato com você, me informe imediatamente.

— Vou informar — disse, obediente.

— Adeus, Oliver.

O telefone estalou no ouvido de Oliver. Enquanto baixava o fone, pensou em Abby e no fato de que aquela seria sua última semana na McCarthy & Lloyd. Olhou o revólver na mesa de cabeceira. Só teve coragem de puxar o gatilho uma vez naquela noite.

McCarthy se espreguiçou na soleira da porta de sua pequena casa de madeira, erguendo as mãos acima da cabeça. Andou lentamente pelo pequeno passadiço de madeira até o cais, segurando uma caneca de café fumegante. A leste, o sol estava começando a iluminar o céu. Ainda não tinha chegado ao horizonte, mas já estava colorindo as nuvens baixas com belos tons de vermelho, laranja e amarelo.

McCarthy respirou fundo o ar da manhã da Louisiana. Adorava o Bayou Lafourche. A propriedade era de sua família há anos e ele ia para lá sempre que precisava se afastar de Nova York. Era domingo de manhã, mas podia bem ser meio da semana. Ali, os dias da semana eram irrelevantes.

Adorava tudo no *bayou*, desde sua beleza rude, seu cheiro salgado e seus predadores de aparência pré-histórica ao som da água batendo no casco de seu Boston Whaler, ancorado no cais. Mais que tudo, porém, gostava da sensação de isolamento absoluto — não havia outras casas em quinze quilômetros. Pelo menos nenhuma que estivesse ocupada. O que restava da casa de Neville LeGaul estava em frangalhos a três quilômetros de distância no final do canal seguinte, apodrecendo de abandono e da guerra dos elementos que constantemente assolavam as casas da Costa do Golfo. Neville se matara cinco anos antes com uma bala no cérebro.

McCarthy sacudiu a cabeça. Com base na moderação, o total isolamento era uma coisa positiva. Permitia que um homem se tomasse uma decisão importante na sua vida ou limpasse a mente antes de uma batalha. Mas em grandes doses, o isolamento podia ter conseqüências terríveis — como aconteceu com Neville.

Pobre Neville, pensou McCarthy. Um homem simples que ganhava a vida com dificuldade no *bayou*. Foram vizinhos por trinta anos, cada um cuidando da casa do outro por algum tempo. Os olhos de McCarthy se estreitaram. Era estranho como o suicídio de Neville tinha coincidido tão de perto com a viagem de Bullock ao *bayou* para alimentar os crocodilos com o corpo de Graham Lloyd. McCarthy sempre se perguntou se os dois acontecimentos eram mais que uma coincidência, mas Bullock jurava que não tinha nada a ver com a morte do cajun.

McCarthy olhou a água calma na frente do cais por alguns segundos e, por fim, encontrou o que estava procurando — um par de olhos sinistros erguendo-se a poucos centímetros da superfície, encarando-o do outro lado do canal. O dia estava amanhecendo, mas o termômetro pendurado em um canto da casa indicava que a temperatura já passava dos 26 graus. Teria gostado de nadar — a casa não tinha água corrente e um banho no *bayou* teria sido perfeito. Mas sabia que o canal era infestado de crocodilos e não queria ser vítima de um grande macho faminto por um café da manhã humano.

— Bom dia, Sr. McCarthy.

McCarthy reconheceu a voz e se virou lentamente, não de todo surpreso. Victor Savoy estava de pé diante dele, sorrindo.

— Quando chegou aqui, Victor?

— Há cerca de uma hora. — Savoy gesticulou para o canal. — Meu barco está atracado perto da curva. Não queria acordá-lo.

— Ah, quanta gentileza — disse McCarthy sarcasticamente. — Teve algum problema para encontrar o lugar?

Savoy sacudiu a cabeça.

— Não, suas orientações foram muito boas.

— Excelente.

— Quando o primeiro-ministro chega a Nova York?

McCarthy cuspiu.

— Amanhã às nove da manhã. — Foi o que lhe disseram os contatos de Washington.

— E já tem a programação dos assentos para a cerimônia na prefeitura?

— Sim — respondeu, olhando uma garça branca que voava majestosamente acima dele.

Dali a dois dias, McCarthy sairia do Bayou Lafourche por algum tempo, e já estava triste com a perspectiva de partir. Na terça à tarde, estaria de volta a Nova Orleans, depois pegaria um avião para Nova York para enfrentar a imprensa e responder a perguntas sobre a acusação de uso de informação privilegiada de Jay West, bem como receber o primeiro-ministro britânico para jantar e comparecer a uma cerimônia na manhã seguinte na prefeitura. Uma cerimônia que terminaria numa saraivada caótica de balas, deixando o primeiro-ministro morto e, horas depois, reinando o horrível derramamento de sangue na Irlanda do Norte quando os Voluntários Donegall — um grupo independente do braço provisional do Exército Republicano Irlandês — assumissem a responsabilidade pelo assassinato.

CAPÍTULO 26

lguma coisa não parecia certa, mas não conseguia saber exatamente o que era. Não tinha visto nada de suspeito enquanto estava com Sally no sábado à noite e em todo o dia de domingo, mas agora, enquanto passava pelo saguão do hotel surrado do Brooklyn, foi tomado por um estranho pressentimento. Talvez estivesse com essa sensação porque Vivian tinha parecido sombria ao telefone quando o instruiu a comparecer aos escritórios da Baker & Watts às onze em ponto. Normalmente, era tão animada.

Jay olhou para cima enquanto chegava à luz do dia. A frente fria que passara no dia anterior não tinha trazido um ar mais fresco. Na verdade, estava mais quente e mais úmido que nunca. E as nuvens no horizonte eram ameaçadoras, mesmo a esta hora do dia.

— Jay West.

Jay se virou rapidamente na direção da voz. Parado a seis metros estava um homem de cabelo ruivo usando um terno cinza. O homem segurava um distintivo grande pendurado numa carteira preta. Atrás do ruivo havia vários outros homens de terno, bem como três policiais de Nova York, um deles segurando algemas.

— Sr. West, meu nome é Kevin O'Shea — disse o homem em voz alta, fechando a carteira num estalo enquanto avançava. — Sou do escritório do procurador-geral dos Estados Unidos e estou aqui para prendê-lo por duas acusações de uso de informação privilegiada. Os nomes Bell Chemical e Simons devem lembrar alguma coisa.

A boca de Jay caiu enquanto ouvia as acusações.

— Sr. West, tem o direito de...

A voz de O'Shea transformou-se num zumbido indecifrável enquanto a adrenalina começava a dilacerar Jay. O policial que segurava as algemas estava passando por O'Shea e, de repente, os reflexos de Jay assumiram o controle. Agarrou a pasta com força — dentro dela havia os documentos e a foto que tinha pego no Maggie's Place em South Boston — e correu na direção oposta.

— Pare! Você está preso.

Jay não prestou atenção à ordem. Disparou pela calçada, sem conseguir evitar uma senhora idosa e seu carrinho de compras carregado de suprimentos.

Os policiais correram atrás dele.

Jay disparou pelo trânsito, desviando-se de dois carros que deram uma guinada para o lado para evitar atingi-lo, e foi para a estação do metrô, descendo os degraus de três em três. Podia ouvir os policiais ordenando que parasse enquanto o perseguiam. Saltou para a plataforma na frente dos guichês de passagem no exato momento em que as portas duplas do trem se fechavam na estação. Jay pulou a roleta e enfiou os dedos entre as portas, tentando freneticamente abri-las, percebendo vagamente as expressões de pavor dos passageiros do outro lado do vidro. Mas foi inútil. O trem começou a se mover. Ele ouviu os policiais descendo a escada.

Disparou para onde o vagão se unia ao seguinte, puxou de lado a grade de proteção entre eles e subiu na estreita plataforma acima do engate. Aprendera esse truque para embarcar no metrô nos

O INFORMANTE | 325

dias em que estava atrasado para o trabalho e os vagões estavam cheios demais para entrar pelas portas. O Departamento de Trânsito desestimulava os passageiros a usar esse método porque era perigoso demais — um movimento em falso e você estava embaixo dos vagões, e morto. Mas era eficaz.

O trem pegou velocidade rapidamente e Jay viu com satisfação um dos policiais bater com raiva na lateral do trem em movimento, incapaz de segui-lo enquanto deslizava para fora da estação.

Jay não viu um dos policiais pegar o *walkie-talkie* e pedir ajuda na estação seguinte. Nem percebeu que os policiais podiam entrar em contato com a estação seguinte e parar o trem.

Mesmo assim, os policiais da estação seguinte ficariam de mãos vazias. Várias centenas de metros depois de entrar no túnel, Jay puxou o freio de emergência — uma cordinha pendurada em uma das extremidades de cada vagão — e pulou do trem após ele parar guinchando e seguiu na direção de onde o trem tinha vindo. Os policiais que o perseguiam na primeira estação já tinham ido embora.

———

Três minutos depois das nove horas, o jato do primeiro-ministro britânico tocava a pista do JFK. Quando parou no asfalto e a escada estava posicionada, foi recebido pelo secretário de Estado americano diante de um grande contingente de membros da imprensa internacional. Leu uma declaração preparada, que descrevia seu apreço pela contribuição dos Estados Unidos à continuação da paz na Irlanda do Norte, depois respondeu a algumas perguntas e posou para fotos com o secretário de Estado. Em seguida, os dois líderes mundiais foram conduzidos a uma limusine que os esperava e foram escoltados até a Belt Parkway e Manhattan por doze sedãs pretos abarrotados de membros da inteligência britânica e do

Serviço Secreto americano, bem como cinqüenta policiais de Nova York que seguiam de motocicleta. O comboio causou transtornos no trânsito do final da manhã, mas o primeiro-ministro chegou ao consulado britânico sem incidentes.

―――――

Jay correu pelo bosque, desviando-se e passando por baixo de galhos de pinheiro. Estacionara o Ford Taurus amassado na estrada porque não queria alertar ninguém de sua chegada. Mais à frente, viu uma brecha entre as árvores e hesitou quando chegou à beira do bosque. A propriedade estava à sua frente, a cinqüenta metros de gramados e jardins perfeitamente bem-cuidados.

Colocou a pasta no chão e, por vários minutos, curvou-se com as mãos apoiadas nos joelhos, os pulmões puxando o muito necessário ar fresco. Estava fugindo há três horas, incitado pela adrenalina e reagindo por reflexo. Agora, o significado do que fizera começava a ficar claro. Culpado de uso de informação privilegiada ou não, tinha resistido à prisão sumindo no metrô e misturando-se à multidão das ruas de Nova York. Soltou um suspiro pesado, pegou a pasta, olhou a mansão mais uma vez e saiu do meio das árvores.

Correu pelo gramado e em segundos chegou à lateral da imensa casa, perto da porta da cozinha por onde entrou no dia em que foram velejar. Encostou-se na parede de pedra da mansão e seguiu até os fundos da casa. Um homem vestido de macacão azul estava trabalhando num jardim de rosas à beira das árvores, mas Jay conseguiu deslizar por uma escada para o porão sem atrair atenção. A porta na base da escada estava destrancada e ele rapidamente entrou em uma grande oficina cheia de ferramentas e achas de lenha. Passou por elas, virando-se para o lado errado várias vezes antes de finalmente localizar a escada. Subiu rapidamente, parando à porta para escutar. Não ouviu nada, então a abriu e entrou no corredor principal da mansão. Imediatamente entrou na sala de jantar formal. A cerca de oito metros, uma empregada estava passando o aspirador de pó no tapete que atravessava o longo corredor.

Por vários minutos, ficou parado na sala de jantar, escutando o zumbido do aspirador. Então, o som desapareceu e ele ouviu passos descendo o corredor na direção da sala de jantar. Espremeu-se na parede e viu de olhos arregalados a empregada passar a caminho da cozinha. Quando ela desapareceu, ele saiu da sala de jantar e entrou furtivamente no corredor. Virou à esquerda e à direita várias vezes, e verificou cada cômodo por que passava. Por fim, terminou na porta aberta para o enorme escritório de Oliver, do qual havia uma pequena varanda que dava para o gramado.

Vivian tinha comparado os casos de uso de informação privilegiada aos julgamentos das bruxas de Salem do século XVII e o aconselhara a reunir o máximo de provas que pudesse contra o pessoal de alta direção envolvido no conluio. Esta seria sua moeda de troca, com a qual poderia fazer um acordo com as autoridades, implicando outros, cujos pescoços seriam mais valorizados pelos promotores. Tinha certeza de que, dada a oportunidade, poderia encontrar alguma coisa nos documentos pessoais de Oliver que isentariam Jay totalmente. Aqui estava a oportunidade. A variável era o tempo.

Foi até um arquivo alto e preto ao lado da escrivaninha de tampo corrediço de Oliver e abriu a primeira gaveta. Oliver mantinha um arquivo de computador relacionado aos informantes e aos negócios que tinham fornecido a ele, então havia todos os motivos para acreditar que havia mais dados de *backup* guardados em algum lugar. Jay vasculhou os documentos na gaveta de cima, mas nada encontrou exceto velhos recibos de impostos. Tinha de achar alguma coisa para corroborar o que Barbara lhe dera na quinta à

328 | STEPHEN FREY

noite do lado de fora de seu apartamento. O testemunho dela certamente o ajudaria, mas precisava de mais do que essa possibilidade, porque não havia motivo para ter certeza de que ela testemunharia. Barbara admitira que a razão para dar o envelope a Jay era que não podia ser responsável pela prisão de Oliver, e ninguém podia obrigar uma esposa a testemunhar contra o marido. A lista de informantes e transações não tinha utilidade para Jay sem Barbara. Na verdade, podia servir para fortalecer o argumento do promotor contra ele. O promotor podia argumentar que Jay não podia saber dos informantes e dos negócios sem estar intimamente envolvido no conluio. Se Barbara negasse ter lhe dado as listas, ele ficaria de mãos completamente atadas.

Jay ouviu vozes no corredor. Seus olhos dispararam pelo escritório freneticamente. As vozes — uma das quais reconheceu imediatamente como de Oliver — rapidamente aumentavam de volume e agora podia ouvir passos. Fechou a gaveta do arquivo, ajoelhou-se e colocou a pasta embaixo da escrivaninha de Oliver, depois recuou um passo e procurou desesperadamente um lugar onde se esconder.

———

— Chegamos. — Oliver afastou-se para o lado, à porta do escritório, para que os outros homens pudessem entrar antes dele. David Torcelli e Tony Vogel entraram na sala grande. — Sentem-se — disse Oliver, seguindo-os. Torcelli e Vogel sentaram-se ao lado um do outro em um grande sofá. Oliver sentou-se na frente deles em uma cadeira Chippendale. — Algum de vocês quer beber alguma coisa?

Vogel começou a fazer o pedido, mas Torcelli interrompeu.

— Não — disse rudemente.

— Tudo bem. — Oliver assentiu com deferência. — Por que estão aqui? — A voz estava fraca e ele não conseguia suportar o olhar ameaçador de Torcelli.

— Não consegui falar com você pelo telefone — rebateu Torcelli. — Tentei ontem o dia todo. Fui a telefones públicos de meia em meia hora, mas tocava interminavelmente. Minha mulher pensou que eu estava maluco.

— Desculpe. Me desculpe. — Oliver ergueu as mãos. Não tinha mais forças para lidar com ninguém depois da ligação de O'Shea, então havia ignorado o telefone. — O que quer?

— Você sabe o que quero, Oliver — disse Torcelli, severo. — Preciso saber como chegar à casa de Bill McCarthy no *bayou* da Louisiana.

A boca de Oliver ficou seca. As paredes estavam se fechando sobre ele de todos os lados e havia pouco espaço para manobras. Achava que tinha estômago para assassinato. Mas sem a confiança dada pela cocaína, não tinha.

— Todos concordamos com o que íamos fazer — lembrou Torcelli a Oliver. — McCarthy precisa sofrer esse acidente agora e o *bayou* é o lugar perfeito para isso.

— Sim, claro que é — murmurou Oliver, tentando pensar em uma saída. Podia mentir a Torcelli sobre a localização da casa de McCarthy, mas eles voltariam a procurá-lo rapidamente. Não havia para onde se virar. Não havia alternativa.

— Oliver, você me disse que McCarthy o levou a essa casa no *bayou* há dois anos para caçar crocodilos — disse Torcelli.

— É — admitiu Oliver suavemente. McCarthy o havia convidado ao *bayou* como recompensa pelos muitos milhões de dólares que a mesa de arbitragem havia lucrado, pensando que Oliver adoraria a experiência tanto quanto ele. Oliver concordou relutante porque McCarthy era o chefe e controlava as cordinhas da bolsa de bonificações. Não gostou nada da casa rústica e soltou

330 | STEPHEN FREY

um suspiro de alívio quando a limusine o levou de volta a sua propriedade em Greenwich depois do vôo de Nova Orleans.

— Me diga como chegar ao lugar — insistiu Torcelli. — Preciso dar as orientações o mais rápido possível.

Oliver hesitou mais um momento, depois relatou o máximo que conseguia se lembrar de como chegar à casa, começando pela pequena cidade de pesca de camarões de Lafitte, a 75 quilômetros de Nova Orleans.

— Não consigo me lembrar exatamente, é claro — assinalou Oliver, a voz apenas um sussurro baixo.

— Está tudo bem — disse Torcelli, analisando o que havia escrito em uma folha de sua agenda. — Só o que eu precisava era a localização geral da casa. Os *bayous* são terrivelmente planos. Nosso contato pode alugar um avião ou um helicóptero para localizar a casa com precisão, depois seguir de barco e fazer o que precisa ser feito. — Torcelli tirou os olhos do papel e olhou para cima. — Oliver, agora aceito beber alguma coisa. Suco de laranja, por favor.

— Tudo bem — disse, sendo tomado pelo desespero.

— Eu tomo uma Coca — disse Tony, nervoso. Não estava totalmente convencido de que assassinatos eram a única saída, mas agora Torcelli era seu líder e não ia protestar a essa altura.

Depois que Oliver saiu, Torcelli se levantou do sofá e deu um telefonema usando o aparelho da escrivaninha de Oliver. Quando terminou de dar as orientações para a casa de McCarthy no *bayou* a quem estava do outro lado da linha, voltou ao sofá, sentou-se e sorriu triunfante para Vogel.

— Vamos, Junior — chamou Barbara, procurando uma sacola de compras no banco traseiro do Suburban, perguntando-se por que o menino não respondia. Fechou a porta do Suburban com as costas e começou a se virar lentamente, com o cuidado de não tocar no Austin Healey. Sabia que, se arranhasse o maldito carro, Oliver teria um ataque. Sacudiu a cabeça. Precisavam aumentar a área de estacionamento mais perto da cozinha. Era a área que mais usavam para os carros, e era estreita demais para acomodar o Suburban, o Healey e a Mercedes. Um dia desses, acabaria encostando na droga do carro esporte. Ela sabia disso.

Enquanto se virava, Barbara quase esbarrou num brutamontes que nunca tinha visto antes. Usava macacão azul com o emblema de uma empresa de paisagismo, mas não era a empresa paga por ela para a conservação dos jardins. Imediatamente entendeu que estava numa encrenca terrível. Largou a sacola e tentou correr, mas ele a pegou antes que ela conseguisse dar um passo e a jogou no cascalho, enfiando um lenço em sua boca, depois prendendo os pulsos de Barbara nas costas e os amarrando aos tornozelos com um pedaço de corda. Em segundos, ela estava imobilizada.

Junior estava do outro lado do carro, também amarrado e amordaçado, chorando em silêncio com o pano enfiado em sua pequena boca.

———

Torcelli e Vogel se levantaram quando Oliver voltou com as bebidas.

— Obrigado, Oliver — disse Torcelli educadamente.

Vogel apenas assentiu enquanto pegava o copo, verificando constantemente a porta do escritório por onde Oliver tinha entrado.

— Qual é o problema, Tony? — perguntou Oliver. O gelo no copo de Tony tilintava loucamente.

— Nada. — Olhou para os próprios pés, incapaz de sustentar o olhar de Oliver.

Oliver respirou fundo e depois, pelo canto do olho, viu o bruta-montes de macacão azul na soleira da porta do escritório segurando um revólver.

— O que...

— Desculpe, Oliver — Torcelli tomou um gole de suco de laranja e colocou calmamente o copo numa mesa de centro antiga. — Nas últimas semanas, tomei a questão nas minhas próprias mãos. Tive de fazê-lo. Era o único jeito.

— E-eu não entendo — gaguejou Oliver.

Torcelli olhou para o homem de macacão.

— Está tudo sob controle? — perguntou.

O homem assentiu.

— A mulher e o menino estão no quarto, no segundo andar — respondeu asperamente. — A empregada também. Não há mais ninguém na casa.

— Ótimo.

O desespero de repente transformou-se em raiva.

— Seu canalha filho-da-puta! — Oliver investiu contra Torcelli, mas o homem de macacão entrou na sala e apontou o revólver para o peito de Oliver. A atitude deteve Oliver a meio caminho e ele olhou a ponta da arma, como que hipnotizado.

— Acabou, Oliver — disse Torcelli. — Você agora é um risco. É mentalmente instável. Os outros informantes e eu não podemos nos arriscar que você desmorone sob pressão e nos entregue. Não vou para a prisão por sua causa — disse firmemente. — Vai parecer um assalto. Algumas coisas vão sumir da mansão e aparecer depois no Brooklyn e no Bronx. A polícia vai supor que os ladrões planejaram cometer o crime enquanto todos estivessem fora da casa, mas a empregada os surpreendeu, depois a família chegou inesperadamente. Sinto dizer que, você e sua família não sobreviverão. — O lábio de Torcelli se franziu. — Não tem outro jeito, Oliver. Se bem que, pelo que sei de você, o único assassinato com que se preocupa é o seu próprio. — Torcelli gesticulou para o homem de macacão azul. — Amarre-o.

— David, por favor — implorou Oliver. — Nunca vou dizer uma palavra. Você sabe disso.

— Não — sibilou Torcelli.

O homem tirou uma corda do bolso e jogou Oliver no chão, puxando as mãos dele para trás com rudeza. Por um segundo, o homem baixou o revólver no tapete enquanto amarrava os pulsos de Oliver.

Neste segundo, Jay atirou-se pela porta de tela lateral e irrompeu no estúdio. Tinha ficado na varanda por quase meia hora, as costas contra a parede de pedra ao lado da porta corrediça, ocultado dos que estavam dentro da casa. Jay caiu sobre o homem de macacão, pegando-o de surpresa, afastando-o de Oliver e do revólver. Jay alcançou a arma com esforço.

Por uma fração de segundo, o homem olhou para Jay. Depois sorriu, levantou-se e avançou, certo de que Jay não dispararia.

Estava errado. Jay mirou na coxa esquerda do homem e calmamente apertou o gatilho, atingindo a perna dele e esmagando o osso. O homem tombou no chão, agarrando a perna ferida e gritando loucamente. A explosão fez com que Vogel se encolhesse no sofá.

Por vários segundos, ninguém se mexeu e o único som era um gemido longo e constante do homem no chão. O sangue jorrava da ferida da bala.

Jay se agachou e libertou Oliver sem tirar os olhos de Torcelli.

— Amarre esse cara — orientou Jay, apontando com a cabeça para o homem no chão e atirando a corda para Oliver.

Oliver obedeceu rapidamente.

— Agora me arranje mais corda — instruiu Jay. — Tem no porão onde você guarda a lenha. — Tinha percebido vários rolos pendurados de ganchos na parede quando entrou na mansão. — E vá ver sua família e a empregada no segundo andar.

334 | STEPHEN FREY

Oliver correu da sala, em pânico.

— Ei, garoto, pense no que está fazendo! — gritou Torcelli.

Sua calma tinha desaparecido.

Vogel estava sentado no sofá chorando, o rosto nas mãos.

— O que vai ganhar? — protestou Torcelli. — Dinheiro? Quanto? Nós cobrimos. Eu juro.

Jay riu alto. O argumento de Torcelli era tão patético que ele não conseguiu evitar.

— De jeito nenhum, amigo.

Oliver voltou minutos depois com dois longos pedaços de corda. Primeiro amarrou Torcelli e depois Vogel. Quando os dois estavam bem amarrados, Oliver virou-se para Jay.

— Obrigado — disse. — Minha família está bem. Um pouco abalada, mas bem. — Desviou os olhos. — Não sei como posso retribuir a você.

— Eu sei — disse Jay com frieza. — Um homem chamado Kevin O'Shea, do escritório do procurador-geral, apareceu hoje de manhã para me prender por uso de informação privilegiada. — Jay ergueu uma sobrancelha. — Mencionou a Bell Chemical e a Simons.

Oliver fez uma careta.

— Oh?

— Como pôde armar desse jeito pra cima de mim, Oliver?

Oliver sacudiu a cabeça.

— Me fiz a mesma pergunta muitas vezes. E nunca consigo uma resposta. — Pôs o rosto nas mãos. — Desculpe, Jay. Queria poder ajudá-lo.

— Você pode. Me dê tudo o que tem sobre seu conluio de informação privilegiada. — Jay apontou para o sofá. — Sobre o Torcelli e o Vogel aqui, e os outros dois também.

Oliver olhou para ele.

— Como sabe disso? — perguntou, desanimado.

Jay sacudiu a cabeça.

— Isso não importa.

— Tudo bem — concordou Oliver mansamente. Hesitou por um segundo, depois foi até o arquivo e pegou um envelope fino. Olhou para o envelope por um momento, depois foi até Jay e entregou a ele. — Tome, aqui está. Não quero mais isso. Tudo o que você pode querer está aqui, inclusive uma cópia do testamento de Bill McCarthy.

— Meu Deus! — gritou Torcelli. — Vai nos ferrar dando a ele tudo isso, Oliver. Não vamos ter nenhuma chance no tribunal.

— Testamento de McCarthy? — perguntou Jay, incrédulo, ignorando Torcelli.

— É como receberíamos nossa parte dos lucros — explicou Oliver. — Quando McCarthy morresse, nós cinco receberíamos ações da McCarthy & Lloyd, que a empresa depois compraria de nós. Dessa forma, tínhamos um incentivo para produzir. Na verdade, o número de ações que cada homem receberia dependia do número de dicas que me dava e da lucratividade dessas dicas. Formamos uma sociedade para que pudéssemos alocar as ações proporcionalmente.

— Você deve ter mantido um registro de cada dica fornecida e de quem lhe deu a dica, para saber quantas ações distribuir a cada homem no final — refletiu Jay. Então era por isso que Oliver tinha criado o arquivo no disquete de computador com os nomes dos informantes e das empresas.

— Tenho — confirmou Oliver. — Era capitalismo em seu estado mais puro. Depois que estivéssemos dentro, que cada um tivesse dado uma dica, ninguém ia dedurar os outros, porque isso significaria cadeia para o dedo-duro também. E não havia nenhum rastro do dinheiro. Era lindo — disse melancólico.

— Cale essa maldita boca! — gritou Torcelli.

— Inacreditável — disse Jay em voz baixa.

336 | STEPHEN FREY

— É mesmo.

— Foi um grande risco para McCarthy — observou Jay. — Quero dizer, incluir os informantes no testamento dele.

— Por quê?

— Todos vocês tinham um belo incentivo para vê-lo morto desde o começo.

— Não necessariamente. Bill fez muitos negócios para a McCarthy & Lloyd. Era danado para fazer dinheiro. Lembre-se, temos ações ocultas de toda a empresa. Não estávamos tirando apenas da mesa de arbitragem. Quando fizemos o acordo, a M&L não valia muito. Queríamos ver a empresa crescer. Sem ele, teria fracassado. — Oliver hesitou. — Você já pensou seriamente em matar alguém, Jay?

— Não.

— Bom, eu já. Matar não é tão fácil como os filmes e a televisão fazem parecer. Não é natural tirar outra vida. Além disso, sempre fica um rastro, independentemente do cuidado que se tem. Especialmente se você contrata outra pessoa para fazê-lo. E a morte de alguém tão bem-relacionado quanto Bill McCarthy teria mobilizado muitos agentes da lei que podiam encontrar esse rastro.

— Não se a morte dele parecesse um acidente.

— Hmmm.

— Que foi? — Jay podia ver que Oliver estava escondendo alguma coisa.

Oliver olhou para Torcelli, depois de novo para Jay.

— Bill não foi idiota. Disse a um procurador de justiça que conhecia muito bem para investigar de forma independente sua morte, não importa o que o relatório policial diga. Bill se certificou de que eu soubesse que ninguém tentaria nada estúpido. É claro que ele nunca me disse que procurador era esse.

Ocorreu a Jay que Barbara já devia ter ligado para a polícia a essa altura. Era uma mulher prática e teria ouvido o tiro, mesmo do segundo andar da enorme casa. Mas ele tinha várias outras perguntas a fazer a Oliver.

— E quanto ao dinheiro que a McCarthy & Lloyd mandava para a EZ Travel em Boston?

Oliver olhou para ele, uma expressão vazia no rosto.

— Do que está falando?

— A agência de viagens em Boston que é de propriedade da M&L. Aquela de que Bullock é diretor financeiro. Por que a M&L manda tanto dinheiro para lá?

— Não sei de que diabos está falando.

Jay olhou para Torcelli e Vogel. Também estavam confusos. Então, a ficha caiu.

— Tem certeza que McCarthy está na Louisiana?

— Tenho, mas não vá até lá — disse Oliver, prevendo o próximo movimento de Jay.

— Mais uma pergunta, Oliver — disse Jay rapidamente, ignorando o alerta. — Por que armou pra cima de mim?

Oliver olhou para o tapete persa.

— Era você ou eu, amigo — sussurrou. — É tudo o que sei.

Jay sacudiu a cabeça e se virou para sair, depois hesitou.

— Ah, a propósito, Oliver, soube pelo noticiário hoje de manhã que uma empresa japonesa fez uma oferta de tomada de controle total da TurboTec. O preço da oferta triplicou no fechamento de sexta.

Cinco minutos depois, Jay estava correndo pela entrada de carros no Suburban, passando por um borrão de cercas brancas. No banco do passageiro ao lado de Jay estava sua pasta, agora repleta de material que provaria sua inocência, além de culpar os informantes. Deixou Oliver se encarregar de Torcelli, Vogel e do homem ferido de macacão azul — que provavelmente não era muito inteligente —, mas não teve escolha. A polícia logo chegaria à propriedade e ele tinha de ir a mais um lugar sem demora.

Enquanto o Suburban galgava um aclive na entrada de carros, Jay viu um sedã prata vindo na direção dele. Pisou fundo nos freios, derrapando até parar na entrada de carros a menos de trinta metros do carro prateado, que também tinha cantado pneu para parar.

Sally saltou do banco do passageiro do sedã antes que ele parasse completamente e correu para o Suburban.

— Jay! — gritou. — Sou eu! — A três metros do Suburban, ela parou, congelada pelo que viu: Jay apontando um revólver para ela. — O que está fazendo?

— Não chegue mais perto — alertou Jay.

— Jay, deixe-me explicar — implorou. — Não sou quem você pensa.

— Eu sei disso — retrucou, frio como gelo.

— Você precisa me ouvir — gritou Sally freneticamente. — Precisamos da sua ajuda. Você está dentro e nem sabe.

— Eu sei tudo o que preciso saber.

— Estou aqui para ajudá-lo.

— Você armou para mim. É uma ótima ajuda.

— Jay, eu...

Ele não esperou mais. Pisou no acelerador e derrapou em um trecho de grama recém-aparada entre a entrada de carros e a cerca, mal conseguindo evitar Sally enquanto o carro avançava para a frente.

Enquanto o Suburban rugia em direção ao sedã prata, a porta do motorista se abriu e Kevin O'Shea saltou do carro, pistola na mão. Para Jay, os poucos metros até o sedã pareceram uma eternidade. Viu O'Shea levantar a arma e mirar. O Suburban de repente parecia estar parado, embora estivesse pisando fundo no acelerador. Tudo parecia acontecer em câmera lenta.

Subitamente, O'Shea subiu no capô do sedã sem atirar e o Suburban passou correndo, arrancando a porta do sedã como se estivesse presa com dobradiças de papel. E Jay tinha partido num redemoinho de galhos, pedras e poeira.

— Droga! — gritou O'Shea, pulando para o chão. Tentou entrar no carro, mas não pôde. Os bancos estavam cobertos de estilhaços de vidro. E o carro não seria capaz de acompanhar o Suburban porque o pneu traseiro esquerdo tinha explodido com o impacto da porta quebrada. Olhou para Sally, que estava ajoelhada no chão. — Vamos até a casa pedir ajuda pelo telefone.

———

Oliver olhava para o interior de Connecticut do telhado da mansão. Não sabia por que, mas ultimamente andava gostando de lugares altos. O único problema com a vista dali era que, se olhasse bem, veria a chaminé de seu sogro acima da copa das árvores.

— Oliver, o que está fazendo? — Sally estava no telhado a seis metros de distância, equilibrando-se mal na área plana de um metro e meio de largura que atravessava toda a lateral da mansão. Era seguida no telhado por O'Shea. Uma Barbara histérica os levara até lá. — Desça — pediu Sally.

Por um bom tempo, Oliver os fitou como se não tivesse certeza de quem eram. Depois, ergueu o revólver e encostou o cano na própria cabeça. Abby se fora, sua carreira estava acabada, sua reputação destruída e Junior viveria com Barbara. Não lhe restava mais nada.

Uma vez por dia, nos últimos cinco dias, tinha encostado o cano da arma na cabeça e apertado o gatilho e, nas cinco vezes, a arma só estalou. Só uma das seis câmaras do tambor estava carregada e as cinco primeiras estavam vazias. Era apropriado, pensou enquanto apertava o gatilho, que o revólver só disparasse agora. Então, tudo ficou preto.

Sally gritou e se virou, colocando a mão na boca enquanto o corpo de Oliver tombava do telhado. Enquanto o cadáver atingia o chão, o som do tiro ecoava nas árvores a distância.

CAPÍTULO 27

A pequena cidade pesqueira de Lafitte não era difícil de localizar. Ficava bem em cima do logotipo da Sportsman's Paradise no mapa que Jay tinha comprado no aeroporto de Nova Orleans. Uma reta para o sul, a 75 quilômetros da cidade, levava a um denso pântano em uma estrada tortuosa e deserta que trouxe Jay diretamente até a orla da cidade e ao Henry's Landing — uma combinação de armazém, cisterna e lançamento de barcos em Lafitte. Depois de algumas cervejas estupidamente geladas — na conta de Jay —, os pescadores grisalhos sentados no balcão ficaram muitos ansiosos para ensinar a ele o caminho até uma pequena casa de madeira que afirmavam estar no fundo do Bayou Lafourche, do outro lado da baía. Os homens concordaram nas informações sobre a casa até um certo ponto, depois as opiniões divergiram, quando surgiram desacordos referentes aos nomes dos canais, cursos e rumos. Quando as discordâncias chegaram a um ponto máximo, Jay pagou a conta em silêncio e saiu sorrateiro do estabelecimento. Pelo que pôde entender, as orientações dos homens estavam muito próximas daquelas que tinha ouvido Oliver dar pela manhã aos dois homens sentados no sofá de seu escritório.

Quando saiu do balcão do Henry's Landing, já passava das dez e meia da noite, tarde demais para ligar o barco que tinha alugado e seguir para o oeste pela baía para procurar Bill McCarthy — havia nascentes escuras lá fora que podiam mandar um barco para o fundo em segundos. Então, alugou um quarto por 29 dólares em um hotel a duas portas da plataforma de embarque, com o cuidado de ajustar o alarme do relógio de pulso para as quatro horas da manhã seguinte. Estava física e mentalmente exausto depois de dirigir da propriedade de Oliver em Connecticut até a Filadélfia — para fugir das autoridades que podiam estar esperando por ele nos três aeroportos metropolitanos de Nova York — e pegar um avião para Nova Orleans, seguindo de carro até Lafitte. A última imagem em sua mente enquanto caía no sono, minutos antes de entrar em colapso na cama do hotel, foi o olhar feroz no rosto de Sally quando ele ignorou seus apelos para parar o Suburban e ouvir a explicação que tinha a dar.

———

Depois de zumbir pela baía na luz cinzenta do amanhecer a sessenta quilômetros por hora e navegar por um labirinto de cursos d'água, Jay sentiu que estava perto. Seguira por vários canais isolados às margens de um grande canal, mas eles terminavam abruptamente depois de mais ou menos um quilômetro e meio. Entretanto, este parecia ter perspectivas melhores. Era um pouco mais largo e mais profundo, e flutuando na superfície da água ele percebeu vários lírios-d'água esfarrapados, sinais de que um barco tinha passado por ali recentemente. Olhou para os ramos cobertos de barba-de-velho, depois para a margem de lodo preto enquanto um pequeno crocodilo deslizava para a água, assustado com o barco.

342 | STEPHEN FREY

Jay fez uma curva lenta e viu a casa. No cais, sentado em uma cadeira de jardim verde fumando um charuto, estava Bill McCarthy. À medida que Jay se aproximou, McCarthy continuou sentado, fumando o charuto. Jay levou o barco para o cais, saltou para o píer e prendeu os cabos da proa e da popa nas estacas afixadas no cais.

— Oi, Bill — disse calmamente.

— Oi, Sr. West.

O sotaque sulista de McCarthy de repente estava mais acentuado, como se sua fala tivesse sido afetada por estar no *bayou*.

— Bela manhã.

— Certamente. — McCarthy inspecionou a paisagem e apontou o charuto aceso para Jay. — Você é um jovem muito habilidoso.

— Obrigado — respondeu Jay tranqüilamente, inspecionando a área em volta da casa em busca de alguém que pudesse estar escondido nas densas árvores nos três lados que os cercavam.

McCarthy se curvou e cuspiu na água escura que rolava lentamente para a baía com a maré.

— Imagino que tenha viajado até meu canto do mundo para me fazer umas perguntas. Mas, mais importante, para me alertar de um assassino que está vindo me matar — disse, enxugando os lábios com as costas da mão.

Jay piscou, surpreso.

— Como sabe disso?

— Sempre imaginei que os informantes sucumbiriam quando a pressão aumentasse. Sempre houve esse risco. Mas a recompensa valia o risco. Eles me fizeram ganhar muito dinheiro.

— Bom, acho que não preciso avisá-lo, então.

— Não, não precisa. Ouvi o barco do assassino na noite passada mais ou menos dez minutos antes de chegar aqui, assim como ouvi o seu. — McCarthy riu e apontou para a água diante da casa.

— Ele está aí em algum lugar, provavelmente em pedaços agora.

Os crocodilos gostam de carne humana, embora costumem deixar que a água amacie a carne por uns dias antes de consumi-la. Dilaceram um corpo em alguns pedaços, levam até rochas ou troncos e depois voltam mais tarde para devorá-lo.

Jay olhou o canal de um lado a outro. Ocorreu a ele que o barco do assassino deveria estar à vista. Supôs que o Boston Whaler ancorado no cais era de McCarthy.

— Embora eu tenha dito a ele sobre o procurador, Oliver mandou o homem me matar — disse McCarthy para si mesmo, dando baforadas no charuto. — Mas eu sabia que ele faria isso um dia desses. — O tom de sua voz aumentou. — Sempre foi a solução. Eu sabia que ele o faria.

— Não foi Oliver.

— Não? — McCarthy parecia surpreso.

— Não. Foi outro membro do conluio.

Os olhos de McCarthy se estreitaram.

— Deve ter sido Torcelli. É o único entre os outros com peito para uma proeza dessas.

Jay deu de ombros.

— Eu só conheço os nomes.

— Torcelli é o grandalhão. Um metro e noventa de altura. — McCarthy gesticulou com a mão.

— Acho que foi ele mesmo.

McCarthy sorriu afetado.

— Jamais gostei de Torcelli.

— Você sabia sobre o conluio o tempo todo, não é? — perguntou Jay.

— Claro que sim. É meu nome que está na porta. Sei tudo que acontece lá. — McCarthy olhou o relógio. — Por falar nisso, você deve ter tido um trabalho danado para fugir de Kevin O'Shea e dos amigos dele do departamento de polícia de Nova York. Se não me engano, ele ia prender você ontem.

344 | STEPHEN FREY

— Ele tentou.

McCarthy riu novamente, desta vez mais alto.

— Como eu disse, você é um jovem muito habilidoso. — McCarthy bateu a cinza de dois centímetros na água. Ela sibilou quando atingiu a superfície. — Como descobriu que eles mandariam um assassino até aqui?

Jay rapidamente relatou partes dos acontecimentos do dia anterior.

— Eu sabia que viriam mais cedo ou mais tarde — repetiu McCarthy. — Quero dizer, fazia sentido. O plano final deles deve ter sido este. Me silenciar permanentemente e pegar o dinheiro deles. — Olhou para Jay. — Imagino que saiba sobre o testamento e tudo o mais.

Jay assentiu. Houve silêncio por alguns minutos, então ele falou.

— Por que armaram para mim?

— Essa é a pergunta de 64 mil dólares, não é? — McCarthy estava gostando da conversa, com cada homem tentando determinar exatamente o que o outro sabia. — Há uma explicação simples, mas essa explicação simples leva a um mundo totalmente diferente, que é muito mais complexo. — A voz dele se alterou um pouco. — Conhece esse mundo?

— Tenho uma idéia.

— Droga. — McCarthy sacudiu a cabeça, impressionado e pela primeira vez meio desconfortável. — Tive uma sensação ruim a respeito de você naquele dia em que Oliver o levou a minha sala. Ele disse que você era esperto. Eu devia ter seguido meus instintos e não contratado você. — Olhou para o sol, agora acima do horizonte. — Foi você que invadiu o Maggie's Place em South Boston alguns dias atrás? — perguntou.

— Sim.

McCarthy grunhiu.

— Bom, a resposta simples a sua pergunta é que armamos para você ser preso por informação privilegiada por motivos políticos. Como sabe, sou muito bem-relacionado em Washington e fiz contribuições significativas para meu partido político, na ordem de dez milhões de dólares por ano nos últimos anos. O Departamento de Justiça descobriu o conluio de uso de informação privilegiada de Oliver em março, mas eu consegui fazer um acordo usando meus contatos na capital para atenuar o golpe.

— E eu era o bode expiatório.

— Isso mesmo — afirmou McCarthy. — Na época que soube da investigação de informação privilegiada na M&L, eu já havia chegado a um ponto em que alguém teria de ser culpado, e é claro que meus amigos não podiam permitir que a McCarthy & Lloyd continuasse a operar sua mesa de arbitragem terrivelmente lucrativa. O acordo era que suspenderíamos a operação e daríamos a eles um bode expiatório, como as autoridades chamaram. Como eu disse, as motivações foram todas políticas. — Ele hesitou. — A investigação foi passada a Kevin O'Shea depois que consegui meu acordo. Ele sabia exatamente o que estava acontecendo e mantinha as coisas moderadas. Você foi contratado com o propósito expresso de cair.

— Sally Lane também estava envolvida, imagino.

McCarthy assentiu.

— Ah, sim. Trabalhava para O'Shea. Ela obteve seu disquete de computador e fez vários telefonemas incriminadores de seu apartamento.

— Eu sei.

— Deste modo, quando você comprou a Bell Chemical e a Simons, O'Shea teria uma acusação irrefutável contra você.

— Eu ia apodrecer na prisão — disse Jay, os lábios apertados.

— Acho que falaram em uma sentença de vinte anos — disse McCarthy com indiferença.

346 | STEPHEN FREY

— Não consigo acreditar que o meu governo faria isso comigo.

— Acredite, Jay — disse McCarthy, presunçoso. — Os cientistas podem dizer que o mundo gira em torno do sol, mas é mentira. Ele gira em torno do dinheiro. — McCarthy exalou lentamente. — Não era nada pessoal, Jay. Nunca é.

— Mas essa não é a história toda, é?

McCarthy sacudiu a cabeça.

— Não, não é.

— A história toda envolve South Boston, a EZ Travel, os Voluntários Donegall e destruir o processo de paz. Não é isso, Bill?

McCarthy riu. Achara justo responder às perguntas de Jay sobre o uso de informação privilegiada, mas agora estava se sentindo pouco à vontade.

— É — respondeu, tenso.

— Como isso começou?

McCarthy curvou-se para a frente e começou a se levantar, depois relaxou na cadeira novamente. Que diabos — Jay West não ia sair vivo do Bayou Lafourche.

— Há cinco anos, a McCarthy & Lloyd estava com sérios problemas financeiros, e eu também. A empresa lutava para sobreviver e eu orientei nosso grupo de patrimônio para fazer uma oferta tudo-ou-nada a uma empresa da Flórida que achei que nos salvaria. Pensei que as ações dessa empresa estavam prestes a aumentar de valor, mas estava errado. Na verdade, a empresa afundou logo depois de investirmos nela. Os executivos da empresa tentaram atrair outros investidores para mantê-la à tona, mas não tiveram sucesso e a empresa desceu uma espiral em direção à falência. — McCarthy franziu os lábios. — Se a empresa da Flórida caiu, a McCarthy & Lloyd também cairia.

— O que aconteceu? Como evitou a falência da empresa?

— Os executivos da empresa viajaram à ilha de St. Croix para se reunir com um investidor rico, mas ele decidiu não aceitar a oportunidade depois de uma longa apresentação. — McCarthy engoliu em seco. — Depois da apresentação, os executivos embarcaram num Gulfstream e voltaram para os Estados Unidos. Trinta e dois minutos depois da decolagem, o avião explodiu, matando todos eles — disse McCarthy calmamente.

Jay imaginou o motivo por trás do atentado a bomba.

— Os executivos deviam ter apólices de seguro empresarial.

McCarthy assentiu.

— Sim, havia enormes apólices de seguro de vida de cada executivo. O total das apólices era o suficiente para pagar todos os credores e auferir um grande pagamento de dividendos à McCarthy & Lloyd. Não deixou a empresa rica, mas superamos a dificuldade. — Seu lábio superior se curvou. — Fizeram investigações do acidente, mas não descobriram nada. O que restou do avião e dos corpos caiu em uma área do oceano Atlântico que era funda demais e conhecida por sua maré forte. Não restou nada para descobrir quando os investigadores chegaram.

— Eu não teria apostado que você conhecia pessoas capazes de fazer uma coisa dessas.

— Não conhecia — disse McCarthy com firmeza, como se valesse de alguma coisa. — Eles me procuraram. Explodiram o avião. Mataram Graham Lloyd, porque ele nunca concordaria com nada daquilo. Compraram os cinqüenta por cento da viúva dele. Fizeram tudo. — Ele hesitou. — Nada disso foi idéia minha.

— Quem são "eles"? — perguntou Jay em voz baixa, surpreso que McCarthy conseguisse racionalizar sua culpa com tanta facilidade.

McCarthy olhou para a água. Adorava tanto esse lugar e, no entanto, não o veria por um longo tempo, talvez nunca mais.

— Os Voluntários Donegall — disse finalmente. — É um grupo independente do braço provisional do Exército Republicano Irlandês. Digamos que eles não concordam com o acordo de paz ratificado no ano passado.

— Recebeu o nome da Donegall Square, a praça central de Belfast, capital da Irlanda do Norte. — Jay fizera uma pesquisa no sábado na biblioteca antes de se encontrar com Sally.

— Isso mesmo — disse McCarthy. — Minha família é da Irlanda do Norte e ainda tenho muitos parentes lá. Seis anos atrás, um desses parentes me apresentou a um homem que disse que podia me ajudar a me livrar dos meus problemas. Não dei muita atenção a ele quando nos conhecemos, mas à medida que a situação na McCarthy & Lloyd piorava, não tive alternativa a não ser ouvir. — Sacudiu a cabeça. — Às vezes eu queria nunca ter posto os olhos nele.

— Os Voluntários Donegall devem ser muito bem financiados — prosseguiu Jay, cavando o máximo de respostas que McCarthy pudesse dar.

— Nem tanto. Na verdade, tinham muito pouco na forma de recursos financeiros na época. Toda a facção consistia em menos de cem pessoas — explicou McCarthy. — Na verdade, o motivo do interesse em se tornarem meus sócios era conseguir dinheiro. Viam Wall Street com uma forma de acumular um fundo de guerra rapidamente.

— Como podem ter comprado os cinqüenta por cento de Graham Lloyd, se não eram bem financiados?

— A McCarthy & Lloyd não valia quase nada naquela época. Os Voluntários Donegall reuniram tranqüilamente três milhões de dólares. A esposa de Graham Lloyd ficou em êxtase quando oferecemos essa quantia a ela. Não se pode lutar uma guerra com três milhões de dólares, mas se pode comprar um banco de investimento que está falindo. Agora, a M&L vale perto de um bilhão de dólares. E eles podem fazer a guerra.

— Então você contratou Oliver especificamente para organizar o conluio de uso de informação privilegiada.

— Isso mesmo. Sob ordens dos Voluntários Donegall. Eles viam o uso de informação privilegiada como uma forma de dar um empurrão na empresa, e não se importavam que fosse ilegal. Se a empresa fosse pega negociando com informação privilegiada, os Voluntários Donegall simplesmente desapareceriam nas sombras. Não que eles tivessem medo de cometer um crime de colarinho branco. Afinal, eles matavam gente, como meu sócio e os homens no Gulfstream.

— Mas e a EZ Travel e o *pub* em South Boston? Onde entram?

McCarthy levantou da cadeira.

— Depois que a McCarthy & Lloyd começou a ganhar dinheiro de verdade, meus sócios queriam começar a tirar dinheiro para financiar a guerra, particularmente quando o acordo de paz se tornou mais real.

— Quer dizer que queriam começar a comprar armas? — perguntou Jay.

— É claro que é o que eu quero dizer — rebateu McCarthy. — Na verdade, temos outras cinco empresas, inclusive uma cadeia de postos de gasolina e algumas mercearias, todos negócios que movimentavam muito dinheiro e pelos quais podemos passar dinheiro antes de ele seguir para Antigua, e depois para a Europa.

— Onde entra a agência de viagens?

— Os Voluntários Donegall mandam pessoas a todo o mundo para comprar armas. Indivíduos em que as autoridades da lei internacional adorariam colocar as mãos. As agências de viagens podem facilitar para um indivíduo andar por aí sem ter de se identificar.

— Mas por que manda o dinheiro por um bar em South Boston?

McCarthy olhou para o relógio. Estava na hora de sair.

— Muito do dinheiro que saiu deste país para a Irlanda do Norte, para apoiar o esforço de guerra, passou por Boston. E agora não estou falando apenas dos Voluntários Donegall. A quantia total é de centenas de milhões de dólares nas últimas duas décadas, talvez mais. Há muitos simpatizantes por lá. Vários grupos independentes. Os Voluntários Donegall não são diferentes. De um grupo de cem pessoas cinco anos atrás, passaram a quase cinco mil membros hoje. Metade dos membros está na Irlanda do Norte, e a outra metade neste país, principalmente em Boston. É uma força a ser considerada. Devo admitir que ter o escritório central de sua operação americana no segundo andar de um *pub* pode parecer meio tosco, mas funcionou para eles e para muitos outros grupos. O Maggie's Place está longe de ser o único.

— Acha que Oliver sabia do que realmente estava acontecendo na McCarthy & Lloyd? — perguntou Jay.

— Não. Estava concentrado demais em si mesmo para olhar em volta. — McCarthy deu uma última tragada e atirou a guimba do charuto na água. — Jay, a conversa está ótima, mas preciso... — Ele se interrompeu ao ver o revólver.

Jay tinha comprado a arma por duzentos dólares de um vendedor em Jefferson Parish na tarde anterior, antes de seguir de carro para Lafitte. Tinha viajado a Nova Orleans a negócios várias vezes e sabia que tudo o que se queria estava disponível em algumas ruas da paróquia a oeste da cidade, desde que tivesse dinheiro.

Segurou firme a arma.

— Bill, ponha as mãos na cabeça e vire-se devagar.

McCarthy riu.

— Acha que vou com você tranqüilamente até as autoridades, garoto? Simples assim?

— Você não tem muita escolha.

— Ele ainda tem algumas opções. — Carter Bullock se levantou lentamente da proa do Boston Whaler, uma arma calibre 12 apontada para Jay. — Jogue sua arma na água — ordenou.

Jay hesitou.

— Agora! — gritou Bullock.

A arma espadanou na superfície da água, depois afundou calmamente no *bayou*.

McCarthy sorriu enquanto via o revólver desaparecer. Mesmo com Bullock apontando a arma para Jay a apenas alguns metros de distância, não estava se sentindo completamente à vontade. O garoto podia ter alguma carta na manga.

— Jay, apresento Seamus Dunn, também conhecido como Carter Bullock — disse. — Seamus é o comandante das operações dos Voluntários Donegall nos Estados Unidos. E meu sócio na McCarthy & Lloyd.

Bullock subiu ao cais e parou ao lado de McCarthy.

— Oi, Jay. Um ótimo dia para você — disse sarcasticamente. — Tudo bem, homens — gritou. Quatro homens em uniformes de camuflagem saíram da casa, as armas automáticas penduradas nos ombros.

Jay sentiu o ar escapar dos pulmões ao ver os soldados. Não era uma espécie de esforço paramilitar meia-boca. Tinha, inadvertidamente, descoberto uma operação profissional e, de repente, sua expectativa de sair da situação desapareceu. Olhou Bullock nos olhos.

— Do que se tratava na fazenda da Virgínia? Quem está planejando matar, Texugo?

Bullock riu.

— O primeiro-ministro britânico enquanto estiver sentado na frente da prefeitura em Manhattan amanhã — respondeu com orgulho. — A Irlanda do Norte nunca mais será a mesma. A Grã-Bretanha e a porra dos protestantes vão declarar guerra a nós. — Seu sorriso se ampliou. — Mas estaremos prontos.

— Já conseguiu muito dinheiro nos Estados Unidos, não foi?

— Claro que sim — confirmou Bullock. — O bastante para financiar uma guerra dos diabos.

— E me conseguir uma vida confortável pelo tempo que for necessário — lembrou McCarthy a Bullock.

— Sim, claro — disse Bullock. McCarthy viraria isca de crocodilo muito em breve.

— Mais cedo ou mais tarde, alguém vai descobrir o envolvimento da McCarthy & Lloyd e o governo americano vai fechar a empresa — assinalou Jay.

— Eles fariam isso logo, de qualquer jeito — disse McCarthy com pesar. — Era só uma questão de tempo.

— Conseguimos o dinheiro que podíamos de lá — acrescentou Bullock. — Enganamos os regulamentadores no último mês brincando de esconde-esconde com o capital. A empresa está à beira de um colapso. Queríamos mantê-la funcionando por mais um tempo, mas a investigação acelerou um plano de retirada que já havíamos preparado. — Ele apontou com a cabeça por sobre o ombro para os homens parados na frente da porta da casa.

Inacreditável, pensou Jay, vendo os homens avançarem para o cais. Em cinco anos, os Voluntários Donegall tinham passado de um investimento de três milhões de dólares para centenas de milhões. Dinheiro suficiente para sustentar uma guerrilha significativa em um futuro previsível. Podiam facilmente destruir a difícil paz na Irlanda, que levaram anos para conseguir.

— Você matou Abby Cooper? — perguntou Jay bruscamente.

Bullock foi até onde Jay estava de pé.

— Matei. Oliver tinha contado tudo a Abby sobre o conluio de informação privilegiada durante uma das sessões de cocaína deles no Plaza. Nunca conseguia manter a maldita boca fechada, e sempre achou que ela era absolutamente leal a ele. Nunca fui tão ingênuo quanto Oliver. Não podia confiar na lealdade dela. Abby podia ter ferrado com tudo se ficasse irritada com ele e procurasse os agentes da lei. Podíamos controlar O'Shea, mas não necessariamente alguém de fora do círculo. Eu a matei, depois mandei a carta de demissão para Oliver. — Hesitou. — A propósito, eu realmente tentei empurrar Oliver do muro naquele dia no terraço. — Bullock sorriu. — E isto é por aquele dia na semana passada no andar de *trading.* — Atingiu o estômago de Jay com a coronha da arma.

Jay caiu nas ripas de madeira do cais imediatamente, agarrando o estômago, incapaz de respirar. Apesar da dor intensa, conseguiu ouvir os helicópteros sobrevoando o *bayou*, pairando acima da copa das árvores e — como tinha sido instruído — conseguiu rolar para a água.

Tinha sido acordado rudemente na noite anterior em seu quarto de hotel às duas da manhã, a princípio sem ver nada, a não ser o caos. Pessoas usando blusão azul marinho e boné de beisebol da mesma cor invadiram o pequeno quarto, armas em punho. Depois, Jay percebeu Kevin O'Shea e Sally Lane — ou, como O'Shea explicara, Victoria Marshall, agente de uma célula conjunta da CIA e do FBI que trabalhava junto à inteligência britânica. A mulher que conhecera como Sally Lane não era apenas uma assistente júnior do Departamento de Justiça que ajudava O'Shea. Vicky era uma agente tarimbada do serviço secreto que trabalhava numa missão ainda mais importante.

Como ficou provado, Jay não foi tão sagaz na fuga das autoridades como pensara. A propriedade de Oliver estava grampeada e eles ouviram as fitas da conversa no escritório e perceberam para onde Jay estava indo. Como Vicky explicou, não foi difícil encontrá-lo em Lafitte. Na verdade, vários agentes do FBI já estavam na cidade antes de ele chegar. Viram Jay alugar o barco e o inutilizaram temporariamente enquanto estava sentado no balcão do Henry's Landing, para o caso de ele decidir fazer alguma coisa idiota como atravessar a baía à noite.

Agora, Jay tentava nadar embaixo do barco. O golpe de Bullock tinha tirado seu fôlego, e ele nadava com um braço enquanto segurava o estômago com o outro. Com os pulmões gritando por ar, puxou o corpo pelo casco suave e surgiu na superfície do outro lado, arfando. Armas automáticas, gritos e o rugir ensurdecedor dos motores do helicóptero diretamente acima enchiam o ar. Com os borrifos fustigando sua pele, inspirou uma boa quantidade de ar, mergulhou abaixo da superfície novamente e nadou para a frente.

Seus dedos tocaram o fundo lamacento e ele foi até a superfície mais uma vez. Estava a apenas alguns metros da margem e se esforçou para continuar, avançando em câmera lenta no lodaçal, a água na altura da cintura, agarrando desesperadamente ramos de árvores que caíam sobre a água. Por fim, subiu na margem e puxou o corpo para a terra, depois andou em direção às árvores grossas. Mas Bullock estava lá, diretamente diante dele, agarrado à arma, o sangue jorrando de uma ferida de bala no ombro.

— Não posso deixar você viver! — gritou Bullock através do ruído ensurdecedor e da água cegante que era espirrada. — Você sabe demais — gritou, levantando o cano da arma e apertando o gatilho.

Jay sentiu o calor da rajada no braço, mas não sentiu dor. Então, viu Bullock cair no chão, contorcendo-se na agonia da morte.

Vicky Marshall correu até Bullock, a Beretta 9mm abaixada, e tocou o pescoço dele. Não havia pulso. Pegou a arma dele e a atirou na água, depois correu até Jay.

— Você está bem? — gritou. Estava ensopada, depois de ter pulado na água de um dos helicópteros do exército perto da margem.

Jay assentiu, ainda tonto.

— Eles falaram? — gritou ela.

— Não calaram a boca.

— Ótimo. — Vicky passou a arma dela a Jay, depois abaixou o braço, puxou a camisa dele para cima e pegou o pequeno gravador à prova d'água que estava preso ao peito dele com fita adesiva.

— Bom trabalho. — Pegou a Beretta e correu pela margem lamacenta em direção à casa.

Jay desabou sentado, apoiado em uma árvore enorme, observando ela ir.

— Obrigado — sussurrou.

CAPÍTULO 28

Enquanto os dignitários tomavam seus lugares, ele verificou cuidadosamente as fotos que tinha recebido, depois olhou através dos binóculos do 55º andar do One Chase Manhattan Plaza. Lá estava o prefeito do lado esquerdo da área na frente da prefeitura e, ao lado dele, o governador. De acordo com o que tinha ouvido, o secretário de Estado seria o próximo a aparecer, seguido do primeiro-ministro britânico, que estaria acompanhado do presidente dos Estados Unidos. Respirou rapidamente várias vezes para acalmar os nervos. Já havia matado pessoas antes, mas nunca um líder mundial.

O assassino pressionou o dispositivo eletrônico de escuta mais para dentro da orelha, depois virou, pegou o rifle, passou a correia de couro pelo braço esquerdo e mirou através de uma minúscula abertura na janela que fizera poucos minutos antes. Afixado à ponta do rifle havia um poderoso telescópio através do qual ele miraria o segundo botão do terno de risca-de-giz azul-escuro do primeiro-ministro. Ele estaria a mais de setecentos metros de distância e, no entanto, o assassino tinha confiança de dar o primeiro tiro diretamente no coração do alvo. Fizera isso várias vezes na Virgínia, de distâncias ainda maiores.

Estava tão concentrado na tarefa que não os ouviu. O rifle foi arrancado de suas mãos e ele foi atirado ao chão, o rosto contra o carpete áspero do escritório vazio.

Vicky Marshall sorriu enquanto os homens de seu comando conjunto FBI-CIA tiravam o quase assassino da sala. Sua equipe precisou de menos de quatro minutos para quebrar Bill McCarthy e apurar exatamente o que estava acontecendo. A fita do gravador que Jay usava alertou-os para a admissão de Bullock de que o primeiro-ministro britânico era o alvo. Mas queriam detalhes e McCarthy os forneceu rapidamente. O pobre filho-da-puta não tinha nenhuma tolerância à dor.

———

Savoy estava de pé no estribo do carro e acenava para o comboio de quatro caminhões atrás dele, os motores rugindo enquanto esperavam sobre a areia molhada na névoa. As armas estavam carregadas e os barcos já seguiam de volta ao mar do Norte. Olhou para os penhascos que davam para esta parte remota da costa da Irlanda, depois sentou-se e bateu a porta.

— Vamos — disse rispidamente ao motorista.

O motor do caminhão rugiu e o comboio começou a subir a estreita estrada de cascalho que levava da praia até as colinas. Estavam quase em casa, pensou Savoy.

O motorista foi o primeiro a ver o bloqueio na estrada — feito não pela polícia, mas por tropas regulares do Exército britânico — e pisou nos freios. Savoy seguiu o olhar do motorista. Havia centenas de soldados armados com automáticas. Travou o queixo e tomou uma decisão consciente. Não seria pego vivo.

Abriu a porta com o ombro e correu. Foi interceptado a menos de três metros do caminhão.

EPÍLOGO

Jay estava sentado no banco do Central Park, desfrutando do calor do final da tarde.

— Gostaria de lhe fazer umas perguntas, Sally... quer dizer, Vicky. — Riu, deixando que ela soubesse que o deslize fora intencional.

Vicky tomou um gole da Coca.

— Vou responder o que puder. Se for sigiloso, simplesmente vou dizer "próxima". — Estava tentando ser durona, tentando não pensar à frente.

— Tudo bem. — Jay assentiu. — Kevin O'Shea faz parte de sua célula FBI-CIA? — Sabia que esta era uma daquelas perguntas que ela provavelmente não responderia.

— Não. Ele é mesmo assistente do procurador-geral.

— Mas você e ele estavam trabalhando juntos.

— Sim.

— Não entendi.

Vicky terminou o que restava da Coca.

— Há seis meses, a inteligência britânica alertou a CIA de que uma empresa de investimentos de Nova York chamada McCarthy e Lloyd tinha aparecido em vários comunicados que seu pessoal de segurança nacional tinha interceptado. Os informantes de sempre foram interrogados e vários fatos interessantes surgiram sobre a M&L... mas não o bastante para nos permitir avançar contra eles — explicou. — Naquela altura, os superiores decidiram ficar quietos e colocar alguém dentro da empresa sob disfarce.

— Você.

— Eu — confirmou. — Mas é claro que precisávamos ter certeza de que eu definitivamente entraria na empresa e teria acesso ao pessoal da alta direção. Combinamos que uma investigação preliminar de uso de informação privilegiada aconteceria e entramos em contato com o Departamento de Justiça para organizar a encenação. O presidente foi informado e partimos para o trabalho.

— Mas você não sabia exatamente o que estava procurando.

— Tínhamos uma idéia, mas só isso. Tentamos por pouco tempo descobrir, de fora, o que estava acontecendo, mas não deu certo. — Vicky olhou para o Sheep Meadow, uma grande área gramada do parque que se estendia diante deles. — Um alto funcionário da Casa Branca procurou Bill McCarthy para que ele soubesse que a Justiça estava iniciando uma investigação sobre uso de informação privilegiada, mas que poderiam fazer um acordo que levaria a investigação adiante sem muito sofrimento. McCarthy prontamente aceitou.

— Claro — disse Jay, rindo.

Vicky fez uma pausa, olhando o rosto bonito de Jay.

— Gosto quando você ri.

Jay pegou a mão dela. Tinham passado os últimos três dias juntos partilhando tudo o que a cidade de Nova York tinha a oferecer — e partilhando um ao outro também. E embora ele ficasse pouco à vontade em admitir, se apaixonara por ela de verdade.

Ela desviou os olhos.

— Você sabe da maior parte do resto. Fizemos com que McCarthy e Oliver pensassem que Kevin O'Shea estava encarregado de uma investigação sobre uso de informação privilegiada que terminaria pegando você. Os dois acreditavam que eu era do Departamento de Justiça. Engoliram a coisa toda: anzol, linha e chumbo. Mas você conseguiu descobrir tudo antes que eu tivesse oportunidade de fazer isso — admitiu.

— Você pegou o disquete de computador no meu apartamento. E deu os telefonemas para o tesoureiro da Bell Chemical.

— Sim.

— Mas o tesoureiro teria ouvido a sua voz, e duvido que parecesse masculina — assinalou Jay. — Definitivamente nada parecida com a voz que ele teria ouvido de minha secretária eletrônica quando ligou de volta.

— Na verdade, não deixei um recado para o tesoureiro quando liguei do seu apartamento. Eu tinha a linha direta dele e simplesmente fiquei na linha por tempo bastante para que a companhia telefônica registrasse a chamada. As ameaças foram feitas por um assistente meu da agência que tem a voz muito parecida com a sua. E ele deu os telefonemas de um aparelho com identificador de chamadas bloqueado.

Jay riu. Tinham pensado em tudo.

— Imagino que você realmente tenha descoberto alguma coisa sobre aquele pobre tesoureiro da Bell Chemical.

Foi a vez de Vicky rir.

— Ah, claro.

— O que foi?

— Próxima.

— Vamos lá — protestou Jay —, isso não pode ser secreto.

— Não posso contar a você — disse ela com firmeza. — Fizemos aquelas coisas para que a encenação ficasse mais real, para fazer com que McCarthy e Oliver acreditassem que a história de investigação de informação privilegiada era absolutamente verdadeira. Funcionou perfeitamente. Mas como já lhe disse, você descobriu tudo antes.

Jay sorriu, orgulhoso de si mesmo.

— Descobri mesmo, não foi?

— Foi.

— Então eu não iria realmente para a prisão.

— Não. Teríamos escondido você por um tempo e explicado a maior parte do que estava acontecendo. Mas não teria ido para a prisão. — Tentou se controlar, mas era impossível. Curvou-se e o beijou.

— É legal? — perguntou Jay quando ela se afastou. — Essa coisa de ser da inteligência e tudo.

— É ótimo. — Tentou sorrir, mas era difícil. Tinham se tornado íntimos nos últimos dias. — Que outras perguntas quer fazer?

— Quero saber de Bullock. Fiz algumas pesquisas enquanto estava sendo entrevistado para o emprego na McCarthy & Lloyd e descobri que ele foi criado na Pensilvânia, em uma cidade perto de onde eu fui criado.

— Era só disfarce. Alguns grupos terroristas com que lidamos são muito bons nesse tipo de coisa. — Estendeu a mão e acariciou a nuca de Jay.

— Bullock matou Graham Lloyd. — Jay pegou a mão dela e beijou seus dedos.

— É. Ele matou Lloyd nos arredores de Nova Orleans em 1994 e atirou o corpo aos crocodilos perto da casa de McCarthy. — A sensação dos lábios dele em seus dedos era excitante. — Depois, velejou no barco de Lloyd para o alto-mar e deixou-o adernar. Foi resgatado por um associado. A Guarda Costeira encontrou o barco virado depois de uma tempestade. — Afastou a mão. Não podia mais se conter. — Você foi muito corajoso na casa de McCarthy — disse ela rapidamente. — Não precisava ir lá usando a escuta.

— Parecia a única coisa a fazer. Você me disse que vidas estavam em risco.

— Muitas — disse ela.

— Espero ter ajudado.

— Seus atos ajudaram muito. Falei com meus superiores esta manhã e...

— Imagino que foi quando desceu para a rua para tomar café.

— Tinham ficado no Four Seasons nas últimas três noites. — Embora o serviço de quarto pudesse ter levado para nós.

— É — disse ela, sorrindo constrangida. — De qualquer forma, a inteligência britânica já prendeu os líderes dos Voluntários Donegall e cortou seu suprimento de armas. Ontem, interceptaram um embarque de armas em uma parte remota da costa da Irlanda do Norte e prenderam um homem chamado Victor Savoy. Estávamos tentando pegá-lo há anos.

— Ótimo. — Tinha deixado esta pergunta para o final. — Você e Oliver chegaram a... — A voz dele se extinguiu.

— A quê?

— Você sabe.

— Como pode pensar isso? — perguntou ela.

— Uma camareira do Plaza disse que você tinha ido lá com ele. Mostrei a ela aquela foto de nós três no veleiro.

— Eu me encontrei com ele lá uma noite — explicou Vicky. — Mas foi só para discutir os detalhes do meu novo "emprego" na M&L. — Aproximou-se de Jay, passou os braços em volta dele e o beijou novamente. — Eu juro.

— Você salvou a minha vida — disse Jay, abraçando-a com força. — Bullock podia ter me matado.

— Eu não ia deixar que nada acontecesse com você — sussurrou.

— Não sei por que, mas não duvidei disso nem por um segundo.

— E não devia mesmo.

Ele lhe deu um beijo delicado no rosto.

— E agora?

Sabia que ele faria essa pergunta mais cedo ou mais tarde, mas ainda não estava preparada.

364 | STEPHEN FREY

— Devolvemos a Sally Lane sua vida real — disse com a voz rouca.

— O quê? — ele olhou para ela com curiosidade.

— Ela ficou na Argentina por seis meses enquanto a usávamos como disfarce.

— É mesmo?

Vicky assentiu.

— Por que a usou? — perguntou Jay.

Vicky sabia que devia responder dizendo "próxima", mas Jay merecia respostas.

— O pai de Sally operava uma frota de barcos pesqueiros.

— É verdade. Era o negócio da família.

— Também era colaborador. O negócio era legítimo, mas seus barcos de vez em quando eram usados pela comunidade do serviço secreto dos Estados Unidos.

Jay assentiu. O que a senhora da praia de Gloucester dissera agora fazia sentido.

— Joe Lane era extremamente patriótico, como Sally — explicou Vicky. — Perguntamos se podíamos usá-la com disfarce seis meses atrás porque ela e eu tínhamos uma forte semelhança. Ela concordou de imediato.

— Você fugiu da minha pergunta — assinalou Jay. — O que quis dizer com "e agora" era: o que será de nós?

Vicky colocou um dedo nos lábios.

— Vou pegar outra Coca. Volto já.

— Outra? Vai acabar flutuando por aí se continuar bebendo.

Ela o beijou mais uma vez, depois pegou as mãos dele e as beijou também.

— Eu realmente te amo, Jay West. — Por um longo tempo, ela o olhou nos olhos. — Vejo você num minuto.

— Depressa. — Deitou-se no banco. O sol estava bom e ele, exausto. Naquela noite, tinham saído para jantar e para ver um espetáculo da Broadway. No dia seguinte, iriam aos Hamptons para passar o dia na praia. Se ao menos a vida pudesse ficar assim para sempre.

O sol tinha caído por trás dos prédios no lado oeste do Central Park quando Jay finalmente acordou. Esfregou os olhos e olhou o relógio. Quase oito da noite. Iam se atrasar para o show. Ainda grogue, levantou-se meio tonto do banco e olhou em volta. Ela não estava à vista. Por alguns segundos, ficou olhando para a frente, depois lentamente afundou no banco quando entendeu. Ela não ia voltar.

Jay olhou para as próprias mãos. Ela as havia beijado enquanto lhe dizia adeus.

Respirou fundo e olhou para o sol que se punha atrás dos prédios do Central Park West. De certa forma, sempre esperou que ela partisse. Só não sabia quando.

Este livro foi composto na tipologia Minion,
em corpo 11/15, e impresso em papel off-set 90g/m²,
no Sistema Cameron da Divisão Gráfica
da Distribuidora Record.

Impresso no Brasil pelo
Sistema Cameron da Divisão Gráfica da
DISTRIBUIDORA RECORD DE SERVIÇOS DE IMPRENSA S.A.
Rua Argentina 171 – Rio de Janeiro, RJ – 20921-380 – Tel.: 2585-2000